Deoir Ghoirt an Deoraí

Deoir Ghoirt an Deoraí

Colm Ó Ceallaigh

Cló Iar-Chonnachta Teo.,
Indreabhán,
Conamara

An Chéad Chló 1993

Pictiúir agus Clúdach:
Colm Ó Ceallaigh

Dearadh:
Micheál Ó Conghaile
Deirdre Ní Thuathail

ISBN 1 874700 90 7

Faigheann Cló Iar-Chonnachta Teo. cúnamh airgid ón
gComhairle Ealaíon

Clóchur: Cló Iar-Chonnachta Teo., Indreabhán, Conamara.
Tel: 091-93307, Fax: 091-93362
Priontáil: Clódóirí Lurgan Teo., Indreabhán, Conamara.
Tel: 091-93251/93157

Toibrim an leabhar seo do mo bhean céile, Treasa a thug chuile chabhair agus cúnamh dhom lena thabhairt chun críche.

"Brón ar an mbás ,'s é a dhubh mo chroíse,
D'fhuadaigh mo ghrá is d'fhág mé cloíte."

Nach storrúil sotalach bunáiteach an mac é an duine, agus gan aige ach a fhaid féin sa gcré faoi dheireadh? Air sin a bhí mé ag smaoineamh agus cónra m'athar ar mo ghualainn ag dul síos bóithrín clochach na reilige ag iompar an ualaigh ba dobrónaí a d'iompair mé riamh. Bhí mé liom féin, bhí mo bholg lag agus mo cheann folamh. Bhí nimh in mo chroí nuair nár fhéad mé a bheith le taobh a leapan nuair a chuir Dia fios air. Dúirt Mama gan a bheith ag eascainí, ach in mo leabharsa bás gan ola gan aithrí go bhfaighe an spíodóir! Nach uafásach folamh an torann a dhéanann an chré ar chónra chláir, agus nach aisteach an smaoineamh go bhfuil do chuid fola agus feola féin tairneáilte istigh i mbosca a chlúdófar le créafóg agus scraitheacha, agus nach bhfaighidh tú an deis go deo na ndeor arís cogar ná caint a bheith agat leis an té sin?

Deireann ár gcreideamh go gcasfar le chéile sinn ar an lá deiridh ach, má chastar, meas tú an mbeidh smaoiseanna dearga ann? An mbeidh bearradh bradach na gcaorach agus *spite* na feamainne deirge ar an gclár ann, nó cé a bheas ina réiteoir?
Cuireann na rudaí sin drioganna aisteacha mímhorálta isteach in t'intinn. Ó, bíonn an osna dheiridh i gcónaí cráiteach, agus ansin an codladh

buan. Díríonn an bás an cleasaí is caime. Inniu lá do ghaoite agus amárach lá do chaointe, ach ansin céard a tharlós nuair a théann tú os comhair na cúirte sna flaithis? Abhus anseo níl agat ach cónra agus bráillín – mar a bhí ag Mór agus a cailín – ach céard faoin taobh eile?
Chas mé thart. Bhíos liom féin. Nach maol pobal gan bhráthair, agus nach mairg a bhíonns gan deartháir? Bhí mo bheirt deirfiúr ansin ag coinneáil greim ar mo mháthair. Bhí siadsan níos measa ná mise, mar d'imigh siad óg ar bhád mallaithe na himirce. Chailleadar baclainn láíochta a n-athar i ngeall ar chracamas fhealltach an tsaoil, agus anois bhí an lámh sin, fuar, thíos sa talamh faoina gcosa. Cé go raibh siad go maith don teach, níor tháinigeadar abhaile chomh minic sin. Níor chuir mé aon mhilleán orthu. Bheinn féin ní ba mheasa, b'fhéidir. Chroith an sagart lámh linn féin agus d'imigh. Ar an mbealach aníos dhúinn chuir mo mháthair cogar in mo chluais.
"Tá cúpla strainséir anseo," ar sise, "gaolta i bhfad amach – ach is cuma. Tabhair chuig an teach iad. Ní fhéadfaidh muid a bheith tútach. Ná tabhair le rá é."
Rinne mé féin amhlaidh. Ochtar acu a bhí ann. Bhí greim agus gloine agam dhóibh, agus scaoil mé orthu.
"Nach furasta a aithne an nádúr agus an ghnaíúlacht?" adeir bean acu.
"Is fíor dhuit," d'fhreagair bean eile. "An soitheach a raibh an fíon ann, d'fhan braon de sna cláir. Beannacht dílis Dé le hanam na marbh!
Fuair sé bás le hola agus aithrí," adeir comharsa. "Níor fhulaing sé, buíochas le Dia. A Chríost, ba

mhór an feall é imeacht. Ba lách an fear é."
"Sin é mar atá an saol," adúirt duine eile.

"Imeoidh siar 's soir,
Imeoidh a dtáinig riamh,
Imeoidh an ghealach 's an ghrian
'S imeoidh síol Éabha ar fad.

"Imeoidh an seanfhear atá cráite liath,
Imeoidh an fhuiseog is áille ar an gcraobh,
Imeoidh an duine óg 's a cháil ina dhiaidh
'S imeoidh a dtiocfaidh 's a dtáinig riamh."

"Ó," adeir duine nár aithnigh mé, "fear naofa a bhí ann. Fuair sé bás Aoine, guí an tSathairn agus adhlacan an Domhnaigh."
"Cosúil le Mac Dé!" adúirt seanbhean comharsan.
Ba bheag nár thacht mé mé féin le braon fuisce nuair a chuala mé an sean*lad* dhá chur i gcomórtas le Mac Dé, agus gur iomaí glafar gointeach gáirsiúil a chuir sé as riamh! Faraor nach raibh sí ag éisteacht leis an lá a ndeachaigh an tseanbhó ghlas sa gcúilín céad fhómhair, nó an lá a réab an coileach an iomaire oinniún! Go maithe Dia dhom é, ba bheag nár phléasc mé ag gáirí, ach ar ndóigh bhí an ghloine ag cur tine faoin bpota. Is gar dhá bhéal a mholann an stocaire an bia. Más maith leat thú a mholadh, faigh bás . . . Go deimhin, chuaigh an moladh ar aghaidh. Ní raibh mé féin ag fáil ciall ná meabhair sna rudaí seo. Níor thuig mé é agus is dóigh an glór nach dtuigeann an ceann gur cuma é ann nó as. Choinnigh mé mo chlab dúnta. Is binn béal ina thost. Cé go raibh neart óil

istigh agam agus comhluadar deas, ní raibh mé suaimhneach go dtéinn chun bóthair, go mbeinn in mo mhaide taca ag cuntar éigin. Facthas dhom nach raibh sa gcaint agus sa gclabaireacht seo ar fad ach ionrach ar an lot; míofarach, b'fhéidir, ach ina chineál sóláis ar ócáid bhrónach. Bhí mé ar grot, ach chaithfinn foighid a bheith agam. Ní fhéadfainn a bheith ag cnagaireacht ná ag cnáimhseáil. Sa deireadh bhí an teach folamh. D'ith mé greim, cé go raibh sé in aghaidh mo thola. Rug mé ar eochair an chairr – ceann a bhí amuigh ar cíos agam. Chonaic mo mháthair mé.
"Tuigim," adúirt sí. "Cén chaoi a bhfuil tú ó thaobh airgid? Tá go leor caite agat."
"*Sound*," adúirt mé féin. "Íocfaidh mé costas na sochraide agus beidh cúpla deoch agam anseo thoir."
"Íocfaidh mise é," ar sise. "Is iomaí rud a chaitheann duine a dhéanamh é féin amannta mar seo. Níl mé gann agus ná bíodh tusa gann le do chuid comharsana ach oiread. Sheas siad go maith dhúinn ar uair na hanachana."
"*Right*," adúirt mé féin, agus amach liom.
Caithfidh mé a admhachtáil nár thug mé aon aird ar mo mháthair. Rinne mé caol díreach ar theach an adhlacóra agus an leanna. Ní mórán a bhí istigh ann – glaicín bheag de na comharsana. Anois, rinne mé a comhairle ceart go leor, ach aisteach go maith ní raibh aon fhonn óil orm.
D'fhan mé seáirse ann ag caint leo agus ansin chuaigh mé caol díreach abhaile. Shín mé an admháil chuig mo mháthair.
"Dúirt mé leat gan é sin a dhéanamh," ar sise.

"Tá sé déanta anois," adeirimse, "agus ar aon chuma bhí sé dlite go maith aige. Ní raibh aon suim i bpunt aigesean."

I lár na seachtaine thug mé isteach an carr. Bhí sí ag cur poll an diabhail in mo phóca agus freisin cheap mé dhá gcaithfinn cúpla punt ar mo shean-Datsun go mbeinn i bhfad ní b'fhearr, cé go raibh sí ag iarraidh an oiread le bean an tincéara – ach arís gach uile chaitheamh ach a chaitheamh uait. Na laethanta dár gcionn bhí mé mífhoighdeach, ag gabháil thart ag cangailt mo mhéaracha, gan tada le déanamh. Níor fhág mé claí ná bearna gan biorú. Cé go raibh clúid sheascair agam, bhí mé cosúil le fear na pinginí: dá mbeadh an diabhal ar an gcarn aoiligh chaithfinn a bheith amuigh. Bhí mé ag ceasacht gan údar. Rud amháin nach ndearna mé: níor chuir mé isteach ar an *dole*, mar bhí dallach an choinín i bpúicín an bharra, orm. Itheadh duine eicínt eile builíní. Is fearr liom féin arán baile. Ag gearradh buicéad fataí cnagbhruite don bhó a bhí mé nuair a shiúil beirt ógánaigh den bhaile isteach réitithe gléasta agus súgach go maith, Darach agus Seán.
"Is cosúil le beirt sibh," a deirimse, "a bhí ag bainis."
"Diabhal bainis," adeir Seán, "ach go bhfuil muid ag imeacht amárach. Fuair muid na ticéid inniu."
" 'S, a dhiabhail, nach féidir libh iad sin a fháil istigh sa stáisiún?" adúirt mé féin.
"Óra, a dhiabhail, nach go Meiriceá atá muide ag gabháil?" adeir Darach go postúil.
"Seafóid!" adúirt mé féin. "Ar ndóigh, níl duine ar bith dhá ligean anonn anois ná le fada!"

"Ó, ar laethanta saoire atá muide ag gabháil," adeir Seán. "Bhail, sin é a chuir muid ar na páipéir!"

"Ach ní fhéadfaidh sibh fanacht thall ná aon obair a fháil!" adeirimse.

Thosaigh an bheirt ag gáirí.

"Seafóid dhuitse!" adeir Darach "Tá gach uile dhuine as seo ag obair agus níl páipéar ag aon duine. Beidh an bheirt againne ag obair Dé Luain. Tá neart oibre ann agus togha páí. Nach é Taimín Sheáin a chuir na ticéid chugainn - bhail, a luach - agus níl sé sin imithe ceithre mhí fós, agus airgead abhaile gach uile mhí beo!"

"Tá a fhios ag Dia!" adeir Seán. "Fan go 'speána mé an litir dhuit. Seo, léigh thú féin í. Breathnaigh ceann eile: cuireadh chuig bainis, mar dhóigh dhe. Muise, a mhac, pé 'r bith cá 'il an Irish Rover, bainfidh muide deatach as an urlár ann - 'Philadelphia, here I come'!"

"Ní bheidh ann ach 'Scaoil amach an pocaide'!" adúirt Darach. "Anois an gcreideann tú muid? Cén mhaith *friggin' dole* agus thú *report*áilte má scaoileann tú cnaipe? I'm *telling you,* a mhac, gabhfaidh uisce le fána sula dtiocfaidh mise arís. Bitsín de ghéigéara ag cur a cuid ceisteanna! *Fraud* a dúirt sí liom féin an lá cheana! Is orm a bhí an fonn an bhróig a chur go lasca inti.

"By God, tá sibh ceart!" adúirt mé féin. *"Good luck anyway!"*

" 'S, a bhits, nár cheart dhuitse freisin seáirse a thabhairt anonn?" adeir Seán. " 'bhFuil *passport* a't?"

"Níl," adeirim féin.

"A bhits, gabh amach chuig an mbeairic agus ordaigh

ceann," adeir Seán. "Teastóidh dhá phictiúir bheaga uait cosúil leo seo. Breathnaigh air seo. *Nice, eh? Pretty smart guy!*"
"Asal!" adeir Darach. "Cuimhnigh céard a dúirt na *lads* sa litir leat. *'Act the fool but don't act the eejit.'* Faigh an *passport* as Gaeilge agus diabhal ceist a chuirfear ort. Sin é a rinne na *boys*."
"Níl a fhios agam," adúirt mé féin. "Níl sa mbaile anois ach mo mháthair. Ní bheadh sé ceart í a fhágáil."
" 'S nach bhfuil an scéal céanna a'inne?" adeir Darach. "Dúirt an seandream linn frigeáil linn. Ar aon bhealach, nach túisce a bheas tú sa mbaile as Boston ná Londain? Aniar díreach, gan claí ná fál romhat! Faigh thusa an *passport* i dtosach agus ansin cuirfidh an bheirt a'inne an *bundle* chugat. *Up to you then!*"
"*Fair enough!*" a deirimse.
"Féar *is* féar *and* tuí *is* tuí!" adeir Seán. "*Bloody hell,* níl tú ach ag cur do shaoil amú anseo. *Sure* nach bhfuil tú sa mbád céanna linn féin, i ngreim ag rálach an *lipstick*? *Jesus,* má théann tú go Mountjoy, *forget*áil do víosa. *Nothing doin', man!* Tá sé ansin in *black and white – convictions,* nach ea, a Dharach?"
"*Too true, mate,*" adeir Darach. "Bhí mise i mBaile Átha Cliath. Ní raibh Seán. D'fhiafraigh sí dhíom é. *'Parkin' tickets,'* adúirt mé féin. Thosaigh sí ag gáirí. *'I got them myself,'* adúirt sí. Ó, a dhiabhail, má bhíonn ort gabháil suas, *act*-áil an t-asal. Tosaigh ag cur ceisteanna uirthi, 'bhfuil a fhios a't, ag ligean ort féin nach bhfuil a fhios a't tada. Freisin, a mhac, i ngeall ar an sean*lad*. Bhí mé féin ag ligean orm go raibh mo

chroí chomh dubh le fód móna i ngeall ar an tsean-*lady*. Tá a fhios ag Dia gur shíl mé go dtosódh sí féin ag caoineadh! *'My old man passed away last year,'* adúirt sí."
"Níl tú ag leagan fiacail ar bith orthu inniu," adeir Seán. "Téanam uait. Tá pacáil le déanamh a'inn fós."
"Go dtuga Dia slán go ceann cúrsa sibh," a ghuigh mé féin dhóibh.
Má chaitheann tú cloch isteach i lochán uisce is fada go socraíonn an t-uisce síos. Sin é mar bhí sé agamsa. Chuir an bheirt thrína chéile mé. Coicís ina dhiaidh seo casadh isteach go Gaillimh mé. Satharn a bhí ann. Istigh in ollmhargadh mór chonaic mé an cábáinín beag seo a bhí in ann do phictiúr a thógáil. Lean mé mo shrón agus chaith mé mo phunt. In cúpla nóiméad bhí siad agam: ceithre phictiúirín díom féin. Níor cheap mé riamh go raibh mé chomh gránna go dtí sin! Chaith sé coicís eile i bpóca mo sheaicéid. An lá seo casadh duine de na Gardaí dhom. Bhí sé ag dul thart ag cuartú ceadúnas gunnaí, nó dhá dtabhairt amach.
"Iontas thú fanacht thart," ar seisean.
Mhínigh mé dhó.
"Murach sin," adeirimse, "bheinn píosa maith i bhfarraige faoi seo. Ach ceist agam ort, an bhféadfainn *passport* a fháil agus abair gan é a úsáid go ceann píosa?"
"Cinnte," ar seisean. "Ní theastaíonn uait ach teastas breithe agus ordú airgid. Fan go bhfeice mé: tá mé ag ceapadh go bhfuil sé cúig phunt anois. Tá sé agam amuigh ceart go leor. Níl aon chall dhuit é a úsáid go dteastóidh sé uait."

"An mbeidh tú ann amárach?" adeirimse.

"An rud is fearr dhuit a dhéanamh," ar seisean, "má tá teastas breithe agat buail amach anois. Níl mórán eile le déanamh agamsa agus beidh mé amuigh faoi cheann uaire."

"Ach an t-ordú airgid?" adeirimse.

"Fág é sin fúmsa," ar seisean. "Beidh mé ag postáil agus ní chuirfidh sé sin tada as dhom."

"Má thograíonn tú," adeirimse, "fág ceadúnais na n-oileán agamsa agus tabharfaidh mise isteach amárach iad. Beidh mé ag gabháil isteach ag iarraidh slam ballacha buí."

"*Sound as a bell*," ar seisean.

Bhí mé féin amach ina dhiaidh agus líon sé an fhoirm dhom. Nuair nach raibh an t-airgead díreach agam d'fhág mé an tsóinseáil aige le haghaidh deoch.

"Ní féidir liom é sin a dhéanamh," ar seisean.

"Tabharfaidh mise cead dhuit," adeirimse, "agus é a fhágáil isteach chuig mo mháthair an chéad lá síneála eile."

Níor inis sé di cé as ar tháinig sé ach go raibh sé ag gabháil dhom.

"Ná bíodh tada le déanamh leis na diabhail sin agat," ar sise. "Níl aon mhaith iontu agus beidh gach uile dhuine ag caint ort."

"Níl dochar ar bith sna fir sin," adeirim féin. "Céard atá siad a dhéanamh ach a gcuid oibre? Murach iad ní bheadh sé inrásta ag Críostaí an bóthar a shiúl."

Mí díreach ina dhiaidh sin fuair mé mo leabhairín, ach ní dheachaigh sé i ngan fhios dise.

"Níl aon duine 'do dhíbirt anois," ar sise. "Ná 'do stopadh ach an oiread."

"Níor labhair mé ar imeacht," adeirim féin.
"Tá a fhios agam," ar sise, "ach ná stopadh mise thú. Céard atá anseo a't ach ag guairdeall thart ag ligean ort féin go bhfuil tú ag obair, agus gan steamar na ngrást le déanamh agat? Cén mhaith dhuit fanacht anseo ag breathnú sa straois ormsa? Anois an t-am ceart le píosa den saol a fheiceáil. Ní bhíonn an aois i bhfad ag teacht. Déan do chomhairle, a mhic, agus go gcuire Dia ar bhealach do leasa thú. Níl aon chall imní a bheith a't dhomsa. Beidh mé ceart go leor. Tá comharsana maithe agam."
"Tá a fhios ag an lá," adeirimse, "nár smaoinigh mé ceart fós air. Le teann diabhlaíochta a chuir mé fios air sin."
"Breathnaigh, a stór," ar sise. "Ní thigeann an óige faoi dhó choíche, ach tigeann an brón faoi dhó san oíche. Anois, níl aon mhaith a bheith ag caint faoi na rudaí sin. An seanchas gearr an seanchas is fearr. Déan do bhealach féin."
Agus sin é a rinne mé. Scríobh mé chuig Seán agus Darach. Faoi cheann coicíse bhí cúpla litir curtha anall chugam, ach bhí ceann amháin an-speisialta: cuireadh chun bainise. Theastódh sí seo uaim má bhí mé ag iarraidh víosa a fháil – agus gan a fháil ar a bhfaca mé riamh ach ticéad fillte trí seachtaine nó, an t-achar is faide, mí. Chuir mé fios ar fhoirm iarratais. Tháinig sí. Líon mé í mar a hiarradh. Chuir mé leadóg bhréagach eile ó mo mháthair nach dtabharfadh sí cead dhom fanacht ní b'fhaide. Dar brí thar a bhfuil de leabhra in Éirinn, faoi cheann trí seachtaine tháinig mo *phassport* ar ais brandáilte. Níor baineadh focal mo bhéil asam. Bhí mé cosúil le

gandal Jimín Mháire Thaidhg, éadrom sa gcloigeann agus gan fios ag aon duine céard a tharla dhom, ach duine amháin – Mama. An rud is fóintí a bhí i dtír riamh 'fón. Dé Domhnaigh d'iarr an séiplíneach lámh chúnta le driseacha agus craobhacha a ghearradh timpeall an tséipéil mar bhí an tArdeaspag ag teacht. Thug mé féin m'ainm isteach le haghaidh Dé Luain. Bhí sé an-bhuíoch.

Níor fhan mé féin go tráthnóna ach bhuail mé amach tar éis am dinnéir. Thug mé speal agus corrán liom ar fhaitíos na bhfaitíos. Thosaigh mé ag réabadh liom. Lom mé isteach ar na driseacha, agus mura raibh siad ann ní lá go maidin é. Bhí cineáilín faitís orm dhul in aice leis na bláthanna ná na crainnte gur tháinig sé féin ardtráthnóna.

" 'Bhfuil an speal sin géar?" ar seisean.

"Mura bhfuil, beidh," adeirimse. "Faobhar a bhaineann féar."

"Ní hea, muis," ar seisean, "ach fear breá láidir agus speal mhaith ghéar."

"Seo," adeirimse. "Gearrfaidh mé féin é, a Athair."

"Ní i bpota gliomach a tógadh mise ach oiread leat féin," ar seisean.

B'fhíor dhó. Le gach aon sracadh bhí sé ag cur sraitheanna féir siar thairis. Aiféala a bhí orm nár thug mé píce féir liom. Shílfeá gur léigh sé mo smaointe.

"Tá seanphíce féir ar chúl an tí," ar seisean, "ach déan go réidh leis, mar tá sé chomh sean leis an gceo."

Chonaic mé spealadóirí maithe, ach an bhfuil a fhios agat gur chuir sé aoibhneas ar mo chroí teachtaire Dé a fheiceáil ag gearradh féir ar an gcaoi seo. Bhailigh mé féin suas ina dhiaidh leis an bpíce agus leis an gcorrán, gléas nár thaitnigh leis, mar ní raibh aon chleachtadh aige air. Chaith muid cúpla uair mar seo go raibh an garraí agus timpeallacht an tséipéil ag breathnú réasúnta.

"*God,*" adeir sé, "tá tart orm."

D'imigh sé síos chuig an gcarr agus aníos leis le cása beorach. Ní bhíonn mórán galántachta ag baint le deoch an oibrí, agus ba mar sin a folmhaíodh na buidéil ón scloig.

"Bhí tú i Sasana píosa?" ar seisean.

"Chonaic mé an spéir os a cionn," adeirimse.

"Londain?"

"Sea, a Athair," a dúras féin, "ach sin scéal eile."

"Bhí eolas agat, mar sin," adeir sé, "ar na pubanna uilig i Stockwell, Cricklewood, Hammersmith, Tooting, Elephant."

"Caithfidh mé a rá go raibh," adeirimse, "agus i gcead dhuitse níl mé ag iarraidh iad a fheiceáil arís go ceann píosa."

"Ó, seans gur soilse New York agus Boston atá ag lonrú in do cheann anois?" ar seisean.

"Tá sé buailte sách domhain anois agat, a Athair," adeirimse. "Tá mo víosa faighte agam. Ní theastaíonn uaim ach mo thicéad agus scéala a chur chuig na *boys* mé a phiocadh suas."

"Cén áit a bhfuil do chairde?" ar seisean.

"Dorchester, Boston," adeir mé féin.

"Tá leath na hÉireann ann, a mhic," ar seisean. "Bláth na hóige. Géabha fiáine na nua-aoise, agus anois tá gandailín eile réidh lean sciatháin a thógáil. Go bhfóire Dia na Glóire ar ár dtír! Ní bheidh aon duine fanta ar ball ach seandaoine agus gasúir óga. Faoi cheann cúpla bliain eile beidh na gasúir sin féin imithe. Tugaim é sin faoi deara sa séipéal. Tá an paidrín ag an seanduine agus a chuid méaracha ag an bpáiste.

"Lá éigin iompóidh an taoille," adeirim féin.

"Tá faitíos mo chroí orm," adeir sé go mall, "don dream óg, mar tá siad éadrom i gcéill is luath i gcoisíocht, agus tá mé cinnte go bhfuil go leor acu ag cur a gcos in umar na haimléise gan call dóibh leis – rith an bhodaigh le fána. Cuireann siad brón orm agus briseadh croí, mar tá siad go hálainn."

"Tuigim, a Athair," adeirimse. "Tá tusa cosúil le mo mháthair. An rud a ghoilleas ar an gcroí caithfidh an tsúil é a shilt."

"Ach," ar seisean, "nach fearr an brón ná an t-ualach?"

"Mar sin," adeir mé féin, "tá srutháin ghoirte ar fud na hÉireann, ach nach fearr an charraig a shileas braon ná an charraig nach silfidh aon deoir choíchin? Is goirt iad na deora, na deora a shiltear."

"Fíor," ar seisean. "Thug mé comaoineach an lá cheana do sheanlánúin dheas. Mac amháin a bhí acu, ach ní fhaca siad anois é le deich mbliana fichead. Cheap mé gurbh álainn an rud a dúirt an seanfhear féin liom agus braon an bhróin ina shúile.

"Brón ar an bhfarraige, tá sí mór.
Tá sí ag dul idir mé agus mo mhíle stór.
Fágadh sa mbaile mé ag déanamh bróin,
Gan súil thar farraige leat choíchin ná go deo.

"Sin pictiúir dhomsa atá le feiceáil in gach teach."

"Agus de réir cosúlachta," adeirimse, "feicfidh tú cuid mhaith eile acu. Níl aon obair anseo, agus an méid atá ann féin tá cáin ag déanamh scrios air. Ní féidir maireachtáil ar dhéirc an Rialtais."

"Ní bheathaíonn na briathra na bráithre," ar seisean ag gáirí. "Níor mhiste liom sibh imeacht dá mbeadh seans ar bith na nGrást go dtiocfadh sibh ar ais – fiú amháin ar cuairt."

"Thiocfadh na mílte, a Athair," adeirimse, "dhá mbeadh slí mhaireachtála le fáil anseo acu, ach níl. Tá sé chomh maith agam an méid seo broimfhéir agus salachair a chaitheamh thar claí."

"Tá fíbín an diabhail ort," ar seisean. "Is cosúil le fear thú a mbeadh *date* aige."

"Diabhal *date* ná *grape*!" adeirimse.

"Ar nós an mhí-ádha mhóir," ar seisean, "casadh stumpa deas ort i Londain?"

"A Thiarna Dia, bhí siad ann: staicíní breátha déanta téagartha toirtiúla!"

"H'anam ón diabhal a't, bhain tú iompú as corrcheann?"

"Fios atá anois uait, a Athair," adeirimse, "agus sin rud nach bhfuil le fáil agat!"

"Agus chuaigh sí go Meiriceá . . ." ar seisean, ag gáirí.

"Nó b'fhéidir go Timbeactú," adeirimse, "mar ní raibh a leithide ann, faraor!"

"Nuair a bheas gach uile shórt i gceart agat," ar seisean "tiocfaidh tú amach le haghaidh deoch an bhealaigh."

"By God, tiocfaidh," adeirimse, "ach go bhfágfaidh tú an reicneáil agamsa. Tá a fhios agam áit dheas

chúlráideach – neart ceoil, óil agus cuideachta. Fág é sin fúmsa."
"Breathnaigh," ar seisean, " 'bhfuil seoladh na *lads* sin *hand*áilte a't?"
"Tá a fhios ag Dia go bhfuil," adeirimse. "Tá sé i bpóca mo anorak, murar thóg mé as é. Ó, a dhiabhail, tá!"
"Togha fir!" ar seisean. "Cuirfidh mise glaoch ar chol ceathrar liom agus déarfaidh mé leis na *lads* a chuartú san Irish Rover. Ó, fan anois. Cén uair a bheas tú ag fáil na dticéad go díreach?"
"Amárach," adeirimse.
"Le sin anois," bheadh scéala aige-san dhomsa má chuirim glaoch anois air. Téanam uait isteach."
Chuir sé glaoch. Gealladh dhó go mbeadh gach uile shórt ceart agus mura mbeadh na *lads* le fáil go mbeadh sé féin ansin romham. Chuirfeadh sé glaoch faoi cheann dhá oíche ag a sé chlog thall – sin a haon déag abhus. Ní bheadh aon chall imní. Is é an chaoi a raibh sé gan brachán fuar na caillí ar na spaideacha fliucha a dhéanamh den scéal. Thit gach uile shórt amach díreach cóiriúil. Rinne sé an glaoch, agus bheadh siad romham.
Chuaigh an bheirt againn amach agus gan bhréag bhí an-oíche againn. Go dtí seo ba dream iad sagairt nár mhaith liom mórán a bheith le déanamh agam leo. Bhí claí eadrainn. Mar a deireadh na seandaoine faoin sagart, 'Ná bí leis 's ná bí ina aghaidh, tabhair dhó a chuid agus fan uaidh'. D'athraigh an fear óg seo m'intinn agus mo dhearcadh ar fad. Thug sé le tuiscint é: an rud ba mhó a ghoill air ná an t-uaigneas. Arís, balla eile – balla na Róimhe agus rialacha

seafóideacha na haontumhachta ach, mar a dúirt mé leis, fear gan bhean gan chlann fear gan beann ar aon fhear, agus fainic an donóg i ngeall ar a pluideog, mar síleann an óige, mar bíonn sí gan chéill, go ndéantar a pósadh má phógtar a béal. Bhí sé chomh maith dhom éisteacht leis. B'fhada gur thuig mé gur ag deargmhagadh fúm a bhí sé – ag iarraidh mé a shaighdeadh. Ní fear ban a bhí ann.

Thóg mé an bus go Gaillimh agus ceann eile síos chuig an Aerfort – áit nach raibh mé riamh cheana. Bhí sé éasca do bhealach agus do ghnóthaí a dhéanamh ann mar bhí gach uile dhuine sásta cabhrú leat. Bhí am acu thú a chur ar an eolas agus nuair a chuimhním siar air, nach mé a baineadh as mo chleachtadh ina dhiaidh seo? Fuaireas suíochán ar an eitleán agus dúradh liom go bhféadfainn fanacht thuas staighre go nglaofaí am eitilte. Suas liom. Ba ann a bhí an siopa saor-dhleachtach ba mhó dhá bhfaca mé riamh. Bhí bia agus deoch le fáil ann agus gach uile shórt ón mbiorán pointe go dtí an t-ancaire báid, agus saor dhá réir. Cheannaigh mé féin braon fuisce agus slám toitíní le tabhairt anonn. Shuigh mé síos ansin gur fógraíodh an uimhir eitilte agus rinne mé mo bhealach síos go Geata a Naoi. Anseo tógadh agus seiceáladh mo chárta bordála agus insíodh dhom cá raibh mo shuíochán. Tar éis píosa útamála fuair mé é agus bhuail mé fúm, agus mo mháilín beag ar mo ghlúine agam cosúil le gasúirín ar a chéad lá ar scoil. Chonaic mé daoine ag cur a gcuid málaí agus beartán i dtaisceadán a bhí os a gcionn. Rinne an mac seo an rud céanna. Thosaigh an t-árthach mór seo dhá líonadh suas. Cheap mé nach mbeadh áit suí ná seasaimh ag a leath ach bhí, mo léan. Isteach leis na banmhaoir aeir agus thóg gach duine acu a ceann posta féin. Ordaíodh an crios sábhála a chur orainn. Ansin míníodh dhúinn leis an gcrios eile – an crios tarrthála – a chur orainn i gceart. B'shin é an uair a thosaigh na féileacáin ag cur dinglise in íochtar mo phutóige. Níor smaoinigh mé beo go dtí an pointe seo gur siar thar farraige a bhí ár dtriall, agus mar sin thug mé aire faoi leith do na cailíní seo. Sáitheadh amach an t-eitleán ar an rúidbhealach agus tosaíodh na hinnill. Thosaigh an soitheach mór seo ag croitheadh ó bhall go posta. Thosaigh an torann ag méadú agus, go deas réidh ar dtús, chuaigh sí chun seoil. A mhaicín mo chroí thú, chuir sé an chois go clár agus thug sí abhóg! Caitheadh siar mé in aghaidh an tsuíocháin. Bhí mo ghaisce ar Dhia. Nach mairg a thug cúl do chomhairle a leasa? Dhá mbeadh breith ar m'aiféala agamsa d'fhanfainn in éineacht leis an gcat sa ngríosach. An chéad rud eile, facthas dhom go raibh mo shuíochán agus mé féin ag titim siar, cineál. Bhreathnaigh mé amach an fhuinneog, rud nach ndearna mé go dtí seo. "Dia dhá réiteach!" adeirim féin – bhí muid thuas san aer agus mise ag iarraidh mo dhá spáig a choinneáil sáite síos san urlár, ag ceapadh gur ar an talamh a bhí mé i gcónaí, ach bhí sé chomh maith dhom suí ar mo shócúlacht agus dócúlacht a ligean thart. Dhírigh sí amach faoi cheann píosa agus, murarbh orm féin a bhí sé, cheap mé gur laghdaigh an torann.

Fuair muid cead gal a bheith againn agus ba ghairid go raibh na deochanna ag teacht thart. M'anam gurbh

éigean dhom mo chrúb a chur síos agus dhá réir fuair mé an oiread agus a thug misneach dhom. Is furasta an t-aineolaí a aithneachtáil i gcónaí, ach ar ndóigh an té nach gcleachtann an mharcaíocht dearmadann sé na spoir. Ní raibh a fhios agamsa go raibh cláirín beag i gcúl an tsuíocháin romham a d'iompódh síos chugat le rudaí a leagan air. Mar sin, choinnigh mé an misneach bréige a bhí sna buidéil bheaga agam in mo dhá ghlaic. An tseanbhean a bhí taobh istigh dhíom, b'fhéidir gur cheap sí gur le teann béasa nár tharraing mé síos an cláirín seo an fhaid is a bhí sí féin ag fáil freastail – rud a fuair sí, mar ba beadaí an cailín í. Ní fhaca mise ise ag leagan a boirdín féin, agus is namhaid í an cheird gan í a fhoghlaim.
Níor lig mé tada orm féin. Ag oscailt an ceathrú buidéilín a bhí mé, nuair a labhair an seanchailín le mo thaobh.
"*Wait,*" ar sise agus tharraing sí síos an boirdín bréige. "*Now,*" ar sise.
"*Thanks,*" a dúirt mé féin.
Ní raibh aon rún agam aird a chur uirthi, agus cheap mé gur shíl sí go raibh mé ag fáil súgach agus go mb'fhéidir go ndéanfainn asal díom féin mar is dóigh gur ionúin le Dia an duine bocht súgach agus nach lú leis an diabhal ná duine bocht sotalach, ach nach mó an carthanas atá go minic i ngloine fuisce ná atá i mbairille bláthaí? Ach bhí sé ráite liom riamh ómós a thaispeáint do dhuine ní ba sine ná mé, mar dá shine an gabhar is ea is cruaí a adharc. Bhí mé ar tí blogam a bhaint as mo ghloinín nuair a bhuail an t-eitleán *pot-hole* nó sclaig agus baineadh croitheadh asainn ar fad. Níor thuig mise ag an am go raibh a leithidí de

áiteacha mar seo sa spéir, pócaí folmha aeir gur féidir leo scanradh a chur ar dhuine. Doirteadh mo bhraoinín.
"Mallacht dílis Dé dhuit," adúirt mé féin go hard i dteanga mo shinsir, "mura sibh atá místuama!"
"Brú na bodóige ag bullán!" a scairt an cailín le mo thaobh.
"B'fhéidir nach ndearna tú comhairle do mháthar," adeirim féin "ach dar bhrí an leabhair choinnigh tú a teanga ar chaoi ar bith."
"Ambaist," ar sise, "ná dearna mé a comhairle, mar ba ag bun Chnoc Bréanainn a cuireadh an birín beo ionam dhá scór bliain ó shin, d'uireasa brat gabhail."
"Ceann Gaelach freisin," adúras féin.
"Ceann chomh Gaelach le maidhm bháite Charraig na nGall," ar sise, "ní hionann agus an stailcéir a phós mé."
"Iontas," adeirimse, "ó fuair tú blas na feola nár choinnigh tú a hanraith."
"Á, bhail," ar sise, "nuair a chastar an óige agus an spórt le chéile, ní minic dóibh scaradh go luath. A' dtuigeann tú, "Óg gach neach in aois a óige, óg arís gach seanóir; óg deireadh aoise gach duine, 's deireadh gach sean aoise óige'."
"An ceann caol," adeirimse.
"Ambaist," ar sise, "ná fuil a fhios agam cad é an saghas ceann atá agat ach tá togha na Gaelainne agat."
"Ón gcliabhán," adeirim féin.
"Ón bhfuil leis," ar sise, "mar an ní a bheirtear ann ná baineadh cíor ná ráca as é. Is cuma cén gléas ceoil ar a seinntear an port, 's é an port céanna i gcónaí é."

"Teastaíonn ó mo ghléas-sa dul chun bóthair," adeirimse.

"Caol díreach romhat," ar sise, "ach ná fág ansan é!"

Bhí misneach anois agam – bhail, cheannaigh mé é, cosúil leis an seanbhádóir súgach nuair a bhain sé fáisceadh as cailleach an tincéara. Shíleas éirí, ach níor fhéad mé. Bhí an fáisceán boilg do mo choinneáil: an crios tarrthála.

"Oscail an bhearna don bheithíoch sin nó salaigh do bhríste," ar sise, ag taispeáint dhom céard ba cheart dhom a dhéanamh. Cé go raibh streall mhaith ólta agam faoi seo ina dhiaidh sin féin bhí mo bholg síos go dtí mo ghlúine ina mhachdual ach, lúbadh nó leagan, lean mé orm. An rud is measa a casadh dhom riamh ná tomphrochóg ar chriathrach báite sa samhradh, mar nuair a chuaigh ceann síos chuaigh an ceann eile suas. Bhí luascán lathaí idir an péire. Cheap mé go raibh an bealach go dtí an leithreas cosúil leis. I ndáiríre ní raibh. Mearbhall a bhí orm, ach tháinig mé thríd an geábh seo.

"Shíl mé go dtiocfadh an agóidín sin ar ais," adúras féin, "go bhfaighinn braon eile, ach is ag sílteáil a bhí mé."

"Síleann an dall gur míol gach meall," ar sise. "Déanfaidh sin gnó dá call. Tá mála faoi mo shuíochán agus tarraing aníos é, le do thoil. Seo, coinneoidh mé mo chois as an mbealach."

"Seans go bhfuil cleachtadh maith agat air!" adeirimse. "Croch do thóin mhór píosa eile."

D'oscail sí an mála agus tharraing amach buidéal cáirt de "Pháidín".

"Leatsa an lomrachán," ar sise, "mar a dúirt an

mhaighdean leis an mbromachán! Seo, líon suas iad seo. An diabhal ná fuil tada le cur tríd agus ná fuil aon bhlas ar phóg gan cíor na beola a bheith géar."
"Ní fheicim í," adeirimse, "ach tá spreasán eile ina háit. Tá sé chomh maith dhom glaoch air, má thugann sé aon aird orm."
"*Sure*," ar sise, "ní hanacair go heiteach."
Sméid mé féin air. Cineál slusaí a bhí ann agus go deimhin thóg sé a am ag teacht. Cheapfá gur chosain gach uile choiscéim punt an t-orlach air. Thug an seanchailín a hordú dhó agus dúirt leis gur anocht a theastaigh sé uaithi agus ní ar maidin.
"Seo," ar sise nuair a tháinig an freastalaí ar ais, "cuir braon de seo tríd. Bainfidh sé na fiacla as."
"Ar aghaidh is fearr liom é," adeirimse.
"Peaca ná déanann tú siar fút é," ar sise. "D'anam ón riach ná cuirfidh sé chun báis thú. Nár dhiúl tú cíoch do mháthar agus níor iompaigh tú do thóin léi, gan trácht air a liachtaí didín ó shin ar chuiris do theanga ina timpeall? Ní haon aingeal fear in aon chor ach stail shléibhe i mí na n-asal. Ól siar é agus go dtuga an diabhal go sleamhain silteach trí úmacha síl do phósta é."
"A chailín," adeirimse i m'intinn féin, "is cosúil gur i scoil pheata gan mhúineadh a fuair tú do chuid oideachais!"
Ní maith liom gáirsiúlacht ban go hiondúil ach bhí mé ag baint suilt as, mar cheap mé go raibh sí ag iarraidh a bheith lách liom, agus cén mhaith an t-ól gan an charthanacht?
"Sláinte!" adeirimse. "Cogar mé seo leat: cén t-achar i Meiriceá thú?"

"Dhá scór bliain," ar sise, "san earrach seo caite — maidin Lá 'le Pádraig go díreach a chuireas mo dhá chois fúm ar thalamh Mheiriceá. Bhíos óg aerach díchéillí, chomh te bruite le caiscín ar ghrideall, agus cheapas go raibh súiste óir ag gach aon fhear ina bhríste, agus an lia fáil ina chuid meáchan. Casadh fear breá óg orm – bunadh Éireannach – agus thiteas ar mhullach mo chinn i ngrá leis. Phósas é, ach níor thuig mé an lá san go raibh cuachóg curtha aige i m' bhearach. Sé mhí ina dhiaidh sin rugas iníon, ach lá a baiste bhí seisean ar iarraidh – imithe le bean eile."

"An mada brocach," adeirimse.

"Ní mhaslóinn an madra," ar sise. "D'fhág sé mise ag brath ar shíneadh láimhe na gcomharsan. Achar gearr ina dhiaidh sin chualas gur chuir fear éigin scian go feirc ann nuair a shíl sé a bhean a mhealladh uaidh. Cimleachán salach a bhí ann. Nach as na sneá a thagann na míola agus nach bás idir dhá iongain a fhaigheann siad?"

"D'ordaigh Dia an anachain a sheachaint," adúras féin.

"Tuigim sin anois," ar sise go ciúin," ach is cúng an doras a dtéann an t-olc isteach ann agus is lagbhríoch an duine a leanann an dríodar. Rinne mise sin, agus is minic a chaoin mé go binn é. Chuala tú riamh gur leithne bualtrach na bó le satailt uirthi. Bhí an tsaltaireacht déanta ormsa anois agus bhí mo chairde fann. Bhí mé brandáilte mar bhean gan náire."

"Ní beag don dall a bheith dall," adeirimse, "gan é a athdhalladh, agus go minic nach gaire cabhair Dé ná an doras?"

"Bliain glan ina dhiaidh seo chuaigh mé ag obair do

lánúin Ghiúdach," ar sise, "agus tá mé leo ó shin. Nuair a d'athraigh siad go California chuaigh mise leo."

"Iontas nár phós tú arís," adeirim féin ach, faraor, má dúirt, chuireas mo mhéar i dtóin na puiche.

"Óra, a scraimíneach na gcluas maol," ar sise, " 'bhfuil tuiscint ar bith i do cheann? Mise ag pósadh arís, adeir tú? Nach dtuigeann tú gur mar a chéile gach uile fhear agus go bhfaigheadh sé bean fiú dhá mbeadh cloigeann mná eile ina phóca aige? B'fhearr liomsa dea-thórramh ná drochbhainis, mar sin a bhí agam. Má chuireann an páiste a mhéar sa lasair uair amháin ní dhéanfaidh sé an dara huair é."

"Ach nach uaigneach an níochán gan léine?" adeirimse.

"B'fhéidir é," ar sise, "ach bheadh sé níos uaigní a bheith ag níochán allais mná eile agus fios agat air. *No, sir*. D'fhuaraigh gráin na hintinne teas an choirp. Thug mé droim láimhe do rúpálaithe slusacha na pluide, mar ní hionann cuingir na ngabhar 's cuingir na lánúine. Níl aon bhealach díreach isteach chuig an gcaisleán. Bhí mo dhóthain le déanamh agam mo bheatha a shaothrú le mo pháiste a thógáil, agus deirimse leatsa an té atá tuirseach gurb éasca a leaba a chóiriú. Creid uaimse é gurb iad buillí an tsúiste a líonann na málaí. An té ná fuil cóta aige caitheadh sé báinín. Níl tairbhe gan trioblóid agus ní fiú do chuid fuail a chur amú leis an gcuid is mó de na fir."

"Agus an páiste," adeirimse. "Fir nó mná?"

"Cailín beag, buíochas le Dia," ar sise. "Tá sí féin pósta anois agus ceathrar clainne aici. Phós sí fear ceart. Ciarraíoch breá – ní hionann 's an smaoiseachán min sáibh eile sin. Ar son Dé, ól é sin agus ná bí ag blaisínteacht de mar a bheadh pisín de bhainne fuar maidin sheaca. Caith siar é. H'anam ón diabhal, ní fear in aon chor thú. *Sure, God,* d'ólamar riamh é an t-am seo de bhliain, go mór mór nuair a thuigeann tú ná fuil aon bhealach amach as seo ach síos díreach – agus ansin beidh aiféala ort nár ól tú an buidéal. Ní den chríonnacht an chinnteacht. Caith siar é!"

"Is dócha nach bhfuil baol báite ar an té a chrochtar," adeirimse. "Más mar sin é, líon arís. Ó, a dhiabhail, tá buidéal agamsa mé féin thuas in mo mhála! Níl sé seo ceart."

"Ná fuil a fhios agat cad a dúirt an Gobán Saor lena mhac nuair a bhí sé ag rantáil i ndiaidh mná óga?" ar sise. "Coinnigh do chrúb i do phóca agus do bhreacaire i do bhríste."

"An-ráite," adeirimse, "ach inis an méid seo dhom: cén chaoi ar choinnigh tú do chuid Gaeilge? Feicim in mo bhaile féin iad agus níl an dara bearradh tugtha acu dhóibh féin thar sáile nuair atá canúint orthu chomh tiubh le fód móna. Chuirfidís mada gan tóin ag cac ag éisteacht leo."

"N'fheadar ar chualais cad a dúirt an cat leis an mbainne te?" ar sise.

"Níor chualas," adeirimse.

"Chonac do leithéid cheana!" ar sise. "An onóir bhocht an onóir is measa ar fad, coiléir agus cuachóga os cionn na ngiobal. A' dtuigeann tú? Hataí arda agus sála gágacha. Ní thógfainn orthu é in aon chor. Ambaist ná fuil aon ní is deise ná scuaid bhreá Béarla ná fuil ciall ná réasún léi. Tugann sé stádas aonraic pearsanta dhó ná tuigeann neach ach é féin – cosúil le gúna álainn ar scubaid ghránna go dtí go scaoileann éan scuaid uirthi agus ansin bíonn gach aon ag gáirí ach í féin. Ní thugaim aon aird orthu. 'Gaisce iníon Mhóire agus Mór sna miotáin.' Ara, *sure* ní sheasann mála folamh le balla. Níl aon neart ag na daoine sin air. Go deimhin, níl mórán acu sin ann. An chuid eile againn, tá grá speisialta dár dtír agus ár dteanga againn. Feicfidh tú féin go gairid an rud sin."

"Ní bheidh mé an fhaid sin ann," adeirimse, agus d'inis mé mo scéal di.

"Ná cuir adhastar sneachta ort féin," ar sise. "Duine gan eolas a théann rófhada isteach sa gcoill. Tóg t'am agus breathnaigh romhat. Tír iontach í Meiriceá don fhear oibre má tá sé féin ceart. Ní ghlactar le leadaíocht ná leisce ná a bheith mall – ó, sin peaca marfach ar fad. Codail amach é cúpla maidin agus sínfear do sheic chugat. Codladh fada a fhágann poll an chaca leis agat. Airgead é am ann. Ní cuirtear am amú. Coinnigh do shúile ar oscailt agus feicfidh tú na rudaí sin ar fad. Má theastaíonn uait dul chun cinn, níl aon rud le thú a stopadh ach an ghloine atá i do ghlaic agat – sin í deoch an bhriseadh croí agus an t-údar dóláis. Is iomaí fear breá ar chuir sí fód air – agus go mór mór i Meiriceá, mar tá sí saor. Déanann sí bacach den uasal agus bean chaointe den bhairille. Feicfidh tú fear ag ól le bróga briste agus fear eile gan bróg ar bith air. Tá sé an-éasca a bheith siléigeach i dteach an óil. Freisin níl a fhios agat cé atá ag faire ort. Ansin, nuair atá do bholg lán, buille sa cheann agus beidh tú ar fáil sa bpuiteach.

"Go sábhála Dia sinn!" adeirimse. "Nach aisteach

an tír í?"

"Cosúil le gach uile thír sa domhan," ar sise, "an t-olc agus an mhaith, ach go gcaithfidh tusa agus mise ár mbealach a dhéanamh eatarthu. Níl a fhios ag aon duine cá bhfuil fód a bháis, agus go minic is féidir le duine casán contúirteach na hanachana a sheachaint má bhíonn sé cúramach."

"Rud nach bhfuil éasca," adeirimse.

"Níl don duine óg," ar sise, "mar is iomaí craiceann a chuireann an óige di agus tá sé an-deacair ceann críonna a chur uirthi. Sa tír seo tá saol aoibhinn ag an dream óg. Buíochas le Dia, tá greim le n-ithe ag teacht, agus tá sé in am. Tá snaidhm na bpéisteanna ar mo sheanphutóig."

"Tá beirt againn ann," adeirimse.

M'anam ón diabhal go bhfuair muid béile deas. Ní béile fear sleáin a bhí ann ach bhain sé an t-ocras dínn – an ceann ba ghaire do Dhia a d'ith mé riamh. Bhí mo chara ag roiseadh cainte i gcónaí — cosúil le sruth rabharta ag gabháil droichead an Daingin. D'ith sí a bhfuair sí agus d'íosfadh sí tuilleadh dhá mbeadh sé aici. Bailíodh na tráidirí agus an cosamar agus cheap mé féin go raibh an cailín le mo thaobh réidh anois le haghaidh tuilleadh clabaireachta, ach ní raibh. Shín paisinéir trasna uaim páipéar nuachta chugam. Ní raibh an tríú leathanach léite agam nuair a bhí an cailín ina srannadh codlata le mo thaobh. Nach aoibhinn Dia do chuid de na daoine? Chodlóidís ar mhullach Chnoc Modhardáin! Tháinig banmha or thart agus d'fhiafraigh díom an raibh mo chara fuar. Bhí sé deacair agam freagra díreach a thabhairt uirthi mar go raibh sí ina codladh. Shín sí dhá phluid chugam agus ós annamh leis an gcat srathar a chur air féin, chas mé ceann timpeall ar mo sheanbhean.

"Thanks," adeir sí – agus gur cheap mise go raibh néal uirthi! Ba mhinic a chuala mé caint ar "chodladh ina dúiseacht" ach anois bhí sé le feiceáil agam. Ag an am seo bhí sé ina oíche dhubh – ní fhéadfaidh mé a rá ar an talamh. Laghdaíodh na soilse agus thit ciúnas síochánta timpeall orm. D'airigh mé cineál uaigneach ionam féin. Nóiméad ó shin ghearrfainn píobán na caillí i ngeall ar a cuid bleadrachta, ach anois thabharfainn a bhfaca mé riamh í dúiseacht agus tosaí arís. Nach deacair an duine a shásamh, agus b'fhéidir an ceart ag an té a dúirt gur fearr an troid ná an t-uaigneas! D'airigh mé na huaireanta an-fhada.

Cheap mé féin go raibh sé sách dona mar a bhí sé ach, go bhfóire Dia orainn, cén chaoi a raibh sé ag na créatúir bhochta a chaith sé seachtaine sáinnithe i soitheach seoil ag déanamh an aistir chéanna, pacáilte mar dhornáin tuí i gcruach, gan sibhíteacht ná séarachas, leathbhásaithe ag tinneas farraige? Ní báid acmhainneacha a bhí iontu, agus ar dhrochaimsir cheapfainn go mba deacair seasamh suas. Choinnigh an cruatan sin na mílte gan teacht abhaile choíchin. Cúrsaí airgid do na húinéirí a bhí ann – ní raibh aon tábhacht ag baint le compord na bpaisinéirí. B'fhearr an ballasta, cé go raibh a gcuid airgid íoctha acu – ná céadta a fuair bás agus nár dearnadh leo ach iad a chaitheamh sa teiscinn mhór le bheith ina mbia ag éisc an duibheagáin. Go minic níor cuireadh paidir ná cré lena n-anam. Sin é an bhail a cuireadh ar ár sinsear, agus an té a léann tarraoil neamhthrócaireach an ama sin cuireann sé brón agus múisiam air. Ní mórán eolais a bhí agamsa faoi na nithe sin ag an am, mar bhí sé píosa ina dhiaidh seo nuair a léigh mé fúthu. An chéad rud eile, fógraíodh go raibh muid ag déanamh isteach ar Thalamh an Éisc agus go mbeadh muid in ann cuid de a fheiceáil thíos fúinn. Ní fhaca mé tada ach néalta agus ceo, ach tháinig smaointe isteach in mo cheann gur chuala mé trácht ar an áit seo cheana uair eicínt in áit eicínt. Ní raibh cuimhne mo ríomhaire ag obair i gceart. B'fhéidir go raibh sé curtha as ord ag torann na n-inneall, ach i ngan fhios dhom féin amach os ard thosaigh mé ag rá focal:

Is foscailte fáilteach an áit sin Éire,
Bánchnoic Éireann Óigh',
Agus toradh na sláinte i mbarr na déise,
Ar bhánchnoic Éireann Óigh' –

Stop mé ansin, mar bhí dearmad déanta agam den chuid eile, ach thosaigh an taifeadán le mo thaobh:

Ba bhinne liom ná méara ar théada ceoil
Seinm agus géimneach a lao 's a bó,
Taitneamh na gréine orthu, aosta is óg,
Ar bhánchnoic Éireann Óigh'.

"Is measa thú ná an bás," adeirimse. "Shíl mé go raibh tú na mílte ó bhaile.
"Seans gur ag caint liom féin a bhí mé. Ach ó labhair tú ar an mbás," ar sise, "chuir tú véarsa as seandán eile i gcuimhne dhom – ceann a mhúin mo dhaideo dhom agus mé ar a ghlúine. N'fheadar ar chualais é?

"Caoin thú féin, a dhuine bhoicht,
De chaoineadh cháich coisc do shúil,
Ná caoin iníon, ná caoin mac
Dá gcuireadh faoi bhrat in úir."

Dúirt mé liom féin má ba chríonsearg a gnúis, bhí sruth na filíochta ina cuid féitheacha.
"Níor chualas riamh é," adeirim féin. "Bhí fiú dearmad déanta agam ar na línte deireanacha de mo dhán féin."
"Níor chóir duit sin," ar sise, "mar sin é paidir an deoraí. Tá scéal an bhróin agus na himirce ann agus anois tá tú os cionn na háite ar cumadh é. Seanbhean as Contae Phort Láirge a mhúin domsa é, agus a dúirt freisin liom:

"Bailigh glaneolas go cruinn
Is coinnigh gach ní 'na cheart;
An glór a bhogann an croí,
'S é 'thaitníonn le Rí ba bhFeart."

"Níl a fhios ag cuid againn tada," adeirimse léi.
"Ná habair sin," ar sise. "Tá gach neach ina ghiolla na práisce go gcleachtann agus go bhfoghlaimíonn sé gnó an tsíofróra."
"As ucht Dé ort," adeirimse, "agus labhair Gaeilge!"
"As ucht Dé ortsa," ar sise, "agus lig amach mé nó salóidh mé mo bhríste. An uair sin beidh a fhios agat cad é práisc!"
Tháinig sí ar ais, ach idir an dá linn síneadh foirmeacha chugainn le líonadh – cá raibh ár dtriall? –

céard a bhí ar iompar againn? – agus a lán eile.
"Ní haon iontas," ar sise, "go bhfuil páipéar daor sa tír seo."
"Bhí an sláimín féir ní ba saoire!" adeirimse.
"Ach gan aon neantóg a bheith ann!" ar sise. "Agus ós ag caint ar pháipéar é, tabhair dhom an peann sin, le do thoil. Seo dhuit mo sheoladh agus m'uimhir ghutháin."
"Ní fheicfidh mise California go deo!" adeirim féin.
"Shíl mé féin an rud céanna tráth," ar sise, "ach is ait an mac an saol — castar na daoine ar a chéile. Ní bheadh a fhios agat cén cor a thiocfadh, ach má thagann tú labhair Gaelainn ar an nguthán agus beidh do dhinnéar réidh."
"Muise, *thanks*," adeirim féin. "Diabhal mórán bean a thug cuireadh chun boird dhom fós."
"Fan go bhfaighidh tú cuireadh leapa!" ar sise.
"Tá lá na n-óinseacha imithe," adeirimse.
"N'fheadar," ar sise. "Tá tú óg fós agus is cuma leat cén stól a gcaithfidh tú cos air, ach táimse á rá leat nuair atá do chupán lán go bhfuil sé éasca é a dhoirteadh. Dá smartáilte dá raibh Ádhamh, nach ndearna Éabha asal de?"
"An pleota bradach!" adeirim féin "Níl sos ná suaimhneas ag Dia ná ag duine ó shin. Meas tú cén sórt úill a bhí ann?"
"Muna bhfacais fós é," ar sise, "seacht m'anam Dé ná fuil mise chun é a thaispeáint duit. Ba mhór an peaca, leis, nár bhuail Ádhamh le neantóg nuair a bhí sé ar thóir an úill nó nár thit an duilleog óna spaga spleodrach — an uair sin bheadh suaimhneas ag Dia agus ag duine."

"Ní bheadh cuma ar bith ar an scéal sin," adeirimse.
"Ní bheidh aon chuma ar do scéalsa muna n-éisteann tú," ar sise. "Seo m'ainm agus mo sheoladh."
"Siobhán Ní Shúilleabháin," a léigh mé. "Is dócha lena rá as Béarla gur S.O.S. a dhéanfadh sé . . ."
"S.O.S. ag an diabhal ort!" ar sise. "Éist. Táimse ag fanúint cúpla lá i mBoston. Ní féidir leatsa dul amach an treo céanna liomsa – caithfidh tú dul bealach an chuairteora – ach fanfaidh mise leat taobh amuigh. Bíodh sin soiléir, cuma an mbíonn do chairde romhat nó ná bíodh, agus má chuirtear ceist ort, abair sin leo – go bhfuil d'aintín taobh amuigh agus go mbeidh sí freagrach. Anois téigh siar agus glan thú féin. Ní thugtar an oiread airde ar an té atá glan gléasta measúil ag breathnú leis an té atá salach sliobarnach. *Man, look smart!*"
Ach bhí rudaí eile ag tarlú freisin. Dúradh linn go mbeadh trí ceathrúna uaire moille orainn roimh thuirlingt, mar go raibh iomarca tráicht romhainn agus go mbeadh orainn fanacht lena seal. Ar theacht ar ais di shín Siobhán – bhí a hainm agam anois, ar ndóigh – dhá ruainne cadáis chugam.
"Cuir iad sin i do chluasa," ar sise, "nó beidh tú chomh bodhar le slis nuair a thiocfaimid anuas."
Bhí an ceart aici. Thug mé faoi deara go raibh rud éigin ag teacht ar m'éisteacht ach níor thug mé aon suntas dhó i ngeall ar muid a bheith ag dul timpeall san aer ag fanacht lena seal. Ní raibh muid linn féin. Bhí os cionn scór eile ag déanamh an rud céanna – cuid thuas os a gcionn, cuid fúinn agus slám eile ina ndiaidh agus romhainn. Sa deireadh ligeadh linn. Fuaireas mo chéad amharc ar Bhoston Mheiriceá. Bhí

mé ag súil go bhfeicfinn slua Indiacha Dearga nó scata buachaillí bó. A mhac, nach mé a bhí seafóideach?
Anuas léi agus an t-iarrthach ag fáisceadh isteach níos doimhne in mo phutóga. Chaith sé de leataobh í – anonn liomsa léi. Chroch sé suas an taobh eile í – lean mise é. M'anam ón diabhal gur shíl mé go mbainfeadh sé an bairneach den charraig – bhí muid ag teacht isteach os cionn na farraige. Ar nós an diabhail, a cheap mé féin, má théann muid síos san uisce tá muid sách gar don chladach le siúl isteach, nó b'fhéidir go gcaithfeadh duine éigin téad chugainn! Plump, tump, tump – thosaigh an cliabhán éanacha seo ag croitheadh agus ag réabadh, agus shíl mé féin go ndéanfaí cláiríní speile di. Bhí muid ag dul de sciotán thar eitleáin eile agus foirgnimh – sian an diabhail in mo chluasa. Ansin laghdaigh sé síos go deas réidh sa siúl. Isteach linn gur thug sé le balla í – níl a fhios agam an téad chinn nó téad cheathrún a chuir sé aisti, ach bhí sí feistithe aige sa deireadh.
D'éirigh gach uile dhuine ina sheasamh. Rinne mé féin an rud céanna. Leanann caora an ceann eile. Tharraing Siobhán síos mé.
"Sách luath ag drochmhargadh," ar sise. "Scaoil romhat iad. Tiocfaidh tú suas leo ar ball. Beidh siad ansin ag seasamh thart ag fanacht lena gcuid bagáiste. Tá deifir an tsaoil mhóir anois orthu, cosúil le daoine ag teacht amach as an séipéal. Tá mise sean agus righin i mo choiscéim agus níl eolas an bhealaigh agatsa. Má fhanann an bheirt againn le chéile sroichfidh muid barr láin ar ball. Níl againn ach sodar faoi dhrochualach agus moillíonn Dia an deifir."

"B'fhéidir é," adeirimse – ní fhéadfainn a ligean léi – "ach 'An té a bhíonn ar deireadh beireann na gadhair air'." B'fhearr dhom mo bhéal a dhúnadh, mar chaith sí spalla eile chugam.

"Glan na cacanna bó taobh thiar de do chluasa," ar sise. " 'Beireann cú mall ar a chuid.' 'Más deireadh don dílis ní dá dhearmad.' Is cosúil go bhfuil cloigeann ortsa cosúil le criathar. *Come on, sweetheart!*"

"An bás go dtuga leis thú!" adeirimse.

Amach linn go mall righin réidh, mar bhí daoine eile ar an intinn chéanna.

"*How do you like my Irish boyfriend?*" a dúirt an raibiléir le duine de na banmhaoir. "*Isn't he cute? And so sexy looking!*"

Leáigh an ceann mé lena súile, agus a rá liom go raibh mé ag sróirtheoireacht i ndiaidh seanmhná.

"Ceapann an ceann," ar sise, "gur cineál *gigolo* Éireannach thú, nó leipreachán a chuaigh san ainmhéid!"

"Poiblíocht iontach do Bhord Fáilte," adeirimse, "ach cén sort breac é an *gigolo*?"

"Ainm de leithscéal fir a bhíonn ag sean uairseacha ban," ar sise, "ag tiomáint an chairr dóibh, ag déanamh sifleáil bheag oibre dhóibh 's ag tarraingt na pluide suas san oíche orthu. Jab deas don té a dtaitneodh sé leis, cosúil leat féin go díreach!" Gáire féin ní dhearna sí.

"B'fhearr liom a ghabháil ag sluaisteáil gainimh le píce féir," adeirim féin "ach m'anam go mb'fhéidir go bhfuil na *dollars* go maith agus seans obair sheasta gan fuacht ná fliuchán. 'Scaoil 'am í!' mar a dúirt an

mada leis an bhfeoil."
"Feoil?" ar sise. "Fuílleach na gcon! Ach é ní hé sin é ach is seo é. Téann tusa ar chlé anseo go geata na gcuairteoirí agus an dream nach saoránaigh iad. Rachaidh mise ar dheis agus fanfaidh mé leat díreach taobh amuigh de na ráillí."
"Togha cailín," adeirimse, "más coigeallach phróntach féin thú!"
"Imigh leat anois," ar sise, "a sheanráscaire riascúil, is ná bí ag ithe agus ag gearán cosúil le cearc ghoir. Tóg d'am agus déan do ghnó ceart."
Isteach liom. Bhí scuainí fada ó na geataí go balla. Rinne mé staidéar agus bhreathnaigh mé timpeall. Ag an ngeata ba gaire dhom ní raibh ach triúr agus seanbhean liath ag cigireacht. Ghoin m'aire mé, ach sheas mé an fód agus isteach liom taobh thiar den tríú duine sa líne. Choinnigh mé súil ar an gcailín liath. Triúr ban a bhí romham agus do réir cosúlachta bhí sí ag tabhairt an diabhail le n-ithe do dhuine ar bith nach raibh a chuid páipéir ceart. Anachain cheart a bhí inti. An t-aiféala is mó a bhí orm nach raibh Siobhán romham agus an bheirt a chur in árach a chéile.
"*Next!*" adeir glór cráite chomh géar le hoighe chuimilte ar iarann meirgeach. Suas liom. Leag mé chuici mo chuid páipéar ar fad, i dteannta an chinn a fuair mé le líonadh ar an eitleán.
"*Business or private?*" ar sise.
"*Private,*" adeirim féin, cosúil le saighdiúir as an Rinn Mhór.
"*Nature?*" ar sise.
"Bainis," adeirimse.

B'éigean dom mionchuntas a thabhairt di. An raibh éadach bainise agam? Ní raibh. Cén fáth? Mar nach mar a chéile na dathanna a chaitear in Éirinn agus anseo agus go raibh sé geallta dhom ceann a bheith ag fanacht liom — Ar cíos? Sea. Súil le lá maith? Ba chuma liom mar ní raibh m'athair ach tar éis bháis agus ní mórán fonn scléipe a bhí orm. *Hence, black tie? Sure.* Áit le fanacht? Le m'aintín – tá sí taobh amuigh. *How come?* Bhí sí thall ar an tsochraid. *Married too?* Níl; baintreach í. *Citizen?* Dhá scór bliain. *Staying long?* Trí seachtaine díreach. Tá Mama léi féin agus beidh an fómhar le bailiú. *Money?* Míle dollar, ach dúirt sí nach mbeadh aon chostas ormsa. *Why is that?* Ba í a céad chuairt abhaile riamh é agus chaith muid go maith léi agus bhí sí an-bhuíoch. *Will she go again?* Tá mé ag ceapadh go bhfuil ticéad ceannaithe arís aici i gcomhair na bliana seo chugainn.

Bhuail sí stampa ar mo *phassport,* chuir píosa de pháipéar bán i bhfostú de a raibh rud eicínt scríofa air agus shín chugam é. *Straight through to Customs and enjoy your stay. Have a good day!*

"*Bloody sure* go mbeidh," adeirimse, "a *lady*!" agus amach liom – amach chuig na Custaim. Phioc mé suas mo mhála, a bhí ag dul timpeall ar chineál stáitse gabhalbheannach. Suas liom go dtí an áit a raibh scrúdú le cur ar mhálaí. Mac Sheáin an tsúí a bhí romham agus a Mhaighdean Bheannaithe, bhí sé chomh dubh le tlú a bheadh seachtain i bpota tarra, dhá spreangaide de dhá chois air cosúil le dhá bhiorán cniotála chomh fada le ráithe an earraigh.

"*Onyting te declare?*" ar seisean. An-ghar nár dhúirt

mé "*F- all*," ach shloig mé.
"Tada," adeirimse.
Bhuail sé ticéidín ar mo mhála agus scaoil sé cead bóthair liom. Meas tú nár bhreathnaigh beirt eile ar mo mhála agus mé ag gabháil amach an doras deiridh!
Bhí mé amuigh sa deireadh, agus ba chosúil le siúl aníos urlár theach an phobail é. Bhí daoine ar gach aon taobh de na ráillí ag fanacht go dtiocfadh a gcuid cairde amach. Bhí Siobhán ag ceann na líne, agus níl a fhios agam fós an le cur i gcéill nó ag aisteoireacht a bhí sí, mar bhain sí slabar de phóg díom. D'fhéadfainn a dhul thríd an urlár!
"Do mhíle fáilte go Boston!" ar sise.
"Sluasaid eile faoin *mixer* maidin Dé Luain!" adúirt Darach, ag bualadh snaidhme aniar sa droim orm.
"M'anam ón diabhal," adeir Seán, "ó chuaigh tú dhá cuartú go bhfuair tú ceart í – cuairsce de chruach choirce! Beidh áit ag an triúr againn uirthi, ach go bhfuil mé ag ceapadh go bhfuil na cúlfhiacla curtha go maith aici."
"Má tá an meall sa mála aici," adeir Darach, "nach cuma céard 'tá thíos aici? Amadán a chuirfeadh a phus sa súiche nuair atá sé ag fadú na tine."
"Cheapfainn go bhfuil a cuid smeachóidí seo sách fuaraithe faoi seo," adeir Seán, "ach ní bheadh a fhios agat dhá gcuirtí cúpla séideog fúithi . . ."
Chonaic mé múr ag briseadh siar ó Árainn ach níor lig mé tada orm féin. Chaoch an cailín a súil orm.
"Ambaic," ar sise, "ná facas aon dá ghráiscín i m' shaol riamh is mó a raibh talamh fúthu ná sibh. Níl gríos na pluideoige ná dath an phlúir dhóite imithe

ceart de bhur másа gágacha fós. Ní ligfinn cead daoibh pota an fhuail a chaitheamh amach ar fhaitíos go leagfadh an boladh sibh, ní hamháin sibh beirt a thabhairt chun leapan liom. *God, sure* níl oiread cloigeann strapa páiste de dhudailín ag an mbeirt agaibh le chéile, agus ceapann sibh araon má scal an ghrian oraibh ag Castle Island gur fir sibh – dhá ghamhain tairbh agus gan fáinne i neach agaibh!"

"Tuilleadh na seacht ndiabhal déag agaibh!" adeir mé féin. "Is maith an píosa arís go mbainfidh sibh fogha ná easpa as duine ar bith. Theastaigh an méid sin uaibh. Seo í Siobhán Ní Shúilleabháin, a bhfuil dhá scór bliain caite anseo aice agus gan diabhal aithne uirthi gur fhág sí an baile riamh. Seán agus Darach."

"*Jesus' blood 'n' ounds,*" adeir Seán, "tá mé *friggin' sorry! Blast it,* a mhac, níor mhíneáil mé é. Tuige nár inis tú dúinn, a bhits, go raibh Gaeilge aici?"

"*Bloody hell,*" adeir Darach, "nach muid an dá asal? Glacaim míle pardún agat agus tá mé *really sorry, and I mean that. Honest to God!* Bhail, anois, nach éasca an dá chois a chur ann?"

"Slíomadóirí cearta an bheirt agaibh," ar sise, "ach gan dochar. Ní dhearna sibh ach mar a dheineas féinig go minic. Tá sibh in ann im a chur ar dhá thaobh an chíste, mar a dúirt an fear fadó!"

"Ceann maith é seo siúráilte," adeir Seán. "Céard a dúirt sé faoin im?"

"Dhá mba dhomsa féin a bheadh an t-im á dhéanamh," ar sise, "ba snasta slíoctha mo bhróg. Roinnfinn roinnt de, dhíolfainn roinnt de 's thabharfainn roinnt de don té ba chóir."

"Níl aon chuma air sin," adeir Darach. "*Jasus,* is fearr

dhúinn mótaráil. Beidh *fits* ar Johnny Beag. Tá sé ag cosaint *fortune* air. T'r 'om an *suitcase* sin. *Come on, lads!*"

"Coinnigh do ghreim," adeirimse. "Cár tógadh thú 'chor ar bith? Ar nós an diabhail níl sibh a dhul ag fágáil an bhean chóir seo léi féin gan marcaíocht a thabhairt di?"

"*Come on, sweetheart,*" adeir Seán, ag crochadh a cuid málaí leis. "Tá sé sin chomh *thick* le móta ceo – *ignorant*, a mhac!"

"Cuirfidh mo dhuine diallait uirthi siúráilte," adeir Darach.

"Seachain thú féin anseo," adeir Seán. "Bhainfí an smut asat an-éasca. Níl *manners* na muice ar na bitseacha atá ag tiomáint anseo. Tá t'anam in do ghlaic a't gach uile uair atá tá ag gabháil trasna an bhóthair. Cunúis chearta iad na madraí dubha sin."

"Tá na madraí bána féin chomh dona leo," adeir Seán. "*Here we are.* Oscail an *boot*, a chráin, agus ná bí caite ansin in do smíste cosúil le bó a mbeadh an iomarca *after-grass* ite aici no cráin a mbeadh ceas uirthi. *Hop to it, Puggy!*"

Amach le Johnny Beag. Tabhair beag air! Bhí sé os cionn sé troithe agus suas le fiche cloch meáchain. An fáth gur cuireadh Johnny Beag i ndiaidh a ainm ná go raibh Johnny ar gach uile athair siar na seacht sinsir – eisean Johnny Beag Johnny Sheáin Johnny Sheáin Jack. Ní rud é a bhí le cuma. Bhí sé píosa i Meiriceá. Chuir mé féin Siobhán in aithne dhó.

"A mhac, tá Gaeilge aici sin," adeir Seán.

"Cuir anseo í," ar seisean. "Agus tá Gaeilge a't! Cé mhéad bliain anseo thú? Caithigí isteach iad sin."

Bhí áit do leoraí móna ina deireadh.
"Dhá fhichid bliain," ar sise.
"An gcloiseann sibh sin, a bhuachaillí?" ar seisean. "Tá blas na cuinneoige fós uirthi. Nach bean gan náire a chrapfadh a cóta nó a cheilfeadh a dúchas i ngeall ar a muintir? Isteach leat chun tosaigh liomsa agus cuirfidh muid an scrifisc i ndeireadh. *Right, lads?* Óra, a dhiabhail, *sorry,* a Mhaidhc – coileán eile le gabháil sa lathach. Fáilte, a mhac!"
"Níl aon aird a't orm," adeirimse," "ó tá *blonde* a't!"
" 'S, a dhiabhail, nach raibh sí a'tsa *all night?*" ar seisean. "Cá 'il tú ag gabháil, a Shiobhán?"
"Quincy," ar sise. "Beidh sé as an mbealach duitse."
"*Not at all,*" ar seisean. "Cén sórt útamála atá ar an muic sin romhainn? Tá muid ina gcónaí buailte air – scaith'ín beag suas ón Erie Pub, má tá a fhios a't cá bhfuil sé."
"*Sure,*" ar sise, "tobar na bhfear amháin."
"Agus na *queers,*" adeir Seán.
"Mura n-athraí tusa *capers,*" adeir Johnny, "is gearr go gceapfar gur ceann acu thú féin."
Stop sé leis an ticéad páirceála a íoc.
"Caithfidh tú íoc ar gach uile shórt sa tír seo," ar seisean, "ón mbraoinín fuail go dtí an gráinnín guail. Tá sibh an-chiúin, a *lads*. B'annamh libh, muis."
" 'Neosfadsa duit cén fáth," adeir Siobhán, agus d'inis an scéal focal ar fhocal, ach gur chuir sí a cuid féin leis.
"Dhá *bloody greenhorn* ag maslú bean ghnaíúil?" adeir Johnny. "*Well, that's pretty good!* Shiúil an dá *eejit* isteach díreach i mbuinneach an lao. *Pretty smart,* an dá mhúille! *Frig me pink* ach fuair sibh idir an dá shúil

é. Grabairí cladaigh ag cur guaillí orthu féin, mar a d'fheicfeá dhá dhreoilín ag tabhairt dhúshlán an iolraigh mhóir. Ba mhór an grá Dia dhaoibh gabháil siar agus teacht aniar ceart. Suas na fuinneoga sin, a *lads* – tá muid ag gabháil isteach sa tollán."

Tollán débhealaigh a bhí ann — sách fada freisin. Ní raibh an trácht ródhona agus ba gearr go raibh sinn amuigh arís. Níorbh fhéidir mórán a chloisteáil ag an torann. Níor chuir an tollán seo aon iontas orm, mar chonaic mé go leor acu i Sasana.

"Aon chaint acu aon cheann mar sin a dhéanamh thiar?" adeir Johnny.

"Níl siad in ann na bóithre a dheasú!" adeirimse. "Níl an t-airgead ann."

"Óra, a dheartháirín, tá," ar seisean. "Tá neart ann le haghaidh na mboic mhóra, mar níl aon *return* as na *have-nots*. A mhac, tá an rud céanna sa tír seo. Sin é an chaoi a bhfuil sé i ngach áit, ach go bhfóire Dia ar dhuine ar bith atá i gcleithiúnas ar phóca duine eile."

"Boic mhóra anois iad," adeir Siobhán, "ach nach cuma don bhacach cén chaoi ar tógadh sa chliabhán é?"

"Agus bhí na *twins* ag ceapadh nach raibh aon Ghaeilge a't?" adeir Johnny. "Níor mhaith liom sibhse a chur ag iarraidh mná agus gan aon solas a bheith agaibh!"

"Ambaic go ndeanfaidís cleas fir an tairbh," adeir Siobhán. "Níor mhaith dhuit a bheith faoi siúd."

"*Better believe it*," adeir Johnny.

" 'Bhfuil tú ag gabháil a stopadh ag Field's Corner?" adeir Seán.

"*Lord, no*," adeir Johnny. "Gabhfaidh muid go

Ashmont. Ar ndóigh, ní áit é sin le bean ghnaíúil a thabhairt. Tá tusa ag cuimhneamh ort féin, ach tá mise ag cuimhneamh ar bheirt arbh fhéidir nach bhfuil a fhios cén uair a bhí greim ná blogam acu. Tá an oíche sách fada agaibhse le gabháil ag róidínteacht agus ag rantáil i ndiaidh girseacha."

"Pádraig Catach ansin i gcónaí?" a d'fhiafraigh Siobhán.

"Tá, *by dad*," adeir Johnny. "Aithne a't air?"

"Ba chóir go mbeadh," ar sise. "Is minic a d'athraigh mé naipcín air."

"Nach é an *too bad* é," ar seisean, "nár casadh na *twins* seo thiar ort agus thú cipín a chur orthu? Tá an bheirt acu cosúil le dhá reithín sléibhe. Tá an plaipín oscailte i gcónaí acu . . ."

" 'S gan tada thíos," adeirimse, "ach an oiread le cloigeann strapa."

"*Frig* thusa!" adeir Darach.

"Ná cuir an milleán ormsa," adeirimse. "Nach í an cailín seo a dúirt é?"

"Meas tú an mbeadh baol ar bith go bhfaca sí iad," adeir Johnny, dhá gcraiceáil tuilleadh.

"M'anam ón riabhach," ar sise, "ná teastódh péire *tweezers* uait chun breith ar bharr na ndiúilicíní sin, agus leis sin féin bheadh an chontúirt ann go ndéanfá dochar. An dtuigeann tú, tá feoil an uain an-*tender*áilte, ach pé scéal é tá súil agam nach mbeidh gliomach ag Pat ar an *menu*."

"Gliomach ag an diabhal ort!" adeir Seán. "Mar a chéile an bheirt agaibh – duine níos measa ná an duine eile. Mhill an mhuic é 's níor leasaigh an banbh é!"

Bhí neart áite páirceála ar chúl na háite seo. Isteach linn – Siobhán agus mé féin ar an deireadh. Níor thaitnigh an áit liom. Cuntar mór fada síos thrína lár. Cheapas go raibh an áit dorcha, coimhthíoch, gan aon phearsantacht – áit nach ndéanfainn aon teanntás. D'éirigh linn áit suite a fháil agus deoch. Pionta a theastaigh uaim ach b'éigean dom glacadh le buidéal beorach. Ní mórán áiteacha, adúradh liom, a raibh piontaí le fáil iontu. A mhac, bhí an bheoir seo fuar ach ní raibh aon bhlas ceart uirthi – cosúil le huisce i ndiaidh leamhnachta.

"Ná cuireadh sé sin dul amú ort," adeir Johnny. "Tá sé in ann thú a leagan amach an-éasca agus thú a dhéanamh chomh tinn le muic. Fiafraigh den chúiplín é."

"Tá sé ag inseacht na fírinne," adeir Seán. "Tá cúpla ceann go deas tar éis lá oibre ach gan deoch an chamaill a dhéanamh dhó."

"Tarraing chugat an cárta mór sin," adeir Johnny, "go bhfeicfidh muid céard atá an *lad* mogallach sin sa gcistin a bhruith. Scread mhaidine air, níl mórán den rath aige ach an chaoireoil féin, agus an *steak*. Beidh an tseanchaora a'm féin. Bíonn caoireoil álainn ag Pat, leis an gceart a dhéanamh. Seo, a Shiobhán."

Thug Seán an t-ordú don chailín freastail ach dúirt sise go mbeadh orthu fanacht leathuair le bord a fháil. Seo ceann de na chéad rudaí a dtug mé suntas dó – an méid daoine a itheann amuigh. An t-údar a tugadh dhom ná go bhfuil sé i bhfad níos saoire – rud a fuair mé féin amach ina dhiaidh sin – agus an darna húdar ná lánúin atá ag obair nach mbíonn an t-am ná an deis acu béile a chur ar fáil dhóibh féin ag baile aon lá ach ag an deireadh seachtaine. Idir an dá linn tháinig Pat isteach. Chonaic sé Siobhán agus anuas leis.

"Cé as ar tháinig tú 'chor ar bith nó cén fáth nár inis tú go raibh tú ag teacht? Maróidh Bríd thú!" ar seisean.

"Táim tar éis mí mhór fhada a chaitheamh thiar i gCiarraí," ar sise. "Mo chéad chuairt abhaile riamh. Casadh fear óg álainn orm as Conamara agus mheall sé mé go Boston, sa chaoi gur chríochnaigh mé suas le triúr baitsiléirí agus fear pósta. Anois cad a déarfá?"

"Do mhíle míle fáilte!" ar seisean.

Cuireadh mé féin in aithne dhó.

"Éireannach go smior," ar sise fúm féin, "ach ar son Dé tabhair leat an dá bhromach seo agus múin rud éigin dóibh. Is mór an trua iad. Íosfaidh na mná dubha iad. Tá siad chomh neamhurchóideach le páiste diúil."

"Ach fan go gcloise tú an chuid eile den scéal," adeir Johnny, agus rinne sé scéal fiannaíochta de le cuidiú ó Shiobhán.

"Ach ar ndóigh shíl muide nach raibh aon Ghaeilge aici," adeir Seán. *"Oh, Lord,* rinne muid asail dhínn féin!"

"Shíl tú nach mbíonn gé ag táilliúir!" adúirt Siobhán.

"Tá tú ag caint ceart," adeir Johnny le Siobhán. "Caithfidh mé an bheirt a thabhairt isteach sa *Combat Zone* agus fios a ngnóthaí a mhúineadh dhóibh.

"Tá mise ag rá leat," adeir Pat, "nach bhfuil tada le foghlaim ag an mbeirt seo. Thit na bairnigh díobh leath bealaigh trasna!"

"Tá áit daoibh anois," adúirt an cailín freastail.
Isteach linn. Níl mé ag déanamh aon fhocal bréige, bhí cion beirt ocrach ar bith ar gach aon phláta ach m'anam gur gearr a sheas sé seo na sclamhairí seo. D'iarr Johnny an bille ach dúirt an freastalaí linn go raibh sé ar an teach.
"Meas tú cén sort *'sylum* an diabhail atá ar an bhfear sin?" adeir Johnny.
"Gnaíúlacht an Chiarraígh i gcónaí!" adeir Siobhán.
"Chaill tú an cúig sin!" adeir Johnny. "As oirthear na Gaillimhe dhó ach tá deirfiúr dhó pósta ag Ciarraíoch."
"Do bhíos gar go maith dhó," ar sise.
"Níos gaire ná a cheap tú, b'fhéidir," adeir Seán.
"Cad a dúras leat, Pat?" ar sise. "Ní *tweezers* ach *squeezers*!"
" 'bhFuil rún agat fanacht i bhfad thart?" adeir Pat, ag cur deoch ar an mbord dúinn.
"Tá sé seo anois an iomarca!" adeir Johnny.
"Ní duitse ná do do chairde é," ar seisean, "ach don bheirt a tháinig chugainn thar sáile, agus téann Siobhán agus mise siar na céadta bliain. Ós ag caint ar rudaí é, tá Nanó ar an nguthán san oifig ag gearradh fiacail ag iarraidh labhairt leat agus tá ordú tugtha ag Bríd dhuit seasamh ag an teach. D'fhág mé an doras oscailte dhuit."
"Nár laga Dia thú," ar sise agus d'imigh léi.
"Shílfeá go bhfuil aithne mhaith agat ar an Muimhneach?" adeir Johnny.
"Ó rugadh mé," ar seisean. "Is mó an t-am a chaith mé ar ghlúine Shiobhán ná ar ghlúine mo mháthar. Bean álainn í sin agus níl suim deich dtriuf aici in

dollar. Tá a saol caite aige ag obair do Ghiúdaigh, agus má thug sise aire dhóibh, thug siadsan aire an lao di. Dhá bhfeicfeá an áit álainn atá aici sin taobh ó thuaidh de San Francisco. *Out of this world, man!* Amach as an leaba agus isteach sa linn snámha. Rud amháin fúithi: más Gaeilgeoir thú, ná téirigh ag labhairt Béarla os a comhair. Níl aon leabhar Gaeilge ná amhrán Gaeilge dár scríobhadh riamh nach bhfuil léite aici agus, an rud is iontaí faoi, cuimhníonn sí ar gach uile dhiabhal ceann acu."

" 'S í an seanchainteoir í is fearr a chuala mé riamh," adeirimse. "A dheartháir, bhí sí ag cur sean-Ghaeilge aisti ar feadh an bhealaigh mar a bheadh droichead Charraig an Logáin ag cur srutha as."

" 'S í atá in ann," adeir Pat. "Ach fóillín beag, a *lads* — meas tú an mbeidh aon seans ag mo dhuine anseo ar *start*?"

"Tá na *two stooges* anseo ag glanadh sluaiste dhó le dhá lá le haghaidh Dé Luain," adeir Johnny.

"Tuige?"

"Mar bíonn go leor isteach in am dinnéir gach uile lá ag cuartú fir oibre," ar seisean.

"Céard faoi íocaíocht?" adeir Johnny.

"Cuid acu ceithre scóir – sé lá, seacht lá – cúpla duine an céad – sé lá is mó," ar seisean. "Chugamsa a thugtar cuid mhaith de na seiceanna le sínseáil. Tá go leor de na boicíní óga seo ag imeacht ar bharr na maidhme freisin."

"Cén chaoi?" adeir Johnny.

"Coicís ar pháí mhór agus mí gan tada," ar seisean. "Cibé céard a déarfas tú faoi na *twins* anseo, tá siad seasta anois go ceann trí bliana ar a laghad. 'bhFuil sibh go barr talúna fós ann, a Sheáin?"

"Mí eile," adeir Seán.

"A dhiabhail," adeir Pat, "ar fhaitíos go ndéanfainn dearmad air: *Social Security number* – faoi cheann míosa ní bheidh sí le fáil ar ór ná ar airgead gan an *Green Card.*"

"Cé a dúirt?" adeir Darach. "Ní raibh stró ar bith ar an mbeirt againne."

"Tá deirfiúr do bhean Phat ag obair san oifig," adeir Johnny.

"Thanks, Pat."

"Beidh Bridie *off* ag a dó dhéag amárach agus tabharfaidh sí marcaíocht síos dhuit. Ar aon bhealach beidh sí ag déanamh a cuid siopadóireachta agus tá an oifig díreach lena ais."

"Ós mar sin é," adeir Pat, "nach bhfuil tú ar dhroim an asail?"

"Péire acu!" adeir Johnny.

"Óra, a chlab mála!" adeir Seán.

"Ná tabhair aird ar bith ar na diabhail seo," adeir Pat. "Cur i gcéill uilig é. Is measa a nglafar ná a ngreim; ach comhairle amháin – ná bí istigh eatarthu!"

Tháinig Siobhán ar ais.

"Tá sibh iarrtha uilig síos ag Nanó oíche De hAoine," ar sise.

"Dia dhá réiteach agus Muire dhá thochras," adeir Johnny. "Teach le Dia a bheas ann nuair a fheicfeas an chlann iníonacha Conán, Caoilte agus Diarmaid! Tá an diabhal déanta agat, a Shiobhán. Ní dhéanfar aon lá oibre arís go ceann míosa. Nach ann a bheas an *lovey-dovey* agus Nanó ansin ag fosaíocht, ag coinneáil súile ar na sicíní!"

"Ó, seo, imíodh muid," adeir Darach, "sula mbeidh próiste nó pósadh déanta dhúinn!"

"Buail aníos uair ar bith a mbeidh tú leat féin," adeir Pat, ag croitheadh láimhe liom. D'airigh mé mar a chuirfí písín páipéir isteach in mo ghlaic. Níor chuir mé féin aon suim ann ach é a chur síos in mo phóca. An oíche sin fuair mé amach gur nóta fiche dollar a bhí ann. Níor thuig mé é. Bhí go leor le foghlaim agam. D'fhág muid Siobhán i Quincy agus ar ais aníos linn chuig an teach. Teach adhmaid trí stóir bhí ann. Níl sé sin ceart anois ar bhealach mar ba ionad cónaithe dhó féin gach uile urlár – i ndáiríre, trí theach a bhí ann. Ar an urlár íochtair a bhí Seán agus Darach. Tugadh isteach mo mhála agus thaispeáin Seán mo sheomra codlata dhom.

" 'S, a dhiabhail, cá gcodlóidh sibhse?" adeirimse, ag cuimhneamh ar an seoimrín sáinnithe a bhí agam i Sasana.

"Tá seomra an duine againn," adeir Darach, "seomra folctha, cistin agus seomra mór suite, agus tá sé beagnach gan tada againn. Rinne muid féin suas é. Thug Johnny agus Máirín leapacha 's troscán dhúinn. Cheannaigh muid féin cúpla rud eile. Thug bean as Dún na nGall brat urláir breá dhúinn gan tada, in áit ar phéinteáil muid an teach di."

"Ara, a mhac, 's é na flaithis an áit seo," adeir Seán.

"Aon chraic sna pubanna?" adeirim féin.

"Diabhal mór suime atá a'inn iontu," adeir Darach. "Tá ól istigh ag gach uile dhuine 's mura dté tú amach oíche Dé Sathairn nó Dé Domhnaigh le castáil ar dhaoine, diabhal suim a bheadh a't iontu. Tá go leor le déanamh anseo agus go leor áiteacha le

gabháil, an dtuigeann tú?"
"Rud eile," adeir Seán "Níl an *Green Card* ag ceachtar againn agus caithfidh muid a bheith cúramach. Ó, níl mé ag rá nach bhfuil corrcheolán thart. Tá – neart acu. M'anam go bhfeicfidh tú féin go gairid iad. Níl siad ag iarraidh aon lá oibre a dhéanamh ach a gcrúb sínte amach acu gach uile oíche pái 's ansin ag tabhairt dhá thaobh na sráide leo nuair atá an déirc sin ólta acu."
"Freisin," adúirt Darach, "nuair a thagann tú anseo caitear go maith leat. Is beag nach ndéantar seachtain saoire dhuit. Ní fhaca an bheirt againne a leithidí riamh, go mór mór an seandream – créatúir bhochta nár thug cuairt abhaile riamh ón lá ar fhág siad."
"Cosúil le Siobhán," adeirimse.
"Sea," ar seisean, "ag tógáil clainne agus ag íoc tí, ní nach raibh siad ina acmhainn. Anois tá siad róshean agus b'fhéidir freisin nach bhfuil aon duine a bhaineann leo beo. Sin é an fáth a bhfuil fáilte speisialta acu roimh a leithidí sinne."
" 'bhFuil a fhios a'tsa go mbíonn siad ag déanamh gaisce asainn," adeir Seán, "dhá gcur i gcomórtas agus i gcosúlacht leis an dream óg atá ag fás suas anseo! 'Fir bhreátha as an seantír' a thugann siad orainn. Níl siad ag iarraidh thú a bheith óltach ná achrannach – ól é, íoc é agus ar a bhfaca tú riamh iompair é. Tugann siad gach uile shórt dhuit go dtí obair a fháil dhuit ach ansin nuair atá an chéad seicín in do phóca buail bonnacha. Ansin coinnigh leis an iomramh."
" 'bhFeiceann tú an chaoi a bhfuil caite acu linne?" adúirt Darach agus é ag líonadh buidéal beorach dhom. "Níl mé ag rá nár chuir an bheirt againn go

leor oibre isteach san áit seo, ach fiú go dtí na braillíní fuair muid iad. Tá ómós ag gach uile dhuine dhuit má tá tú ag imeacht ceart – tá bród acu asat."

"Ach bí in do ghlincín glórach gaisciúil agus ní bhacfar leat," adeir Seán. "Chuala tú Pat faoi do *number*?"

Buaileadh an doras agus d'oscail Seán é. Bean óg a bhí ann agus páistín ina baclainn aici – páiste fir.

"Seo í Neansaí, bean Johnny," adeir Seán, ag cur na beirte againn in aithne dhá chéile agus ag tógáil an pháiste uaithi.

"Tá sé millte agaibh," adeir sí. "Nach cosúil le seomra naíonra an áit seo ag an dá phleota? Bhail, tosaigh ag inseacht."

"Nach furasta aithne gur ón sliabh thú, tá tú chomh fiosrach sin!" adeir Darach. "Breathnaigh, an mbeidh *high-ball* a't?"

"Ní bheidh ná *low-ball*," ar sise. "Is maith atá a fhios agat nach mblaisim den mhúnlach sin."

"Óra, a dhiabhail, rinne mé dearmad," adeirimse, ag oscailt mo mhála agus ag tarraingt amach an bhuidéil fuisce agus na dtoitíní. "Anois bíodh deatach agus deoch agaibh."

"*Poor old Joe!*" adeir an triúr in éineacht.

Ba bheag nár thit mé féin as mo sheasamh!

"Níl aon scláta imithe dhínn," adeir Neansaí. "Ná ceap é!"

"Uncail do Neansaí é sean-Joe," adeir Darach, "agus b'fhearr leis gloine de sin ná grúdarlach Mheiriceá. Níl suim soip agamsa ann."

"Ná ag aon duine sa teach," adeir Neansaí.

"Á, muise, a Neansaí, tabhair dhó uilig é," adeir Seán.

"Gan bhriseadh," adeirimse.

"Tá mé ag ceapadh go raibh tusa thart anseo cheana," adeir Darach. "Is cosúil le duine thú a bhfuil fios na rópaí aige."

"Tá fios amháin nach bhfuil aige ar chaoi ar bith," adeir Neansaí, "agus ba cheart go mbeadh a fhios ag an dá smíste agaibhse níos fearr."

"Ó, *by dad,* níor ghoid muide an siúcra!" adeir Seán.

"Breathnaigh anois," ar sise, "duine ar bith atá ar bealach ó mhaidin inné gan aon néal a chodladh tá ragairne ama agus aeir air agus ba cheart dhuit síneadh siar. Tá an créatúr sin ag titim ar a chosa agus tá sibhse ansin ag caint 's ag cocaireacht. Siar leat a chodladh, a stór."

"Agus tabharfaidh Mama siar an buidéal ar ball!" adeir Seán.

"Tabharfaidh mise blao chluaise dhuitse mura dtuga tú amach an páiste chuig an gcarr," ar sise.

"*Come on,* Pádraicín," adeir sé. "Sean-Mhama bhuí *has to go to th*e siopa *to* ceannaigh *'weeties for Popeye.* Nach air a bhí an mí-ádh agus gadaí caorach anuas óna cnoic a phósadh!"

"Gabh amach, a bhardail chladaigh," adeir Neansaí, "sula gcuirfidh tú soir mé. Tiomáin thusa, a Dharach, agus suíodh an seanghasúr thiar 'un deiridh leis an bpáiste. '*Bye* anois!"

Níor airigh mé lá ná oíche go dtí an deich a chlog maidin lá arna mhárach agus, a Thiarna, níor airigh mé ar fónamh! Tharraing mé orm mo bhríste agus síos liom sa gcistin le braon tae a dhéanamh. Bhí nóta fágtha ar an mbord suas in aghaidh cupáin, áit a bhfeicfinn é. Léigh mé féin é: "Má theastaíonn tae

uait turnáil *on* an *gas* – tá sé *automatic. Booze and beer in fridge* – strapa *n* drár".
B'fhíor dhóibh. Bhí an oiread bia agus dí istigh acu agus a bheathódh complacht airm. D'ól mé cúpla *mug* tae agus thug mé beagán glanadh dhom féin. Ag a haon déag scanraíodh mé. Cheap mé gur clog a bhí ag cur a chosa uaidh ar dtús ach fuair mé amach gurbh é an 'fón é istigh sa seomra suite. Sin rud nach maith liom a dhéanamh i dteach eile, é a fhreagairt, ach níorbh fhéidir é a stopadh.
"*Hello*," adeirim féin.
"Ar dhúisigh mé thú?" ar sise.
"Tá mé in mo shuí le huair," adeirimse.
"Tara suas," ar sise, "agus tabhair leat do *phassport*. Tarraing an doras in do dhiaidh."
Bhí bricfeasta breá réitithe aici dhom.
"Suigh isteach anois," ar sise. "Tá a fhios agamsa nach raibh mórán fonn ort gabháil ag réiteach dhuit féin ar maidin."
"Sin é an fhírinne," adeirimse. "Bhí mé spalptha ag an tart agus ní lú liom an diabhal ná *beer* ar maidin."
"Chuirfeadh sé sin gadhar chun báis," ar sise. "Chodail tú go maith?."
"Thar cionn," adeirimse. "Nach ciúin an áit é seo?."
"Bíonn go tráthnóna," ar sise, "mar tá gach uile dhuine ag obair. Airíonn an buachaill strainséartha thú. Anois céard a déarfá?"
"Mise ag ceapadh gur shíl sé gur duine eicínt de na *lads* a bhí ann," adeirimse.
"Ara, mo léan," ar sise, "baol air! 'bhFuil a fhios a'tsa go n-aithníonn sé ag caint iad? Óra, tá sé millte acu – beirt ar bith a chrochas leo é maidin Dé Domhnaigh

chuig an Aifreann agus síos chuig an trá ansin go ham dinnéir. Ar ndóigh, 's é a bhfuil uaidh Darach a bheith ag tiomáint."
" 'S a' bhfuil ceadúnas tiomána aige?" adeirimse.
"Ní raibh sé coicís anseo," ar sise, "go raibh sé aige. Óra, má tú in ann í a choinneáil díreach anseo shínfidís ceadúnas chuig páiste. Sin í Bridie."
Níor airigh mise duine ar bith. Bhrúigh sí a méar ar chnaipe sa doras.
"Aníos leat," adeir sí. "Tá sé seo an-fhóinteach. Níl aon chall dhuit a bheith ag rith síos aníos staighre ag oscailt doirse agus, rud eile, mura labhraíonn an té atá thíos níl aon chall dhuit an doras a oscailt."
Chuir Neansaí mé féin in aithne do Bhridie.
"Tae?" adeir Neansaí.
"Ní bheidh," ar sise. "Caithfidh mé do chara anseo a thabhairt go dtí Mary Jane. Dúirt sí an lá cheana faoi cheann píosa eile nach bhfaighidh aon duine uimhir gan a chárta."
"Fágfaidh sé sin cuid mhaith ar an bhfaraor géar," adeir Neansaí. " 'S é díol an diabhail a bheith as obair sa ngeimhreadh. Tá Maidhc anseo a ghabháil ag obair leis na *lads* Dé Luain."
"Nach maith a fuair siad isteach é?" adeir Bridie.
"D'imigh naonúr nó deichniúr go California," adeir Neansaí. "Bhí siad ag ceapadh go raibh an obair róbhrocach, ach m'anam nach bhfaighidh siad níos glaine í san áit a ndeachaigh siad."
"Má fhaigheann siad obair ar bith," adeir Neansaí.
" 'bhFuil eochair a't," adeir Bridie, "ar fhaitíos nach mbeinnse ag teacht anuas an bealach seo? Fágfaidh mé ag Pat thú *anyways*."

"D'fhág Johnny anseo iad," adeir Neansaí. "Breathnaigh suas an tsráid. Níl ort ach teacht anall trasna agus anuas díreach go dtí 1616. 'S í an eochair bheag a osclaíonn doras na sráide. Ar aon bhealach, ba cheart go mbeadh Seán agus Darach ann nuair a thiocfas sibh amach as an mbaile mór. Rud eile, ná tabhair leat ach scór nó mar sin *dollars*. Tá daoine thart anseo an-luathlámhach."

Síos Sráid Adams a chuaigh muid – sráid mhór fhada leathan. Pháirceáil sí an carr sa gcarrchlós ag Field's Corner agus shiúil muid go dtí oifig na deirfíre. Ansin a fuair mé amach go bhfuil stuaim ar ithe na mine. Bhí coinne, mar dhóigh dhe, ag an mbeirt le chéile. Líonadh foirm agus fuair mise mo cháirtín. An t-aon charthanas a bhí ann ná *"See you in Nano's to-night!"*

Sin é an bealach a ndéanann muide rudaí thart anseo," adeir Bridie. "Tugann muid féin aire dhá chéile agus coinníonn gach uile dhuine a bhéal dúnta."

"Rud a choinníonn na cuileoga amach," adeirimse.

"Na spíodóirí," ar sise. "Rugthas ar chúpla buachaill anseo le gairid agus cuireadh abhaile go hÉirinn iad. Sceith muic eicínt orthu – síos díreach go Logan ina gcuid éadaigh oibre. Cén cás é, ach dhá bhuachaill dheasa."

"Éad arís," adeir mé féin.

"Airgead," adeir sise. "Fuair an spíodóir cúig chéad *dollar* má thug sé a ainm. Sin é an t-éad é."

"Go sábhála Dia sinn!" adeirimse. "Ná habair go bhfuil daoine mar sin thart i gcónaí?"

"Gheobhaidh tú an speireadóir in gach uile áit," ar

sise. "Tá an chaimiléireacht ar bun. D'inseodh Pat scéalta dhuit a chuirfeadh an ghruaig ina seasamh ar do cheann, ach buíochas mór le Dia níl mórán acu ann, agus ní fearr a bheith."

Chaith muid seáirse ag gabháil thart ar na siopaí – ise ag ceannach rudaí a theastaigh ón teach agus uaithi féin.

"Is dóigh," ar sise, "nach bhfuil a fhios agat ó thailte an domhain cá bhfuil tú anois?"

"Níl a fhios," adeirimse, "ach an oiread le páiste."

"Go deimhin, bhí mé féin chomh haineolach céanna leat nuair a tháinig mé i dtosach," ar sise. "Tháinig muid síos díreach Sráid Adams agus d'iontaigh muid ar chlé ag an gcoirnéal sin thall – díreach ag Oifig an Phoist, agus trasna go dtí an carrchlós anseo. Anois tá muid ar Shráid mhór fhada Dorchester. Ritheann sí seo an bealach céanna le Sráid Adams agus tugann mise 'Y' i gcónaí ar an gcoirnéal seo, mar briseann tú isteach ó shráid go sráid eile agus tabharfaidh ceachtar acu abhaile thú."

"Ó, tuigim," adeirimse. "Síos taobh thoir agus aníos taobh thiar."

"Agus an fhaid chéanna siúil," ar sise. "Ansin istigh i lár báire tá an séipéal – áit a dtéann gach uile dhuine againn ar Aifreann. Casfar gach uile dhuine dhuit ansin ag Aifreann a haon déag maidin Dé Domhnaigh. Is cineál cruinniú sheachtainiúil é. Fan go bhfeice tú."

Aníos linn ansin go deas réidh – ise ag taispeáint tithe agus áiteacha dhom b'fhéidir a theastódh uaim le mé a chur ar an eolas. Ag gabháil amach as an gcarr di thuas ag teach ósta a fir shín sí dhá mháilín páipéir

chugamsa.
"Tá tú féin 's Pat," adeir sí "comh-airde agus tá dhá léine agus bríste ansin dhuit. Tá éadaí na hÉireann róthrom sa tír seo an tráth seo de bhliain."
"Ní raibh call ar bith dhuit sin a dhéanamh," adeir mé féin.
B'fhéidir gur airigh sí mo chuid cainte cineál mothaitheach, mar dúirt sí, "Beidh gach uile shnáithe a thug tú leat crochta suas go dtí an lá a mbeidh tú ag imeacht arís. Ar aon bhealach, is sean-nós anseo é. Teann sé siar i bhfad."
"Bhail, go raibh míle maith agat," adeirimse. "Ní raibh mé ag súil lena leithide sin, go mór mór nuair nach bhfuil mórán aithne agam ort.
"Seafóid aithne," ar sise. "Éireannaigh muid. Cuimhnigh air sin. Níl contaechas ná cúigeachas againn. Isteach leat. Bíonn sailéad deas ag Pat inniu."
Fuair mise dhá ghloine leanna agus shuigh muid síos.
"Is fearr gloine," ar sise, "ná buidéal sa tír seo."
"Níl a fhios agam mórán faoi," adeirimse.
"Ara, bíonn gach uile shórt cosamair sna buidéil sin," ar sise, "lena gcoinneáil úr. Tá dhá phláta sailéid ordaithe agam, an bealach gur maith liomsa sailéad – neart feola fuarbhruite."
Síneadh anuas chugainn iad. "Agus dhá ghloine bainne freisin," ar sise. "Ná breathnaigh go fóill – tá an bheirt sin istigh."
Ach ní raibh aon chall dhom. Chonaic an bheirt muid agus anuas leo.
"Ach, a dhiabhail, breathnaigh!" adúirt Seán. "*By dad*, tá tú in do *friggin Yank* ceart inniu, ag ithe beatha an choinín."

"Muise," adeir Bridie leis, "ní dhéanfadh sé aon dochar dhuitse cúpla mias de a ithe. B'fhéidir go mbainfeadh sé an pus crosach gágach goiríneach sin díot!"
"*Jealous* atá tú," ar seisean, "i ngeall ar an bpus ribeach atá ort féin! Nach geall le tom driseacha í?"
"Ní bhfuair Pat aon locht uirthi," ar sise.
"Ní bhfuair, mar bhí sé caoch!" ar seisean. " 'S é an peaca é a chur amú leat. Meas tú céard atá siad a dhéanamh le mo dhinnéar?"
"Céard a d'ordaigh sibh?" ar sise.
"Mairteoil agus fataí," ar seisean. "A dheartháir, tugann siad dabracha breátha feola sa tír seo. Is geall le scraitheacha poill fhataí iad."
"Agus níl sé ag iarraidh a thabhairt dhó ach aon iompú amháin," adeir Darach. "Bíonn sé cosúil le sionnach ag ithe coinín – fuil go cluasa air. Ní ag bord ba cheart é a chur ach i bhfail mhuice!"
" 'bhFuil tada eile agaibh le bheith ag caint air," adeir mé féin, "os comhair mná atá ag ithe a dinnéir?"
"Nach furasta a aithne nach bhfuil aon aithne a't ar an gcailín báire sin?" adeir Seán. "Níl tada istigh ina ceann sin ach bitseáil agus diabhlaíocht. Bean ar bith a d'iarnáil mo threabhsar agus ansin a d'fhuaigh na cosa le snáithe dúbailte taobh istigh den fháithim agus gallaoireach ar an *zip*! Óra, níl tada ag gabháil uaithi sin!"
"Agus *date* an oíche chéanna aige!" ar sise.
"Agus an siopa ag oscailt uaidh féin ar feadh na hoíche!" adeir Darach.
" 'Scáth a raibh ann ba chuma oscailte ná dúnta é!" ar sise. "Fuair muid an *number*, a *lads*."

"Tá fhios ag Dia nach tú is measa," adeir Seán, "dhá bhfaigheadh tú braon tae ar maidin. Breathnaigh, déanfaidh muid an siléar do Phat amárach ó tá sé geallta a'inn dhó."

"Ar mhaithe leis féin a dhéanann cat crónán," ar sise. "Níl aon phub eile sa líne a ligfeadh isteach sibh."

"Níl muid ag iarraidh gabháil iontu," ar seisean. "Ach an oiread leat féin, a chneámhaire, tógfaidh siad uilig a gcuid airgid!"

"M'anam nach bhfaighidh muide ól ar chnaipí ach oiread," ar sise. "Ó, seo, caithfidh mise imeacht. Ná hithigí an iomarca anois. Beidh béile bia agus deoch agaibh tigh Nanó anocht."

"Ó, Dia dhá réiteach," adeir Seán, "agus tusa an chuid eile den tráthnóna ag fadú fúithi, agus níl Nanó bhocht leath chomh dona leis an modhlaer a tháinig in éineacht le Maidhc! *Lord*, tá sí in ann carraigeacha a chaitheamh!"

"Tá péire a't is caith léi iad!" adeir Bridie, ag imeacht.

"Go sábhála Dia sinn!" adeir Darach. "Buíochas le Dia go bhfuil mo dhinnéar ag teacht!"

"An bhean bhocht," adeir Seán, "is cuma céard a déarfas tú léi. Tá croí na féile aici. Ní thiocfaidh mórán *lads* óga Éireannacha thart anseo nach mbreathnóidh sí ina ndiaidh."

"Agus gan mórán buíochais go minic," adeir Darach, "ach is cuma léi."

Tháinig Pat agus leag sé dhá chlúdach chuig gach aon duine den bheirt.

"An ndéanfaidh na seacht scóir sibh go dtí an chéad lá eile pái?" ar seisean. "Mar chuir mé ceithre chéad

do gach aon duine agaibh isteach anois."
"Fuílleach," adeir Darach. "Go raibh maith agatsa. Breathnaigh, beidh muid aníos luath ar maidin."
"Fágaigí go dtí an deich a chlog é," ar seisean, "mar ní bheidh na cloigne rómhaith tar éis Nanó agus ní bheidh mise isteach go dtí sin. O.K.?"
D'imigh sé.
" 'bhFeiceann tú sin anois?" adeir Seán. "Sínseálann sé na seiceanna dhúinn agus cuireann sé an t-airgead sa mbanc dhúinn. Tá dhá mhíle ceithre chéad istigh a'msa anois agus níl mé ocht seachtaine anseo fós."
"Is diabhlaí breá an t-airgead é," adeirimse.
" 'S tá gach uile shórt íoctha a'inn," adeir Seán, " 's ní fhaigheann muid ocras ná tart. Déanfaidh sé an rud céanna dhuitse, tá mé ag rá leat."
"Itheann muide anseo gach uile thráthnóna," adeir Darach. "Togha dinnéir ar trí dollar go leith. Togha bia. Chosnódh sé suas le deich *dollar* é a cheannach agus ansin ag fanacht go mbeidh sé bruite. Níl fanacht ar bith ort anseo. Ní bhíonn orainn ansin ach greim ar maidin agus tráthnóna."
"Rud eile: tá rogha a't," adeir Seán, "agus tá a fhios a't, an rud atá tú a ithe, go bhfuil sé ceart."
"Breathnaigh an rud a rinne sí dhomsa," adeirimse, ag oscailt an dá mháilín – péire léinteacha agus bríste."
"Tuiscint," adeir Darach. "An chéad seachtain níor thóg Pat pingin rua ar an dinnéar go bhfuair muid páí. An gcreidfeá sin?
" 'S é a fuair an obair seo dhúinn freisin," adeir Seán. "Bhí muid ag obair ag subaí ar thada. Tá a fhios ag Dia gur iarr Pat obair dhúinn ar rúnaí

cheardchumann na bhfear oibre. D'fhág sé scéala anseo ag rá linn gabháil isteach Dé Luain. A mhac, tá muid bainte as a gcleachtadh: neart oibre, togha páí agus neart cairde."
" 'S a' dtéann sibh in aon phub eile?" d'fhiafraíos féin.
"Óra, a dhiabhail, téann," adeir Seán. "Gach uile áit a bhfuil ceol Gaelach nó banna ceoil as Éirinn, bíonn muid ann. Ag na cluichí peile agus iománaíochta, rásaí curacha. Ara, 's é 'n chaoi a bhfuil sé anseo, tá áit eicínt dheas a't le gabháil i gcónaí, seachas na seanphubanna plúchta sin."
" 'S ag iascach," adeir Darach . "Níl a fhios cé na ronnacha a mharaigh muid tá trí seachtaine ó shin – rudaí móra millteacha. Tá a fhios ag Mac Dé gur beag nach siúlfaidís isteach sa mbád leo féin. Ach, a mhac, dhá bhfeicfeá na gliomaigh atá anseo – dar brí an leabhair, tá cuid acu chomh mór le caora shléibhe."
"Mealltracha uisce," adeir Seán. "Is fearr míle uair na cinn bheaga. Tá téagar eicínt iontu 's tá siad níos blasta."
"Céard a rinne sibh leo?" adeirim féin.
"Iad a roinnt thart," ar seisean. "Tá reoiteoirí móra acu anseo a choinneodh bullán. Ní fhaca tú an ceann mór atá thuas a'inne?. Ceann a fuair muid gan tada. Tá an oiread istigh ann 's a choinneos beatha linn go ceann bliana."
" 'bhFuil an obair crua?" adeirim féin.
"Níl, muis," ar seisean. "Ní hionann obair na tíre seo agus obair Shasana. Tá deiseanna agus bealaí difriúla le hobair na tíre seo. Fios do ghnóthaí an rud is tábhachtaí. Níl mé ag rá nach bhfaighidh tú seáirsí

crua oibre ach oiread. M'anam go bhfaighidh tú, ach ní go minic é. Cosúlacht na hoibre agus stuaim. Ar ndóigh tá stuaim ar ithe na mine. Óra, nach mó á chonaic tú féin de i Sasana ná mar a chonaic muide."

"Céard faoi chontúirt?" adeirim féin. "Cloisim nach bhfuil go leor de na háiteacha sin sábháilte."

"Ar nós gach uile scéal," adeir Darach. "Bíonn sé níos contúirtí go minic ag gabháil trasna na sráide. Suas dhuit féin – breathnú romhat agus gan an iomarca fuadair ná uafáis. Má tá stíobhard ceart ann ní bheidh mórán gortú ann. Sin é a dhualgas."

" 'Mhaighdean, tá stíobhard maith a'inne," adeir Seán. "Tugann sé aire na bó dhúinn agus ní thógann sé aon *shit* ó bhoic na mbolg mór. Dúirt duine acu le Darach an lá cheana gabháil suas ar fhráma iarainn agus siúl anonn ar a fhaid – gan aon eangach sábhála – go dtí an coirnéal ba faide anonn – le go bhfaigheadh mo dhuine amach an raibh na toisí cruinn. 'Ní *pigeon* é,' adeir an stíobhard leis, 'agus ní cuid dhá chuid oibre é – tá fir lena aghaidh sin ann agus tá siad ag fáil íoctha go maith air.' Tá mise ag rá leat gur stop sé sin é."

"Cén uair a thosaíonn sibh?" adeir mise.

"An seacht díreach," adeir Seán. "Seacht go dtí an trí – amach an geata ag a trí. 'bhFeiceann tú, bhí muid anseo ag ceathrú tar éis. Ó, á dhiabhail, sin rud eile a ndearna mé dearmad air – bróga oibre, *eights* nó *nines* a thógann tú?"

"*Eight an' a half*," adeirim féin.

"*Frig* an *half*!" ar seisean, agus amach leis.

"Cén áit sa diabhal a bhfuil sé sin ag gabháil anois?" adeirim féin.

"Mura bhfuil a fhios aige féin níl a fhios ag aon duine eile," adeir Darach. "Breac aisteach é sin."
"Bhí muid os cionn leathuair fhada ag fanacht le Seán go dtáinig sé.
"*Nines* iad sin," adeir sé.
"Breathnaigh anois!" adeirimse.
"Breathnaigh anois thusa. Stop – maith an buachaill! Tá treabhsar oibre ansin freisin," ar seisean. "Ní ligfí isteach ar an urlár ansin thú gan éadach oibre. Rud eile freisin, b'fhéidir go mbeadh an ghráin a't air ach caithfidh tú an hata crua a chaitheamh i gcónaí.
" 'Mhac, tuige?" adeirim féin.
"Cúrsaí sábháilteachta uilig é," adeir Darach. "Bíonn stumpaí de bholtaí iarainn, tairní, píosaí de bhrící agus an casúr féin ag titim anuas ó na hurláir agus tá mise á rá leatsa gur aisteach an gleann atá tairne in ann a chur in do bhlaoisc má thiteann sé ón bhfichiú stór."
"Diabhlaí glan a bhíonn sibh ag teacht ó obair anseo," adeirim féin. "Bíonn," adeir Seán "Tá áit bhreá againn le muid féin a níochán agus a gcuid éadaigh a athrú. Níl sé ceart a bheith lofa brocach mar sin ag gabháil i measc daoine. Ní maith leo é ach an oiread. Ara, ní thógann sé cúig nóiméad boslach uisce a bhualadh ort féin 's tú féin a ghlanadh."
"Muise, beidh obair dheas a'tsa Dé Luain," adeir Darach, "ag leagan na bhfrámaí adhmaid 's na gcomhlaí móra. Dúirt mé féin leis an stíobhard go raibh tú in ann fiú iad a chur suas. 'Ó, buíochas le Dia!' adeir sé. 'Tá mo chroí briste ag aineolaithe.' 'Speánfaidh sé féin dhuit céard a bheas le déanamh, ach ar a bhfaca tú riamh ná leag ach mar a déarfas sé leat."

"Sraith na heochrach a thugann seisean air," adeir Seán. "Sin gach aon cheathrú sraith. Sin iad a choinníonn suas an fráma ar fad – an chéad líne a chuirtear suas agus an ceann deiridh a thógtar anuas. Obair do ghasúr é ach aird a thabhairt ar mo dhuine."

"Agus má tá aon amhras ort," adeir Darach, "cuir ceist air. 'S é an fear is deise sa domhan é le n-oibriú leis. Go deimhin, ní ligfidh sé an meáchan ort, má fheiceann sé go bhfuil tú ag oibriú leat 'réir do láimhe." "Meiriceánach é?" d'fhiafraíos féin.

"Ní hea, muis," adeir Darach, "ach aniar as tóin thiar Chonamara – fear ceoil agus seanchais. A mhac, duine usual."

"Íoc é sin," adeir Seán, " 's ná caitheadh muid an tráthnóna anseo. Ó, a dhiabhail, tá bainne le fáil ar an mbealach síos a'inn."

"Fág agamsa é sin," adeirimse.

"As ucht Dé ort 's ná náirigh muid," adeir Darach. "Tiocfaidh do lá – ná bíodh imní ort. Fan go mbeidh do ruainne de pháipéar le síneadh isteach chuig Pat a't. Ansin cuirfidh muide an t-iarann ionat."

"Coinnigh do lámh in do phóca anseo," adeir Seán, "nó tá mise ag rá leat go mbeidh cuideachta agat – cuideachta na gcearc ar mhias an choirce. Ná bí seafóideach ná siléigeach. Tá neart creagairí agus táthairí thart anseo." "Mura bhfuil!" adeir Darach. "Tá cuid acu chomh sleamhain le heascann chochallach i bpota taisce – agus tá sí sin sách dona! Ós ag caint ar na rudaí sin uilig é, tá focal eile sa tír seo a bhfuil ardmheas air agus gach uile dhuine dhá chuartú: sin an *t-i-p*. Tá a chrúib amuigh ag gach uile dhuine, agus mura bhfága tusa bruscar faoin bpláta nó ar an gcuntar go mbeidh boladh bréan ort an chéad uair eile."

Istigh ag fáil bainne a bhí muid nuair a dúirt Darach le Seán faoi Nanó.

"Tabharfaidh mé leathghalún branda liom," adeir Seán. Ba bheag nár thit mé as mo sheasamh nuair a chuimhnigh mé an praghas a bhí ar leathghloine sa mbaile.

"Ara, tá sé chomh saor le bainne anseo," adeir Darach. "Níl air ach dhá *dollar* déag 's, ar ndóigh, ní shin tada."

Thart ar a naoi chlog tháinig Johnny, Neansaí agus an páiste isteach. Imní a bhí ar Johnny nach raibh gach uile shórt agam i gcomhair an Luain. Cheap mé féin go raibh.

"Tá," adeir Seán. "Fuair muide péire caogaín dhó agus léinteacha oibre, agus tá neart treabhsar airm againne 's tá lán cléibh de stocaí ann." "Seans," adeir Johnny, "go bhfuil sé chomh maith dhúinn seasamh thíos nó ní chloisfidh muid a dheireadh go deo."

"Ní muide atá sí a chuartú," adeir Neansaí. "Ní 'Darach' a thugann sí ar mo dhuine 'chor ar bith ach 'Dara', agus nach é a t-ainm ceart é, mar ní dhéanann sé tada eile ach a deáraíl agus ag craiceáil daoine! Tá a fhios ag Dia go bhfuil sé pioctha suas ag an bpáiste freisin – 'Da-da'."

"Tá ciall ag an bpáiste," adeir Darach. "Tá a fhios aige cé hé Daide! Breathnaigh, stopaigí an magadh. Má tá muid ag gabháil síos tá sé in am imeacht. Nach fíor dhom é, a Phádraicín? Tabhair leat an buidéal sin, duine agaibh."

"Óra, a shlíomadóir," adeir Johnny, "nach tú atá in ann imeacht – uisce faoi thalamh ceart! Ní bheidh meas muice anocht ar thada a thabharfas duine eile ach 'Dara'."

"*And he is so handsome!*" adeir Neansaí.

"Tá tusa thú féin ag tosaí," adeir Darach. "B'fhéidir nach bhfuil buidéal an pháiste a't leath chomh maith."

"Is maith an píosa go dteastóidh ceann uaitse ar aon bhealach," adeir sí.

"Foighid go fóilleach," adeir Johnny. "An té a bhíonn ag beadaíocht leis an mbó, nach aige a bhíonn an bainne?"

Agus chríochnaigh Seán é:

"Leathghalún bainne gabhair,
's méaracán bláthaí croite air;
's cinnte go ndéanfadh sé cabhair –

do Nanó bhodhar fáil ré leis na hiníonacha!" ar seisean.

"Ó, muise, murach an páiste," adeir Darach, "bheadh an beirt agaibhse bodhar. Stop do chuid seafóide anois agus tiomáin an carr – má thugann tú carr uirthi. Dhá mbeadh péire lián i ndeireadh uirthi bhuailfeadh sí amach púcán Mhicil Pháidín. Nár bhreá í ag gabháil ar an bportach thiar? D'fhéadfadh an cairrín 's an t-asal a bheith caite isteach thiar 'un deiridh a't."

"Dhá mbeadh tusa inti bheadh dhá asal inti!" adeir Johnny.

B'éigean dhúinn stopadh ag na soilse píosa síos.

" 'bhFeiceann tú an teach ósta sin thall?" adeir Johnny. "Púirín a thugaimse air, mar ní théann isteach ann ach gandail agus bardail. Níl glacadh le bean ar bith ann."
"Ó, seans go raibh tú ann!" adeir Darach. "Bhí barúil agam ón gcéad lá a bhfaca mé thú nach raibh tú ceart. Bhí tú cosúil le Sean-Mhaitias – duine asat féin. Murach gur casadh bean cheart ort bheadh tú féin sna cearca fraoigh. 'bhFuil a fhios a't, a Phádraicín, go dteastódh na bróga ó t'athair?"
"Maith nár chuimhnigh tú inniu orm!" adeir Johnny. "Cén uimhir atá ag Nanó? Ara, tá sé píosa maith síos fós."
"Laghdaigh an siúl," adeir Darach. "Níl ceadaithe thart anseo ach tríocha."
"Nach a't atá fhios!" adeir Johnny. "Tá an aithne agus an t-eolas a't ann. Ar ndóigh, nach tús caradais aithne cheart?"
"Go dtachta an diabhal thú!" adeir Darach. "Tarraing isteach taobh thiar den leoraí beag dearg sin thíos. A dhiabhail, tabhair le balla ceart í! Ní hí an 'Capall' atá a't."
"Nach álainn an áit é seo?" adeirimse.
"Duine eile de na hÉamainn," adeir Johnny. "Nach éasca atá sé na coileáin a thraenáil!"
"A anois," adeir Neansaí, "bígí cineáilín beag múinte."
"Á, ní féidir go bhfuil tusa thú féin sa gclub?" adeir Johnny. "Ach, mar a dúirt an fear fadó lena bhean, 'Ach go mbeidh an teach seo folamh, aireoidh do chraiceann iontas'!"
"Má tá maith i gcraiceann," ar sise, "tá tú ag fáil do

dhóthain. Isteachaigí libh 's ná bígí ansin ag geabsaireacht."

Isteach linn. Teach mór dhá stór a bhí ann ach teach aon chomhluadair amháin. Bhí an chéad urlár ina sheomra suite agus ite agus gan idir é agus an chistin ach cuntar gearr. D'fhág sé seo fairsinge mhór ann. Chuir Nanó na mílte fáilte romhainn. Bhí slua réasúnta ann – comharsana agus cairde le Siobhán. Chuir Nanó gloine mhór fuisce isteach in mo ghlaic.

"Tabharfaidh sé sin misneach dhuit," ar sise. "Ná bac leis an gcuid eile – tá neart cleachta acu ar na rudaí seo."

"Ambaist," adeir Siobhán, ag siúl aníos go dtí mé, "ná raibh caoi ná cóir ar an áit go dtáinig tú! Ná dúrt leat,a Nanó, go dtabharfainn Gael ceart chun do thí anocht? Agus thugas! M'anam ón diabhal ná fuil spórt in aon chor iontu. Iontas atá ag cuid acu mún in aon chor, táid chomh galánta san! Suigh liomsa go fóill agus muna mbeimid ag déanamh tada beimid ag breathnú ar na huaisle."

Shuigh an bheirt againn síos. Ní raibh aon rogha agam ach cuntas cruinn a thabhairt di – beagnach do réir na huaire ar gach ar tharla ó tháinig mé. Thug mé sin di agus, mar a dúirt an seanchaí, chuir mé cúpla aguisín beag eile leis. Faoi cheann tamaill tháinig Johnny, agus tháinig a dhóthain den diabhal, mar díreach ag an nóiméad céanna cuireadh iníon Nanó in aithne dhom – Nanóg a bhí uirthi seo. Níor lig Johnny a leas ar cairde ach tosú ag déanamh cleamhnais don bheirt againn.

"Ní fheádfaidh tú a rá anois, a Nanó," ar seisean, "nach bhfuil cairde maithe agat. Thug mise Seán agus

Darach anuas agus m'anam go bhfuil rudaí ag beochan thart ó shin. Anois tá Siobhán tar éis cliobaire breá eile as Éirinn a thabhairt thar an tairseach chugat. 'S, a Shiobhán, trí Ghiúdach chearta iad: níl caitheamh ná fán orthu – ag obair ó dhubh go dubh, ag déanamh airgid!"

"Agus dathúil dá réir," adeir Siobhán, "agus deirimse leatsa béasach. Mar a dúirt mé le 'Elvis' anseo, faraor ná fuil mé óg arís!"

" 'S mar bhfuil siad stuama!" adeir Johnny. "Ní fhaca tú an chaoi bhreá atá curtha acu ar an gcineál siléir a thug mise dhóibh?"

"Ní fhaca," adeir Nanó.

"Tá pálás déanta acu dhó," adeir sé. "Bíonn braith mhór acu 'rá liom mo bhróga a bhaint díom nuair a chastar isteach ann mé."

"Cosúil le California," adeir Siobhán. "Nach aoibhinn Dia do na mná a phósfas iad? Beidh fir acu seachas na guaillí fir atá thart anseo!"

"Gan aon déantús maitheasa," adeir Johnny "ach carranna móra 's gaisce. *Big deal* le haghaidh gach uile shórt 's gan an oiread acu 's a dhéanfadh torann ar leic!"

Bhí Nanóg ina suí ansin ar uillinn na cathaoireach le mo thaobhsa. I ngeall gur thall a rugadh í ní mórán tuisceana a bhí aici ar Ghaeilge. Bhí roinnt ach ní raibh sí in ann an bheirt a bhí ag cur dhíobh a leanacht. D'imigh Nanó ag tógáil glaoch gutháin. Thóg Nanóg mo ghloinese le deoch eile a fháil dhom ach dúras léi canna beorach a thabhairt chugam in áit fuisce. Bhí an dá áibhirseoir a bhí le mo thaobh réidh anois le tosú ag scaoileadh tuilleadh urchar.

"Tá an scéal cosúil ar bhealach," adeir Siobhán, "le scéal a d'inis mo mháthair chríonna dhom faoi sheanbhean shaibhir a raibh triúr iníon aici chomh maith ach gur cheap sí gur mhó an grá a bhí ag an gclann dá gcuid airgid ná mar a bhí acu di féin, agus dúirt sí leis an sagart a d'éist a faoistin:

Triúr atá ag brath ar mo bhás
Cé atáid de ghnáth i m' bhun
Trua gan a gcrochadh le crann
An diabhal 's mo chlann 's an chruimh.

N' fheadar cad é mar tá rudaí sa chás seo?."
"Tá an sparán lán pé scéal é," adeir Johnny. "As ucht Dé ort 's tabhair damhsa don chailín beag sin, 's ná bí in do shuí ansin in do smíste. Tá sí ansin le huair 's pian ina súile ag breathnú ort cosúil le huainín beag tréigthe a bheadh ag súil le buidéal. Mairg a cheangail an tsnaidhm."
"Faraor nach ar do theanga é," adeirimse. "Cuirfidh tú Nanó bhocht go Béal Átha na Sluaighe."
"Tá a fhios agatsa cá gcuirfir Nanóg," adeir Siobhán, "má tá téagar in do thoirt."
"Crois Chríost orainn!" adeirimse. "Ba cheart an bheirt agaibh a thabhairt ar cheann téide go dtí Oileán an dá Bhrannóg!"
" 'S níl an bheirt againne ag rá tada ach ag iarraidh an triúr agaibh a chur ar bhealach a leasa," adeir mo dhuine. "M'anam go bhfeictear dhom go bhfuil mangachín beag deas ag priocadh ar do dhuánsa. A dhiabhail, tarraing go deas réidh anois é ar fhaitíos go gcaillfeá ar bhord an bháid é!" "An dtuigeann tú,"

adeir Siobhán, "is fearr dhá shúil ná súil amháin agus is mairg nach ndéanfadh comhairle dea-mhná. Bíodh a fhios agatsa gur fearr an t-asal a d'iompródh thú ná an capall a chaithfeadh thú. Chugat anois do chapaillín!"

"An bás go dtuga leis an bheirt agaibh," adeirimse, "mar is measa an té a thabharfadh aird oraibh ná sibh féin."

D'éirigh mé, ag ligean orm féin go raibh olc orm, ach chaoch mé an tsúil ar Shiobhán ag imeacht dhom. Le tuilleadh dea-chainte agus magaidh a thabhairt do Johnny chroch mé Nanóg liom ag pramsáil ar an urlár. Chuir sise an dá dheirfiúr eile in aithne dhom agus, leis an gceart a rá, cailíní deasa lácha suáilceacha. Mheasc mé timpeall. Casadh cúpla seanfhondúir orm a bhí anseo le fada. B'aoibhinn leo siúd seáirse cainte a bheith acu le duine a bhí tar éis teacht den chéad uair. Cuireadh na céadta ceist orm faoi na daoine sa mbaile. An raibh sé seo nó sí seo beo? An raibh aithne agam ar a leithide seo nó siúd. I gcaitheamh an ama bhí plátaí bia agus gach uile chineál dí ag gabháil timpeall. Bainis cheart a bhí ann. Bhí neart ceoil agus amhráin ann agus níor mhaith dhuit osna a ligean nuair a bhí amhrán Gaeilge dhá chasadh. B'shin é an chéad uair in mo shaol a chonaic mé an grá croí speisialta a bhí ag na seanimircigh dá dteanga dúchais. Chonaic mé cúpla seanduine agus braon goirt ag silt óna súile le teann uaignis. Ní briseadh croí a bhí ann ach an meall mór seo a thagann i gcroí an deoraí agus é i bhfad ó bhaile ach an rud is measa ná fios a bheith aige nach bhfeicfidh sé a bhaile dúchais choíchin, go mór mór nuair a thagann an aois agus an ísle bhrí. Tá an pictiúir ar fhás sé suas leis ina chroí i gcónaí. B'fhéidir go bhfuil deannach air ach níl aon athrú air dhósan, agus ar a bhfaca tú riamh ná téirigh ag sárú air, mar déarfadh sé leat:

'Ní hamhlaidh atá sé liom anois,
Bhí mé luath is tá mé mall,
Níl a fhios agam cad é a bhris
Sean-neart an chroí is lúth na mball;
Rinne mé mórán is fuair mé fios ar mhórán
Ach níor sásadh mé.
Mo léan, mo léan, gan mé arís óg
Sa ngleann 'nár tógadh mé!

Bhíodar cosúil le hOisín i dTír na nÓg. Maidin Dé Sathairn chuaigh mé in éineacht le Johnny agus Neansaí síos go sean-Joe. Ní thiocfadh an páiste chugamsa agus b'éigean dise a choinneáil ina baclainn.

"Téann muid síos uair sa gcoicís go hiondúil," teann Neansaí "leis an áit a ghlanadh suas agus le beagán siopadóireachta a dhéanamh dhó." "Bhfuil sé cróilí?" adeirim féin.

"M'anam nach bhfuil," adeir Johnny, "gur fearín crua-chúiseach go maith é dhá aois.

Duine an-phointeáilte é."

"Chaithfeadh sé a bheith," adeir Neansaí. "Bhí sé sna trí chogadh. Go snaidhm an rópa a bhí sé aige a bheith seacht mbliana déag nuair a bhí sé i gcogadh mór na Fraince. Chuaigh sé isteach arís sa dara cogadh agus d'fhan sé istigh go raibh Korea thart."

"Chonaic sé aimsir," adeirim féin "Maise chonaic an fear bocht an dá shaol," adeir Johnny "ach níor chuala mé ag gearán riamh é."

"Metal man a leas-ainm atá air," adeir Neansaí "i ngeall ar a bhfuil de phíosaí miotail ina chorp."

"Bhfuil a fhios a't céard a dúirt sé uair liom?" adeir Johnny. "Ní chaillfear mise go deo mura dtiocfaidh meirg orm!"

" 'S a' bhfuil sé ina chónaí leis féin?" adúirt mé féin.

"Cineál," adeir Neansaí. "Árasán do sheandaoine a bhfuil sé ann – áit álainn *really*. Seo é anois é."

"Ná déan dearmad ar an mbuidéal," adúirt Johnny.

Is dóigh go raibh an áit fiche stór ar airde. Ar an ceathrú hurlár a bhí Joe. Tá an ghráin shaolach agam féin ar na staighrí beo atá in gach uile áit anseo go mór mór na cinn atá dúnta isteach. Tá siad cosúil le cónra. Bíonn mé ag gearradh fiacal i gcónaí istigh iontu. D'oscail Joe an doras. Bhí an páiste ina chodladh de bharr an chairr chuir Neansaí siar ar an leaba é. Fear ard caol tanaí a bhí in Joe – roic agus claiseanna ina éadan i ngeall ar a aois.

"Is fadó an lá cheana," ar seisean, "ó rug mé ar lámh chreagánach fir. Suigh síos agus bí ag caint."

"B'fhéidir go dtabharfadh sé seo tuilleadh cainte don bheirt agaibh," adeir Johnny ag síneadh an bhuidéil fuisce chuige. Rug sé ar an mbuidéal agus chuir suas os comhair a dhá shúil é cosúil le stiléara ag iniúchadh braon poitín.

"Paddy," ar seisean. "Nach air a baisteadh an t-ainm ceart, agus nach iomaí Páidín a chuir sé le fána?"

"M'anamsa go mbeidh titim mhaith a'tsa má ólann tú an iomarca de sin," adeir Neansaí.

"Bhí mise á ól," ar seisean, "nuair a bhí do mhama ag déanamh pictiúir an diabhail lena hordóg mhór sa luaithe bhuí – go ndéana Dia grást' uirthi. Beidh glaine an duine againn."

Ní glaine a dúirt sé.

"Ní bheidh," adeirimse. "Tá sé beagáinín fiáin dhomsa. Ní fear fuisce mé."

I ngeall ar a chuid méaracha a bheith craptha ag scoilteacha, bhain mé féin an claibín den bhuidéal. Shín Neansaí canna beorach chugam.

"Do shláinte," ar seisean "agus seacht mbeannacht dílis Dé le hanam na marbh. 'S í Ceata, máthair Neansaí, a chuir an buidéal deiridh chugam. Seans go bhfuil sí thuas ansin anois ag breathnú anuas orm 's ag rá, 'Déan go réidh leis sin, a sheanriadaire, nó cuirfidh tú thú féin chun báis leis!' Is deacair an drochrud a mharú."

"Níl steamar na ngrást sa teach a't," adeir Neansaí. "Cén sórt pleota thú féin nár ghlaoigh orm? Faraor géar nár phós tú. B'fhéidir go gcuirfeadh sí caoi eicínt ort seachas thú a bheith ag gabháil thart anseo ag pusaireacht 's gan do dhóthain le n-ithe a't."

"Baol an diabhail ormsa pósadh," ar seisean. "Cé a cheannódh bó nuair a bhí neart bainne le fáil saor in aisce?"

"Níl bó ná bainne anois a't," ar sise.

"Tá suaimhneas a'm," ar seisean. "Cuir síos slám ar an liosta sin – maith an cailín. Gheobhaidh tú céad dollar sa mbanc dhom freisin."

"Shíl mé gur dhúirt mé leat gan mórán airgid a choinneáil istigh," ar sise, "i ngeall ar robálaithe?"

"Cunús ar bith acu sin," ar seisean, "a thiocfas in aice

le mo dhoras, gheobhaidh sé cúpla urchar. Tá mo sheanchara olaithe bealaithe leagtha ansin ag fanacht leo."

"Ní hé do phaidrín a bheadh a't leath chomh maith," adeir Neansaí. "Baol ort."

" 'bhFuil a fhios a't gur thit an chrois de?" ar seisean. "Seo dhuit é. Is fearr na súile atá a'tsa ná agamsa."

"Tabhair dhomsa é," adeirimse.

Seanphaidrín ón díle a bhí ann – slabhra ceart.

"As Cnoc Mhuire a tháinig sé sin," ar seisean, "roinnt blianta ó shin."

"Bliain an drochshaoil," adeir Neansaí, "1936."

"Seo, a Johnny, gabh amach agus faigh iad seo don seanghabhar seo, agus leathchéad coirce freisin le macnas a chur air."

"Tá cártaí *plastic* do gach uile shórt sa tír seo. Is gearr go mbeidh uirnis *phlastic* ag gach uile fhear, Dia á réiteach."

"Tá siad féin ann," adeir Johnny, "agus cé le haghaidh sa diabhal a dtug Dia na glóire uirnis phósta do dhaoine? Tá an saol ina bhrachán."

"Bíodh sibhse ag caint libh," adeir Neansaí, "go dtiocfaidh Johnny ar ais. Tá rudaí beaga le déanamh agamsa – cúpla bráillín agus éadaí le caitheamh sa meaisín. Gheobhaidh mé greim le n-ithe ar ball dhaoibh."

"Tá tú píosa deas sa tír seo?" adeirimse.

"Rófhada," ar seisean. "1912, 's gan ionam ach somach, caipín cniotáilte, bríste glúnach ceanneasna agus péire bróga gréasaí. Is a'm a bhí an ghráin ar an áit. Ní raibh garraí féar glas ná píosa coirce le feiceáil, bó ná lao, cearc ná gé. An mada féin, cheap mé go raibh sé scanraithe. Chaoin mé an baile go binn go ceann bliana, ach diabhal duine a thug aon aird orm."

"Ar thuig tú ag caint iad?" adeirimse.

"Ó, a mhac, thóg sé píosa," ar seisean. "Bhí sórt smeadar Béarla a'm ón scoil, a' dtuigeann tú, 's ní raibh mé ródhona amach 's amach, ach go deimhin chéas mé an saol. Cuireadh chuig an scoil ansin mé agus b'shin é an buille a mharaigh an mhuic. Trí lá a bhain mé amach."

"Thug tú bóthar an chrompáin dhuit féin?" adeirimse.

"Chaoin mé go binn ó shin é," ar seisean. "Ní ualach ar bith ar dhuine beagán scoile. Nuair atá tú óg ní thuigeann tú é ach de réir mar a théann tú in aois tá easpa scoile ina chroimeasc ort."

"Cén chaoi ar chaith tú an t-am ansin?" adeirimse.

"Fuair mé obair ag pacáil olann," ar seisean "obair an diabhail ar bheagán pái agus uaireanta fada. An lá a raibh mé seacht mbliana déag liostáil mé san arm. D'inis mé lán mála bréaga dhóibh agus sé seachtaine ina dhiaidh sin bhí mé ar bord soithigh ar mo bhealach go dtí an Fhrainc agus an cogadh."

"Shílfeá nach bhféadfadh mórán traenála a bheith faighte a't?" adeirimse.

"Tada na ngrást," ar seisean, "ach gur múineadh dhúinn le siúl díreach agus le hurchar a chaitheamh. Ní raibh aon chaint ar thada a bhualadh – lódáil agus caith."

"Ar cuireadh suas sa mbearna thú?" adeirimse.

"Níor cuireadh," ar seisean, "go dtí mí díreach sula raibh an cogadh thart. A mhaicín, sin é an áit a raibh an sléacht. Ordaíodh amach muid ar nós builcín caorach agus ghearr na Gearmánaigh síos muid mar a ghearrfadh spealadóir féar, ach bhí muide chomh tréan le druideacha agus sa deireadh bhuail an neart an Gearmánach."

" 'bhFuair tú priocadh ar bith ann?" adeirim féin.

"Chuaigh mé i bhfoisceacht 'In Ainm an Athar' dhó," ar seisean. "Oíche amháin chuaigh mé ag scaoileadh cnaipe agus leag mé mo chlogad suas ar phíosa de chrann – meas tú an bhfuil sí sin ag éisteacht? Bhí mé díreach ag éirí agus mo lámh sínte amach agam le breith air nuair a cuireadh piléar caol díreach thríd, ach m'anam ón diabhal gur thug mé liom é. Óra, a diabhail, cheistigh an t-oifigeach go géar mé. Níor chreid sé mé. Bhí sé cinnte go raibh sé ar mo chloigeann. Dhá lá ina dhiaidh sin chuir mé an fear céanna. Rinne inneallghunna criathar dhó – ó, muise, fear breá."

"Bhí do dhóthain den troid ansin a't?" adeirimse.

"Baol an diabhail," adeir Neansaí. "Nár shíneáil sé fanacht sa gcúltaca agus nuair a buamáladh Pearl Harbour cuireadh an tsluasaid arís faoi." "Ach idir an dá cogadh," adeirimse.

"Stop!" adeir Neansaí. "Ceol, ól agus rantáil. Ní raibh dreoilín beag féin sábháilte aige. Ab é sin?"

"Á, anois," ar seisean, "ní raibh mé chomh dona sin."

"Inis é sin do dhuine eicínt eile," ar sise. "Tá mise ag ceapadh nach bhfuil a fhios cé mhéad Joe beag thart. Ara, muis, a chluanaí bhradach!"

"Peaca nár scríobh sé síos cuid den scéal, "adeir mé féin. "Dhéanfadh sé an-leabhar."

"Agus ceann brocach," adeir Neansaí. "Buíochas le Dia – seo é Johnny. Beidh mé in ann greim le n-ithe a thabhairt don chodaí seo."

"Chuaigh mé thríd an Aigéan Ciúin uilig," ar seisean.

"Ba bheag nár fhan tú ann freisin," adeir Neansaí.

"Tuige?" adeirimse – ceist sheafóideach.

"Ar ndóigh, nach ndeachaigh sé an-ghar dhó?" ar sise. "É a bheith curtha suas le balla agus é a chaitheamh. Fear ar bith a bhuail MacArthur anuas i nglan mhullach an chinn."

"Tuige nár choinnigh sé a bhlocán giúsaí síos?" ar seisean. "Bhí muid sáinnithe i gcoinicéar, i Borneo, agus léim Mac isteach le mo thaobh le scrúdú a dhéanamh ar línte na Seapánach a bhí ag scaoileadh linn. Bhí sé ag cinnt orainn a gcuid láithreacha a aimsiú ar bhealach ar bith."

" 'S a raibh a fhios a't cé a bhí ann?" adeirimse.

"Bhí an oíche chomh dubh le tóin an phúca," ar seisean. "An t-aon dé a bhíodh ann ná na lasracha as béal na ngunnaí móra. Bhí a fhios agamsa go raibh naoscairí an-ghar dhúinn agus go raibh siad ag faire le pléascadh linn, ach ní rabhadar cinnte ceart cá raibh muid luite. Bhí orainn fanacht ciúin socair, mar dhá gcorraíodh soipín féir bhí cith urchar sa mullach orainn. Chroch an buachaill a chloigeann le breathnú amach – peaca marfach dhomsa. Ní dhearna mé ach é a bhualadh anuas díreach i mullach an chinn agus é a chur siar ar a thóin. Ag an soicind céanna ba bheag nár chuir urchar naoscaire scead os cionn a chluaise." 'Coinneoidh tú síos arís,' adeirimse. Nuair a gheal an mhaidin chonaic mé cé a bhí ann."

"Cuireadh boltaí ort?" adeirimse.

"Ní bhfuair sé an deis go ceann cúpla lá," ar seisean, "mar cuireadh ar an ionsaí muid agus thart ar mheán lae an mhaidin sin sheas comrádaí liom ar mhianach talún agus rinneadh gé dhe. Fuair mise bruscar miotail in mo chuid mása."

"Mór an peaca," adeir Neansaí, "nach i ngleann an tóchair a fuair tú iad agus nach iomaí bean a bheadh ríméadach?"

"Bhail, níl trua ar bith ionat," ar seisean. "Ar aon bhealach, b'éigean dhom dul chuig an ospidéal páirce a bhí againn lena bhfáil amach. Ag an bpointe seo thug na Seapánaigh suas agus bhí cineál sosa ann idir dhá chath. Tugadh mise ansin agus slám eile isteach chuig ospidéal sibhialtach – áit a bhfuair mé leaba bhreá chompordach 's banaltraí breátha ag tabhairt aire dhúinn."

"Ó, a Thiarna Dia, dhá mbeadh a fhios acu!" adeir Neansaí ón gcistin.

"Ach cé thiocfadh isteach an lá seo ach Mac é féin," adeir Joe. "Bhí sé ag tabhairt amach boinn agus onóracha, 's ag croitheadh láimhe le gach uile fhear, gur tháinig sé chomh fada le mo leabasa. Shín an t-oifigeach cáirtéis na honóra chuige agus bhreathnaigh sé air . 'Cén t-amadán a scríobh an brocamas bréagach seo?' ar seisean. 'Tá bonn óir den chéad ghrád tuillte ag an saighdiúir seo. Murach é ní bheadh mise in mo sheasamh anseo agus, an rud is measa, bheadh an cath caillte agus na mílte marbh. Tá mé ag tabhairt ordú dhuit nuair a bheas tú in ann siúl teacht go dtí mo oifig'."

"Ó, a dhiabhail," adeirimse, " 's an ndeachaigh tú?"

"Tugadh ann mé," ar seisean. "Cuireadh paráid speisialta suas agus ba ansin a bronnadh an bonn óir ormsa."

"Inis dhó céard a dúirt sé leat i gcogar," adeir Neansaí.

" 'Má insíonn tú,' adeir sé, 'do aon duine beo céard a tharla sa bpoll sin tachtfaidh mé le mo dhá lámh féin thú!' "

"Bhail, is diabhlaí an ceann é sin," adeirimse.

"Má ghéilleann tú don diabhal sin," adeir Johnny, ag teacht isteach le rudaí ón siopa, "cuirfidh sé soir thú."

"Nach sílfeá go raibh tú róshean do Korea?" adeirimse.

"Óra, 'dhiabhail, bhíos," adeir sé, "ach tar éis 1946 ní raibh san arm ach giostairí agus d'iarr siad ormsa fanacht istigh le beagán saighdiúireachta a mhúineadh dhóibh seo. Chaith mé sé bliana ag teagasc oifigigh óga agus ansin nuair a thosaigh Korea ag fiuchadh cuireadh amach muid. Anois, ní raibh mise sa líne catha. Bhí mé suas le céad míle siar mar chomhairleoir."

"Nár dhúirt mé leat," adeir Johnny, "nach bhfuil sé ag leagan fiacail ar bith inniu orthu?"

"Faoi cheann píosa cuireadh scór againn suas go dtí an Abhainn Bhuí – Jalu," ar seisean. "Pé 'bith cén míádh a bhí orainn an oíche seo – is dóigh, de bharr óil – las muid tine bhreá. Ó, a mhac, bhí sé fuar. Chuaigh mé féin agus fear eile ag seiceáil an gharda – ar fhaitíos go mbeidís ina gcodladh. Timpeall fiche slat a bhí déanta againn nuair a thit ceann de na sliogáin mhóra i gceartlár na tine. Níor fágadh mac máthar beo. Rinneadh píosaí de mo chomrádaí agus criathar díomsa, ach mhair mé, cé gur chaith mé dhá bhliain sínte sa leaba."

"Agus, mo léan, ní raibh tú leat féin," adeir Neansaí.

"*By dad*, caithfidh mé a rá," ar seisean, "go bhfuil mná an-lácha sa tSeapáin. Thug siad an fíor-aire dhom. Phioc siad go leor de na spleantair asam ach d'fhan go leor ionam."
" 'S an gcuireann siad tada as dhuit?" adeirimse.
"Amannta," ar seisean. "Aimsir fhliuch is measa."
"Isteach leat anois agus ith greim," adeir Neansaí leis. "Tá Pádraicín ina dhúiseacht agus tá sé féin ag iarraidh greim."
"Go bhfága Dia agam thú!" ar seisean. "Nach é an peaca nár phós tú fear ceart seachas an scraimíneach sin?"
"Bail an diabhail ort!" adeir Johnny. "Tá lán mála bréag anois caite a't. Ith greim anois agus b'fhéidir go gcuirfeadh sé faobhar ort tuilleadh bréag a chumadh."
"Is minic fear siúltach scéaltach," adeirimse.
Nuair a bhí muid ag imeacht bhain Joe gealladh dhíom teacht arís ar cuairt chuige.
"Nuair a bheas eolas agat ar an áit," ar seisean, "tabharfaidh an bus anuas thú. Stopann sí díreach taobh amuigh anseo. Rud eile, tá fear as Gaillimh anseo a gcaithfidh tú aithne a chur air."
"Meas tú," adeir mé féin is muid ag teacht abhaile, "a mbíonn sé dhá ndéanamh suas?"
"Is deacair a rá," adeir Johnny "tá an domhan siúlta aige agus cuid mhaith feicthe aige agus is dóigh, san aois a bhfuil sé, gur só leis craiceann a chur ar a chuid scéalta."
"Tá an diabhal bocht róchóir," adeir Neansaí. "Chuir sé leathchéad dollar síos in mo mhála. 'Tabharfaidh sibh amach an fear óg sin le haghaidh dinnéir,' adeir sé.

"Níor cheart dhó é sin a dhéanamh," adeirimse.
"A mhac, tá neart de aige," adeir Johnny. "An t-olc is mó atá air nár tugadh a ainm féin ar Phádraicín – deireadh an áil, adúirt sé. Tá a mhuintir uilig básaithe agus níl beo anois leis ach Neansaí anseo."
"Nuair a chaillfear é," adeir Neansaí, "beidh an-chaitheamh ina dhiaidh againn. Páiste mór ceart é agus is cuma leis ach cuideachta."
"Ba teach le Dia a bheadh ansin inniu," adeir Johnny, "dhá dtagadh an bheirt eile síos. Nach bhfanann siad scaití in éineacht leis go mbíonn sé na mheán oíche! M'anam go dtugann an t-arm an-aire dhó freisin. Tugann siad amach chuig an gclub é cúpla uair sa tseachtain."
"Bíodh a fhios at'sa," adeir Neansaí, "go bhfuil uacht déanta aige sin agus gach uile shórt curtha i dtoll a chéile aige."
"Níl míoltóg ar bith ar an bhfear sin," adeir Johnny.

Bhí na fataí bruite ag an mbeirt nuair a tháinig mé isteach. Ceathrú caoireola a bhí san oigheann acu.
"Chuirfeadh an boladh ocras ar dhuine," adúirt mé féin.
"Tugann athrú aeir goile do dhuine," adeir Seán, "agus sé an t-anlann is fearr ar fad é. Níl béile ar bith is blasta ná an ceann a chuireann tú féin síos agus gan aon deifir a bheith ort."
"Ní thagann an dá rud le chéile," adeirimse, "ocras agus deifir."
"Déanfaidh Aifreann an haon déag amárach muid," adeir Darach.

"Is cuma liomsa cén tAifreann," adeirim féin, "mar níl agam ach sibhse a leanacht."

"Ara, is gearr go mbeidh neart cleachta a't ar an áit," adeir Seán. "Murach Neansaí i dtosach bheadh muide sáinnithe ceart. Dá bhfeicfeá an poll a raibh an bheirt a'inne i dtosach ann. Go sábhála Dia sinn, ní chuirfeá mada isteach ann – a Mhaighdean, bhí sé bréan, 's muid ag íoc lán laidhre air!"

"Cén chaoi a bhfuair sibh an áit seo?" adeirimse.

"Chomh seafóideach le a bhfaca tú riamh," adeir Seán. "Tráthnóna mar seo chonaic mé an bhean seo ag tarraingt málaí agus páiste léi go dtí an carr. Thug Darach anseo lámh di. Dúirt sé liomsa ansin marcaíocht a iarraidh uirthi suas go Ashmont. D'fhreagair an cailín i nGaeilge muid, agus tarraingíonn scéal scéal eile. Lig sí amach anseo muid 's bhí Johnny ag fanacht léi. Leis an scéal 'speáin sé an áit seo dhúinn mar a bhí sé 's dúirt sé linn má bhí muid á iarraidh é a bheith againn ach muid féin caoi a chur air. D'athraigh muid isteach ann an oíche chéanna 's tá compord ó shin againn."

"Íocfaidh mise mo chion," adeirimse.

"Fan go mbeidh rud eicínt in do phóca i dtosach," adeir Darach. "Scoilteann muid gach uile shórt – cíos, ceannach, cócaireacht 's glanadh. Tá sé éasca an áit seo a choinneáil glan. 'bhFuil a fhios a't gur cheannaigh mo dhuine anseo leabhar cócaireachta! Bhí sé ag ceapadh go gcuirfeadh sé an dubh ar an mbán di féin 's gan í féin in ann ubh a bhruith. Mná na tíre seo – stop, a mhac!"

"Breathnaigh anois," adeir Seán. "Do scéal féin atá tú a inseacht. Má theastaíonn bean uaimse gabhfaidh

mé siar chuig mo dhúchas – ní fearacht cuid agaibh é atá ag cur a gcuid ordóga thrí stocaí ag iarraidh a 'speáint go bhfuil sibh in ann damhsa. Ní choinneodh gandal ar pholl leac oighre coinneal dhaoibh."
"Ó, stop as ucht Dé ort," adeir Darach. "Tá mé ag iarraidh a dhéanamh amach cén áit is fearr dhúinn a ghabháil anocht – an Blarney nó na Beanna Beola?"
"Nach bhféadfaidh muid seasamh ins 'ch aon áit?" adeir Seán. "Caith aníos na fataí sin. Gearrfaidh mise an fheoil. Á, a dhiabhail, faigh an spúnóg mhór – tá siad ina bpíosaí. Cuireadh an iomarca aoiligh orthu. An maith leatsa mórán glasraí, a Mhaidhc?"
"Tá fuílleach ansin anois," adúirt mé féin.
"Níl cuma ar bith ar mhuiceoil na tíre seo," adeir Seán. "Chuartaigh an bheirt againn seacht siopa búistéara tráthnóna amháin agus diabhal blas a bhí sa deireadh againn ach sliobar mór fada de splíonach oiltiúil a chuirfeadh éiseal ar mhada. Chuala muid ansin faoin siopa Gaelach, agus ó shin tá feoil cheart againn – díreach as Éirinn."
"Ach caithfidh tú a bheith in am ann," adeir Darach, "nó ní bheidh tada fanta. Murach an cailín thuas staighre bheadh muid i ladhar an chasúir. Anois tá ordú seasta againn agus tugann Neansaí nó Bridie aníos é. Tá togha na mairteola anseo siúráilte, ach tógann sé i bhfad ort cleachtadh a fháil uirthi. Tá sí fíorláidir."
"Ná bac le mo dhuine ansin," adeir Seán. "Bíonn sé ag ceapadh go bhfuil iompú iomarcach agus ní dhéanann sé ach í a leagan síos, casadh thimpeall, í a iompú 's tá sí déanta. Níl sí fiú amháin téite."
"Sin é an chaoi cheart," adeir Darach. "Tá an

mhaitheas ar fad inti ansin. Caith anall an fata eile sin mura bhfuil tú in ann é a ithe. Is mór an peaca é a chaitheamh amach 's a bhfuil ag fáil bháis leis an ocras."

"Ní bheidh mórán brabach ag aon duine thart ortsa ar chaoi ar bith," adeir Seán. "D'íosfá an chloch speile agus ní theastódh aon mharóg uait ina diaidh ach oiread. Is measa thú ná bó a mbeadh an domlas mór uirthi is tar éis an méid sin níl scioltar ort.

"Olc atá ort, a mhac," adeir Darach. "Nach fearr greim maith ná dhá ghreim dhona? Nigh suas iad seo, a ramallae. Mise a rinne ar maidin é. Cinnfidh sé orm aon chuma a chur go deo ort."

"Cén t-am a dtéann sibh amach?" adeirim féin.

"Thart ar an naoi a chlog," adeir Seán. "Ní dhúnann siad sa tír seo go maidin – bhail, a haon a chlog – 's tá áiteacha nach ndúnann siad ar chor ar bith."

"Chúns 'tá airgead in do phóca anseo," adeir Darach, "beidh áit istigh a't ach mura bhfuil ní bheidh siad i bhfad á rá leat aghaidh a thabhairt ar an doras. Ara, tá an dlí níos aistí sa tír seo."

"Airgead a't nó uait," adeir Seán, "ní áit é seo le bheith amuigh deireanach – sin mura gcaithfidh tú. Oíche amháin a tharla sé dhúinne, ach m'anam nach dtarlóidh sé arís."

"Ó, a dhiabhail, d'ith an bheirt thuas na cluasa dhínn," adeir Darach. "Fuair muid ithe na muc 's na madraí. Ar mhaithe linn féin a bhí siad, ach níor thuig muide é – ag siúl abhaile ag a trí a chlog ar maidin gan deoraí ar na sráideanna."

"M'anam nach é an té atá le feiceáil is measa," adeir Seán, "ach an crochadóir atá sáite istigh i ndoras nó

in áirse dhorcha 's diabhal mórán cosaint a't ort féin nuair atá ráipéar de scian leagtha ar pholl an phíobaire a't. Tá smideanna beaga an uair sin a't."
"Cé 's measa," adeirimse, "an dream dubh nó an dream bán?"
"Níl ceachtar acu le baint as margadh," adeir Darach. "Tá gach uile chineál duine anseo, ó gach uile thír sa domhan, agus tá mise 'a rá leat nach mór dhuit aire a thabhairt dhuit féin – gur fearr dhuit cogar sa gcluais ná cónra daraí.
"Ní tír í seo, a mhac, le haghaidh cheathrú na hoíche agus shiúlóid na maidneachan," adeir Seán. "Seachain thú féin ar an dream sin atá ag cuartú airgid ort, mar chuala tú riamh gur minic fear déirce díobhálach."
"Cén chaoi?" adeirimse.
"Simplí go leor," ar seisean. "Stopfaidh tú le cúpla dollar a thabhairt dhó. Tá boc eile ag faire ort – agus an bheirt ag obair as lámh a chéile. Tá an buille fealltach faighte a'tsa agus iadsan glanta. Siúlfaidh muid síos go deas réidh é. Tá an seaicéad sin an-trom. Fan nóiméad. Seo, cuir ort é seo. Tá sé i bhfad níos éadroime."

D'imigh an triúr againn linn de réir a gcos, iadsan ag taispeáint gach uile shórt dhom: séipéil chreidmheach eile, siopaí de gach uile chineál, tithe ósta, siopaí caife, stadanna áirithe le castáil ar dhaoine, teach mór an adhlacóra, scoileanna, áiteacha sábháilte le dhul trasna na sráide. Suas le ceathrú uaire siúil a bhí orainn, ach níor airigh muid é. An Blarney an chéad seasamh a bhí againn. Ní raibh aon duine aitheantais

ann chomh luath sin. Bheadh, adúradh linn, faoi cheann uaire nó mar sin. Budweiser a d'ól an triúr againn, agus cheap mé féin gur chosúil le huisce na bhfataí é. Ba é barúil Sheáin go mbeadh sé thar cionn le purgóid a thabhairt do laoi – bhí gearradh an diabhail ann. Éireannaigh ar fad a bhí istigh, ó gach uile cheard den tír – d'aithneofá na canúintí éagsúla. Níor chuala mé aon fhocal Gaeilge. De réir cosúlachta bhí aithne mhaith ar mo dhá chomrádaí: cuireadh síos cúpla deoch chugainn, cé nach raibh aithne ná eolas againn ar an dream a rinne é.
"Má tá tú féin ceart istigh anseo," adeir Seán, "cuirfidh fiú amháin an té nach bhfaca tú riamh deoch chugat ach, mura bhfuil, níl deoir le fáil a't ar ór ná airgead."
"Dhá fhocal eile atá le foghlaim a't inniu," adeir Darach. "*Shut off*." Ciallaíonn siad sin "Gabh amach agus fan amuigh", agus isteach ní ligfear thú."
"Sin é díol an mhí-ádha," adeir Seán, "má tá áit dheas ann, agus iomarca slabháil chainte a tharraingíonn ar fad é. Thiar sa mbaile bíonn neart sárú agus tunacáil agus 'Scaoil amach mé!' ach anseo ní mar sin atá rudaí; tá sé faighte isteach ar na polláirí a't gan iarraidh gan aireachtáil."
"Is binn béal ina thost," adeirimse.
"Is fiú ór ar maidin Dé Luain é sin," adeir Seán. "Is iomaí duine a bhíonn bagrach ag teacht isteach sna háiteacha seo ag cuartú fáilte an tsaighdiúra agus a théann amach buailte marcáilte. Níl aon ghnó a't a bheith in do choileach i ndiaidh an ghadhair. I ndáiríre, ní bhíonn anseo ach glámhóid na siolánach go dtosaíonn an ceolán ag cur cosa i dtaca, agus ansin

mura bhfuil sé rite tá liathróid déanta dhe."

"Tabharfaidh muid geábh síos go dtí na Beanna Beola," adeir Darach. "Tá banna ceoil as Chicago anocht ann 's beidh sé deacair áit suite a fháil ar ball ann. Tá na *lads* sin a cheannaigh an deoch imithe."

"Cé as iad?" adeirimse.

"Deacair a rá," ar seisean, "ach chonaic mé duine acu in áit eicínt cheana. Cheapfainn gur as an taobh ó thuaidh é."

"Seachain nach shin é an siúinéir atá thíos ar an tseanscoil," adeir Seán. "Togha píosa fir agus fear gnaíúil."

"Anseo atá siad," adeir Darach. "Scoth na bhfear. Dheamhan duine ar bith atá ag fanacht thiar?"

"Níl aon duine fanta ann," adeirimse, "ach an seandream agus gasúir óga. Tá an taobh sin a'inne bánaithe."

"Is maith é an E.E.C. acu," adeir Seán agus muid ag fanacht le dul trasna na sráide.

"Tá siad ag críochnú obair Chromail go deas mín réidh – ag gealladh do na hamadáin 's ag mealladh uathu gach uile shórt. Caithfidh cead a bheith anois a't an bhó a bhleán – rialacha 's leath na tíre ar an *dole*. Fan go stopfaidh airgead an E.E.C. Ansin beidh daoine ag scríobadh a mullach. Anois, *lads*, beidh muid trasna roimh an mbus."

"Lucht airgid mhóir a bheas ansin uilig ar ball," adeirim féin; "gach uile gheadán ceannaithe suas acu, 's go bhfóire Dia ar an bhfear bocht."

"Ó, muise, a mhac, ní bheidh cuid againn ann," adeir Darach.

"Beirt a'inn," adeir Seán. "Ní hea nach féidir

maireachtáil ann, ach ní bhfaighe tú cead. Tá do chomharsa ag faire ort le do phíobán a ghearradh agus tá géigéara ag fanacht le tú a chrochadh. Meas tú ó Dhia anuas cén sort mianach atá i ndaoine 'chor ar bith? Chuaigh tusa thú féin sách gar dhó, ag fáil marcaíochta ó na Gardaí."

"Róghar," adeirimse.

"Ná tabhair an deis dhóibh arís," adeir Darach. "Fan anseo 's bíodh ciall a't."

"Ach . . ." adeir mé féin.

"Níl aon ach ann," adeir Seán. "Ní féidir leo breith ar gach uile dhuine againn agus muid a thiomáint abhaile – níl an t-airgead ná an t-am acu agus ní bhacann siad le haon duine nach gcuireann a mhéar ar an inneoin. An té a chuireann, tagann an t-ord mór anuas sna hailt air. Fan uaidh na hamadáin."

"Agus ó na hóinseacha is dóigh freisin," adeirimse.

"Sin í an fhírinne," ar seisean. "Iníon na hóinsí agus mac an amadáin, is olc chuig a chéile iad, mar tá gach aon duine acu siléigeach béalscaoilteach."

"Ná lig ort féin go bhfuil aon obair a't fós," adeir Darach. "Sách luath a bheas fios acu air. Abair nach bhfuil aon deifir ort."

"Sin é a deireann siad féin," adeir Seán. "M'anam féin go bhfuil an áit seo pacáilte!"

Isteach linn. Dhá mbeadh dollar ar gach uile chloigeann bheadh páí mhaith seachtaine agat. Ní raibh méar do chluaise le cloisteáil ach, an méid a bhí, ba bhlasta an teanga í – Gaeilge agus Guinness, bacstaí agus im baile. Bhí muid ag útamáil agus ag brú go bhfuair muid áit thíos ag deireadh an chuntair agus – ní ab fhearr – trí chathaoir. Gaillimheach a bhí san úinéir agus bhí sé féin ansin ag líonadh. Buíochas le Dia, bhí cuma eicínt ar an deoch. Fágadh linn féin muid ar feadh píosa ach sa deireadh fríothadh amach go raibh fear eile ón aonach sa mbaile mór. Thosaigh na ceisteanna. Cén uair a tháinig mé? Cá raibh mé ag fanacht? Cén sórt áite é sin? An raibh aon seans ar an gcartadh? D'fhreagair mé féin chomh gearr giortach céanna – sea agus ní hea, mar a bhí sa soiscéal. Ó, diabhail siar go deo arís. Bhí siar ag cur oilc orm mar déarfainnse soir, ach ní mórán sásaimh a fuair mé. Ní raibh tada thoir ach an Teach Mór, 's bhí caint ar é sin a dhúnadh!

Tairgeadh airgead dhom dhá mbeinn gann. Tugadh riar mhaith uimhreacha gutháin dhom is dúradh liom glaoch gach uile thráthnóna. Ó, m'anam go bhfaighinn obair ceart go leor, agus an "sub" gach uile lá – greadadh oibre. Ara, bíodh na seacht ndiabhail ag an *Green Card* céanna – ná cuireadh sé a dhath imní ort. Nach bhfuil daoine anseo le deich mbliana gan aon chárta 's níor bacadh leo? Ochtar a'inne atá sa teach dhá sheomra 's cistin. Ó, muise, bíonn "Scaoil amach mo mhullach" ansin scaití nuair a thugtar *gang* mná isteach. Ó, stop! Teach na ngealt ceart – ceol 's ól 's tá a fhios a't. Ní deirtear tada linn an fhaid 's tá an bruscar le fáil ag an bhfear mogallach oíche Dé hAoine.

Bhí mé ag foghlaim. Chonaic mé cheana é. Bíonn an óige baoi go gcaitheann muileann an tsaoil lóchán a dícheille le gaoth. Ach dhá fhaideacht an lá tagann an oíche, is tháinig maidin Dé Luain dhomsa. Agus nach iomaí duine treáinneach treaghdánach a bhí in mo chuideachta – an t-aon mhaidin a mbíonn ciúnas ann!

Bhí rud suntasach amháin le tabhairt faoi deara – bhí deifir an tsaoil mhóir ar gach uile dhuine. Ní ag siúl a bhí mórán duine ach ag rith sna feiriglinnte. Bhuail an fíbín céanna an triúr againn tar éis teacht amach as an stáisiún. Ní raibh mé in ann aon mhíniú a thabhairt ar an scéal, ná iadsan ach an oiread. Bhí greadadh ama againn – an oiread 's go raibh muid in ann cupán tae a bheith againn. Fuair Seán an stíobhard agus chuir sé mise in aithne dhó. Chuir sé fáilte romham agus dúirt liom fanacht in mo shuí san áit a raibh mé go ceann cúig nóiméad agus ansin go mbeinn síos leis chuig an obair. Thug sé seo deis dhom breathnú in mo thimpeall. Láthair mhór a bhí ann. Ón áit a raibh mé in mo shuí ní raibh aon amharc ceart agam, mar bhí botháin shealadacha – idir oifigí agus ionaid stórála – in gach uile áit, ach de réir cosúlachta bhí faid mhór inti. Ag nóiméad don seacht ghlaoigh an stíobhard orm agus lean mé é. Sula dtéann mé níos faide, nuair a cuireadh mise in aithne don stíobhard níor luadh ainm baiste ar bith. Caoithiúlacht a bhí anseo, i ngeall nach raibh mo chárta bán agam agus dhá bhrí sin ní raibh an cead agam de réir dlí a bheith istigh anseo beag ná mór. Tá sciorradh focail in ann go leor dochair a dhéanamh agus nuair atá do lámh i mbéal an mhada caithfidh tú í a tharraingt go réidh. Isteach linn i mbothán mór cosúil le carráiste traenach, áit a raibh gach uile chineál uirnise.

"Tom a thugann siad ormsa," ar seisean.

"Maidhc," adeirim féin.

" 'bhFuil uimhir agat?" ar seisean.

"Tá," adeirimse, ag síneadh an cháirtín chuige.

"Bheadh ciall in do leithide," ar seisean. "Tá sé chomh maith dhom an fhoirm seo a líonadh dhuit. Caithfidh mé féin isteach san oifig í ar ball. Beidh ort cáin ioncaim a íoc. Níl tú pósta?"
"Níl," adeirimse.
"Mar sin, níl aon chleithiúnaí a't," ar seisean. "Nach cuma? Gheobhaidh tú ar ais uilig é ag deireadh na bliana. Is fearr dhuit imeacht díreach ar fhaitíos go mbéarfaí ort sna bréaga nuair a líonfá foirm in áit eicínt eile. Sin sin. Síneáil t'ainm ansin ar an líne deiridh."
"Sin an méid?" adeirimse.
"Tá tú ar an leabhar anois," ar seisean. "Anois hata crua. Is féidir leat féin é sin a laghdú nó a mhéadú do réir mar fheileann sé thú. Casúr anois. Croch leat an cual cáblaí sin. Sáigh an casúr sin síos in do bhásta. Dhá shábh leictreacha. Amárach anois, le cúnamh Dé, seo iad na rudaí a bheas le tabhairt síos agat. Gheobhaidh mé eochair eile le haghaidh an bhosca seo."
"Ara, ní theastóidh sí," adeirimse.
"Ghoidfidís an bainne as do chuid tae anseo," ar seisean. "Ó, sin iad do chuid éadaigh. Croch an máilín ar an bpionna sin 's téanam uait."
Síos linn. A Chríost an tsóláis, bhí an áit mór. Óir nach raibh sé ach beagáinín tar éis a seacht, ní raibh iomlán na bhfear oibre eile istigh. B'éigean dúinne, mar chaithfeadh gach uile ní a bheith réitithe do na siúinéirí leath uaire níos luaithe ar maidin, ach tugadh é sin ar ais dhuit tráthnóna, sa gcaoi go raibh tú réitithe níos túisce. Isteach linn ar urlár mór fada – síleáil de laíon adhmaid coinnithe suas ag frámaí

iarainn agus piléir mhóra gach aon fiche troigh nó mar sin ina línte síos romhainn.

"Carrchlós é seo," adeir Tom, "thíos faoin talamh. Beidh áit ann do shé mhíle carr. Tá caint ar ráille traenach a chur as freisin go dtí an stáisiún sin thuas – ó thíos faoin talamh."

"Diabhlaí nach in uachtar a chuirtear é," adeirimse.

"An fharraige atá thuas ansin," ar seisean. "Ar ndóigh, ní fhaca tú í ar an mbealach isteach."

"Ní fhacas," adeirimse.

"Ní fhaca tú," ar seisean. "Is fíor dhuit. Tháinig sibhse isteach an bealach atá líonta isteach. Bhail seo é an áit a mbeidh muide ag obair."

"Tá siad seo le baint anuas," adeirimse.

"Tá," ar seisean. "Nóiméad amháin go marcálfaidh mé na heochracha dhuit – sea, 'mh'anam, gach uile cheathrú ceann. Tá sé sin aisteach."

"I lár gach uile chomhla atá siad," adeirimse. "Tá siad sin níos éasca, agus níos sábháilte freisin."

"Is cosúil le duine thú a raibh taithí aige ar an obair seo," ar seisean.

"Ní mórán é," adeirimse, "ach chaith mé cúpla seachtain ag cur suas frámaí cosúil leo i Sasana 's tá a fhios agam gur dhá throigh a d'fhágtaí – díreach mar sin.

"Más mar sin é," ar seisean, "tosaigh thusa ag bogadh geantracha 's déanfaidh mise leagan. Ceann ar bith nach dtiocfaidh leat, fág é."

"Mar a dúirt tú," adeirimse. Nuair a bhí riar maith bogtha agam chuaigh mé ar ais chuig Tom agus thug muid cúnamh dhá chéile leis na heochracha. Suas le scór posta a bhí in aon líne amháin. Bhí tairní lúbtha iontu seo ar fhaitíos, leis an meáchan, go scarfaidís. Ansin bhain muid cúpla casadh maith as na plátaí in uachtar lena ligean anuas. Arís, bhí ort a bheith cúramach, mar go minic d'fhéadfadh an snáithe a bheith caite ar an bposta agus d'fhéadfadh an pláta titim uaidh féin. Fuair gach aon duine againn ansin giarsa sé troithe déag agus thosaigh muid ag leagan na bpostaí. Bhí orainn seasamh taobh istigh – an taobh sábháilte. Thit an chuid ba mhó ach d'fhan corrcheann. B'shin iad an chontúirt, ach le stuaim is foighid cuireadh anuas iad. Ní raibh a fhios againne le linn an achair seo go raibh an t-ardmhaoirseoir ar fad ina sheasamh ag breathnú orainn. Labhair sé le Tom.

"Feicim," adeir sé, "go bhfuil fear nua leat inniu. 'S is cosúil é le fear a bhfuil fios a ghnó aige."

"Tá," adeir Tom, "agus tá neart cleachta aige ar an obair seo. Níl call tada a inseacht dhó."

"Coinnigh an portán sin d'Indiach amach as sin feasta," ar seisean. "Níl mé ag iarraidh an tríú bás."

"'S an maraíodh beirt anseo?" adeirimse.

"Tá sin fíor," ar seisean. "An chéad fhear, 's é 'n chaoi ar shiúil sé ar phíosa adhmaid a bhí ag clúdach oscailt staighre. Chuaigh sé síos thríd. Meall iarainn a thit ar an dara fear 's é ag ól cupán caife. Sin é an chaoi a bhfuil sé; níl a fhios ag aon duine cá bhfuil fód a bháis."

"Cén sórt breac é an tIndiach?" d'fhiafraíos.

"Fearín beag bídeach," ar seisean, "ach tá sé chomh leathan le taobh cófra agus chomh láidir le bullán ach, go bhfóire Dia orainn, nuair a bhí an stuaim dhá roinnt bhí seisean ar iarraidh. 'S é is deise faoin

domhan. Íosa an t-ainm atá air."
"Á, stop!" adeirim féin.
"Tá a fhios ag Dia," ar seisean "Esus é ina theanga féin. Déanann an dream anseo an diabhal air – ag rá leis siúl ar an uisce, ag rá leis iad a leigheas. Bheadh trua a't dhó ar bhealach. An-Chaitliceach go deo. Ní maith leis caint bhrocach ná eascainí. Imíonn sé as an mbealach."
"Tá sé san áit chontráilte," adeir mé féin.
"Tá a fhios aige é sin freisin," ar seisean. "Ó, feicfidh tú ar ball é. Beidh sé anuas nuair a bheas sé réitithe thuas ar an urlár."
Agus bhí. Ba áibhéil a rá nach raibh sé beag. Bhí an méid a bhí leagtha againn le tógáil as an mbealach agus le cur le chéile le haghaidh an chéad sraith eile. Bhí na tairní le tarraingt, na comhlaí le scríobadh agus ola le cur orthu, adhmad ar bith nárbh fhéidir a úsáid arís le caitheamh de leataobh sa gcarnán bruscair. Ansin an áit a scuabadh agus a ghlanadh sa gcaoi go mbeadh sé sábháilte ag trucail gabháil isteach 's amach ann. Bhí gach uile shórt le cur ina áit féin sa gcaoi nach mbeadh ann ar ball ach tácla a bhualadh orthu lena dtabhairt go dtí an áit a raibh siad ag teastáil. Níor theastaigh aon tácla uaidh Íosa. Ní raibh tada sách te ná sách trom dhó. An píosa adhmaid nach raibh sé in ann a thabhairt leis le stuaim, thug sé leis é le místuaim agus neart. An-rúpálaí oibre a bhí ann agus fear ar bheagán cainte, mar ní raibh aige ach cúpla focal Béarla. Ba aníos as deisceart Mheicsiceo é – bunadh Indiach, cé go raibh fuil Spáinneach ann freisin. Donnbhuí a bhí a chraiceann agus a chuid gruaige chomh dubh leis an

sméirín. Fear bródúil uaibhreach a bhí ann freisin a raibh meas faoi leith aige ar a shinsear agus a gcultúr. Cé gur den bhuíochas agus le maide a cuireadh an Chríostaíocht orthu, choinníodar í. Bhí ómós faoi leith acu don Mhaighdean Mhuire, díreach cosúil leis na Gaeil. Ina dhiaidh sin a d'inis sé na rudaí sin dhom, nuair a fuair mé eolas ní b'fhearr air.

Tar éis bhriseadh tae an deich a chlog bhí ar an triúr againn dabhach mhór fiche troigh ar doimhne a ghlanadh amach – na cásaí agus na frámaí a bhaint anuas agus iad a chur suas ar bruach. Bhí orainn soilse agus dréimirí a chur síos ann. I ngeall nach raibh mórán fairsinge ann chaithfí an t-adhmad a chur aníos, nó sin bheadh sé sa mbealach.

"Níl a fhios a'm ó Dhia na Cruinne céard a dhéanfas mé leis an lapadán lathaí sin," adeir Tom. "Má fhágaim abhus é maróidh sé duine den bheirt againn thíos agus má thugaim síos é maróidh sé é féin nó b'fhéidir an triúr againn, agus tá sé ag teastáil."

"Cuir buarach air," adeirimse, "agus ceangail an loirgneán den philéar sin thall 's ná lig leis ach go bruach an phoill."

"Tá tusa ag déanamh asal uilig den diabhal bocht," ar seisean. "Tabharfaidh muid síos in éineacht linn é go ceann píosa. Beidh sé as an mbealach 's ó shúile na ndaoine. Tá sé chomh maith dhúinn a bheith trócaireach."

Nuair a bhreathnaigh an bheirt againn thart, céard a bheadh ach an tIndiach ag iarraidh dréimire mór fada a chur síos sa bpoll le lámh láidir! Bhí sé ag breith ar chaiseal an phoill agus ag gabháil i bhfostú sa tsíleáil os a chionn, ach dar brí dhá bhfuil de leabhra in Éirinn, le brú agus casadh 's lúbadh chuir sé síos é. B'fhéidir gur thóg sé píosa air ach d'éirigh leis – agus nach iomaí duine a fhiafraíonn cé a rinne an rud ach is corrdhuine a fhiafraíonn cén fhaid a thóg sé air? Síos leis sa bpoll gan iarraidh gan achainí. Bhí an bheirt againn féin réidh le gabháil síos nuair a bhéic an fear slándála orainn.

"Caithfidh sibh soilse dearga a chrochadh anseo," ar seisean.

"Cé le haghaidh?" adeir Tom.

"Ar fhaitíos go dtiocfadh pleidhce eicínt a chaithfeadh meall de rud eicínt síos oraibh," ar seisean. "Cuirfidh mise suas na bacanna eile. Nach bhfuil sé chomh maith dhom féin na soilse dearga a chur suas – níl tada eile le déanamh agam?"

"Do chomhairle féin," adeir Tom, agus síos linn. Níor bhreathnaigh an dabhach mhór seo tada go raibh muid thíos ann. Bhí méid uafásach ann. Ní le haghaidh séarachas a bhí sé ach le huisce agus ola na gcarranna a choinneáil sa gcaoi nach dtruailleofaí an fharraige – ceann de rialacha an chead pleanála. Bhí sé tirim fós. Bhí Íosa agus casúr aige ag lascadh adhmaid. Bhreathnaigh Tom orm féin.

"Contúirt é mo dhuine," ar seisean. "*No, no – top*. An barr i dtosach. *Top, man* – barr!

"*Me no* barr *top*," adeir mo dhuine.

"Abair leis an dréimire a choinneáil," adeirimse. "Tosóidh mise ón mbarr ach níor thaitnigh sé le mo dhuine ach ní raibh aon leigheas aige air. Cúpla uair d'imigh sé ón dréimire le píosa adhmaid a thógáil as an mbealach, ach gach aon uair lig Tom glafar air –

"Seachain an dréimire!" De réir a chéile thuig sé "dréimire"! Choinnigh muid orainn go ham dinnéir. Níor airigh mé féin an mhaidin ag imeacht. Bhí ceapairí de gach uile chineál le fáil, agus saor go maith. Shuigh mé síos ag ithe in éineacht le Seán agus Darach. B'éigean dhom cuntas cruinn a thabhairt ar obair na maidine.

"Tá an fathach thíos in éineacht libh," adeir Seán. "Fear gan aon dochar, ach an méid atá ann dhó féin."

"Cé mhéad duine ag obair anseo?" d'fhiafraíos féin.

"Cúpla céad uilig," adeir Darach "Ní fheiceann tú anois ach cuid acu. Tá go leor imithe amach ag ithe taobh amuigh. Tá cuid eile nár tháinig anuas 'chor ar bith – dream a bhfuil a gcuid ceapairí féin acu. 'S é 'n chaoi a bhfuil sé, tá an oiread cineálacha áirithe ceirde anseo 's go bhfuil sé deacair a dhéanamh amach cé mhéad duine ann.

"Tá deich gconraitheoir fichead ar fad ann," adeir Seán, " 's a gcuid fir féin ag gach uile dhream – agus ní shin tada fós go ceann míosa. Nuair a bheas an t-urlár seo críochnaithe sea a bheas an obair ag tosú i gceart. An uair sin beidh muid leibhéal leis an mbóthar. Go dtí seo bhíodar sáinnithe i gcomhair spáis. Ní raibh aon áit le tada a leagan. Sin é an fáth a bhfuil an oiread sin fuirseadh agus réabadh na laethanta seo."

"Cén urlámh atá ag Tom?" adeirimse.

"Steamar na ngrást ach an oiread leat féin," adeir Seán, "ach go bhfuil sé ann ón gceardchumann. Séamas Bán atá os a gcionn sinne. Go deimhin, uair sa gcéad a fheiceann aon duine é mar an fhaid 's go bhfuil tú istigh 's ag réabadh leat ní chuirfidh sé araoid ort."

"Suigh síos," adeir Darach, "agus cuirfidh sé araoid ort. Thíos in éineacht libhse a bheas muide anois. Tá cineál deifir leis an dabhach mhór. Faitíos báistí a chuala mé."

"An t-ualach atá thíos ann is measa a thabhairt aníos," adeirimse. "Níl an oscailt an-mhór."

"Cuirfidh fear na míorúiltí aníos uilig é," adeir Seán. "Ní bheidh orainne ach seasamh ar barr ag breathnú síos air."

"Breathnaigh thuas an áit a bhfuil an boc ag siúl," adeirim féin. "Diabhal blas go bhfuil sé trí scóir troigh suas gan cosaint ó Dhia na Glóire."

"Trí scóir go díreach," adeir Darach, "agus níl faoina chosa ach sé horlaí. Níl a dhath suime aige ann, ná ag an dream atá in éineacht leis. Indiacha Dearga cearta iad sin, agus sin é a gceird. Níl suim soip acu cén airde atá áit. Saothraíonn siad airgead mór, ach 's í beatha an dreoilín í, agus ina dhiaidh sin féin fíor-chorrdhuine acu a mharaítear."

"Ach an ceathrar ar an bhfoirgneamh mór sin thall trasna an bhóthair," adeir Seán, "an ceann a bhfuil a barr ag casadh timpeall. Sea, sin í an ceann í. Nuair a bhí sí sin trí ceathrúna suas maraíodh triúr uirthi – ní in aon lá amháin. Thit an ceathrú fear dhá fhichid stór go talamh. Ba bheag nár cailleadh bean a bhí ag siopadóireacht."

" 'S ar ndóigh ní ina mullach a thit sé?" adeir mé féin.

"Ó, a dhiabhail, ní hea," ar seisean. "Bhí ciseán mór earraí aici agus í ag breathnú isteach i bhfuinneog siopa. D'airigh sí mar a chuirfeadh duine eicínt tonc inti 's nuair a bhreathnaigh sí síos bhí lámh duine sa

gciseán. Ba bheag nár thit an t-anam aisti!"
"Ara, cén chaint atá ort?" adeir Darach. "An gcreidfeadh tusa an rud a dúirt fear liomsa lá anseo: go bhfuil go leor fir curtha i bpoll agus i dtoibreacha coincréite sa tír seo?"
"Seafóid!" adeir Seán.
"M'anam nach ea," adeir Tom taobh thiar dhínn. "Thiteadar isteach trí thimpiste agus fágadh ann iad, mar chosnódh sé an iomarca airgid iad a thabhairt amach – na milliúin dollar – agus fágadh ansin iad."
"Mair, a chapaill, agus gheobhaidh tú féar," adeirimse.
"Níl sé i bhfad 'chor ar bith," adeir Tom, "ó fríothadh corp fir i gcoincréit anseo – seanstór mór a bhí siad a leagan. Bhí daoine ag rá go raibh sé suas le ceithre scóir bhlianta ann – sin anois ón data ar cuireadh suas an áit."
"Ar fríothadh amach cérbh é féin?" adeirimse.
"Níor chuala mé é," ar seisean. "Bhí sé dóite ag an gcoincréit, mar an t-am sin bhíodh mianach aoil thríd an ngaineamh agus bhí gearradh an diabhail ann. Bhí sibh ag caint ar an áit sin thall. Taobh ó dheas de atá an leacht, anonn go maith as an mbealach – taobh do láimhe deise ar do bhealach isteach. Seacht n-ainm atá air. Ó, tá cúpla ainm Éireannach air freisin. Cén áit a raibh contúirt riamh nach raibh Páidín?"
"Is iomaí riocht a dtagann an bás," adeirimse, "agus níl a fhios ag aon duine ca bhfuil fód a bháis."
"Sin é an chaoi a bhfuil sé," ar seisean. "Inniu lá do bhlaoite agus amárach lá do chaointe, agus is beag siocair a bhíonn aige."
"Agus céard ba chúis leis?" adeirim féin.

"Rud simplí," adeir Tom. "An iomarca deifir agus fústair. Ceann de na chéad rialacha is ceart dhuit a leanacht sa tír seo, 's tá sí simplí – breathnaigh romhat. Coinnigh do dhá shúil oscailte i gcónaí. Tabhair aire dhuit féin, mar ní dhéanfaidh aon duine eile dhuit é. 'S é 'n chaoi a bhfuil sé: mair, a chapaill, 's gheobhaidh tú féar."

"Bóthar a gheobhas muide," adeir Seán. "Ó, a dhiabhail, tá an t-am caite. 'S í an leathuair is giorra sa lá í."

Síos linn. Anois bhí Darach agus Seán linn. Bhí an gruagach thíos romhainn agus é réitithe le dhul síos sa dabhach. Ní dheachaigh ceachtar againn síos gur shocraigh muid suas tácla agus téad leis an adhmad a thabhairt aníos.

"*Me down*," adeir Íosa.

"Crois Chríost orainn!" adeir Seán. "Fág abhus an diabhal, amach ó bhéal an phoill. Má théann sé síos ní bheidh sé le feiceáil 's caithfidh duine eicínt meall air. Nach bhfuil sé cosúil le péarsalán i ndroim bó? Tá an diabhal ann ach níl sé le feiceáil!"

"Cosúil le dreancaid i ribe an tseabhraín," adeir Tom.

Seán a chuaigh síos in éineacht linne agus ní i bhfad a thóg sé orainn an leagan agus an réabadh a dhéanamh. Ní raibh muid mórán le huair thíos nuair a thug an t-oifigeach slándála ordú géar dhúinn teacht aníos agus teacht aníos go tapa.

"Tá an t-aer go dona thíos ansin," ar seisean. "Tá sé lofa. Siúlaigí suas ar barr agus bíodh cupán tae nó caife agaibh. Má tá deifir leis seo féin, féadfaidh sé fanacht." D'imigh sé.

"Tá mo chroí briste aige seo," deir Darach. "Is cuma

leis cá gcaithfidh sé tada. Tá an carnán seo ina bhricfeasta mada. Caithfidh muid iad a chur le chéile ceart sula bhfeicfear é."

Ní raibh an tae faighte againn nuair a labhair an maoirseoir mór le Tom – an fear céanna a bhí thíos ar maidin. "Mise a rinne dearmad," ar seisean. "Is leor leathuair an chloig do aon duine thíos sa bpoll sin. Easpa aeir an chontúirt. Fiche nóiméad feasta 's aníos ansin."

"Faitíos árachais," adeir Tom.

"Ní tada eile," adeir Seán. "Sin é an chéad uair riamh a bhfaca mé an sramachán sin chomh suáilceach sin."

"Tá mise ag rá leat," adeir Tom, "nach bobarún ar bith é sin. Ní ligeann sé mórán air féin ach ní théann tada i ngan fhios dó. Le sealaíocht agus siollaíocht glanadh amach an poll aisteach seo. Ní obair chrua a bhí ann, ach gurbh éigean dhuit do chion a dhéanamh."

Chaith tú a bheith cúramach agus stuama. Thar aon rud eile, theastaigh foighid, mar má bhí tú sliobarnach nó an iomarca fuadair fút bhí sé an-éasca an fear a bhí thíos a ghortú. Bhí an t-ualach os a chionn agus ba leatsa a bheith aireach. Leis an gcleachtadh tháinig an taithí, agus seo í an chontúirt, mar tarraingíonn taithí cathú – agus ná déan dánaíocht lá gála ar uisce. Caithfear an cuthach a mharú le foighid, agus sin rud nach bhfuil ag an duine óg go minic, mar tá a chuid allais ag brath ar a phóca agus is é a phóca toradh a chuid allais sa teach ósta. An rud nach cóir a dhéanamh breithiúnas a thabhairt ar an aos óg, mar is iomaí craiceann a chuireann siad díobh. Níl aon mhilleán agam orthu ceol a bhaint as an óige an fhaid is tá sí acu, agus is dóigh gur fearr a bheith maol óg ná mothallach aosta, mar nuair nach bhfuil na fiacla agat is deacair an fheoil a changailt. Is minic a rinne searrach suarach capall maith. Arís, agus is fíor é, cé nach nglacfadh seanfhondúirí leis, gur teo lán spúnóige de fhuil an duine óig ná seacht gcóta mhóra ar sheanduine. Ní thagann an bláth ar an gcrann a chríonas 's ní thagann an óige faoi dhó choíchin, mar tagann an lá, is tagann an oíche, ach ní thiocfaidh sise faoi dhó choíche.

B'shin mar a chríochnaigh sinn obair an tráthnóna. B'shin mar a chaith mise mo chéad lá ag an obair agus an chéad deireadh seachtaine sa tír mhór seo. Níor smaoinigh mé ar theach ná baile, mar ní raibh an t-am agam. Is dóigh go raibh mé cosúil le hOisín fadó: go raibh iontas na n-iontas ag cur mearbhaill ar m'intinn, nó b'fhéidir go raibh mé cosúil le Seáinín na Scuab fadó, nár aithnigh mé mé féin. Mar a dúirt an tseanbhean fadó, tá sé go dona nuair a chailleann tú na cnaipí, ach tá fáithim na pluideoige ina hurchar spóil ar chliathrach na putóige nuair a chailleann tú an cóta.

Tháinig Neansaí isteach tráthnóna Dé Máirt.

"Níor scríobh tú abhaile," ar sise.

"Níor scríobh fós," adeirimse.

"Cén sórt asail thú féin?" ar sise. "Tá do mham thiar ansin léi féin gan feithide an bhéil bheo aici le labhairt leis ach na ballaí. Tá páipéar is clúdach ansin dhuit agus neart stampaí. Fág sa mbosca ag an doras í agus cuirfidh mise i bposta dhuit í. Ach breathnaigh an áit a bhfuil an dá ramallae sínte. Bhail, go bhfóire Dia ar na mná a bheas agaibhse!"

"An fhaid 's a bheas an seicín le feiceáil acu," adeir Seán. "Sin é a mbeidh siad a iarraidh: buicéad púdair, slabar *lipstick* agus boslach *perfume*. Á, nach ar Ádhamh a bhí an tseafóid!"

"Ó, muise, tabhair seafóid air," adeir Darach. "Chuir sé a shúile thar a chuid. Dhá mbeadh ciall aige d'fhanfadh sé go dtiocfadh sé go dtí an *Combat Zone* agus is fada a ghabhfadh páí sheachtaine air ach, an diabhal bocht, ní raibh aon *eda-ma-cation* air – dúil sa mbia cladaigh agus bhris sé a ghob leis!"

"Óra, a rud brocach," adeir Neansaí, "nach beag an náire atá ort? Tá tusa ansin ag slogadh Comaoineach gach uile mhaidin Dé Domhnaigh 's nach bhfuil an cat sábháilte a't!"

"M'anam gur daor an ball i China Town é," adeir Darach. "Déarfaidh na colacha ansin, *'You likee pussee, chickee, wingee*?' nó – stop, maith an cailín! Cá 'il an fear óg?"

"Ag srannadh," ar sise. "Tá na cúlfhiacla ag cur as dhó. Níor chodail sé néal aréir, ná mise leis."

"An diúilicín bocht," ar seisean. "Chodail tusa nuair a bhí do chuid faighte a't."

"Muic!" ar sise.

Thit néal arís ar an mbeirt agus scríobh mise mo litir. Sclábhaíocht cheart dhomsa breith ar pheann. Ní maith liom scríobh ná níor thaitnigh sé riamh liom – is dóigh, i ngeall ar an ngleáradh a fuair mé ag gabháil chuig an scoil fadó. Scráib cheart a bhí ionam agus níor thaitnigh an maide sna hailt liom ach an oiread. Lánstad ná ceannlitir mhór níor bhac mé riamh leis.

D'inis me di in mo bhealach féin cén chaoi a raibh rudaí. Níor theastaigh uaim an iomarca a inseacht, mar bhí a fhios agam go mbeadh a fhios ag an mbaile an chéad lá eile é, ach chaithfinn beagán cumadh a dhéanamh. Rud eile, bhí sé in mo chroí cúpla dollar a chur chuici, ach arís cheap mé go mbeadh sé cineál aisteach ag duine nach raibh ach dhá lá ag obair toirtín a chur i litir. Leis an gceart a rá, níor fhág mé folamh í, mar ní fhéadfainn anó a fheiceáil uirthi. Is iomaí luach pionta a thug sí dhom nuair nach raibh luach pluga tobac don seanbhuachaill aici. An bruscar a thug mé as Sasana, chuir mé ina hainm é is bhí a fhios agam nach bhfaigheadh sí ocras ná fuacht an fhaid is a bheadh mo shláinte agamsa. Dá laghad dhá mbeadh a fhios ag daoine, b'amhlaidh ab fhearr é – cuntas gearr a dhéanann carthanas fada. Éad arís 's gineann sé gráin, is gráin díoltas. Nach deacair gach uile dhuine a shásamh? Ach bíodh acu, tá mé i Meiriceá . . .

Nuair a bhí mise óg chloisinn na scéalta nach raibh ort ach teacht go Meiriceá agus tosú ag cruinniú an óir. Bhí sé le fáil ar na sráideanna. Ní raibh ort ach siúl amach agus do phócaí a líonadh. Tá an t-ór céanna in gach áit, ór sí gan aon phota. Go dtí seo ní fhaca mé é. Ceart go leor, bhí an pháí go maith, ach bhí moch agus deireanach ort. Ní mórán fonn rabhsaireachta a bhí ort tar éis lá crua oibre. Bhain an teas mór cuid mhaith den ghaisce dhíot. An rud a bhí ann, bhí tú ar do chosa i gcónaí. Níor fhan tú istigh ach oiread. Bhí carr ansin le thú a thabhairt amach, is bhí an lánúin thuas staighre iontach ar an mbealach seo. Ba mhinic a théadh sinn amach – creid é nó ná creid – le codladh a chur ar an bpáiste, agus b'shin stair agus tíreolaíocht dhomsa. Tobar eolais a bhí in Johnny Beag, ach ba é Joe an fonsa – agus ba mhaith leis an mbeirt an t-eolas a bhí acu a roinnt leatsa.

Ar Shráid Adams a bhí an teach a raibh mise in mo chónaí ann ach cérbh é Adams. Cosúil le laochra na saoirse ar fad, is cuma cén tír a dtagann siad as, bhí sean-Adams cosúil leis an bPiarsach ag réiteach faoi choinne na Réabhlóide nuair nach raibh caint ar mhórán eile.

Bhí muirín mhór air féin agus a bhean, Abigail. D'fhág a sliocht rian agus marc ar stair a dtíre nach bhfuil éasca a mheas. Sean-Joe a d'inis seo dhom. Ansin bhí fear mór eile ann, Seán eile – Quincy. Anois, bhí baint mhór ag an mbeirt le marú a rinneadh i mBoston i 1770, nuair a scaoil saighdiúirí Shasana le daoine a bhí ag caitheamh dabracha sneachta leo – deirim dabracha, mar de réir an tseanchais bhí corrchloch i gcuid acu. Cuireadh dúnmharú in aghaidh an airm ach níor fríothadh ciontach iad, cé gur cuireadh an t-iarann dearg ar lámh beirte. Leithscéal círéibe a bhí ann. Neamhspleáchas agus saoirse a bhí ag teastáil, agus ó bhí an tine fadaithe ba mhór an dearmad gan í a lasadh, agus deir Joe, "Bhí fear mór eile le rá ina gcomhluadar seo, Pól Revere. Gabha geal a bhí ann. Trí bliana tar éis an mharú bhí an "Boston Tea Party", nuair a caitheadh cúpla céad bosca tae i bhfarraige le stainc ar dhlí foréigneach na Sasanach. Ba é Revere a rinne an aistear fhada an oíche siúd i 1775 ag inseacht go raibh arm Shasana ar an ionsaí. Scríobh fear mór fada eicínt amhrán faoi. 'bhFuil a fhios a't, gaisce uilig é seo!"

"Meas tú?" adeirim féin.

"Cad eile?" ar seisean. "Ar ndóigh, ní raibh ann ach mar a bheadh dhá choileán ag troid le hais Chath na Bóinne nó Eachroim Uí Cheallaigh. Tá gach uile shórt mór sa tír seo – ó chac na spideoige go cac an tairbh. Bualtrach ar fad é!"

"Ach b'iontach an tír le troid 's marú í," adeir mé féin.

"Pleib eile thusa!" ar seisean. "Chonaic tú pictiúir faoi bhuachaillí bó agus na hIndiacha Dearga, agus bhí do chlab oscailte agat ag slogadh. Cúrsaí airgid agus seafóid. Níl saol muice ag buachaill bó sa tír seo, ná ní raibh riamh – dóite ag grian an tsamhraidh agus stromptha préachta ag sioc an gheimhridh, codladh amuigh agus drochbheatha, rud a chuirfeadh an gadhar chun báis."

"Ach thug na hIndiacha faoin smut dhóibh é," adeirim féin. "Bhí 'Scaoil amach mo mhullach' ann."

"Agus mullaí dearga," ar seisean. "An scéal céanna a tharla sa ngarraí beag gabáiste againn féin. Tá sé an-éasca fuint in aice na mine, a mhac, agus cuimhnigh gurbh ag na Sasanaigh a bhí an máilín i gcónaí. Ba é an tÉireannach agus an tIndiach a bhuail é féin sa deireadh. Ghéilleadar do bhréaga na Sasanach. Mharaíodar féin a chéile. Thóg an Sasanach an méid a bhí fágtha agus rinne sé a chuid féin dhe. Breathnaigh siar ar do thír féin. Cur i gcomórtas í leis an tír seo. Cuireadh na Gaeil go Connachta agus cuireadh an tIndiach bocht go dtí na gaineamhlaigh ba mheasa agus ba bhoichte in iarthar na tíre – áiteacha nach raibh bia ná deoch, ach teas, tinneas agus an bás."

"Ach, ar ndóigh, níorbh iad na Sasanaigh a dhíbir iad," adeirimse.

"An áit a mbíonn an dris," ar seisean, "bíonn an phréamh le fáil freisin – a sliocht a rinne é, agus m'anam gurbh iomaí Éireannach a chaith urchar freisin."

"Is cosúil le duine thú a léigh go leor," adeirimse.

"Dheamhan a dhath," ar seisean, "ach ag éisteacht le daoine ag caint. Sin í an scoil is fearr, mar má chloiseann tú an scéal sách minic fanann sé in do cheann. Cloiseann tú agus foghlaimíonn tú go leor ag an obair, mar tá daoine ann as gach áit – go leor acu ag saothrú a ndóthain airgid le hiad féin a chur thríd an scoil."

"Shíl mise go raibh an tír seo lofa le hairgead," adeirimse féin. "Ar nós chuile áit eile tá daoine fíorbhocht anseo, agus daoine nach bhfuil a fhios acu céard é a gcuid airgid. An té atá ag iarraidh dul chun cinn, téann siad ag saothrú le costais a gcuid scoile a íoc. Bíodh a fhios a'tsa gur an-dream oibre iad seo, idir fir is mná."

"Ná habair liomsa go bhfuil mná ag sclábhaíocht ar nós na bhfear!" adeirim féin.

"Óra, 'dhiabhail, tá," ar seisean, "ón tsluasaid go dtí an peann. Nach bean an t-ardinnealtóir atá anseo? Tá suas le naonúr acu ar fad ann."

" 'S nach maith nach mbíonn sibh ag piocadh orthu?" adeir mé féin, agus fonn gáirí orm.

"M'anam nach ligfeadh an faitíos dhúinn," ar seisean. "Abair focal amháin maslaíoch le haon duine acu agus beidh tú amach an geata ar an bpointe, agus níl mórán fonn ar aon duine eile thú a chur ag obair i ngeall air sin. Tá an ceart céanna acu liomsa 's leatsa. Seachain, ar a bhfaca tú riamh, tada a rá leo. Déanadh a rogha duine é, ach ná déanadh tusa é. Nuair atá do lámh i mbéal an mhada, tarraing go réidh í . . ."

"Nó beidh colpaí gearrtha agat," adeirimse.

Ceann de na deacrachtaí móra a bhíonn agam i gcónaí in áit strainséartha ná mo bhealach a dhéanamh asam féin. Bíonn orm dul i gcleachtadh na háite. Ní dhéanann mé aon teanntás ceart go mbíonn muinín agam. Rud eile, má tá tú ag brath ar dhuine eicínt thú a thabhairt ó áit go háit i gcarr i gcónaí, cailleann tú spéis san áit agus ní fheiceann tú tada. Ó bhí an tráthnóna fada fós, thosaigh mé ag déanamh píosaí siúil agus seáirsí ar na busanna. Isteach go lár na cathrach ba mhinice a théinn ar dtús, ag breathnú ar na hárasáin ilstóracha. Bheadh ort seasamh ar an taobh thall den tsráid – agus píosa maith siar freisin – le breathnú suas orthu seo. Don aineolaí, bhí sé deacair a thuiscint cén bealach ar cuireadh suas iad nó cén sórt cloigne a bhí ar na fir cheirde a bhí ag obair orthu, go mór mór ar a n-éadan ó bhun suas go barr. Ba iad an dream a bhí ag níochán fuinneoga orthu seo beag nár chuir ré roithleagán in mo cheann ag breathnú suas orthu ón talamh. Ní raibh acu ach cliabhán beag agus dhá théad ón díon ceangailte ar gach aon chloigeann de, ach cuir i gcás gur stoith ceann acu! A Chríost, ní bheadh saol fata i mbéal muice ag ceachtar acu, agus deirtear liom go dtarlaíonn sé. Dhá dtuintí an saol Fódlach orm ní bheinn i mbróga na córaide sin, ach ní bhíonn an éadáil gan an chontúirt.

Thug mé suntas do na siopaí móra a bhí ann, cuid

acu deich stóir fhichead. Ba mhinic a chaithinn uaireanta fada dhá siúl agus ag cur a gcuid praghsanna i gcomórtas, abair, le praghsanna sa mbaile nó i Sasana. Bhí an áit seo i bhfad ní ba saoire, ach freisin bhí difríocht mhór san éadach féin, cuir i gcás. Bhí sé éadrom agus feiliúnach do aimsir na tíre ach ní bheadh díon deoire ann thiar sa mbaile. Leis an scéal a chríochnú: aon rud a bhí ag teastáil uait, bhí sé le fáil ann, agus b'shin go leor, mar a dúirt an chailleach nuair a bhí sí ag marú na sneá!
Tráthnóna breá eile bhuail mé liom síos go dtí Oileán an Chaisleáin, chuig an bhfarraige. Is é an chaoi ar shiúil mé síos é. Ní caisleán a bhí ann i ndáiríre ach cineál dúin chruinn. Bhí an áit ligthe i léig ar feadh na mblianta ach anois bhí caint ar é a ghlanadh suas agus cineál ionad oidhreachta a dhéanamh as. Ba mhór an spóirt an áit é thíos ar bhruach na farraige. Bhí cineál páirc mhór chnocánach siar uaidh agus cosáin ina thimpeall. Gach uile thráthnóna bhíodh an áit pacáilte ag daoine – ag siúl nó ina suí, cuid acu ag iascach nó ag bualadh báire. Áit an-sábháilte a bhí ann, mar ní raibh aon chead ag aon charr a dhul isteach ann ach carr patróil na bpóilíní.
Facthas dhom gur seandaoine ba mhó a bhí ann. Bhíodar cosúil le dream a bhí ar a gcompord, ach fear ná bean dhubh amháin ní raibh le feiceáil ann. Ag an am níor chuir mé aon suim ann. Ó bhí an tráthnóna go breá, shuigh mé síos le mo scíth a ligean. Ní raibh aon deifir orm agus bhí mo chliabhán i bhfad ón tine. Faoi cheann píosa tháinig dhá sheanfhear agus shuíodar le mo thaobh. Las duine acu a phíopa, agus thosaigh siad ag caint eatarthu féin – i nGaeilge. Mar

bhí mé féin fiosrach, bhioraigh mé mo chluas, ach níor lig mé tada orm féin ach ag éisteacht lena mbriosc-chaint. Bhí an tseanteanga cheart acu – níor chuala ceachtar acu, is dóigh, caint riamh ar an mbeithíoch sin "Caighdeán"!

"Nach breá é an suaimhneas?"

"Níl a shárú ann. Pé 'r bith cén sórt cunús tobac a fuair mé an lá cheana, ní féidir é a choinneáil dearg. Is measa é na smúdar móna."

"Caith uait an rud lofa sin uilig. Nach bhfuil tú cosúil le simléar soithigh, nó cén mhaith atá sé a dhéanamh dhuit ag slogadh deataigh – 's cén cás é ach tú ag íoc go daor as le thú féin a chur den saol!"

"Nuair nár mharaigh sé cheana mé, ní mharóidh sé anois mé."

"Ó, is deacair an drochrud a mharú!"

"Bhí an t-ádh ort féin nár mharaigh na *niggers* ansin thíos thú anuraidh."

"Ó, na collacha bradacha! Cén cás é ach an créatúr bocht a mharaigh siad – fear nár dúirt aon fhocal le haon duine beo ina shaol?"

"Nó cén t-údar a bhí acu leis?"

"Údar ar bith ach é a bheith bán. Nach iad na *bloody* busanna a tharraing ar fad é. Go dtugtar scoil faoi leith do na diabhail sin."

"In áit iad a sheoladh amach sna coillte – san áit a dtáinig siad as."

"Sea, agus claí mór ard a chur timpeall air a choinneodh istigh iad. Seafóid ag iarraidh scoil a chur isteach ina gcloigne siúd, 's gur gearr eile go mbeidh na clocha ite den seanchaisleán sin thoir acu. Luaidhe a ba cheart a chur iontu."

"Tuilleadh diabhail ag boiscín mura bhfuair siad é sin féin, 's ba ghearr le luchain chladaigh iad, a scréachaíl nuair a theagmhaítí leo."

"A mhac, tá 's beidh. Is iomaí failpeog bhreá a thug sé do na cloigne cruacháin sin. Buíochas le Dia, tá muid in ann siúl anuas anseo anois gan aon fhaitíos. Bhí an áit lofa acu."

"Meas tú, an dtuigeann an scafaire seo muid?"

"Ara, níl a fhios aige sin ó Dhia na cruinne céard atá muid a rá. Nach minic a bhíonn mé ag éisteacht le cuid den dream óg a tháinig aniar ag Gaeilgeoireacht 's nach cosúil le stuif í a thiocfadh aníos as buidéal? 'Cad é?' 'Conas 'taoi? 'Ní thuigim.' 'Goidé?' Cacamas uilig, 's an Béarla atá ansin acu, tá sé chomh ramhar le dornán coirce. Ní féidir iad a thuiscint."

"Tuigeann siad féin a chéile, cosúil le Taidhgín. Óra, ní thuigeann sé sin muide. B'fhéidir gur rite as cath in áit eicínt atá sé sin, ach ní cheapfainn gur thiar a fuair sé an bearradh bradach."

"Ní cheapfainn é – tá an deimheas níos géire thiar."

"Níl a fhios a'm," adeirimse, "cé acu is measa, maoise na haoise nó baois na hóige. Do dhá riadaire mar sibh, tá na seacht ndiabhail oraibh!"

Níor fhan focal ag an mbeirt.

" 'S rud eile," adeirimse, ag géarú ar mo mhaidí, "níl an bheirt agaibhse anseo mórán achair – nó abhus ar laethanta saoire atá sibh?"

"Tá tú ceart sa méid sin," adeir fear an phíopa. "Níl muid mórán achair anseo – níl muid uair fós ann – agus tá muid ar laethanta saoire fada an phinsin. Ach níor fhiafraigh tú cén fhaid i mBoston muid."

"Ní fiú dhúinn a rá," adeir an fear eile, "go bhfuil

muid an-fhada ann. Tá seisean bliain níos faide ná mise ann agus tá mise ag gabháil isteach sna trí scóir ón lá a leandáil mé ansin thuas. Shílfeá gur inné é."

"Bail ó Dhia oraibh!" adeirimse. "Tá sibh píosa deas thart. Sé seachtaine díreach atá mise thart, ach gur ansin i Logan a leandáil mise."

Ní fhéadfaí an oiread ceisteanna a chur orm i dteach cúirte! Go minic chuir duine an cheist ach d'fhreagair an duine eile í. Insíodh dhom go raibh mé anois i South Boston – Éire bheag i gcéin, ceantar Gaelach bródúil neamhspleách. Bhí suas le deich míle fichead duine ann tráth, sin de réir dhaonáireamh na bliana 1865 – sin é a dúirt siad. Bhí an saol go dona ann píosa – obair chrua, drochthithe agus cíosanna troma. I ngeall ar an ól, bhíodh achrann agus clampar ann. Bhí drochmheas orthu freisin i ngeall ar a gcreideamh. Ar aon iontas go raibh meas faoi leith acu air go dtí an lá atá inniu ann? Ní raibh aon cheannas ceann ceart orthu a cheanglódh na daoine le chéile gur tháinig fear darbh ainm Séamas Curley. Tá abairt sa mBíobla a deireann, "mar ba mhaith libh daoine a dhéanamh libh, déanaigíse leo mar an gcéanna". Chonaic seisean go raibh sé deacair ag an am srathar a chur ar chapall an tsagairt. Thuig sé nach bhféadfaí cumhacht ná ceart a fháil ach le cnagadh mullaí le bataí agus cóta an charraera a bhaint de bhean an leanna agus é a thabhairt ar ais dhó. Mar sin bhí sé bagrach buailteach, agus deirimse leatsa go bhfuair sé cúnamh!

Bhain mo dhuine an píopa as a bhéal agus labhair sé go mall.

"Cuireadh séiplíneach óg go hAcaill tráth – fear mór

ard láidir. Bhí air Aifreann a léamh sa gceann thiar den oileán gach Domhnach. Rothar an deis marcaíochta a bhí aige. Leath bealaigh siar ón oileán bhí go leor Protastún, agus níor tugadh aon suntas ná ómós don sagart ach an oiread 's dhá mba é fear an phoist é. Chuireadh gach uile dhuine eile lámh ina gcaipín dhó ach iad seo, 's níor thuig sé é gur hinsíodh dhó é. Geallaimse dhuitse gur chuir gach uile dhuine acu lámh ina gcaipín an tríú Domhnach! Rinne Curley an rud céanna. Rinneadh méara anseo dhó: ansin chuaigh na hÉireannaigh ag obair. Ba aniar as ceantar Uachtar Ard a tháinig a mhuintir."

"Diabhal a gcuimhním anois ar an áit," adeir an fear eile. "Fuair sé i dtrioblóid ansiúd sa deireadh faoi chneámhaireacht litreacha, agus níorbh é a bhí ciontach."

"Óra, fuair sé príosún an t-am úd," adeir fear an tobac, "ach m'anam gur scaoil Truman amach é agus thug sé pardún dhó. B'shin le rá nach raibh sé ciontach. Ó, muise, b'iontach an fear a bhí ann. Breathnaigh anseo anois, cén crompán a dtáinig tusa as, mura miste leat mé é a fhiafraí?"

D'inis mé dhó, ach ní mórán maitheasa a bhí ansin. B'éigean dhom a dhul siar na seacht sinsir, ach ní raibh siadsan sásta mórán eolais a thabhairt fúthu féin ach gur Máirtín a bhí ar fhear an phíopa agus Antaine ar an bhfear eile. Níor tugadh aon sloinne. Ná cuireadh sé seo aon iontas ort. Is mó go mór an tábhacht a thugann a leithidí do ainm do mháthar nó t'athar. Tá lúb aitheantais agus gaoil an uair sin acu – seanbhealach na nGael, is dóigh. Bhain sé ní ba mhó le muintir na tuaithe seachas daoine ar rugadh a muintir i mbaile mór.

"Hanam ón diabhal é," adeir Máirtín, "tá neart daoine muintreach leatsa thart anseo! Bheadh cúpla col ceathrair le t'athair ann. Níl a fhios a'm barainneach anois ó thaobh do mháthar. Cén t-ainm a bhí ar athair do mháthar?"

"T'ainm féin," adeirimse – "bhail, an dara hainm."

"Tá tú a'm anois, a bhuachaill," ar seisean. "Bhíodar ann, dar príosta, ach tá siad imithe le fada an lá go California. Phós na mná thar baile amach, strainséirí – as Co. an Chláir nó síos an bealach sin."

"Níl a fhios agam an ag spochadh nó ag priocadh atá tú," adeir Antaine, "ach ba cheart dhuit d'urchar a chaitheamh níos gaire do láthair. Nach duine acu sin a maraíodh thuas ar an Avenue an bhliain cheana – cigire tine? An gcuimhníonn tú air? 'Gus nach oifigeach ceann cabhlaigh a bhí sa deartháir?"

"As ucht dé ort 's ná bí ag cniotáil le snáithe briste," adeir Máirtín. "Ní raibh gaol ná dáimh acu siúd leis an bhfear seo. B'as tír isteach an sloinne a bhí orthu sin. Tá a fhios a'm go maith cé atá i gceist a't."

"Coinnigh do ghreim go fóilleach," adeir Antaine. "Abhus anseo a rugadh sin-seanmháthair do mháthar. Aniar as Fraochoileán a tháinig siad ó cheart – aimsir an drochshaoil. Bhí cúigear deirfiúr aici agus phós siadsan strainséirí. Seo anois cuid acu sin. Mar sin, is col ochtair dhuitse an bheirt a bhfuil mise ag caint orthu – sin ó thaobh do mháthar. Tá neart col seisir a't ó thaobh t'athar."

"Ach cén sórt cainte atá ort faoi Fhraochoileán?" adeir Máirtín. "Nach fadó an lá ó thug na faoileáin fuath don áit? Báitheadh na caoirigh ann agus cailleadh na gabhair ann leis an ocras."

" 'S nach shin é an fáth ar fhág Peaitsín é?" adeir Antaine. "Nó ba cheart dhom a rá gur díbríodh é nuair nach raibh an cíos aige. Rinne sagart eicínt in nGaillimh trócaire air i ngeall ar na gasúir a bheith lag agus thug sé a phaisinéireacht go Meiriceá dhó. D'fhág sé drochshaol ach ní raibh an saol anseo an uair sin mórán ní b'fhearr, le *'No Irish need apply'* crochta ins gach uile áit – Peaitsín 'ac Con Rí, sáibhéara."

"Tá tú ceart," adeir Máirtín. "Tá tú ceart. Bhí a leithide d'fhear ann. Chuala mé caint air. Ó, deir siad gur mhaith uaidh ceann tí a ghearradh. 'Gus sin iad anois iad."

"Níl mise in ann an scéal a leanacht suas," adeir Antaine, "ach tá a fhios a'm fear atá – an saighdiúir mór, Joe. Ní fhaca mé le fada é, má tá sé beo."

"Meas tú an uncail é do Neansaí, an bhean a bhfuil mise ag fanacht léi?" adeirimse.

"Bean Johnny Beag?" adeir Antaine. "*Cripes*, tá tú ceart. Anois tá tú in ann a ghabháil siar sa seanchas, agus ar a bhfaca tú riamh abair leis go raibh muid ag cur a thuairisc'."

"Bhail, nach aisteach an mac é an saol," adeir Máirtín "an chaoi a gcastar na daoine ar a chéile? Caithfidh tú gabháil ar cuairt chuig na daoine sin. Gheobhaidh muide amach cá bhfuil siad ina gcónaí, agus tá mise á rá leat go n-aithneoidh an fhuil an gaol."

" 'S rud amháin sa tír seo," adeir Antaine, "tá an gaol an-láidir, mar sa sean-am theastaigh cabhair, 's m'anam gur thug do dhaoine muintreacha an chabhair sin dhuit 's gurbh é dúshlán aon duine tada a rá leat. A' dtuigeann tú, fulaingíonn fuil fuil i ngorta ach ní fhulaingíonn fuil fuil a ghortú! Gaol na gcnámh 's an tseanchraicinn, is deacair é a bhualadh."

"Sin é an chaoi a bhfuil an saol," adeir Máirtín, "naoi n-iomairí 's naoi n-eitrí chuig do mhuintir féin roimh an strainséara. Téanam uait anois agus beidh taoscán a't in éineacht linne. Níl sé cúig nóiméad siúil."

"Ní bheidh," adeirimse, "mar siar an bealach eile atá mé ag gabháil – Savin Hill. Ní bhfaighinn mo bhealach amach go deo as an gceantar seo."

"Níl aon chall dhuit leis," adeir Máirtín. "Fágfaidh muide ag do dhoras thú slán sábháilte. Níl aon chall imní dhuit. Éirigh as sin, a smíste – tá an suíochán sin sách te!"

Suas linn do réir a gcos. Sheasaidís go minic ag taispeáint áiteacha a raibh na seantithe fadó nó áit a raibh go leor oibre tráth nó stad na gcóistí capall. Bhí na seanbhotháin glanta as an áit anois agus tithe breátha déanta ar an láthair. Bhí go leor de na hÉireannaigh féin glanta leo is ní raibh fágtha anois ach an seandream. Ní thabharfá milleán dhóibh. Leanadar an obair, rud nach raibh a muintir in ann a dhéanamh. Páí? Tá an-pháí anois ann seachas mar a bhí. Saothraíonn fear oibre anois an oiread in uair a chloig agus a shaothraíodh an dream sin i gcoicís, agus d'oibrigh siad ar nós miúile ó dhubh go dubh faoi theas agus faoi fhuacht. Bhí an tÉireannach coinnithe síos i gcónaí go dtí le ríghairid, ach diabhal blas beann aige orthu anois. Tá sé féin anois ina mháistir.

Bhíodar fíorbhródúil as a muintir, go mór mór iad seo

a chuaigh ar aghaidh sa saol. Cén fáth? Is iomaí freagra a tugadh dhom ar an gceist. Ó, bhí aiféala orthu, briseadh croí go leor, mar nach raibh gar ná gaol leo beo. Ní raibh i ndiaidh go leor acu ach, mar a dúirt an t-amhrán:

Fothrach folamh gan aird
An t-áras seo is aosta túr;
Is iomaí eascal agus gaoth
A bhuail faoi mhaol do mhúr."

Chaith mé píosa mór ina gcuideachta. Baineadh na mílte geallúintí dhom a theacht arís agus bheadh go leor eile eolais acu dhom. Insíodh dhom cá bhfaighinn an bus nó an traein ach ní le haghaidh anocht é. D'fhág cara leo abhus ag an doras mé. Suas liom go dtí Johnny agus Neansaí le mo scéal, cosúil le páiste tar éis teacht ón scoil dhó.
"Abbot 'n' Costello!" adeir Johnny. "Casadh beirt bharrúil ort – beirt a chonaic an dá shaol. Dhá shean-'Southie' chearta."
"Beirt ghnaíúil," adeirim féin.
"Is ar ndóigh níor chruthaigh Dia beirt níos deise," ar seisean. "An aois a bhfuil siad ann, 'bhfuil a fhios a'tsa go dtéann an bheirt sin chuig Aifreann a seacht gach uile mhaidin?
"Beirt dheirfiúr a bhí pósta acu," adeir Neansaí. "Cailleadh duine acu fíoróg – ócáid páiste – agus ba í an deirfiúr eile a thóg an dá chlann. Tá sí féin curtha le fada."
"Ta fhios ag Dia gur shíl mise nár phós an bheirt riamh," adeir Johnny.

"Dhá shean-dhaideo," adeir Neansaí. "Tá dochtúirí, dlíodóirí, banaltraí agus beirt shagart sa dá chlann agus tá an chlann óg arís ag iompú amach níos fearr, 's níor cailleadh cianóg rua le ceachtar acu. Shaothraigh siad féin costaisí a gcuid scoile. Is iontach an chreidiúint dá muintir iad.

" 'S tar éis an méid sin uilig chuaigh siad le chéile 's cheannaigh siad an dá theach don tseanbheirt," adeir Johnny.

"B'fhiú iad a thógáil," adeirimse.

" 'S níl galamaisíocht ná éirí in airde ag duine riamh acu," adeir Neansaí. "A Mhaigdean, feicim cuid acu thart anseo 's gan focal ina bpluic 's is obair seachtaine dhóibh beannú dhuit! Ní labharfaidh siad aon Ghaeilge 's níl acu ach droch-Bhéarla. Tá canúint na mBronx orthu sul má tá Logan glanta acu."

"Fan go mbeidh siad píosa anseo," adeir Johnny, " 's beidh sé éasca breith ar thóin orthu. Chonaic mé a leithidí cheana, mar a dúirt an cat leis an mbainne te. Múinfidh an saol ciall dhóibh. Athraíonn siad uilig faoi cheann píosa nuair a fhaigheann siad beagán crácamais."

"Nuair a thagann an bheirt agus Joe le chéile bíonn seanchas ann," adeir Neansaí. "Níl a fhios ag aon duine baiste cá bhfuair siad a gcuid staire, ach go deimhin féin tá sí acu go paiteanta. Ar ndóigh níl Stáit ná baile mór nach raibh siad ann. Rinne an bheirt gach uile chineál oibre."

"Agus príosúnach de gach uile dhollar," adeir Johnny. "Ach ní stiocadóirí a bhí iontu ach an oiread. Bhíodar fiúntach. Chaith Antaine píosa mór in Minnesota, áit, adúirt sé, a bhfuil go leor Éireannach.

Creidim gurbh é an rud a tharla gur thug sagart go leor amach ann mar bhí talamh le fáil ann ar 'Ardaigh orm'.

"Easpag a bhí ann," adeir Neansaí "agus an t-ainm ceart air – John Ireland."

"Á, 'mhaisce, tá tú ceart," ar seisean. "Thug sé leis iad gan aon phiocadh a dhéanamh, fir oibre, feilméirí, fir cheirde, pósta nó scaoilte.

"Cén chaoi ar éirigh leo?" adeirimse.

"Bhail," ar seisean, "go maith agus go dona. Shocraigh go leor acu síos ar an talamh, mar bhí neart de ann, agus rinneadar thar cionn. Cuid eile a dhún an doras agus a thug a n-aghaidh ar na bailte móra – dream gan aon déantús maitheasa a chas ar ais ar an díomhaointeas agus ar an ól. Ní raibh aon luí acu seo leis an talamh. B'fhearr leo an lá páí agus cos i dtaca a thabhairt don chuntar. Bhí an áit lasta ag obair, gearradh coille, mianadóireacht agus monarchana de gach uile chineál. Ach bhí an áit fiáin iargúlta ag an am. Chuaigh go leor acu seo ar an bhfaraor géar. Ba iomaí fear breá a fuair fód a bháis ann."

"Níorbh shin é a theastaigh ón easpag bocht," adeir Neansaí "ach pobal Caitliceach a bhunú mar a bhí sé in Éirinn – feilmeacha maithe ar fhíorbheagán cíosa agus go minic gan tada, slí mhaireachtála cheart a bhaint amach agus a gclann a thógáil ina gCaitlicigh."

"Bhí an corna tomhaiste go maith dhó," adeir Johnny. "Thosaíodar ag déanamh poitín 's dhá ól – go díreach glan mar a bhídís thiar céad bliain ó shin. Stop an dlí cuid mhaith den obair seo."

" 'S é atá in ann," adeirimse. "Meas tú ar fhan mórán acu ann?"

"Ó, a mhac, d'fhan," adeir Neansaí. "Tá pobal mór acu ann ach go bhfuil siad níos briste suas ná anseo, mar phósadar dreamanna ó thíortha eile. Briseadh suas na ciníocha. An rud ba mheasa faoi, chaill an chuid ba mhó acu an Ghaeilge, ach choinníodar an creideamh."
"Bhí údar leis sin," adeir Johnny. "Ar an gcéad dul síos, phós Caitliceach, an dtuigeann tú, Caitliceach eile, ba chuma cén tír san Eoraip ar tháinig an duine sin aisti. Ansin, aon scoil a raibh aon chuma uirthi, ba iad an chléir a bhí dhá rith, agus choinnigh an tEaspag Ireland an tsrian rite leo. Ní raibh aige ach aon chlaí amháin, agus bí taobh istigh nó fan taobh amuigh."
"Ó," adeir Neansaí, "b'iontach an fear a bhí ann. Bhí sé te tréan teann gan fuacht ná faitíos. Níorbh fhéidir é a staonadh, agus bhí meas dá réir air ón Uachtarán anuas. Go deimhin ba géar a theastódh a leithide inniu."
"Is gearr a bheas na sagairt féin againn," adeirimse.
"Sin é an chaoi a bhfuil sé," adeir Johnny, "ag paidreáil inniu agus ag spallaíocht anocht. Breá sa diabhal nach dtugtar cead pósta dhóibh agus tá mise ag rá leat go mbainfeadh sé sin cuid den díocas díobh."
"Óra, stop do bhéal," adeir Neansaí, "a rud brocach! Cén sórt cainte í sin ort? Dia dhá réiteach, cén neart atá ag an sagart beannaithe air má chuirtear cathú air? Cé is cúis leis?"
"M'anam nach rud brocach cosúil liomsa," adeir Johnny, "ach rudaí deasa cosúil libhse! ' S é díol an diabhail a bheith ag breathnú ar cheathrú bhreá

chaoireola isteach thrí fhuinneog an bhúistéara – ocras ort agus an doras glasáilte. Caithfidh sé go bhfuil sé an-chrua ar shagart sa saol atá inniu ann ag breathnú ar na stumpaí deasa atá ag gabháil thart, go mór mór sa samhradh nuair atá an *mini* orthu."

"*By dad*, muis," adeir Neansaí, "is dóigh nach mbeadh aon sásamh a'tsa ann mura mbeidís ag gabháil thart ina gcraiceann dearg! Mura deas an t-ábhar cainte atá a't! Ná bac leis an sagart bocht. Tá a chrois féin le n-iompar aige."

"Dá mbeadh páirtí leapa aige go mbeadh sí ní ba troime!" adeir Johnny. "Ní fheicim féin ciall ar bith sa scéal. Níor dhúirt Mac Dé leo gan pósadh, mar thuig sé an scéal, ach is dóigh gur seanchnáimhseálaí cantalach eicínt a bhí fadó ann a raibh an dearg-ghráin aige ar mhná a thug isteach an dlí sin. Ba bheag a bhí le déanamh aige!"

"Nó b'fhéidir sean-*joker* eicínt a bhí cosúil le Fionn nuair a leag sé a mhéar ar an mbradán 's gur dhóigh sé í," adeirimse.

"An gcloiseann sibh an cluanaí?" adeir Neansaí. "Tá sé in am a'tsa do mhéar a leagan ar rud eicínt 's gan a bheith ag bligeardacht ansin cosúil leis an radaí eile sin."

"Dá mbeinnse in mo shagart," adeir Johnny, "is fadó ó Pampers agus buidéil a d'fhanfainn. Ar a laghad bheadh codladh na hoíche faoi chompord agam."

"M'anam, muise, nach bhfuil mórán suime a't féin codladh na hoíche a chur amú ar dhaoine!" adeir Neansaí. "Cuireann tusa thú féin do lámh thart ag cuartú toirtín, 's ansin déarfaidh sé, 'Níor chodail mé go maith aréir'! Ba cheart gach aon dara fear a

choilleadh – só an tsaoil a bhaint as a gceann!"
" 'S nach mbeadh gach aon dara sagart coillte ansin?" adeir Johnny. "Ara, ní bheadh cuma ar bith ar an scéal. Ach, idir mhagadh is dáiríre, is gearr go mbeidh an scéal sa tír seo ina bhrachán ceart. An bhfaca sibh Dé Domhnaigh seo caite d'fhág an séiplíneach slán ag an bpobal 's tá sé pósta inniu."
"Ná bí ag stealladh do chuid bréaga!" adeir Neansaí. "Níor tharla a leithid de rud. Is mór an peaca a bheith ag rá rudaí mar sin. Níl sé ceart."
"Tá an fón le do thaobh 's glaoigh ar Bhridie," ar seisean. "Fiafraigh di cén lánúin a bhí ag Pat inniu le haghaidh lóin."
"Níl aon chall dhuit leis – tá an cúiplín tagtha."
Tháinig Seán is Darach isteach. Bhí an páiste ina ghabháil ag Darach.
"Codlóidh sé anocht," adeir Séan.
"Ní hé fearacht cuid eile acu é," adeirimse. "Tá daoine ag casaoid anseo go mbítear dhá gcoinneáil ina ndúiseacht."
"Dún do chlab mála!" adeir Neansaí. "Ag caint faoi shagairt a bhí an bheirt seo."
"Tá údar cainte acu," adeir Seán. "Tá an fear óg seo thíos é féin tar éis an dá chois a chur ann, go bhfóire Dia air!"
"Ara, stopaigí!" adeir Neansaí.
"Stopaigí féin!" adeir Darach. "Ar ndóigh, ní muide atá a' rith orthu. Níl an seanchat sábháilte ó ghirseacha beaga na huaire seo."
"Cén cás é, ach sagart lách," adeir Seán. "Tá na *lads* ag déanamh bailiúcháin dhó. An créatúr bocht, ní raibh luach péire bróg aige. An fear bocht, bhíodh sé

amuigh ag doras an tséipéil gach uile Dhomhnach ag fanacht linn – ní hionann 's an seanchrostachán cantalach de shagart paróiste atá ann. Is aoibhinn Dia don bhean a fuair é."

"Go maithe Dia dhuit é," adeir Neansaí, " 's ní fhéadfaidh siad sin pósadh!"

"Ní hea, ach tá siad pósta," adeir Darach. "Is iontach an fear é Pat freisin. Níor spáráil sé tada orthu inniu, agus chuala mé gur deas an síneadh láimhe a thug sé dhóibh. Tá a fhios ag Dia go dtabharfá fear air."

"Ar deireadh thiar thall," adeir Johnny, "caithfear cead a thabhairt dhóibh pósadh. Nach mór an peaca inniu an fear breá óg sin a raibh gean gach uile dhuine air a fheiceáil ag imeacht as an bparóiste seo, áit a bhfuil sé a teastáil go géar?"

"Óra, ní ghlacfaí leis," adeir Neansaí. "Nach mbeidís ag casadh gach uile shórt dá dhonacht leis? Tá an ceart aige imeacht leis. Ní bheidh aon aithne air 's nach cuma leis? Nach measa an rabóid a chuir an cathú air go mór? Ach ní hionann gealladh agus comhlíonadh."

"Sin é an chaoi a bhfuil sé," adeir Seán. "Dhá mba lachain san uisce na cailíní deasa, bheadh sciatháin ar bhuachaillí ag eiteall 'na n-aice."

"Nach ann a bheadh na bardail!" adeir Neansaí. "Trí cinn ar a laghad – níl a fhios a'm faoin seancheann anseo."

"Tá sé luath fós aige a bheith ag éalú faoi chlaíocha," adeirim féin. "Níl sé sin mórán achair ag seadachan."

"Dhá mbeadh air sin a ghabháil a' seadachan, diabhal ubh a bheadh sa tír," adeir Neansaí, "mura mbeadh uibheacha glugair ann. Tá sé in am ag an mbardal beag seo anois a ghabháil a chodladh, 's gan a bheith ag éisteacht le grabaireacht. Faighigí cúpla buidéal dhaoibh féin ansin, a *lads*, nuair nach bhfuil sé de ghnaíúlacht ag Mr Drake iad a thabhairt daoibh."

"Tá siad féin níos óige ná mise," adeir Johnny. "Cá mbeidh an bailiúchán seo?"

"Gach uile theach ósta thart," adeir Seán. "D'fhág muide cúpla dollar ag Pat. Ó, muise, rinne muid gáirí ar maidin inniu. *Sure* bhí tusa bailithe isteach, a Mhaidhc."

"Tuige?" adeirimse.

"Bhfuil a fhios a't Meiriceánach an bhoilg mhóir – an seanphluiméara?" ar seisean.

"Breántas brocach na dtufógaí?" adeirim féin.

"Bhí na *D.T.s* inniu aige," adeir Darach.

"Seans gur gairleog a d'ith sé," adeir Johnny. "Tá ceas i gcónaí ar an bhfear céanna."

"Ach céard a bhí inniu air?" adeirimse.

"Rámhailleacht agus mearbhall an óil," adeir Darach. "Níor thóg sé a chloigeann as le mí – oíche 's lá."

"Cén sórt ealaíon a bhí air?" adeirim féin.

"Ó, is fíor dhuit. Bhí tusa imithe," adeir Darach. "Bhí cuma aisteach air. Chuirfeadh an dá shúil a bhí ann faitíos ort. Tá a fhios a't an balla nua atá tugtha aníos – an ceann thoir? Bhail, soir leis go dtí é sin agus thosaigh sé ag breathnú air ar feadh cúpla nóiméad. Níor chuir aon duine aon suim ann."

"Nach inné a bhain muide na cásaí anuas de sin?" adeirimse. " Seans gurbh é an dath bán a chuir seachmall ar a shúile."

"An chéad rud eile, thosaigh sé ag lascadh an bhalla lena lámha agus a chosa," adeir Seán. "Ba gheall le

tarbh buile ag búireach é. Fuair sé píosa de thaobhán agus mura bhfuair an balla sliseáil go ndearna sé píosaí beaga den mhaide! 'Maróidh mise sibh!' adeireadh sé. Bhail, bhí cúr air!"
"Nár dheas an feic é?" adeir Johnny.
"Dhá n-éistí leis ní bheadh an scéal leath chomh dona," adeir Darach, "ach thosaigh a raibh ann á shaighdeadh – á rá go seasfadh siad féin rompu!"
"Ach cé hiad?" adeirimse.
"Na milliúin phéist a bhí ag teacht amach as an mballa ag iarraidh é a ithe," adeir Seán. " 'Seasfaidh mise rompu!' adeireadh fear amháin. 'Buail í!' 'Seachain!' adeireadh asal eile. 'Tá ceann mór millteach taobh thiar dhíot!' Sorcas ceart a bhí ann!"
"Bhí an turcaí i ngreim caincín ann!" adeir Johnny. "Nach é a bhí ag cur na ruagán as?"
"Shíl mé féin go raibh sé imithe sa gcloigeann," adeir Darach. "Tar éis go raibh trua agam dhó, bhí faitíos a'm roimhe freisin. Tá sé siúd chomh láidir le hathair an lao, ach níor bhac sé le haon duine. 'S é 'n chaoi a raibh sé ag gabháil timpeall i bhfáinní."
"Ara, níor léir dhó sin aon duine," adeir Johnny. "Bhí a dhóthain le déanamh aige leis na péisteanna. Bhí sé sin chomh siúráilte 's go bhfuil Dia sna flaithis go raibh gach aon cheann acu sin chomh ramhar le maide iomartha, réitithe le béile a dhéanamh dhó, is ní raibh sé in ann imeacht uathu."
"Chuir duine eicínt glaoch ar an gcarr bán," adeir Seán, "is tugadh chun bealaigh é."
"Bhí an spraoi thart," adeir Neansaí. "Ara, inis dhóibh faoi Shéamas – seo é a dheartháir."
"Ní raibh muide i bhfad pósta," adeir Johnny, " 's bhí

gach aon duine againn ag obair. Tháinig Séamas anuas as Chicago. Thíos ag deireadh an Avenue a bhí muid an uair sin. Ní raibh steár ar an mbuachaill ach ag ól – buidéil fuisce 's branda. Ní raibh mo bholg féin rómhaith ag an am 's ní raibh mé ag blaiseadh de thada. *Anyways*, bhí mé ag déanamh braon tae di seo ag a seacht ar maidin Dé Domhnaigh nuair a thosaigh cath Charraig an Logáin istigh sa seomra – an áit a raibh an buachaill ina chodladh. Scanraigh sí seo 's aniar léi – gan folach!"

"*Streaker!*" adeir Darach.

"Ná géill dhó sin!" adeir Neansaí.

"Isteach liom féin sa seomra," adeir Johnny. "Bhí imní orm, mar níor linn féin an troscán. Bhí an buachaill ina chraiceann dearg, gan snáithe ó neamh air –"

"*Streaker* eile!" adeir Darach.

"Ní raibh mé féin a chloisteáil ach '*Bloody turkey!*' " adeir Johnny. " 'Ach cá 'il sé?' adeirim féin. 'Tá an chollach ansin,' adeir sé, 'agus hata bán tuí air. Fainic! Fainic!' 'Fainic ag an mbás ort!' adeirim, dhá bhualadh suas faoin ngiall 's ag déanamh gé dhó. Chroch mé trasna ar an leaba é 's chaith mé pluid air. Bhí sé ina thráthnóna nuair a chuir sé a shrón aniar."

" 'S a raibh aon turcaí eile thart?" adeir Seán.

"Mura raibh!" adeir Neansaí. "Chuaigh me féin 's Bridie síos chuig an margadh, 's céard a fuair an cailín ach pictiúr turcaí 's an hata air? Tá sé anseo fós."

"Tá a fhios ag an lá beannaithe go bhfuil," adeir Johnny. " 'An aithníonn tú do *mhate*?' adúirt an cailín leis. Bhail, stop! Chuir sé an seol tosaigh siar faoin teile deiridh 's d'éirigh sé de léim. 'Cé faoi a

gceapann sibh a bheith ag magadh?' adeir sé. 'M'anam nach magadh ar bith a bheith ag briseadh cathaoireacha,' adeirimse."
"Bhí dhá sheanchathaoir bhriste thíos sa siléar 's nár thug sé seo aníos iad!" adeir Neansaí. "Ní raibh a fhios a'msa é, ach bhí péire leagtha isteach sa seomra aige i ngan fhios do mo dhuine a bhí ag srannadh."
"Níor fhan oiread áiméan ann nuair a chonaic sé an dá chathaoir bhriste," adeir Johnny. "Dhá bhfeicfeá an dá shúil a bhí ann ag breathnú uirthi seo!"
"Bhí sé ag ceapadh gur dhúirt sé rud eicínt liomsa," ar sise, " 's, an créatur bocht, níor dhúirt. Ní ghortódh sé míoltóg. Tharraing sé aníos dhá chéad dollar 's leag sé ar an mbord ansin é. 'Íocfaidh sé sin iad,' adeir sé, 's gan muide ach ag diabhlaíocht. Nuair a fuair mé féin é seo imithe amach chuir mé iachall air an t-airgead a chur síos ina phóca. Níor ól sé aon deoir ó shin."
"An lá ar baisteadh an páiste bhí cárta againn uaidh," adeir Johnny, " 's ceithre chéad dollar ann. Tá a fhios ag Dia."
" 'S sin é an turcaí," adeirimse.
" 'S é," adeir Johnny, " 's ní thuigeann aon duine iad. Druga é an t-ól, go mór mór ól na tíre seo. Cuireann sé go doras an bháis iad. Ní fhágann sé bonn bán acu, bean ná clann, teach ná áras. 'S é an galar is measa ag imeacht é. Sin é an chaoi a bhfuil sé fear ag ól 's a bhróga briste, fear eile ag ól 's gan bróg ar bith air."
"Is maith an bhean chaointe í an ghloine," adeirimse. " 'S í atá in ann an mála a chur ar chuid mhaith."
"Níl a fhios a'm," adeir Seán. "Nach minic a chuala mé na seandaoine a' rá, is iomaí fear in Éirinn nár ól

riamh coróin a bhfuil paca na déirce thiar ar a thóin? Ach is dóigh, cosúil le gach uile shórt eile, go ndéanann daoine muc dhóibh féin."

"M'anam, muise," adeir Neansaí, "nach bhfuil sé i bhfad ó chuala mise 'Óró, 's é do bheatha abhaile' ag teacht chuig an doras."

"Amhrán Nanó," adeir Johnny. "Anois céard a déarfá le Gaillimh? Bíodh a fhios a't go bhfuil an cat crochta do dhaoine eile freisin – daoine atá ag déanamh faillí agus cineáilín beag siléigeach ina gcuid cuartaíochta."

"Nó cúirtéireachta," adeir Neansaí, agus straois uirthi. "Ní fhéadfar a bheith ag déanamh leithscéalta i gcónaí faoi dhaoine a bheith ag obair."

"An té a bhíonn rófhada amuigh fuaraíonn a chuid," adeir Seán, "ach go bhfeictear dhom go bhfuil pota cuid acu dhá choinneáil an-ghar don ghríosach."

"Seans, má tá pota in áit ar bith," adeirimse, "go mbeidh do shindile-sa ann. Ar aon chaoi, ní raibh aon bhealach síos a'm ann, 's tá sé rófhada le siúl."

"As seo go dtí an fón," adeir Neansaí, "ting-a-ling amháin agus beidh Chevvy ag an doras. Níl sé ceart agaibh ag rá rudaí mar sin fúithi."

"M'anam nach bhfuil cuid againn ag rá tada," adeir Johnny, "ach dhá mbeadh uainín beag deas mar sin a'msa fadó go dtabharfainn aire di."

"A Thiarna, nach iomaí péire bróg a chaith tú," adeir Neansaí, " 's nach tú a dheineadh an torann le do dhá chráig bhosacha! Ba mheasa thú ná capall an phosta ar dhroichead Cláir an Daingin. Dháiríre anois, ba cheart dhuit glaoch a chur uirthi."

"Beidh na cluasa ite den bheirt a'inne," adeir Seán.

"Cén cás é ach creideann sí muide," adeir Darach, "a'

rá gur ag obair atá cuid acu nuair atá sé ag rantáil istigh sa *Combat Zone*?"

"I ndiaidh cailleacha dubha," adeir Johnny.

"Meas tú a' bhfuil siopa an choirnéil dúnta?" adeir Neansaí. "Teastaíonn bainne uaim 's Pampers."

"Tá sé cineál deireanach," adeir Johnny. "Fan 's rithfidh mé féin síos."

"Níl aon duine ag iarraidh do ghnó ort," ar sise. "Tabharfaidh mé Maidhc liom 's nuair fheicfeas na boic dhubha an cliobaire seo fanfaidh siad amach uaim."

"Nó b'fhéidir go dteannfadh sé seo isteach leat," adeir Seán. "Seachain na cladóirí sin, go mór mór iad sin a bhfuil mianach an tsléibhe iontu."

"Ar ndóigh, an chaoi a bhfeicimse rudaí," adeir Seán, "is gearr go mbeidh ar chuid acu Pampers a cheannach iad féin."

"Go dtuga an diabhal coirce dhaoibh agus clocha beaga thríd!" adeirimse.

"*Sorry* anois," adeir Neansaí, ag gabháil síos an tsráid. "Lig mé an cat as an mála thuas ansin, ach 's é 'n chaoi ar sciorr sé uaim. Tá a fhios ag an lá."

" 'S ní raibh tú ach ag spraoi!" adeirimse. "Nach cuma faoi – nach gcaithfidh tú greann a dhéanamh?"

"Nanóg a bhí ag glaoch cúpla uair," adeir sí, " 's dúirt mise léi nuair a gheobhainn asat féin thú go n-inseoinn dhuit. Ní raibh bainne ar bith ag teastáil uaimse, ach tá fón díreach le taobh an tsiopa 's glaofaidh muid uirthi. Anois, ná habair tada le haon duine nó ní chloisfidh tú a dheireadh. Seo, oscail an doras. Tá sé taobh istigh."

Ní bhfuair mé cead freagra, mar shín sí chugam an guthán 's dúirt "Labhair léi". D'imigh sí léi isteach sa siopa 's d'fhág sí an pleota i ngreim sa bpáiste. Thosaigh na ceisteanna, 's ba deacair freagraí a dhéanamh suas ar an toirt. Ní raibh a fhios agam céard a bhí ráite, 's má d'inis an fiach é go mbeidh ar an bhfeannóg é a shéanadh. Ba bheag nár dhúirt mé nach é clár na fírinne a bhíonn ag lucht an bhéadáin, ach cheap mé gurbh fhearr dhom breith ar an abhainn sula dtéinn sa bhfuarlach – níor lig mé tada orm féin. Diabhal neart a bhí agam air – cheal breathnú romham, is dóigh – 's nach cosa lomnochtaithe a tharraingíonn na driseacha sa gcosán? Ní fhéadfainn a bheith ag déanamh leithscéil i gcónaí. Chaithfinn na caoirigh a chur thar an abhainn uair eicínt.

An dtiocfadh sí amach chuig dinnéar? Thiocfadh agus fáilte. Cén áit? Suas léi féin – ní raibh eolas na háite agam. Sea, áit nach mbeadh rófhada ó bhaile. Bhí áit dheas gar. An mbeadh an hocht oíche Dé Sathairn ceart? Cinnte. Sea, linn féin. Ceart mar sin – slán. Ó, fan – Neansaí.

"Ná lig tada ort féin anois leis an triúr," adeir Neansaí ar am mbealach aníos. "Rinne tú an rud ceart. Sin í an cailín is deise a chuir cois i mbróig. 'S í is deise sa teach – an-nádúrtha."

"Níor thuig mise an scéal i gceart," adeirimse, " 's tá mé fíorbhuíoch dhuit. Go raibh míle maith a't."

"Teastaíonn ancaire uait," ar sise, "seachas a bheith sáite sna seanphubanna bréana sin. Ní cailín óil í 's is iomaí áit a mbeidh an bheirt agaibh in ann a ghabháil, in áit a bheith ag imeacht leat féin. Faoi

cheann píosa eile beidh tú in ann ruainne de charr a fháil 's ansin beidh tú ar dhroim na muice."
"Níl aon cheadúnas agam," adeirimse.
"Chomh héasca a fháil le pionta bainne," ar sise. "Rud eile, cuimleoidh mé an t-iarann de do chulaith 's cuirfidh tú léine gheal ort féin – sea, ceann acu sin a thug tú aniar. Níl aon chall dhom a rá leat tú féin a iompar: Tá a fhios a'm go ndéanfaidh tú é sin."
"Is iontach an duine thú," adeirimse.
"Ó, muise, bíonn mo dhóthain nimhe orm scaití freisin," adeir sí, "ach ní thugann Johnny aon aird orm."
Isteach linn. Thosaigh an magadh, ach ba chuma liom. Rinne mé gáire ach níor chaill mé mo náire, mar an té nach bhfuil acmhainn aige ar an ngreann ní cóir dhó a bheith ann. Ní thagann olc as gáire. Oíche Dé hAoine fuair mé bearradh gruaige. Bhí an t-ádh orm gur casadh seanbhearbóir Gréagach orm mar is é bearradh na caorach a gheobhfá in áiteacha – sliobar síos 's sliobar suas. Ní dheachaigh sé seo féin i ngan fhios.
"South Boston arís san oíche amárach?" d'fhiafraigh Seán.
"Sea," adeirimse.
Bhí an diabhlaíocht tosaithe arís.
"Bhí muid ag ceapadh go dtiocfá go Cambridge."
"Tuige?"
"Tá ceol anocht ann."
"Cén áit?."
"Sa gCoirib."
"Tá ceol ansin gach uile oíche."
"Seans go bhfuil áit níos fearr le gabháil a'tsa?"

"Cuireadh chuig dinnéar."

"Ó, a dhiabhail! Tuige nár iarr tú muide, nó meas tú an bhféadfadh muid a ghabháil ann?"

" 'S í an bheatha chéasta a ghabháil chuig féasta gan chuireadh."

"An mbeidh mórán ann?"

"Seans."

"Fan as South Boston nó is gearr go mbeidh tú ag cur stropa ar bhuidéal – tá mise á rá leat."

"Cogar – an bhfuil aon deirfiúr aici?"

"Tá mé ag ceapadh go bhfuil beirt aici."

"Aon chuma orthu?"

"Ní fhaca mise iad ach aon uair amháin – dhá chailín dheasa."

"Lódáilte?"

"Sin é a chuala mé."

"Á, breathnaigh anois – cuir focal maith isteach dhúinne, do chuid *mateanna*. Á, 'mhac, cúiteoidh muide leat é."

"Nóiméad amháin anois, a bhuachaillí – céard faoin oíche cheana, nó an bhfuil dearmad déanta agaibh de?"

"*Cripes*, nach ag spraoi a bhí muid? Á, anois, maith an buachaill."

"Céard a bheas le rá ag daoine eile?"

"Ó is nach cuma. Ní bheidh muid óg ach scaitheamh."

"Coinníoll amháin. Ná habair tada le Neansaí."

"Ó, muise, an-fhear. *Fair play* dhuit!"

"Ach," adeir mé féin, "tá an ghráin shaolach a'm ar a bheith réitithe cosúil le moncaí – seaicéad 's léine is súgán an tsúiche faoi do mhuineál. B'fhearr liom an diabhal ná é sin."

"Breathnaigh," adeir Antaine, "caithfidh tú na rudaí sin a dhéanamh sa tír seo. Ní fhéadfaidh tú a bheith in do phleib i gcónaí. Caithfidh tú a bheith in t'fhear uair eicínt. Rud eile freisin, más bean airgid í seo beidh sí ag súil leis an meall a bheith a'tsa."

"B'fhéidir go bhfuil meall aici féin freisin!" adeir Seán.

"Stop thusa anois, a mhuic!" adeir Antaine. "Caithfidh tú ómós a 'speáint."

"Ach céard faoin mbeirt eile?" adeirimse. "Beidh an cat crochta dhom. Íosfaidh gach uile dhuine na cluasa dhíom."

"Ara, bíodh an diabhal acu," adeir Seán. "Ná habair tada le haon duine – fág an *canary* ag an gcat."

Maidin Dé Sathairn d'iarr Johnny orm lámh a thabhairt dhó thíos tigh shean-Joe . Bhí an sistéal ag tabhairt trioblóide. Is é a raibh uaim féin é le mé a thabhairt amach as an teach. Tá difríocht mhór idir sistéil Mheiriceá agus cinn an hÉireann. Anseo níl ann ach an snámhán scaoilteach agus an píopa rite, ach thall tá cúig nó sé de pháirteanna, agus má théann tada as ord tá obair lae le ceann a scaoileadh agus a chur le chéile arís. Ní raibh mé ag fáil ciall ná réasún ann, ach b'shin é an córas. Idir scaoileadh agus cheangal bhain sé píosa mór den lá asainn. Ní obair dheas í, ach is rud é a chaithfear a dhéanamh agus do sheanduine is trócaire é. D'ól muid streall beorach agus rinne muid a ndóthain gáirí. Thug muid an seanfhear abhaile linn i gcomhair dinnéir. Thaitnigh sé seo leis, mar an chuid ba mhó den am b'as cannaí agus boscaí a bhíodh a bhéile aige, sin nó cosamar eicínt as an mbruth fá thír a cuireadh isteach chuige. Rud amháin in mo shaol nár thaitnigh liom ná seanduine a ghortú, mar tá siad cosúil le páistí – an rud a bhaineann gáirí as duine baineann sé deoir as duine eile. Ar an mbealach b'éigean dúinn stopadh ag ollmhargadh go gceannaíodh Joe "deoch don teach agus rud eicínt don pháiste". Ní raibh ceachtar acu ag teastáil.

"Níl aon ghnó aon aird a thabhairt air," adeir Johnny. "Sin é an bealach. Nuair a théann duine go haois na leanaí, éist leis. Tá seisean ceart 's tá muide mícheart. Scaoil leis 's bíodh an ceann réidh a't."

"Beart gan leigheas," adeirimse.

"Is foighid is fearr air."

Ardtráthnóna réitigh mé mé féin. Ní raibh an bheirt istigh, ach tháinig siad taca an seacht. D'iarr Neansaí orthu aire a thabhairt don pháiste ar feadh cúpla uair, mar theastaigh uathu dhul amach píosa. Sé a raibh uaidh Sheán agus Darach é. Nóiméad díreach don hocht séideadh an bonnán taobh amuigh.

"Do *taxi*," adeir Neansaí. Rith mé féin.

"Óra, muise, a chráin!" adeir Darach 's mé díreach ag gabháil isteach sa gcarr.

D'inis Neansaí an scéal arís dhom. Ní raibh a fhios ag Johnny bocht tada. Tugadh ithe na gadhar 's na madraí orm. Ní raibh ann ach "Fan go bhfaighe muid greim air!"

Bhí an bheirt ina suí nuair a tháinig mé ó Aifreann a naoi. Thosaigh na spallaí dhá gcaitheamh. Scaoil mé tharam iad.

"Breathnaígí," adeirimse, "sibh féin a thosaigh é. D'inis mise an fhírinne don bheirt agaibh. Níor dhúirt mise cé leis a raibh mé ag gabháil amach, ach dúirt sibhse liomsa a fhiafraí dhi faoi na deirfiúracha. Shocraigh mé suas sibh le haghaidh anocht, 's ní raibh aon chall dhom é a dhéanamh, mar bhí sibh féin ag smaoiseáil thart ann cheana. An triúr againn anocht!"

D'inis mise an scéal do Neansaí agus nuair a cheap sí go raibh an bheirt ina suí, anuas léi.

"*So*," ar sise, "*South Boston here we come!*"

"Quincy," adeir an bheirt as béal a chéile.

"Go hálainn ar fad, mar 'dúirt siad sa dráma," adeir Neansaí. "Anois, a bhuachaillí, an té a bhíonn ag magadh bíonn leath faoi féin."

"Níl tusa saor ach an oiread," adeir Seán. "Má bhí duine ar bith ag tochras, bhí tusa ar dhuine acu. Ní chuirfinn tada na ngrást tharat."

"A' bhfuair sibh an nuacht ar maidin?" ar sise.

"Ní bhfuair," adeirimse. "Ní raibh mé ag caint le haon duine ag an Aifreann ach an oiread."

"Buachaill óg as Éirinn sáite," ar sise, "thuas ag an gcoirnéal mallaithe sin."

"Go sábhála Dia sinn!" adeirimse. "Céard a tharla?"

"Shóinseáil sé a pháí aréir," ar sise, " 's d'fhan sé ag ól go raibh sé deireanach. Rinne sé a bhealach as féin síos go dtí seanleoraí beag a bhí páirceáilte píosa anuas. Sin é an áit a fríothadh é – sáite sa gcroí 's é robáilte."

"Bhí sé sách dona an t-airgead a bhaint dhó," adeir Seán.

"Sin í an chomhairle a chuir mé oraibh an chéad lá," ar sise. "Ná bígí ag imeacht asaibh féin deireanach ná ag 'speáint a gcuid airgid. Níl a fhios agaibh cé atá ag faire oraibh."

"A bhfuil a fhios," adeirimse, "cé hé féin nó cén taobh den tír ar tháinig sé as?"

"Tá a fhios ag Johnny é," ar sise. "Tá sé ar a bhealach anuas, é féin 's Pádraic."

"Ach cén tseafóid a bhí air," adeir Darach, "a ghabháil amach leis féin le póca airgid?"

"An chaoi chéanna a raibh tú féin," adeir Neansaí, "nuair a tháinig an bheirt agaibh. Bhí an meall ag imeacht i gcónaí agaibh – ag déanamh gaisce faoi chomh teann 's bhí póca do thónach. Nach bhfaca mé sibh, 's gan a fhios agaibh cén gunna nó scian a bhí ag fanacht libh? Tír aisteach í an tír seo. Feiceann an dream seo na pleotaí agus fanann siad lena n-am. Ansin, cosúil leis an ngainéad santach, tiocfaidh siad aniar aduaidh ar an amadáinín atá leis féin lán go píobán ag ól. Ní ligfidh sé ach aon scréach amháin – scréach an bháis. Seo é Johnny."

"Istigh anseo atá sibhse?" ar seisean. " 'bhFuil a fhios a't gur scanraigh mé nuair a chuala mé an scéal? Shíl mé gurbh é an boc a chuaigh ó dheas aréir a fuair an priocadh."

"Ó dheas díreach a chuaigh sé," adeir Neansaí, "síos Quincy. Ó, m'anam gur fágadh cuid acu ag an doras ar maidin, 's moch go maith freisin."

"Breathnaigh," adeir Darach, "stopaigí nóiméad. Inis dhúinn cé hé an té a maraíodh."

"Fear óg as taobh thoir den tír," adeir Johnny, "péintéir. Ó, a dhiabhail, buachaill deas. Jer a bhí air, staic leathan déanta – gruaig chatach bhán air. Ní minic a bhíodh sé thart oíche Dé Sathairn ach bhí sé ag obair deireanach inné 's fuair sé íoctha. Dúirt na

lads ag an Aifreann go raibh seacht nó ocht de chéadta ina phóca aige."
"An t-amadán," adeir Seán.
"Cén neart a bhí aige air," adeir Johnny – "fear gan pháipéar? Ní fear óil a bhí ann, ach aréir bhí air fanacht lena chuid airgid 's d'imigh sé amach leis féin."
"Nach dona a dream a bhí in éineacht leis?" adeir Neansaí.
"D'fhág sé a dheoch ina dhiaidh," adeir Johnny. "Ar aon bhealach, ní dhéantar aon tionlacan leat Mura strainséir ceart thú. Deich nóiméad ina dhiaidh sin fríothadh é."
"Marbh?" adeir Seán.
"Díbheo," adeir Johnny. "Shéalaigh sé ar an mbealach go dtí an t-ospidéal. Bhí an iomarca fola caillte aige."
"Cén áit go díreach ar tharla sé?" adeir Darach.
"Díreach ag an gcoirnéal is faide anuas den chúirt leadóige," adeir Johnny. "Bhí an leoraí beag sáite isteach ansin aige as an mbealach – áit nach raibh aon solas. Ó, bhí siad ag fanacht leis. Cén cás é, ach chuala mé nach raibh ag a mhuintir ach é 's nár theastaigh uaidh a bheith anseo 'chor ar bith!"
"Níos measa fós," adeir Seán. "Nach mór an trua an t-athair 's an mháthair! *Lad* sean, meas tú?"
"Níl a fhios a'm," adeir Johnny, "ach de réir mar a chuala mé."
"Píosa ó shin," adeir Neansaí, "bhíodh robáil 's bualadh ann, ach ní raibh aon chaint ar thú a mharú."
"Sa gcaoi nach mbeidh aon fhianaisí ann," adeir Johnny. "Bhí aithne agamsa ar fhear ar briseadh isteach ina theach. Thug sé gleáradh breá don ghadaí

le maide. Bhail, bhris sé a ghiall, ach ní shin tada. M'anam, lá na cúirte gur chaill sé an chúis 's go bhfuil sé ag íoc go daor ó shin as. Dúirt an giúistís leis go mbeadh sé níos saoire dhó é a chríochnú! Níl luibh ná leigheas in aghaidh an bháis ach is iomaí duine a chuir tairne i gclár a chónra féin lena chuid díchéille."

"Maraíodh seanfhear eile taobh thuas ansin arís," adeir Neansaí, "i ngeall ar chúig *cent*. Sin é a raibh ina phóca. Dia dhá réiteach, céard atá tagtha ar an saol, nó an ar na daoine atá sé?"

"Caithfidh sé go bhfuil tú ceart," adeir Darach. "Tá na daoine athraithe uilig. Is cuma faoi do bheo nó do bheatha inniu. Ní thugann aon duine aon aird ort. Níl aon mhaith a bheith ag caint 's gan leigheas an scéil a't."

"Ná déan go ghearán le giolla gan trua," adeirimse.

" 'S é 'n chaoi a bhfuil sé anois," adeir Johnny, "déan do bhealach chomh maith 's is féidir leat 's ná feic tada. Ná labhair ach leis an duine aitheantais, mar ní deartháir go cás."

"Ach nach mór an trua muintir an fhir óig seo," adeirimse, "nó an gcuirfear an corp abhaile ?"

"Sin ceist eile," adeir Johnny. "Bhí cuid mhaith cairde aige ach inniu facthas dhom go raibh siad ar iarraidh."

"Sin é é," adeir Darach. "In aimsir sonais 's sóláis beidh cairde go leor a't ach in aimsir donais 's dóláis ní bheidh ceann as an scór a't. Ó, cinnte, cuirfear abhaile é. Tá níos mó ná sin fearúlacht' ag baint leis an dream óg."

"Tá a fhios agamsa go bhfuil," adeir Johnny, "ach gan an cáirtín bán ní mórán a bheas thart – an iomarca faitís. Tá na ceisteanna dhá gcur 's tá sé an-éasca a rá, 'Ní fhaca mé tada; níor chuala mé tada'. Ba scéal eile ar fad é dhá mba ar an obair a tharlódh sé."

"Cosúil leis an gcailín beag seacht mbliana a maraíodh i bhfoisceacht leathchéad slat don teach," adeir Neansaí. "Bhí sé suas le bliain nuair a fríothadh amach go bhfaca beirt chomharsana an rud a tharla. Níor bhain sé dhóibh, adúirt siad. Sin é an chaoi chéanna a mbeidh an scéal seo – fiosrúcháin. Ara, tá duine dhá mharú anseo in éadan na huaire. Nuair a fuair siad an diabhal a mharaigh an cailín beag scaoileadh amach ar bannaí é 's thug sé bóthar dhó féin."

"Níl a fhios cá bhfuil sé inniu," adeir Johnny. " 'S déanfaidh sé an rud céanna arís, mura bhfuil sé déanta cheana aige. Ná níor fríothadh fós é ach an oiread."

Seachtain díreach ina dhiaidh seo cuireadh fear eile ag obair in éineacht liom – d'imigh Íosa le brícléirí. Seán Mór a bhí air seo agus mura raibh sé mór ní lá go maidin é. Bhí sé tar éis trí bliana a chaitheamh in ospidéal dhe bharr gortuithe in Vítneam. Slabhra ceanglacháin roicéad a rug faoina bhásta air agus sceitheadh an craiceann de síos go dtí a ghlúine. Ní raibh aon súil ag na dochtúirí go gcuirfeadh sé aon chos faoi go deo, ach chuir. Chéas sé an saol ag pian i ngeall, tar éis tamaill, gur laghdaigh éifeacht na ndrugaí. Chuir a chorp ina n-aghaidh agus ón nóiméad ar stopadh iad thosaigh sé ag feabhsú. Dúradh liomsa a bheith roinnt cúramach timpeall air mar go mbíodh sé lá fireann agus lá baineann ach bhain an bheirt againn an-cheart as a chéile. Óir gur seachtain sa nglaic a bhí ann ní raibh cianóg aige ná ag dul dhó oíche pái go ceann seachtaine. Ní fear é a d'inseodh rudaí mar sin dhuit ach thug mé féin faoi deara am dinnéir nach raibh sé ag iarraidh theacht aníos ag ithe, mar ba é an chéad duine i gcónaí é a bheadh ar an dréimire.

"Cheal nach bhfuil ocras ort?" adeirimse.

"Cheal bruscair," ar seisean.

"Bíodh an diabhal aige," adeirimse. "Ní bhánóidh greim le n-ithe mé. Téanam ort. Fág seo."

"Tá mo liúntas ón arm ólta agam," ar seisean, " 's ní raibh mo mháthair ag baile aréir. Píobán tirim arís go ceann seachtaine . . ."

"Is cuma faoin bpíobán," adeirimse, "ach coinnigh an beithíoch taobh thíos sásaithe. Coinnigh slám caite i gcónaí chuige."

"Níl sé éasca fuint," ar seisean, "nuair nach bhfuil aon mhin agat ná a luach. Seo í mo chéad seachtain oibre le cúig bliana agus teastaíonn an t-airgead uaim. Idir mhná agus ól, chaith mé na mílte, 's céard atá agam dhá bharr – cloigeann tinn, bríste salach 's pócaí folmha!"

"Nach bhfuil do shláinte agat," adeirimse. " 's nach fearr í ná na táinte? Gheobhaidh mise sínseáil tráthnóna 's tabharfaidh mé cúpla dollar dhuit."

Sin é díreach an rud a rinne mé, ach rinne mé deas caoithiúil é. Anois, ní raibh mé ag iarraidh é a cheilt ar Sheán ná ar Dharach, ach thuig mé go raibh a chuid uaibhris agus leithid ag Seán Mór agus nár cheart é a ghortú. Chuir mé leathchéad ina phóca 's dúirt mé leis ticéad seachtaine a cheannach.

"Leis sin," adeirimse, "beidh tú istigh gach uile

mhaidin 's ní bheidh aon ocras ort in éineacht liomsa."

D'imigh sé gan smid a rá, ach ní dheachaigh an méid sin i ngan fhios den bheirt.

"Cén sórt gliomadóireacht' atá idir an bheirt agaibhse?" adeir Darach. "Ná habair liom gur gé é!"

"Ní hea," adeirimse, "ach togha gandail. Tá poll ar a phóca."

"Má choinníonn tusa ort mar sin," ar seisean, "is gearr go mbeidh ceann eile ar do phócasa. Dhéanfadh na Meiriceánaigh óga sin poll i gcluais cait."

"Is mó an cion atá acu sin ar Éirinn," adeir Seán, "ná atá againn féin."

"Dhá gcaillidís an *dole* ní bheadh," adeirimse.

"Ó, muise, chaill a seanmhuintir gach a raibh acu," adeir Seán. "Díbríodh agus ciceáladh amach as an tír iad i ngeall ar gheadáiníní míolacha talúna nuair nach raibh siad in ann na cíosanna troma a íoc. Rinne siad boic mhóra de thiarnaí tacair 's tiarnaí talúna, 's an rud nár íoc na boinn d'íoc an bhruíon – a liachtaí cailín óg dathúil a chuir na bréantúsacha sin le fána. Má tá cion ag leithidí Sheáin ar Éirinn, ní iontas ar bith é. Sin é a chualadar ó thosaíodar ag lamhacán.

"Ara, téann siad rófhada leis an scéal go minic," adeir Darach. "Ba bheag nár scoilt mise duine acu sin le sluasaid lá – ag fiafraí dhíom go magúil an istigh faoin leaba a chodlaíodh an chráin 's na bainbh. Á, muise, a mhac, ghearr sé uaim nuair a chonaic sé an cailín leathan ag teacht anuas le teannadh. Tá smideanna beaga ó shin aige. Tá cuid mhaith acu sin ag ceapadh nach bhfaca muide tada riamh. Ní mise Geronimo acu."

" 'bhFuil a fhios agaibh anois cé hé Seán sin," adeir Seán, "ach deartháir don fhear mór bán a bhí thart anseo píosa – óra, cén t-ainm a bhí 'chor ar bith air?"

"Pádraic catach na mbrícíní atá i gceist a't," adeir Darach, "fear ar bheagán cainte. Chonaic sé sin rud eicínt aisteach amuigh sa gcogadh. Is cosúil le duine é a bhfuil faitíos air. Beidh a fhios agamsa De Luain é."

Mo léan géar, níor bhain sé méar dhá shrón an mhaidin sin go bhfuair sé amach é, agus cheapfá gurbh é duais na scuaibe a bhí gnóthaithe aige.

An tráthnóna céanna bhí sraith mhór frámaí tairneáilte ar bhacáin iarainn, na bacáin fáiscthe réitithe le haghaidh coincréite ar maidin. Bhuail buicéad mór an chrann tógála é faoina lár 's rinne sé cliabhán éanacha dhó. An sramaide caoch a bhí ag stiúradh an tiománaí ba chúis leis. Ní air a ghnó a bhí aird aige ach ar bhean eicínt a bhí ag gabháil suas an tsráid. D'fhéadfadh sé a bheith ina chionsiocair le bás go leor fear. Tugadh bata is bóthar dhó agus lán mála eascainí ina dhiaidh amach an geata. Scanraíodh Íosa, a bhí píosa anonn leis na brícléirí, 's thit an adac lán le moirtéal as a lámha síos chomh fada is a bhí ann. Mar go raibh na saltracha eochrach curtha as marc agus cúpla ceann briste, thug an t-innealtóir ordú an tsraith ar fad a bhaint óna chéile agus a chur suas ceart arís.

"Tá sióga thart anseo!" adeirim féin le Seán Mór.

"Beo leo," ar seisean, "agus ná bíodh aon iontas ort ach an oiread, mar ní le cneastacht ach le cneámhaireacht a rinneadh obair thart anseo fadó. Bhí an oiread gráin' ar an Éireannach 's tá ag an diabhal ar an uisce coisreacain."

"Is dóigh, ceart go leor, an uair sin go raibh rudaí go dona," adeirim féin.

"Mharaigh an ghrian iad," ar seisean, "is stromp an fuacht iad, mar níor chleacht na créatúir an cineál sin aimsire. Má fheiceann tusa nó mise a gcuid taibhsí ná bíodh aon iontas ort."

"Óra, tá siad sin ag Dia," adeirim féin. "Chuireadar a gcuid piorracha dhíobh ar an saol seo."

"B'fhéidir go bhfuil tú ceart," ar seisean, "ach tagann corrdhuine acu ar ais. Tá mé cinnte dhe sin."

"An raibh tú ag ól aréir?" adeirim féin.

"Ní raibh, faraor," ar seisean. "Ach inseoidh mé scéal dhuit. Tá a fhios agam in mo chroí nach gcreidfidh tú mé."

"Sin cinnte!" adeirimse.

"Bhí muid trí lá sáinnithe ag an namhaid, Viet Cong," ar seisean. "Bhí fáinne déanta timpeall orainn. Ní raibh bealach isteach ná amach againn. An méid beatha a bhí againn, bhí sí caite 's níorbh fhéidir an t-uisce a ól. Bhí muid ar ghannchuid urchar 's bhí muid ag iarraidh iad sin a spáráil – áit a dtugaidís Me Duc air. Ní dhéanfaidh mé dearmad go deo air. Bograch bháite a bhí ann. Bhí gach uile dhuine againn go básta san uisce agus, a Chríost, bhí sé fuar, go mór mór le maidneachan an lae."

" 'S nach raibh neart éadaigh oraibh?" adeirimse.

"Téann easpa codlata agus fuacht le chéile," ar seisean. "B'iad na nathracha nimhe ba mheasa ar fad. Níl mé ag déanamh aon smid bhréige leat: bhí na céadta acu ann, idir bheag 's mhór, gach uile dhath – iad seo, a' dtuigeann tú, a mhaireann an chuid is mó den am san uisce."

" 'bhFuil tú cinnte," adeirimse, "nach raibh tú ag ól le fada roimhe sin?"

"Deoir le mí roimhe sin," ar seisean. "Bhí muid ar an bhfanacht chuige ar feadh trí seachtaine gur thug an héileacaptar amach muid go dtí an plásán báite seo. Thosaigh sé ina scréachadh báistí 's flichshneachta. Scaoil an namhaid linn nó go raibh muid leath bealaigh trasna agus ansin thosaigh an pléascadh. Chaitheadar gach uile shórt linn."

"Iontas nár chríochnaigh siad sibh?" adeirimse.

"Níor theastaigh sé sin uathu, is dócha," ar seisean. "Príosúnaigh a bhí uathu le haghaidh gaisce. Fáth eile freisin: ba mhó de na hurchair a bhí ag imeacht tharainn i ngeall ar an áit a bhí againn. Dhéanfadh ceann amháin sléacht orainn, ach níor tharla sé. Ansin, le faitíos a chur orainn, thiomáineadar na péisteanna móra seo anuas chugainn."

" 'S ní raibh aon chall faitís dhaoibh?" adeirimse.

"Priocadh amháin ó cheann acu siúd 's bhí do chuid agat," ar seisean. "Bhí fear amháin linn a bhí ag cangailt tobac. Cúpla uair chuir ceann mór a cloigeann isteach chugainn agus chaoch seisean iad le scuaid tobac – isteach díreach sna súile. Sa deireadh bhí gach uile dhuine againn ag cangailt, fiú amháin toitíní. Bhí mo theanga cosúil le píosa leathair."

"Iontas nár sheansáil sibh imeacht de shiúl oíche as," adeirimse, "nó cá raibh an héileacaptar?"

"B'shin é a theastaigh uathu," ar seisean. "Ansin bhí muid acu – beo nó marbh. Bhí port na héileacaptar faoi ionsaí agus bhí an aimsir briste freisin."

"Agus bhí sibhse in umar na haimléise?" adeirimse.

"An chéad oíche rinne muid móta puití le cipíní is

crainnte," ar seisean. "Thug sé cineál foscaidh dhúinn. An dara lá, pé 'r bith cén sórt útamála a bhí ar mo chomrádaí, thit piléar san uisce uaidh agus chuir sé síos a lámh lena fháil. Bhí an cailín nimhneach ag fanacht leis agus bhuail sí i gcaol na láimhe é – cúpla poillín beag bídeach. Bhí sé ag Dia le titim na hoíche."

"Cailleadh é?" adeirimse.

"Ba mhaith an lá dhó féin é," ar seisean, "mar chéas sé le pianta. An tríú tráthnóna thit an spéir síos ar an talamh agus maidir le báisteach – dallcairt cheart. Níor léir dhuit do lámh – bhí sé chomh dubh leis an bpúca."

"Iontas nár thug sibh faoi na bonnacha é?" adeirimse.

"Níorbh fhéidir," ar seisean. "Bhíodar ag caitheamh sliogáin lasrach. Bhí an áit ina chrann Nollag acu! Thart ar mheán oíche – nó díreach roimhe – d'airigh an fear ba faide uaim duine ag siúl san uisce."

"Cabhair?" adeirimse.

"Fan!" ar seisean. "An chéad rud eile bhí oifigeach tagtha. Anois, ní fhaca mise a éadan ná níor labhair sé."

"Ach cén fáth nár scaoileadh leis?" adeirimse.

"Bhí sé taobh istigh den mhóta sul má bhí a fhios againn tada," ar seisean. "Comharthaí a rinne sé linn é a leanacht."

"Sa dorchadas?" adeirimse.

"Sea," ar seisean, "ach go raibh téad ón gcéad fhear go dtí an fear deiridh. Ba í an oíche ba faide a d'airigh mé riamh in mo shaol. Ba mhinic ab éigean dúinn stopadh nuair a d'airíodh muid caint an namhad sa gcosán romhainn."

"Ach thug sibh na cosa libh?" adeirim féin.

"Leis an lá," ar seisean, "bhí muid sé no seacht de mhílte amach ón gcontúirt mhór. Chuir mo dhuine iachall orainn a ghabháil isteach i ndoire beag ar dídean agus d'imigh sé. Níor facthas ó shin é."

"B'fhéidir go raibh ceann posta eicínt eile aige?" adeirimse.

"Bhí an fear sin marbh le hocht mbliana roimhe sin," ar seisean, "agus gach uile fhear ina chomplacht!"

"Seafóid!" adeirim féin. "Inis an scéal sin do asal agus tabharfaidh sé na cosa deiridh sna heasnacha dhuit."

"Go dtí mac a dhearthár a tháinig sé an oíche sin," ar seisean. "Ní fhaca muide a éadan ach chonaic seisean agus bhí sé in ann cur síos a dhéanamh air don oifigeach ceannais nuair a ceistníodh sin, ach ba é an uair a chuaigh sé abhaile agus chonaic sé na pictiúirí a thuig sé cé a bhí ann. Níor tugadh míniú riamh ar céard a tharla, ach cheap muid go gcaithfeadh sé teacht ar ais le muide a shábháil agus go bhfuil sé ina chodladh faoi shuaimhneas anois."

"An duitse, a uasail óig mo chroí," adeirimse,

"A scread go dubhach an bhean sí
I meán chiúin uaigneach oíche –
Is cumhach a bhí sí ag éagaoineadh.

"Chuala mé fadó gur 'minic a lig béal na huaighe rud chuig béal na truaighe'. B'fhéidir gur chaith sé a dhéanamh. B'fhéidir go raibh sé féin ina chionsiocair le pé 'r bith céard a tharla dhó féin 's dhá chomrádaithe agus gurbh shin é an bealach a ndearna sé cúiteamh. Níl a fhios agam.

"Mí díreach ina dhiaidh, ba bheag nár feannadh

mise," ar seisean. "Níl a fhios agam fós céard a shábháil ón mbás mé. B'fhéidir go raibh seisean ag coinneáil súile orainn i gcónaí, ach níl a fhios ag aon duine cá bhfuil fód a bháis."

"Lomchlár na fírinne," adeirim féin. "Nuair a chuirfeas an fear thuas fios ort ní bheidh am agat an cnaipe féin a scaoileadh. Caithfidh tú imeacht mar a tháinig tú – bocht nocht. Ach deirtear, más fíor é, go n-éireoidh muid ar fad an lá deiridh."

"Is fada an lá céanna ag teacht," ar seisean "agus má bhíonn sé chomh fada leis an lá inniu déanfaidh daoine a saibhreas ar ragobair. Sin í an fheadóg agus tá sé i dtigh diabhail in am aici."

"Is fearr go deireanach ná go brách," adeirimse.

Oíche íocaíochta tháinig sé in éineacht liom le haghaidh greim dinnéir agus a sheic a shínseáil – rud nach bhfuil éasca a dhéanamh mura bhfuil aithne ort. Gan an cáirtín bán níl ionat ach deoraíoch gan aitheantas. An fhaid is atá tú ag obair agus bruscar in do phóca is le gach uile dhuine thú. Tá meas agus cion ort, ach nuair atá tú as obair agus ag brath ar dhéirc do charad níl ionat ach fear fáin eile ar an bhfaraor géar. An fear a bhí ag ól leat inné is fuar leis thú inniu.

Uair sa gcoicís cheannaíodh Neansaí a gcuid feola dhúinn uilig ó bhúistéir áirithe, ach go gcaithfeadh sí dul ina coinne suas chuig Ashmont. Tháinig sí isteach an tráthnóna seo mar ba gnách agus cuireadh an fheoil isteach sa gcarr di. Bhí Seán agus Darach astu féin, ach ba síos chugainne a tháinig sí. Cupán caife a bhí aici. Thaitnigh an fear mór léi agus tar éis a

inseacht di cá raibh sé ina chónaí dúirt sí leis go raibh sí ag gabháil ina bhealach.
"Ara," adeir sí, "níl tú ach dhá shráid síos ó Uncail Joe – tá a chuid siopadóireacht' a'msa. Fágfaidh muid thíos thú – ní bheidh mé ag déanamh aon mhoill, *so* ólaigí pé 'r bith céard atá sibh ag ól, ach anois stopaigí – ceann amháin ormsa."
"Nach é an peaca nár casadh isteach níos túisce thú!" adeir Darach taobh thiar dínn.
"An phurgóid chéanna a bheas uilig agaibh?" ar sise.
"Ní bheidh," adeirimse.
"Ná agamsa," adeir Seán Mór. "Gheall mé do mo mháthair go dtiocfainn abhaile díreach tar éis greim le n-ithe a bheith agam," agus leis sin chuir sé cúpla nóta síos i bpóca mo léine.
Le teann fiosrachta ghabh mé mo leithscéal is chuaigh mé chuig leithreas.
"Beidh muid sa gcarr," ar sise.
Níl a fhios agam go barainneach céard a tharla, ach de réir mar a thuig mé d'imigh Neansaí b'fhéidir leath nóiméid roimhe agus bhí mise ag teacht sna sála aige. Ní raibh mórán ama i gceist. Amach an doras cúil a chuaigh muid. Amach liom féin. Bhí Neansaí thall ag an gcarr ag bladhrach – bhí sí fiáin, agus fear mór fada dubh ag iarraidh a mála a streachailt uaithi. Go dtí an lá atá inniu ann níl mé in ann a rá go cruinn céard a tharla, ach go bhfaca mé cosa an fhir dhuibh ag gabháil trasna ar charr Neansaí, agus bhí siad air – chomh fada le ráca ceilpe. Lúb sé is d'éirigh sé, ach ní raibh sé sách sciobtha. Thug an fear mór an bhróg dheas sna heasnacha dhó agus chuir síos é. Thriail sé éirí, ach fuair sé an bhróg chlé díreach faoin smig.

Níor éirigh sé an geábh seo.

"Tá sé marbh!" adeir Neansaí.

"Ní mharódh an diabhal na madraí dubha sin," ar seisean. "Sin é péist an dá shúil déag a shiúil suas thríd an mbeár nuair a d'oscail tusa do mhála. Féachaint amháin a dhóthain. Chonaic sé do sparán 's cheap sé go raibh leis. An mhuic bhrocach: ag ionsaí bean bhán! Seo, gabh isteach sa gcarr, maith an bhean. Tiomáinfidh mise abhaile thú."

Threoraigh mé féin síos chuig an teach é. Thug mise isteach Neansaí ach d'iarr mé an fear mór isteach freisin. Chonaic mé súile Sheáin agus Dharaigh ag at nuair a chonaic siad mo dhuine agus dath an bháis ar Neansaí. Bhí Johnny ag coinneáil a bhéile leis an bpáiste. D'inis mé féin an scéal.

"Á," adeir Seán Mór, "ná dean scéal chailleach an uafáis de. Ní raibh ann ach spreasán a raibh cuma an ocrais air. Shíl sé go raibh aige nuair a chonaic sé bean aisti féin."

"Bhail, fuair sé leathar," adeirimse.

"Ní shin tada go dté muide suas," adeir Darach.

"Ní bhaineann sé daoibh," adeir Seán Mór go teann. "Bheadh an bheirt agaibhse caite isteach anocht agus abhaile amárach. Ní bheidh an beithíoch sin thart ansin go deo arís."

"Ach céard fútsa?" adeir Neansaí. "Nach gcaithfidh tú teacht thríd an stáisiún sin i gcónaí agus an bus a fháil abhaile?"

"Ní chuireann sé sin aon imní ormsa," ar seisean. "Tá a fhios acu sin go maith cé a ionsós siad. Tá a thaobhanna sin róthinn anocht le bacadh le haon duine go ceann píosa."

"Ach cuir i gcás nach raibh tú ann?" adeir Johnny.

"Ba mhó faitíos a bhí air féin ná ar do bhean," ar seisean. "Thuig sé go raibh sé i nead na heasóige agus níor theastaigh uaidh ach an buille fealltach agus imeacht."

"Má d'imigh sé fós," adeirimse.

"Breathnaígí," adeir Seán Mór, "tá mo mháthair ag fanacht liom. Cá bhfaighidh mé an bus anseo?"

"Bíodh an diabhal ag an mbus," adeir Johnny. "Beir ar an bpáiste, a Dharach. Fágfaidh mise sa mbaile thú, nó i New York dhá mbeadh tú ag gabháil ann. Ar ndóigh, níl tú ach cúig nóiméad síos an tsráid. Glaoigh ar do mháthair agus abair léi go bhfuil tú ar an mbealach – agus, rud eile, beidh fáilte agus ómós dhuit sa teach an fhaid is a bheas muide anseo."

"Go raibh maith agat," ar seisean. "Cá bhfuil an fón?"

"Amuigh anseo," adeirimse.

Rinne sé an glaoch 's d'fhág Johnny sa mbaile é. Ba deacair foighid a chur in Neansaí – idir chaoineachán 's snagaíl ní raibh stop uirthi. Ní mórán sásaimh a thug Johnny di nuair a tháinig sé ar ais – rud a chuir iontas orm féin, ach b'fhéidir go raibh an ceart aige.

"Ara," ar seisean, "beidh tú go maith sula bpósfaidh tú. Nach bhfuil na rudaí sin ag tarlú gach uile lá? Níor thit an toirneach faoi dhó in aon áit amháin riamh."

Níor thaitnigh sé ar chor ar bith léi.

"Ach," ar seisean, nuair a bhí muid ag tabhairt na málaí siopadóireachta isteach ón gcarr, "tá a fhios agam gur cuireadh scanradh uafásach uirthi, ach tá an iomarca trua agus peataireachta in ann an scéal a dhéanamh níos measa. Nuair nár gortaíodh í tá sí ceart."

"Chuaigh sí sách gar dhó," adeirimse.
"Chuaigh an bithiúnach dubh ní ba gaire dhó," ar seisean.
"Casadh an fear contráilte dhó. Duine ar bith acu sin a bhí sa gcogadh, tá siad ag súil leis an mbás i gcónaí 's ná tarraing ort iad. B'fhéidir go ndeachaigh na créatúir thríd a ndóthain."
Thíos in éineacht le sean-Joe a chaith muid píosa den tráthnóna, agus ar ndóigh d'inis sí an scéal dhósan.
"Tá iontas a't ann?" ar seisean. "Céard atá siad a dhéanamh ach an rud atá an fear bán a dhéanamh – ag iarraidh maireachtáil ar allas daoine eile? Ach ní thiocfaidh sé sin thart sa bpaintéar sin arís."
Tharraing mé féin anuas scéal an taibhse chuige, agus ba air a bhí an chluas.
"Ná cuireadh sé sin aon iontas ort," ar seisean, "agus ná tabhair breithiúnas ar na mairbh. Céard atá a fhios againn fúthu ach go bhfuil siad ar shlí na fírinne? Má bhí air é a dhéanamh rinne sé é. Tá go leor scéalta mar sin ann- cuid acu fíor agus cuid nach bhfuil. Arís, cosúil le Naomh Tomás; ach na mairbh – sin rud eile. Is cuimhneach liom seandán – ó, muise, tá mo chuimhe ag imeacht:

"An daoine iad nach sona dhóibh,
Nach aoibhinn dhóibh an t-ionad sin
'Na gcónaíd go buan?

"Agus tá sé ráite ansin, 'Anam i bponc'."
"An gcreideann tusa sna rudaí sin?" adeirimse.
"Caithfidh mé rá nach gcreideann," ar seisean, "ach

mar a dúirt Mac Dé le Tomás, 'i ngeall go bhfaca tú chreid tú'. Ní fhaca mise."

"Ach ceapann tú go dtarlaíonn sé?" adeirimse.

"Ó, cinnte," ar seisean "Má tá spiorad maith ann, agus tá, nach luíonn sé le réasún go bhfuil an drochcheann ann, agus sin é do chreideamh. Cloiseann tú trácht ar áiteacha naofa ach ní mórán a chloiseann tú ar na drocháiteacha. Tá siad sin ann."

"Tá," adeirimse.

"Tá," ar seisean. "Dream an draíocht dhubh agus, an rud is measa faoi, tá sé ag leathnú. Tá sé in aghaidh an dlí ach, an dtuigeann tú, cosúil le gach uile shórt eile tá sé faoi thalamh. Rugthas ar go leor acu suas faoin tír i ngeall ar mharú páistí 's ag déanamh íobairt dhíobh. Is dóigh gur rud éigin é cosúil leis an Aifreann dubh. Ó, chuala mé nach bhfuil sé ceart ag aon duine a mbeadh aon smeach céille aige baint ná páirt a bheith aige leo. Obair an diabhail – tá a fhios agat féin. Abair do phaidrín 's bíodh acu. Níl tada de bharr na hoibre sin ach an mí-ádh mór. Má tá tú aisteach sa tír seo, in do dhuine féin, in do chainteoir mhaith, bí bréagach scéaltach agus mealltach agus is gearr go mbeidh comhluadar agat agus, a Thiarna Dia, ní hé an dea-chomhluadar é – bréan brocach bradach. An chéad rud eile, tá siad san airgead mór, mar tá pleidhcí ann a chreideann sna rudaí sin agus tosaíonn siad ag taoscadh airgid isteach sna rudaí seo, 's tá na súdairí ag gáirí. Má tá dhá shúil in do chloigeann, nach bhfuil siad le feiceáil ins gach uile áit agat?"

"Is dóigh go bhfuil," adeirimse, "buíon na ngioblacha 's na mbróga móra."

"Tá gach uile chineál ann," ar seisean. "Ní tír Chríostúil í, mar níl aon dia ann ach aon dia amháin – an dollar – agus tá an tóir ag uasal 's íseal air sin. Bíodh sé agat is cuma cén chaoi a bhfaighidh tú é."

" 'bhFuil gleoiteog ar ancaire anocht a't," adeir Johnny, "mar, má tá, is gearr go mbeidh an téad faoi lán?"

"Is beag bídeach nach ndearna mé dearmad air," adeirimse, "leis an gcaint."

"M'anam," ar seisean, "ná lig do mhaide le sruth, go mór mór nuair is é bord an fhoscaidh é."

Deireadh seachtaine fada é an chéad Luan de mhí Meán Fómhair – Lá Saoire na nOibrithe. Ní bhíonn aon duine ag obair an lá sin, ach imithe leo ag fámaireacht cois cladaigh nó thuas faoi na cnoic. Suas go Maine a chuaigh an builcín againne, idir fir 's mhná. Anois ná bí fiosrach agus ná bíodh smaointe gáirsiúla in do cheann – ní mar sin a bhí rudaí ar chor ar bith! Is an-spéisiúil an aistear í, ach go bhfuil rud amháin: ag imeacht i gcarr, nach bhfeiceann tú an oiread. Ceantar mór crainnte é. Bhí orainn taisteal thríd New Hampshire – ceantar álainn, cnoic, coillte, lochanna, snámh, iascach, gach rud a theastaíonn ón duine le haghaidh caitheamh aimsire. Shroich muid Bangor deireanach go maith oíche Dé hAoine, ach ó bhí an sealla curtha in áirithe píosa roimhe seo ní raibh orainn ach an eochair a phiocadh suas. Ní raibh orainn aon siopadóireacht a dhéanamh, mar thug muid neart beatha linn. Níor dhúirt mé deoch, mar tá sé sin i bhfad níos saoire thuas ann. Cúrsaí cánach is cúis leis, adúradh liom. Tar éis scíthe agus braon tae chuaigh muid amach ag spaisteoireacht thart, ag

breathnú ar an áit. Síos linn go farraige. Bhí na céadta bád ann – gach uile chineál, idir bheag 's mhór, agus iad dhá réiteach amach le haghaidh an chomórtais iascaireachta a bhí ag tosú ar maidin. Bhí go leor duaiseanna maithe le gnóthachtáil.
"Dar brí an leabhair, ba cheart dhúinn cur isteach air," adeir Darach, " 'scáithe cúig *dollar* – ní bhánóidh sé muid."
"Dhá mbeadh gan tada ann," adeirimse, "beidh spraoi againn ar na mná nuair a bhuailfeas tinneas na farraige iad."
"Tinneas farraige ar lochán na ngéabha," adeir Seán, "ach siúráilte tiocfaidh sé orthu, mar níor buaileadh aon bhoslach sáile orthu sin riamh. Fanaidís sa mbaile ag déanamh bolg le gréin ar an trá."
D'ionsaigh an triúr é, agus ba é deireadh an scéil é gur cheannaigh siadsan na ticéid le teann staince. Rinneadh cuid mhaith gáirí fúthu, agus magadh.
"Fan," adeir Seán, "go dté duán i bhfostú i gceann de na méiríní. An uair sin beidh 'Scaoil amach do mhullach' ann!"
"M'anam nach sa méar is measa an duán a ghabháil!" dúirt duine de na mná.
Fágadh an scéal mar sin. Scaoileadh an téad ag a sé ar maidin agus amach linn. Bád acmhainneach trí scóir troigh a bhí inti – cábán mór agus áit suite amuigh chun tosaigh, áit iascaigh do chúigear ar gach aon taobh siar go dtí an teile deiridh. Ceathrar eile a bhí linn – cosúil linn féin go díreach, ag gabháil amach le haghaidh píosa spóirt. Siar aduaidh ó Oileán Chnoc Desert a leag an caiptín a chúrsa. Is ar an oileán seo atá páirc mhór náisiúnta Acadia, suas le tríocha míle

acra. Dúradh linn go mb'fhéidir go mbeadh seans againn teacht i dtír ann ar an mbealach abhaile, ach níor tháinig, faraor. Tar éis foscadh na n-oileán a bheith caite againn thóg sé bord gur leag sé caol díreach amach ar an mbrachlainn í. Scaoil sé uirthi an chumhacht agus thug sí abhóg 's chuir sí múr farraige siar thairthi. Cé is moite de roinnt tuairteála idir lonnaí agus corrmhaidhm thrasna, ba bád socair a bhí inti, ach arís bhí an mhaidin ciúin, gan puth gaoithe – beagán ceo amach go maith ag bun na spéire. Thoir bhí an ghrian ina suí chomh dearg le leiceann páiste a bheadh ag cur cúlfhiacla – comhartha teasa. Tar éis dhá scór nóiméad laghdaigh an caiptín sa siúl go mór. Cheap muid féin go raibh muid réitithe le gabháil ag baoiteáil, ach ní raibh.
"Bord an fhoscaidh," ar seisean. "Breathnaígí!"
A mhaicín, bhí siad ann – míolta móra, cosúil leis na liamháin ghréine a bhíodh le feiceáil sa mbaile fadó, ag snámh leo go deas leisciúil ar bharr na farraige. Na báid a bhí ag teacht ina dhiaidh, stop siad féin ag breathnú ar an iontas. Ní thabharfadh cuid againn trí pingine orthu. B'éigean dúinn imeacht thríothu go deas réidh, mar bhí cúpla bád den gharda farraige thart ann ag fógairt déanamh go cúramach. De réir cosúlachta bhí an-chion ar na hainmhithe seo i ngeall ar chomh gann is atá siad. Chomh maith leis sin, thugtaí, na céadta amach ag breathnú orthu. Bhí corrdhuine ag déanamh saothrú maith astu.
Fiche nóiméad ina dhiaidh sin chuaigh muid ar ancaire. Bhí slat iascaigh do gach uile dhuine agus cúpla buicéad mór baoití – stuifíní beo. Chomh maith, bhí neart ceapairí agus beorach curtha ar bord.

Dúirt an caiptín linn ithe agus ól de réir mar a thogair muid. Las sé féin todóg mhór agus luigh sé siar. D'fháisc muid suas baoití agus scaoileadh síos an dorú go grinneall. B'fhearr liom féin an glionda agus an dorú láimhe, ach ní raibh aon neart air. B'éigean dhom damhsa de réir an phoirt.

Darach a bhuail an chéad bhreac, ronnach mór – plíoma breá. Aireachtáil féin ní bhfuair mise go ceann uaire. Tharraing mé isteach mo dhorú. An baoite féin ní raibh air.

"Shíl mé gur iascaire a bhí ionatsa?" adeir Seán. "Nach bhfuil a fhios a't go bhfuil bric Mheiriceá beadaí? Ní bhéarfaidh siad ar aon duán gan baoite!"

"Ní bheidh sé sin le rá arís acu," adeirimse, ag cur suas neart stuifíní. Scaoil mé an biorán sábhála de roithleán na slaite agus lig mé an luaidhe go tóin poill, agus sin é an uair a fuair mé an priocadh, agus ceann dháiríre. Tharraing mé go deas cúramach é go dtug mé ar bord é. Trosc a bhí ann – an chéad cheann a mharaigh mé riamh. Uaidh sin amach ní raibh orm ach an dorú a scaoileadh síos agus bhí mangach nó ronnach air.

Bhuail Darach breac aisteach. Ba mhó an chosúlacht a bhí aige le bod gorm ach go raibh sé níos mó agus go raibh níos mó dathanna air. Ní fhaca ceachtar againn a leithide riamh, ach ina dhiaidh sin fuair mé amach gur ballach Muire a bhí ann.

Rud amháin: tógadh cuid mhaith pictiúir de nuair a tugadh i dtír é. I ngeall gur comórtas a bhí ann choinnigh muid orainn ag tarraingt agus choinnigh an caiptín an comhaireamh, mar bhí seisean freagrach as a bhád féin. Bhí na rialacha an-ghéar faoi seo:

uimhir sna boscaí, meáchan, an breac ba mhó agus an ceann ba éagsúla.

Le hiompú an taoille tháinig cineál suaithidh i bhfarraige agus bhí orainn a dhul tuilleadh ar an domhain. Thug seo deis dhúinn slám ceapairí agus cúpla cása beorach a chur de leataobh. Ar nós an phortaigh, tugann aer na farraige goile dhuit. Ar iompú an taoille anseo tagann sé isteach in aon tuairt amháin suas an San Labhrás, ach i ngeall ar eolas a bheith ag na bádóirí air seo tugann siad aghaidh soithigh in aghaidh srutha agus mar sin beidh an mháistreacht acu. Fair iascaire an ghoib bhuí – déanann sé féin an rud céanna. Deich nóiméad eile agus bhí muid ar ancaire arís.

Ní raibh mo dhorú féin an-fhada thíos nuair a fuair mé aireachtáil aisteach. Thosaigh mé ag tarraingt, ach bhí meáchan coimhthíoch air. Ní raibh a fhios agam an fíogach nó freangach a bhí ann go dtáinig sé go barr uisce. Gliomach, a mhac! Stopadh an t-iascach go bhfeictí an "rud" a thug mé ar bord. Ní áibhéil é. Bhí gliomach ar mo dhorú – ní ar mo dhuán. Ba bheag nár chaill na mná a gcuid slatacha le teann iontais agus faitís. Ní baoite a thóg sé. Is amhlaidh a chuaigh lúb den dorú timpeall ar a chrúib mhór agus bhí sé i bhfostú. Anois bhí ceist eile ann de réir an chaiptín.

"Níl aon cheadúnas gliomaigh againn," ar seisean.

"Níor mharaigh mé é," adeirimse. "Breathnaigh."

Ní bheadh aon mhaith ann, ach leis an scéal a leigheas chuaigh sé ar an raidió go ceanncheathrúin an iascaigh. Mhínigh sé an scéal. Chaithfí cead a chos a thabhairt don ghliomach agus féachaint chuige go gcuirfí san uisce é beo nuair a bheadh sé meáite – rud a rinneadh le hainsiléad. Dhá phunt déag a bhí sé. "Ó tháinig tú chomh fada seo," adeirimse, "bíodh do bhéile a't," ag cur stumpa de mhangach ina chrúib agus ag tabhairt cead a chinn dhó nuair a bhí carnán pictiúirí tógtha dhó. Ba bhreá an dab a dhéanfadh sé i bpota, ach b'fhéidir nach raibh ann ach meall uisce. Ag a haon déag fógraíodh do gach uile bhád filleadh chun céibhe. Anois a thosaigh an spóirt cheart – rás go caladh, ach arís na rialacha: an chéad bhád de réir a méid thar an teach solais agus ansin laghdú san siúl go céibh, cé go raibh míle mór le dhul. Cúrsaí sábhála, adúradh, i ngeall ar bháid bheaga, agus bhí na céadta acu sin ann. Ní bhfuair muid aon duais. Níor tháinig muid ach san seachtú háit ná ní raibh a gcuid meáchain i bhfoisceacht scread asail don chuid eile. Cantáladh an t-iasc ach d'fhág muide a luach ag an gcaiptín – an t-aon dream a rinne é. Ar aon bhealach, bhí greadadh bia agus dí curtha ar fáil dhúinn.

Tar éis bearradh agus sciúradh thug muid bóthar dhúinn, ag déanamh ar áit ar a dtugtar Loch an Iolra, siar aduaidh go teorainn New Brunswick, Ceanada. Faoi cheann leathuaire bhí muid i gceantar na gcnoc, na loch agus na gcoillte móra. Adhmadóireacht an tslí bheatha is mó sa stát seo fiú ó tháinig an chéad fhear bán ann – beithígh, caoirigh agus capaill le feiceáil ins gach uile áit. Arís, ní mórán tithe cloch a bhí le feiceáil. Áiteacha fíoruaigneacha ann freisin. Ó bhí neart ama againn rinne muid go deas réidh. B'éigean dúinn go minic, mar bhí píosaí den bhóthar sách casta agus cuid de na haird an-ghéar. Níorbh áit é le dhul le fána. Cheana féin bhí blas an tseaca san aer.

Go deimhin féin, bhí caipín sneachta ar go leor de na cnoic. Don té a mbeadh suim aige ann, bhí dathanna de gach uile chineál ina dtimpeall ar dhuilleoga na gcrann agus na bplandaí. D'fhéadfá a rá go raibh siad ag athrú a gcuid éadaigh i gcomhair an tséasúir fhuar fhada a bhí rompu amach. Bhí na mílte géabha agus lachain fhiáine ar na lochanna ag ligean a scíthe ar an mbealach ó dheas go dtí an teas. Bhí fógraí thuas ag rá nach raibh cead caite leo, mar ní raibh an séasúr tagtha fós. Chuir siad cathú orainn. Mar go raibh ceathrar tiománaithe ann, rinneadar sealaíocht ar a chéile. Cúig uaire an chloig a thóg sé orainn gan stopadh anseo 's ansiúd i gcomhair cupán tae nó caife. Thart ar a naoi chlog a tharraing muid isteach chuig Loch an Iolra.

Bhí an áit brataithe le seallaí saoire, na mílte acu déanta ina sraitheanna ar bhruach an locha. Ag an am seo den tráthnóna agus an ghrian ag gabháil síos cheap mé féin go raibh sé cosúil leis na flaithis. In áiteacha eile a mbeadh an oiread tarraingt daoine bheadh siad salach sliobarnach, ach ní raibh an áit seo. Ní raibh an ruainne de pháipéar féin le feiceáil caite ar chosán ná ar chraobh. Fuair muid bileog eolais agus léarscáil den áit, agus an chéad rud eile áit luí. Bhí do rogha agat codladh istigh nó in ionad campála taobh amuigh.

"Sách luath a bheas muid ag codladh amuigh," adeir Seán. "Ní féidir an tseanphluid a bhualadh."

" 'S b'fhéidir gurbh é plubaire cársánach na puití a bheadh ag snámhachán ar chlochar do ghine?" adeirimse.

"Nó slám de na sceartáin ghéara a bhíonn sa

raithneach," adeir Seán. "Nach ag cuid acu a bheadh an saol, dhá bpiocadh le pionsúirín beag na mailí."

"Is brocach an béal atá ar an mbeirt agaibh os comhair cailíní," adeir Darach.

" 'S nach idir muid féin atá sé?" adeir Seán. "Ní thuigeann siad muid – maith an rud."

"Ó, a dhiabhail, ní hea," adeir Darach, "ach b'fhéidir go gceapfaidís gur fúthu féin atá sibh."

Oíche Déardaoin roimhe seo rinne muid suas ciste agus Nanóg mar chisteoir – céad dollar an duine. Cineál costaisí taistil a bhí ann ach nár cuireadh airgead óil san áireamh ar chor ar bith. D'fhág sin nach raibh imní orainn faoi íocaíocht agus nach mbeadh aon chall do aon duine a bheith ag cnáimhseáil faoi luach aon rud mar, go minic, ól a tharraingíonn an chaint. Bhí dinnéar breá againn sa mbialann agus bheartaigh na mná a ghabháil go mullach an tsléibhe go dtí an t-ionad sciála. Ní raibh a fhios ag na trí phleota seo tada na ngrást faoin gcineál seo caitheamh aimsire. Ar theacht amach dhúinn bhí an cnoc ó dheas dínn faoi shoilse ó bhun go barr.

"Ionad mór sciála é sin," adeir Nanóg liomsa. "Tá sé oscailte ar feadh na bliana, oíche agus lá."

"Ach níl aon sneachta fós ann?" adeirimse.

"Tá sneachta ar thaobh an chnoic sin i gcónaí," ar sise, "anuas go dtí airde dhá mhíle troigh. 'S iad na soilse a fheiceann tú atá ag marcáil na gcosán sciála."

"Cén bealach suas atá ann?" d'fhiafraíos.

"Ó," ar sise, "tá carr cáblach i gcomhair paisinéirí agus ceann beag i gcomhair na sciálaithe. Breathnaigh ceann ag gabháil suas agus ceann eile ag teacht anuas. Nach bhfuil sé go hálainn?"

Ba blasta an spóla feola a bhí ar mo phláta deich nóiméad roimhe seo ach anois bhí dinglis ag teacht ann nuair a thosaigh mé ag cuimhneamh ar an gcliabhán sin a bhí míle troigh os cionn na talúna. Ní dhomsa é sin, a stór!

"Tá a fhios agam céard atá in t'intinn," ar sise. "Fuair mise mé féin na féileacáin. Anois, níl mé ag iarraidh ort teacht in aghaidh do thola ach ní iarrfainn aon duine eile. 'S beidh tú leat féin anseo."

"Céard faoin mbeirt eile?" adeirimse.

"Fan go bhfeice tú," ar sise. "Céard atá an ceathrar agaibhse a dhéanamh?"

Bhain sí an dá chois uaim in aon urchar amháin, ach ar ndóigh san áit a mbíonn géabha bíonn glagaireacht 's an áit a mbíonn mná bíonn cabaireacht, agus thosaigh sí anois. Cinnte, thiocfadh na *boys*. Ara, is é a mbeadh uathu é. Bhí scéin i súile na beirte, agus leáfaidís mise ar cham an chait.

"Céard atá tusa a rá?" adeir Seán liomsa.

"Dada," adeir Darach, "ach mar a dúirt an bhean nuair a chuir sí an baile thrína chéile, 'Nár thaga do bheo anuas!' "

"Go mbrise an diabhal do mhuineál!" adeir Seán. "Tá adhastar ceart curtha aici ort, a phiteog."

"Níor gheall mise dhi go ngabhfainn," adeirimse. "Sibh féin a bhfuil an t-adhastar oraibh."

De réir cosúlachta, thuig sí gur ormsa anois a bhí an milleán.

"Anois," ar sise, "d'iarr mise é, ach éist liom nóiméad: níor gheall sé agus níor dhúirt sé go dtiocfadh. Mise a dúirt é, mar bhí a fhios agam go raibh níos mó misnigh agaibhse! A' bhfuil sin soiléir?"

Bhí an triúr againn náirithe anois agus beagnach in adharca a chéile. D'imigh an bheirt deirfiúr leo i gcoinne a gcuid seaicéad gaoithe agus d'imigh mise agus mo shliseoigín féin go dtí an cóiste bodhar a bhí ag gabháil go barr an tsléibhe. Buíochas le Dia, ní i bhfad a bhí le gabháil, mar bhí an bheirt againn cineáilín smutach le chéile. Cheannaigh sise na ticéid agus isteach linn sa mbosca aisteach seo. Suas le scór a thóg sé agus bhí sé beagnach lán, is ní chloisfeá méar do chluaise ag an sioscadh cainte a bhí ann. B'ann a bhí siad, ard, íseal, ramhar, tanaí caite caol, agus bís ar gach uile dhiabhal duine acu. Bhí mé féin in mo thost, agus ní gan údar. Faoi cheann trí nóiméad bhí muid ag gluaiseacht gan chorraí gan chroitheadh, ach rud beag fánach. Bhí an cailín i ngreim láimhe ionam féin – nach aisteach an rud é an grá? Ní raibh sé nóiméad go raibh muid ar barr. Amach linn.

"Anois," ar sise, "tá muid thuas. Téanam uait anois agus feicfidh tú na hiontais. Ar ndóigh, ní raibh faitíos ort 's mise in éineacht leat?"

"Ní raibh mé slán," adeirimse, ach ní cheideoín ar a bhfaca mé riamh gan teacht. An chéad amharc a fuair mé thugas faoi deara gur déanamh na méise a bhí ar an sliabh seo – plásán mór leathan agus gleann ina lár. Timpeall an ghleanna ar an ngualainn bhí sraith árasán agus díreach i lár báire thíos fúinn bhí caife mór agus teach ósta – cabhair ó Dhia! adúirt mise liom féin. Bhí amharc i bhfad is i ngearr in gach treo agus murach é a bheith ag crónachan na hoíche bhainfinn sult as. Cé go raibh an t-aer fuar abhus ann ní raibh sé feanntach. Bhí soilse na gcéadta carr le feiceáil ag sní isteach ar na bóithre, bailte beaga lasta suas thíos sna gleannta ag bun na gcnoc. Shiúil an bheirt againn timpeall an chosáin a bhí gearrtha isteach ar ghualainn amuigh an tsléibhe ag breathnú uainn. Píosa soir aduaidh bhí aerfort, agus eitleáin ag luí 's ag éirí faoina gcuid soilse. Bhí rud eicínt éagsúil le feiceáil agat ba chuma cén taobh ar bhreathnaigh tú. Rinne muid síos chuig an teach ósta – a bhí déanta as saltracha garbhghearrtha, le ceann slinne adhmaid. Bhí sé chomh brocach céanna taobh istigh ach chomh glan leis an gcriostal. Sliseoga crann a bhí mar stólta ann. Shuigh muid síos. Ní raibh ach timpeall slat de chuntar ann.

"Caithfidh tú deoch na gcnoc a bheith agat," ar sise. " 'S é an deoch is deise a fuair tú riamh í."

"Cén sort meascáin í féin?" adeirimse, mar ólann siad gach uile mheadar sa tír seo.

"Déantar í," ar sise, "le rum, cnónna meilte, im agus púdar seacláide agus spúnóg siúcra, leis an oiread céanna uisce fiuchta."

D'ordaigh sí péire agus fuair muid dhá ghloine mhóra lán go fiacail. Le blaiseadh di níor cheap tú tada de gur bhuail sí an t-imleacán. A bhuachaill, thosaigh tú ag téamh an uair sin! Anuas leis na seaicéid. M'anam féin gur thaitnigh sí liom, is go raibh mé chomh santach gur ordaigh mé péire eile. B'shin é an uair a tháinig an ceathrar eile isteach. D'ordaigh siadsan an foracún céanna; bhí an spadhar agus faitíos imithe. Ní raibh ann anois ach gáirí geala is 'Teann isteach liom'."

"Cén chaoi ar thaitnigh an carr crannánach libh?"

adeirim féin.
"Ó, a dhiabhail, bhí sé go deas," adeir Seán. "Ní raibh bogadh riamh ann."
"Aníos ar cheann na sciálaithe a tháinig an bheirt againne," adeirimse, " 's na cosa ligthe amach againn faoin bhfráma."
"D'aithnigh mé ar do dhá shúil tráthnóna," adeir Darach, "go raibh tú cosúil le bó a bheadh le haghaidh maotháin. Ní raibh tú ag feiceáil tada."
"Nó lao diúil," adeir Seán. "Diabhlaí breá an braon puins é seo. Meas tú céard as a bhfuil sé déanta? Ní tús pota é ar chaoi ar bith."
Mhínigh mé féin dhó. Dúirt Nanóg gurbh fhéidir canna den mheascán seo a cheannach sa siopa ach nach mbíonn sé chomh deas le do mheascadh féin. Tar éis ceann nó péire eile tháinig muid anuas. Bhí neart cainte anois againn, clabaireacht ghaisciúil an óil. Bhí caint ar a ghabháil suas arís ar maidin leis an lá ach, m'anam, nuair a chuir an ghrian a gob aníos nach raibh ann ach srannadh agus sramaí.
Chuaigh mé féin liom féin chuig Aifreann a seacht. Séipéilín beag adhmaid a bhí ann. Triúr nó ceathrar eile a bhí ann liom. Ina dhiaidh sin chuaigh mé ag cuartú greim le n-ithe – bhí mo phutóg thiar ar mo dhroim. D'ordaigh mé pláta bagúin, uibheacha, ae agus aon chosamar a bhí inite. Tháinig sagart meánaosta isteach. D'ordaigh sé féin bricfeasta agus shuigh síos in aice liom. Ba gearr – i ngeall nach raibh mórán istigh, is dóigh – gur chuir sé bleid orm.
"Chonaic mé ag m'Aifreann thú," ar seisean. "Ní hiondúil go mbíonn fir óga mar thusa ina suí chomh luath seo."

"Má fhéadaim é," adeirim féin, "ní chaillim an tAifreann."

"An ceart agat," ar seisean. "D'íoc do shinsear go daor as ina dtír féin, agus anseo freisin."

"Nach maith a d'aithnigh tú gur Éireannach mé?" adeirimse.

"An pointe ar oscail tú do bhéal," ar seisean. "Ceantar an-Ghaelach é an áit seo ó bhéal San Labhrás isteach."

"Níl a fhios agam mórán faoi," adeirimse. "Níl mé i bhfad sa tír agus seo é mo chéad chuairt anseo."

"Ó, tuigim," ar seisean. "Bhail, is ceantar an-stairiúil uaidh seo go dtí an abhainn agus síos go farraige agus leis an gcladach trí New Brunswick síos go Maine. Thagadh na báid i dtír thíos ansin agus ligtí amach na himircigh. Tar éis a n-aistear chontúirteach fhada farraige ba chuma leo ach a bheith ar thalamh tirim, agus b'shin é an t-aon ní amháin a bhí roimh an gcuid ba mhó acu. Shocraigh go leor acu síos. Fuaireadar stráice talúna ar bheagán, ach ní talamh a bhí ann ach coillte. Bhí orthu iad sin a ghearradh agus páirc a réiteach."

"Gan aon deis," adeirim féin.

"Tada ach tua," ar seisean. "Bhí an chéad bhliain an-chrua orthu go bhfuair siad greim ar an gcéad fhómhar."

"Ach cé air ar mhair siad ar feadh an ama?" adeirimse.

"Obair shéasúrach ag gearradh coille ar pháí bheag," ar seisean. "Bhí an-díol ar adhmad agus bhí neart de anseo, ach bhí go leor rudaí ina n-aghaidh. Le breathnú ar an talamh, nach gceapfá go bhfuil sé saibhir?"

"Sin é a cheap mé ar an mbealach aníos," adeirimse, "an-chosúlacht go deo air le haghaidh cur."

"A mhalairt," ar seisean. "Níl ann ach séasúr amháin agus tá sé caite. An dara rud a bhí ina n-aghaidh an aimsir. Anseo tá an geimhreadh fada fuar, rud a chuir as go mór dhóibh, mar níor chleacht siad é. Ní raibh sé feiliúnach le haghaidh fataí."

"Cheap mise go mbeadh sé sách feiliúnach dhóibh," adeirimse.

"Má dhéantar an cur róluath dónn an sioc na scealláin sa talamh," ar seisean, "an sioc atá thíos cheana. Má fhágtar rófhada sa gcré iad sa bhfómhar béarfaidh sioc deireadh bliana orthu, agus sin é an scrios is measa. Níor thuig siadsan é sin ar dtús. Ach mhair siad ar iasc agus ainmhithe – bhí an áit beo leo.

"Agus an tríú ceann?" adeirimse.

"An ceann ar imigh na mílte uaidh," ar seisean, "an Creideamh Caitliceach. I ndáiríre, d'imíodar ón róistín isteach sa ngríosach. Bhí an Ghaeilge fite fuaite leis seo."

"Shíl mise go raibh saoirse de gach uile chineál anseo an uair sin," adeirimse. "Ar ndóigh, ní ba le Sasana an áit."

"Bhí sé faoi údarás an rí ó aimsir Shéarlais I," ar seisean. "Lean an brocamas agus an drochmheas é sin. Ní raibh cead Aifrinn ná scoile."

"Nach maith gur ligeadh leo?" adeirimse.

"Ó, muise, buíochas le Dia, níor ligeadh," ar seisean. "B'iomaí Protastúnach agus Preispitéireach ar fágadh a cheann faoina chosa. B'iomaí rúscadh maidí agus caitheamh cloch a bhíodh ann, ach, an dtuigeann tú, bhí an dlí ag an gconairt eile i gcónaí."

"Cén chaoi a bhfuil rudaí anois?" adeirimse.

"Níl aon chaint ar rudaí mar sin níos mó,," ar seisean, "1820 rinneadh ceann de Stáit Mheiriceá de Maine agus d'fhág sin na comharsana ó thuaidh dínn, New Brunswick, istigh le Ceanada. Tháinig ciall do dhaoine."

"Caithfidh go bhfuil go leor Éireannach thuas ansin fós?" adeirimse.

"Tá bunadh Éireannach ann," ar seisean. "Cosúil leis na héanacha, nuair a bhí scíth ligthe acu choinníodar orthu. Leanadar an abhainn agus, ó bhí neart talúna le fáil gan tada san iarthar, bhuaileadar siar – go Pennsylvania, Ohio, Indiana, Illinois agus Wisconsin, agus dá réir síos ó dheas agus siar arís go California. Ní fámairí fánacha a bhí iontu seo ach daoine a bhí ag iarraidh áit sheasta chónaithe a fháil, agus nuair a fuaireadar an áit sin lonnaíodar ann."

" 'S an bhfuil Gaelachas ar bith ó thuaidh dhínn anois?" adeirimse.

"Ó, cinnte," ar seisean. "Tá an Creideamh go láidir ann. Faraor géar, tá an teanga beagnach imithe ar fad, cé is moite de chorrphóca – Nova Scotia agus Talamh an Éisc. Ach tá an ceol Gaelach go láidir fós ann. Ní raibh tú suas an bealach sin fós?"

"Ní raibh mé," adeirim féin.

"Á, is fiú go mór é," ar seisean. "Gach uile áit isteach ó Oileán Sable tá Éireannaigh bhochta curtha gan leacht gan mharc – cuid a báitheadh agus na mílte a fuair bás de bharr fiabhrais nó eitinne, agus go minic leis an ocras – na céadta eile nár fríothadh riamh. Tá oileán thuas in aice le baile a dtugtar Chatham air agus tá os cionn dhá chéad deoraíoch curtha ansin gan chrois gan chomhartha, ach, buíochas le Dia, cuireadh cuireadh crois Cheilteach suas cúpla bliain ó shin. Dhá bhád as Éirinn a tháinig ann 1847 agus cuireadh na daoine i dtír ar an oileán ar fhaitíos go scaipfidís an fiabhras a bhí orthu. Faraor, ní mórán a d'fhág an t-oileán. An bhliain díreach roimhe sin chuaigh bád eile síos ag Ceann Sable nuair a bhuail sí carraig bháite. Duine amháin a tháinig slán sa gcás seo."

"Stair bhrónach na nGael . . ." adeirimse.

"Ach caithfidh sí a bheith agat," ar seisean, "chomh maith le ceol agus amhráin, agus má d'imigh na créatúir sin ó ocras agus drochdhlíthe, thugadar saibhreas a sinsear leo. B'éigean dóibh imeacht, mar a dúirt an file:

"Níl cliar in iathaibh Fódla,
Níl Aifreann againn ná orda,
Níl baisteadh ar ár leanaí óga,
Gan fear seasaimh ná tagartha a gcóra."

Ba bheag nár thacht mé mé féin le blogam tae. Ara, ní raibh mé in mo dhúiseacht ar chor ar bith – puins na hoíche aréir a bhí ag cur mearbhaill orm. Ach bhíos, agus amach os mo chomhair bhí seansagart liath ag deargmhagadh fúm. Ní fhéadfainn a ligean leis:

"Bheadh neart is ceart is crógacht,
Bheadh smacht as reacht fá róchion,
Bheadh rath ar ar sa bhfómhar,
Bheadh Dia le hiathaibh Fódla.

"Sin é," adeirimse, "an scéal a chéas inniu mé. Ní i Maine a d'fhoghlaim tú é sin, a Athair."

"Anois," ar seisean, ag gáirí, "níl focal Gaeilge agam. Ach gach samhradh téim ar laetha saoire go St. John, chuig seanlánúin a bhfuil an saibhreas sin acu. Creid é nó ná creid, ní labhraíonn siad Béarla ach an uair a chaithfidh siad. Fiú nuair a tugadh an tAifreann isteach i mBéarla d'fhan siad uaidh. B'éigean dhom cúpla litir a scríobh chucu ag impí orthu dhul ann. Níor chreid siad mé go bhfuair mé téip a raibh Aifreann as Gaeilge air. Dá mbeadh a fhios ag an mbeirt go raibh mé ag caint le Gaeilgeoir dúchais as Éirinn thiocfaidís in do choinne."

"Castar na daoine ar a chéile," adeirimse. "Ní bheadh a fhios agat nach gcasfaí ar a chéile arís sinn."

"Ar fhaitíos na bhfaitíos," ar seisean, ag síneadh a chárta chugam. Bhí sé díreach ag fágáil slán agam nuair a shiúil an dá riadaire eile isteach. Dhá bhfeicfeá an tsúil a thug an bheirt dhúinn. Amach leis an sagart agus anuas leis an mbeirt lena gcuid plátaí.

"Ar chodail tusa néal ar bith aréir," adeir Seán "nó ar chaith tú an oíche a' s'róithireacht le grá geal do chroí?"

"Chodail," adeirimse, "agus bhí mé ag an Aifreann a seacht."

"Cá 'il práiscín?" adeir Darach.

"An áit a bhfuil na práiscíní eile," adeirimse. "Iontas nach dtugann sibh braon tae suas chucu."

"Nár stopa tú!" adeir Seán. "Ní beag dhuit an bhail a chuir tú aréir orainn – gur bheag nár maraíodh muid a' gabháil suas bealach an chait."

"Ith suas do chuid bagúin," adeirimse. "Sibh féin a bhí a' déanamh gaisce sa deireadh."

"Ar ndóigh, ní bagúin é seo," ar seisean. "Barriallacha bróg nó putóga cait! Cé as an sagart?"

D'inis mé féin an scéal dhóibh mar a chuala mé é.

" 'bhFuil a fhios a'tsa gur chuala mise cuid de sin cheana?" adeir Darach. "A' gcuimhníonn tú ar niúfi mór?"

"Ach, a dhiabhail, nach ar na Fíníní a bhí sé sin a' caint?" adeir Seán. "An chaoi a raibh seisean a' caint, níl a fhios cén réabadh a bhí ann. Peaca nach raibh muid thart an uair sin, nó meas tú 'bhfuil sé i bhfad ó shin?"

"Os cionn céad bliain," adeirimse.

"Seans go mb'fhearr an bagún a bhí ann an uair sin!" adeir Seán "Ach breathnaígí isteach – íne, míne, madhna . . ."

"Dún do chlab mór!" adeir Darach. "Meas tú céard atá ar an gclár inniu?"

"Abhaile díreach má fhéadaimse é," adeirimse.

"Ní bheadh leath bealaigh féin an-dona," adeir Darach.

"Is uafásach an píosa tiomána as seo é, 's cén cás é ach dhá mhiúil de dhá phaisinéir nach bhfuil in ann tada a dhéanamh ach dea-chaint!"

" 'S a' breathnú isteach i súile mo mhíle stór," adeir Seán. "Stopaigí, as ucht Dé oraibh . . ."

Shuigh an triúr síos linn agus socraíodh d'aon ghuth a' ghabháil chomh fada is ab fhéidir inniu. Bhí muid ar bóthar ag leathuair tar éis a naoi. Ní raibh an trácht an-dona ar chor ar bith agus bhí an bóthar go maith, ach gurbh éigin an tsnáthaid a choinneáil ag caoga míle san uair – sin nó bhí sianaíl ag teacht in do dhiaidh.

I ngeall ar chrainnte móra arda a bheith ar gach aon taobh den bhóthar, ní mórán a bhí le feiceáil. Áit uaigneach iargúlta go maith, facthas dhom féin, a bhí ann, srutháin mhóra ag silt anuas ó na cnoic. Contúirt amháin, adúradh liom, a bhaineann leis ná rud ar a dtugtar titim cloch. Sa ngeimhreadh bíonn sioc uafásach ann agus sa samhradh bíonn an teas dá réir. Gan aon údar, i rith na bliana scoilteann na clocha ar éadan an tsléibhe gan aon choinne agus síos leo go bóthar. Tá fógraí thuas dhá chur sin in iúl agus níl aon chead seasamh ar na píosaí seo den bhóthar. In áiteacha eile scuabann fuarlach an gheimhridh píosaí móra den bhóthar chun bealaigh. Má chloiseann tú go bhfuil sneachta ag teacht, fan sa mbaile ag an tine, mar tá tú ag caint ar mhaidhmeanna atá airde tí. Loscadh coille contúirt mhór eile sa gceantar seo mar tá tú ag caint ar na mílte acra agus na milliúin chrann. Sin é an fáth nach gceadaítear tine de aon chineál ann ach cócaire beag gáis, agus é sin féin clúdaithe go maith.

Stop muid i lár an lae thuas ar thaobh cnoic ag caife. Theastaigh peitreal uainn freisin. D'ordaigh tú do chuid istigh agus shuigh tú ag bord taobh amuigh le n-ithe. Ba ghearr go raibh cuideachta againn – ioraí rua. Bhí ceithre cinn acu in éineacht. Fuair Darach páipéar cnónna agus scaip sé amach iad ar bhord in aice linn. Léimeadar suas ar an mbord agus thosaigh an gheabsaireacht. Thug péire acu cúpla cnó leo agus d'imigh de sciotán suas sa gcrann mór a bhí in aice linn. D'fhan an péire eile ar an mbord gur tháinig an chéad phéire ar ais agus ansin rinne siadsan an turas céanna. Bhíodar ag cur beatha an gheimhridh i dtaisce. Bhí cnó amháin fanta sa deireadh agus tá a fhios ag an lá go raibh siad cosúil le páistí a' troid faoi.

Díreach nuair a bhí muid beagnach réidh chun bóthair tháinig eilit trasna an bhóthair gan coimhthíos gan faitíos. Tairgeadh beatha di ach chuir sí cor ina cloigeann agus dhiúltaigh sí gach uile thairiscint. Fuair mé féin pionta bainne agus pláta domhain páipéir. Chuaigh mé i mbéal na gaoithe agus dhoirt mé braon amach ar an bpláta. Chroith sí a driobaillín agus bhreathnaigh orm. Theann mé siar píosa. Anall léi agus thosaigh ag ól. Thug mise coiscéim níos gaire di le braon eile a thabhairt di, ach is dóigh gur fiántas a nádúr agus chúlaigh sise go raibh an pláta lán arís agus mise ar ais in m'áit féin. I rith an ama ní raibh smid ná cor as aon duine ach clic, clic, clic na gceamaraí. Ní i bhfad a sheas an pionta di. D'fhógair an cailín freastail gan aon bhualadh bos a dhéanamh mar go scanródh sí. D'inis an cailín céanna dhúinn gur thréig a máthair í nuair a bhí sí ina meannán cúpla lá d'aois is gur san áit seo a tógadh í, ach nach ndearna sí teanntás ná caradas ar aon duine beo. D'fhan sí neamhspleách fiáin i gcónaí. Bhail, bhí sí go deas, ach is dóigh go raibh a fhios aici é!

Tháinig muid anuas faoi bhun Chnoc Washington agus díreach nuair a bhuail muid baile Berlin – sea, ní sa nGearmáin a bhí muid – thosaigh an carr ag tarraingt de leataobh. Stop muid ag stáisiún ola. Bhí an roth deiridh chomh bog le bogán. Ní raibh aon leigheas air ach í a athrú, obair nár thóg mórán achair, ach anois bhí muid ar leathsciathán, poll mór ar an gceann a baineadh anuas agus dhá chéad míle le gabháil againn. An t-aon rud amháin a bhí le déanamh bonn nua a chur suas. Anonn liom féin go dtí an oifig bheag a bhí ann. Istigh ar m'aghaidh bhí bodach diabhalta de fhear mór dubh – bhí éadan air chomh gorm leis an bplúirín, srón cosúil le muisiriún púca agus liopaí chomh tiubh le tosaí bróig ghréasaí. Mhínigh mé féin an cás dhó. Cheannaigh mé an bonn, ach anois theastaigh uaim é a chur suas. An dtabharfadh sé deis eicínt dhom a bhainfeadh anuas an seancheann?.

"*Me sell – me no fix,*" an glafar a chuir sé as.

"Do bheo ná do mharbh ná raibh le fáil sa racálach!" an freagra a thug mise air.

Ní raibh sé sásta éirí dhá thóin le haon chúnamh a thabhairt, ach thug Dia do Dharach go bhfuair sé dhá phíosa de sprionga in áit eicínt taobh thiar. Le mútáil, místuaim agus allas d'éirigh linn. Thug mé féin liom é le gaoth a chur ann.

Bhí mé beagnach réidh nuair a sheas carr tráicht na bpóilíní lena dtaobh. Anonn le duine acu chugam féin. D'fhan a chomrádaí píosa siar agus a lámh ar a ghunna aige. Bhí mo dhá lámh gaibhte ag an rud a bhí mé a dhéanamh.

"Do cheadúnas tiomána," ar seisean, "le lámh amháin."

"Níor thiomáin mé carr riamh," adeirimse. "Níl carr ná ceadúnas agam. Is leis an gcailín sin thall an carr agus nílimse ach ag athrú rotha di. Dhiúltaigh an moncaí sin istigh í."

"Sin é an moncaí a chuir fios orainne," ar seisean. "Ar íoc tú ar an mbonn sin, nó an bhfuil admháil agat?"

"Seo é é," adeir Nanóg. "Is liomsa an carr agus is mé an tiománaí. Níor ghoid mé é."

"Tá tú ceart," ar seisean. "Tá do chuid páipéar ceart. Cé as ar tháinig sibh?"

D'inis sise dhó agus thaispeáin sí na hadmhálacha dhó. Ghlaoigh sé anall ar a chomrádaí.

Ar fhaitíos nach mbeadh a fhios agat é, is póilíní speisialta bóthair iad seo. Aithneoidh tú i gcónaí iad lena gcultacha glasa agus a hataí leathana. Fir iad atá an-traenáilte le haghaidh a gcuid oibre. Má deireann duine acu sin leat "Stop!" déarfainn leat stopadh, mar ní déarfar an dara huair é. Fan uathu is ná tarraing ort iad. Ar an taobh eile den scéal, is maith ann iad. Murach iad bheadh sléacht ar na bóithre móra is ní bheadh tú féin ná do charr sábháilte. Tá faitíos rompu, ach freisin tá an-ómós dhóibh agus tá ardmheas orthu ag an taistealaí. Má tá eolas nó cabhair ag teastáil uait, tá sé le fáil agat agus fáilte, ach má tá tú ag cuartú trioblóide tá an bhróg nó an méarán ag fanacht leat.

"*Bullshit*!" adeir a chomrádaí. Isteach leis san oifig agus thug sé liobairt na leon agus na madraí don phudarlach gorm.

"Tuilleadh diabhail is boiscíní agat!" adeirimse. "Thriail sé muid a fháil i ladhar an chasúir, ach chinn air."

"Peaca," adeir Seán, "nach gcasfaí orainn oíche dhubh é."

"Dhá gcasfaí féin," adeirimse, "ní bheadh sé le feiceáil go mbeadh tú buailte faoi!"

Ag tarraingt isteach ar Concord bhí grúscán ag na boilg agus b'éigean iad a líonadh. Baile é seo atá suas le deich míle fichead amach as Boston. Bunaíodh é thart ar 1605 nó mar sin. Bhí baint mhór ag an áit le Cogadh na Saoirse. Ionad léinn agus cultúir a bhí ann i gcónaí. Ceantar deas é agus bród mór ar na daoine as. Tá stair bheag dheas eolais curtha ar fáil acu don strainséar nó an fámaire. Áit é ar mhaith liom cuairt a thabhairt arís air, agus gealladh dhom go dtabharfaí ann mé – linn féin. Bhuail muid Ashmont gar don hocht agus shuigh muid síos ar a gcompord le bás cúpla gloine beorach a bheith orainn. Bhí an áit ciúin. Ní raibh mórán ar bith thart.

"Iontas," adeir Pat liom féin, "nach ndeachaigh sibh in áit eicínt le haghaidh an deireadh seachtaine?"

D'inis mé dhó.

"Dar brí an leabhair,," ar seisean, "go ndearna sibh an rud ciallmhar. Beidh an lá amárach le codladh agaibh. Thaitnigh an áit leat?"

"Thar cionn," adeirimse, "ach nár mhór do dhuine mí a chaitheamh ann agus a ghabháil go New Brunswick."

Idir tarraingt agus líonadh thug mé cuntas gearr dhó ar gach ar chuala mé. Las a éadan suas.

"Tá col ceathrair dhomsa thuas ansin,," ar seisean, "áit a dtugann siad Lancaster air. Ní raibh sibh i bhfad as 'chor ar bith."

"Murach an seancháirtín lofa sin," adeirimse. "Ní féidir linne an teorainn a thrasnú."

"Sin é arís é," ar seisean. "Ach cén fáth sa diabhal nach gcuireann sibh isteach air – an triúr agaibh? Níl tada le cailleadh agaibh."

"B'fhéidir go gcuirfeadh muid an dá chois ann," adeirimse.

"Seafóid!" ar seisean. "Cuirigí na foirmeacha líonta siar abhaile le postáil thiar. Tá mise a' caint anois ar an *Donnelly visa*. Níl ann ach seans, ach níor chaill fear an mhisnigh riamh é. Ba cheart dhuit cuimhneamh air. Dhá mbeadh gan tada ann ach beidh sí féin caillte in do dhiaidh má théann tú siar!"

"M'anam," adeirimse, "gur chaill mé bainis Mhamó 's nach raibh caint ar bith air!"

"Lá eicínt," ar seisean, "béarfar i ngreim cuing muiníl ort agus gheobhaidh tú bóthar, 's ní chosnóidh sé pingin rua ort. Arís, a chomhairle féin do Mhac Anna."

Ní mórán a bhí le rá agam an chuid eile den oíche – rud nach ndeachaigh i ngan fhios do dhuine áirithe, ach níor dúradh tada go fóilleach. Ach nuair a d'imigh an chuid eile isteach thíos i Quincy coinníodh greim cluaise ormsa. Bhí straois ar Sheán.

"Amach leis!" ar sise. "Tá brúisc ort."

"Níl a fhios agam a' bhfuil sé ceart agam," adeirim féin.

"Cén fáth, nó céard é féin?"

"Rud eicínt a dúirt Pat."

"Fúmsa?"

"Ní hea. Fúm féin."

"Carnán bréaga! Ná bac leis."

"An fhírinne."

"Ó, ach céard é féin?"

"Dúirt sé liom fios a chur ar *Donnelly visa*."

"Tá an ceart aige."

"Níl."

"Tuige?"
" 'S nach mbeidh a fhios go maith cá bhfuil mé?"
"Céard a dúirt sé leat a dhéanamh – i gceart?"
"Í a líonadh anseo agus í a phostáil abhaile."
"Sin é an bealach ceart."
" 'S nach mbeidh stampa Mheiriceá uirthi – ar an gclúdach?"
"Ní stampa Mheicsiceo a bheas uirthi – siar chuig do mháthair."
"Bhrisfinn a croí."
"Céard faoi mo chroíse? 'bhFuil aon duine eile agat?. Cara?"
"Tá."
"Bhail, cuir chuigesean é."
"Ní fhéadfainn – sagart é."
"Rinne rum an tsléibhe rud eicínt ort!"
"Tuige ar dhúirt tú é sin?"
"An t-aon duine nach sceithfeadh do rún!"
"Cinnte?"
"Tá na céadta sa mbád céanna leat. Faigh foirm."
"Cén áit?. Níl ainm ná seoladh agam."
"Ní bheidh tú mar sin amárach."
"Ach tá gach uile áit dúnta."
"Gheobhaidh mé duine a mbeidh an t-eolas aige."
"Má dhéanann sé aon mhaith."
"Caithfidh tú an seans sin a thógáil."
" 'Rud céanna a dúirt Pat anocht."
"Bhí sé ceart. Tá an seans céanna agat le gach uile dhuine."
"Ach céard faoi Sheán 's Darach? Caithfidh mé a inseacht dhóibh."
"Ó, cinnte."

"'S má dhiúltaíonn siad?"
"A chead a bheith acu."
"Ach is iad mo chairde iad."
"Féach – cuirfidh muid fios ar thrí fhoirm."
"Ní bheidh siad sásta. Tá an iomarca faitís orthu."
"Níl aon fhaitíos orthu a' breith ar mhná!"
"Sin rud eile."
"Agus ní dhéanfadh an leainín seo tada mar sin?"
"Ach cén chaoi a n-inseoidh mé é?"
"Díreach ón ngualainn. Inis céard atá tú ag gabháil a dhéanamh, agus an bealach."
"Íosfaidh siad na cluasa díom."
"Faraor, 's ansin ní bheidh tú in ann an iomarca a chloisteáil. Braon tae anois nó tarraingeoidh mé do chluasa!"
"Scuab, nó tabharfaidh mé sliseáil ar an leath deiridh dhuit!"
"Agus leath na sráide a' breathnú?"
"Seachain, a chailín!"
"Ó, bhail, beidh an tae ar dtús againn."
I ngeall ar é a bheith cineál deireanach agus na tiománaithe a bheith tuirseach, tacsaí a fuair muid abhaile, agus ansin scaoil mé amach an pocaide. Níor dúradh tada ar feadh nóiméidín.
"Más mar sin é," adeir Darach, "cén fath sa diabhal nár fhan tú thiar sa mbaile 's fios a chur air, seachas a bheith a' cur gach uile dhuine thrína chéile?"
"Crochta a bheas muid a't!" adeir Seán. "Tá gach uile shórt ceart anois, 's fág mar sin é. Ná tabhair aird ar bith ar mhná."
"Níl tada le déanamh acu leis," adeirimse, "beag ná mór."

"Éirigh as uilig anois," adeir Darach. "Tá gach uile shórt dhá fheabhas 's dhá dheiseacht againn anseo. Ná mill é, maith an fear."

"Níl mise a iarraidh a dhéanamh ach an rud atá gach uile dhuine a dhéanamh," adeirimse. "Foirm a fháil 's a líonadh. Ansin í a sheoladh siar abhaile agus iadsan í a phostáil chuig Ambasáid Mheiriceá i mBaile Átha Cliath. Leis sin beidh stampa na hÉireann uirthi 's ní bheidh a fhios ag aon duine tada. Bhail, sin é a dúirt Pat atá siad a dhéanamh."

"Céard faoi seoladh na háite seo?" adeir Seán.

"Tada le déanamh aige leis," adeirimse. " 'S é an seoladh thiar a bheas ar gach uile shórt. Siar chuig an séiplíneach atá mise dhá chur, mar gheall seisean dhom go ndéanfadh sé rud ar bith dhom. 'Scáithe cúpla dollar ní bhánóidh sé mé."

"Ach breathnuigh anois," adeir Seán. "A' bhfuil a fhios a'tsa duine ar bith a rinne é sin agus ar éirigh leis?"

"Níl a fhios," adeirimse, "mar ní raibh a fhios a'm tada faoi go dtí anocht féin. Loic mise freisin gur mhínigh Pat dhom é."

" 'bhFuil tú a ghabháil ag cur fios ar fhoirm?" adeir Darach.

"Ní féidir liom," adeirimse, "mar níl a fhios agam cá gcuirfidh mé fios air. B'fhéidir go mbeadh a fhios agam é amárach nó arú amárach. Níl aon áit oscailte amárach."

"Is uafásach an seans é," adeir Seán.

"Nach bhfuil a fhios a'm é?" adeirimse. "Sin é an fáth nach ndéanfainn tada gan é a inseacht daoibh."

" 'S mar sin, cén fáth nach scríobhann tú siar chuig an

séiplíneach agus an scéal a inseacht ceart dhó?" adeir Darach. "Ní bheadh sé ceart rud mar sin a dhéanamh leis gan é a inseacht i dtosach."

"Níl aon chall dhom scríobh 'chor at bith," adeirimse. "Is féidir liom glaoch air. Dúirt sé é sin liom – am ar bith."

"'S, a dhiabhail, glaoigh!" adeir an bheirt.

"Tá sé róluath," adeirimse.

"Róluath ag leathuair tar éis a dó ar maidin?" adeir Darach.

"Níl sé ach leathuair tar éis a seacht thiar."

"Tá a fhios ag Mac Dé nár chuimhnigh mé riamh ar an difríocht san am. Ara, fan leathuair eile mar sin," adeir Darach.

D'ól muid scalach tae leis an am a chaitheamh agus ansin ghlaoigh mé. Is é a bhí ríméadach nuair a d'inis mé dhó cé a bhí ann. Ceisteanna agus ceisteanna. Ansin d'inis mé dhó céard a bhí in m'intinn agus céard a bhí mé le déanamh go luath. Ní bheadh stró ar bith ann. Is é a mbeadh uaidh é. Cinnte, cinnte – ach gan é a inseacht do Mhama go ceann píosa mhaith. Ar mhaith leis labhairt leis an mbeirt eile?. Scaoil air iad! Idir gach uile chaint bhí uair caite againn ag caint. Bhí an bheirt ar a gcorraimionga, – ag ithe a gcuid iongan, idir dhá chomhairle ar céard ba cheart dhóibh a dhéanamh. Bhíodar cosúil le dhá ghasúr a bheadh ag iarraidh na huibheacha a ghoid ón lacha – dhá n-éiríodh leo bheadh gach uile shórt ceart ach dhá mbeirtí orthu bheadh greasáil le fáil acu. Bhí sé an ceathair a chlog nuair a chuaigh muid a chodladh, agus d'fhan muid sa gclúmh go headra. An uair sin féin, ba righin réidh ragairneach a chuir muid na cosa fúinn. Níor dearnadh aon tagairt dho chomhrá na hoíche aréir.

Síos go South Boston a chuaigh mé féin tráthnóna, chuig Mutt 'n' Jeff. Bhíodar ag súil liom le dhá lá. D'inis mé féin dhóibh cá raibh muid. Ó, b'éigean dhom cuntas do réir na nóiméide a thabhairt dhóibh.

"Bhí an ceart ag an sagart faoi na Fíníní."

"Seafóid! Níor tharla a leithide riamh."

"Stop, 's ná bí ag sárú orm! Tharla, muis, agus dhá bhfaighidís aon chúnamh ceart bheadh Ceanada againne."

"Ó, a Thiarna, nach agat atá an gaisce!"

"Ar chuala tú riamh caint ar Campobello?"

"Chualas, mar bhí mé ann."

"Bhail, thóg na Fíníní bratach ghioblach Shasana leo as sin. Chuir sé sin an oiread faitís orthu nach bhfuil a fhios cé mhéad bád cogaidh a cuireadh ann, i dteannta na mílte saighdiúirí."

" 'S cá raibh na Fíníní?"

"Thuas ag teorainn Maine. Bhí bád cogaidh dhá gcuid féin aca – an *Ocean Spray* – thuas ag Eastport. Tháinig arm na tíre seo 's thógadar í, 's gach a raibh inti. Ba mhór an peaca é."

"Bhí a gcac ansin ag na Fíníní?"

"Ara, 'mhac, ní raibh. Bhí píosaí móra smísteála thart ar Loch Erie 's Niagara Falls, Ridgeway, Pigeon Hill 's Manitoba."

"Tá tú a' déanamh suas do chuid scéalta!"

"B'fhearr dhuitse go mór píosa léitheoireachta a dhéanamh thíos sa leabharlann ná a bheith a' slabáil fuisce 's beoir."

"Cá bhfuair tusa an scoil? Thíos ag Oileán an Chaisleáin?"

"Bail an diabhail air agat mar scéal. Ba cheart go mbeadh a fhios ag gach uile dhuine rud eicínt faoina thír féin. Feicimse anseo iad 's níl a fhios acu cén lá a mbíonn Lá 'le Pádraic air!"

"Nach ar an Aoine a bheas sé an chéad bhliain eile?"

"A chloigeann cruacháin, stop! Bhí tú a' caint le sagart, adeir tú?"

"Bhíos, a mh'anam."

"Tuige nár chuir tú ceist air faoi shagairt Chiarraí?"

"Ní raibh a fhios agam tada faoi."

"Seo é arís é. Cén mhaith a bheith ag inseacht scéil do dhá asal?"

"Tá do chluasa féin chomh mór céanna!"

"Dar brí a bhfuil de leabhra in Éirinn, dhá mbeadh claíomh géar a'm thabharfainn oscailt an ronnaigh ort!"

"Bheadh gnó a't de, nó aon duine a bhain leat. Mura tú atá bunáiteach, 's nach ndearna do bhunadh tada riamh ach a' breathnú ar na comharsana thrí pholl an chlaí! Bíodh deoch eile ansin a't 's b'fhéidir go dtiocfá chugat féin."

"A chac i mbéal trá, scuab! Cén sórt útamála atá ort?"

"Sea, bhí tú a ghabháil a' caint ar shagart."

"Bhíos, ach ní bhfuair mé cead – bhí an t-asal ag grágaíl. B'as Ciarraí a tháinig athair an tsagairt, de shloinne Saoir – áit eicínt in aice Daingean Uí Chúise. Chuala mé ainm na háite ach tá sé imithe as mo chuimhne. Thuas ansin i dTalamh an Éisc a chuireadar fúthu."

"Píosa maith as seo."

"Bhí beirt dearthár ann, 'réir mar a chuala mé, 's

rugadh mac do dhuine acu a chuaigh ina shagart."
"Seans nach raibh uirnis ar bith ag an deartháir.'
"Faraor géar nach mbaineann tusa greim as do theanga. Ar chaoi ar bith, suas go Cuan Naomh Seoirse a cuireadh é mar shagart, an áit dheireanach a chruthaigh Dia."
"Chaith sé uaidh an tsluasaid."
"Ní raibh bealach isteach nó amach as ach ar bhád 's, an fear bocht, ní raibh an tsláinte rómhaith aige. Cailleadh an sagart a bhí roimhe ann, thuas ann leis féin, gan deoraí aige a chuirfeadh an mharbhfháisc air."
"B'fhéidir nár theastaigh sé uaidh."
"Ní raibh de theach roimhe ach bothán suarach fuar adhmaid. Bhí an áit os cionn bliana gan sagart ar bith, mar ní raibh aon duine sásta a ghabháil ann."
"Breá nár cuireadh le teannadh ann iad?"
"Ní raibh siad le spáráil. Ar aon chuma, d'fhan sé ann gur cailleadh é – suas le scór blianta. Chonaic sé fuacht, ocras agus anró. Ní ba tada dhó taisteal cúpla céad míle – cuid dhe ar bhád iascaigh, agus de shiúl na gcos go minic. Ní raibh aon bhóthar ann ag an am ach droch-chosáin."
"Deir siad go bhfuil sé chomh fuar thuas ansin go dtéann na clocha duirlinge i bhfolach sa ngaineamh ar fhaitíos go strompfaidís!"
"Nach breá í an fhoghlaim, mar a dúirt an tseanbhean nuair a dúirt sí *'Get out!'* leis an muic! Beag bídeach nár báitheadh go minic é – ó, ag stoirm. Cúpla uair bhí air an bád a scaoileadh uaidh i ngeall ar ghlaoch ola 's níor facthas an bád ná an fhoireann ó shin. Tharla sé go leor uaireanta. An rud céanna sa

sneachta. Deirtear nach ndeachaigh sé orlach amú riamh den chosán 's gan le feiceáil aige ach fad a mhaide roimhe."

"Ó, bhí Dia leis."

"Bí cinnte de sin. 'S é 'n chaoi ar fheabhsaigh a shláinte ón lá a dtáinig sé ann. Rinne sé go leor oibre ann, idir bóithre 's céibheanna, séipéil 's tithe sagart. D'ith sé 's d'fheann sé 's liobair sé lucht stáit is rialtais ag iarraidh cúnaimh dhá phobal."

"Cá bhfios dhuit?"

"Ó na litreacha a scríobh sé 's a d'fhág sé ina dhiaidh."

" 'S cá bhfaca tusa iad?"

"In áit ar bith, ach gur chuala mé fúthu."

"Ach cé aige?"

"An Monsignor mór é féin a d'inis dhom é."

"A' raibh aon deoir ólta aige?"

"Go maithe Dia dhuit é!"

"Níl tada le maitheamh aige."

"Chuala mé go bhfuil leabhar scríofa faoi."

"Bheadh gnó a't di – mura mbeadh pictiúir inti!"

"Ó, a Dhia mhór na trócaire, cé atá a' caint – is gránna an corp a dhéanfas tú, 's mura n-iompaí siad béal fút sa gcónra thú ní fhanfaidh deoraí ag do thórramh! Tóg do dhá fháideog as an mbealach go bhfaighe mé deoch."

"Cogar mé seo: an mbíonn an bheirt agaibh a' sclamhadh a chéile i gcónaí mar seo?" adeirim féin.

"Troid na mba maol! Is fearr an troid ná an t-uaigneas."

"Ní chaitheann an chaint an t-éadach," adeirimse féin leis.

"A Mhaighdean Bheannaithe, dhá gcaithfeadh ní bheadh folach na ngrást ar chuid acu. Húirte, a dhiabhail, ná doirt é – tá sé ródhaor."

"A chráiteacháin bhradach, fágfaidh tú in do dhiaidh ar ball é – duine eicínt eile a' fliuchadh ballaí 's ag eascainí ort nár fhág tú tuilleadh. Ach, a' caint ar na daoine a báitheadh fadó thuas ansin, níl a fhios agam ar chuala ceachtar agaibh adeirtí fadó nuair a bhíodh long ag gabháil chun seoil?"

"Go deimhin, murar chuala cloisfidh muid anois í!"

"Níl a'msa ach cuid dhi – aisteach freisin an chaoi a n-imíonn cuimhne an duine."

"Ní aisteach, muis, nuair nach raibh sí ann ó thus!"

"Ó, Dia dhá réiteach, cén mhaith a bheith a' caint le cloigeann folamh?

"Beannaigh an long seo anonn thar sáile ag dul,
Bhachallach thrumpach lonrach lánchliste;
An creatlach sconsach riúntach lánsiosmach
Mharfach bhronntach chobharthach áthasach."

"Más paidir í sin, tá eascainí naofa – ní Gaeilge ná Béarla í!"

"Is measa an té a thabharfadh aird ort ná thú féin. Shíl mise i gcónaí gur píosa as Barainn Phádraic a bhí ann ach dúradh liom nárbh ea. Bhí píosa mór di ag m'athair, ach chinn sé ormsa riamh é a phiocadh suas. Píosa eile a bhíodh sé a' ra go minic freisin ná an píosa troda a bhí idir Pádraic 's Oisín faoin gCreideamh. Dúirt Oisín leis go mb'fhearr leis féin a bheith ag éisteacht leis na gadhair a' tafann ná a bheith ag éisteacht le clog an tséipéil."

"Caithfidh tú a rá gur bligeard ceart a bhí ann – sin nó bhí drochscoil i dTír na nÓg!"

"Tá mé a' ceapadh," adeirimse, "go raibh tú a' cuimhneamh ar Lúireach Phádraic. Tá sé sin a'msa sa mbaile."

"Ara, muise, a dhiabhail, thabharfainn fuil mo chroí air."

"Fan," adeirimse:

"Éirinn inniu
In urnaithe na n-aithreach n-uasal,
I dtairngreachtaí na seanfháidh,
Ó bhéal na n-aspal cóir cáidh –

"Ní shin é an tús, anois, ach tá sé cosúil leis."

"Sin paidir anois, ní fearacht an cosamar a bhí ag cuid agaibh ar ball!"

"Paidir an bhádóra – ó, go deimhin, 's í. An té a chuaigh thríthi naoi n-uaire níor bhaol dó báthadh ná bascadh – cumhdach na Maighdine ar iarratas Phádraic."

Tar éis deoch a cheannach don bheirt d'imigh mé, mar fuair mé suíochán go Dorchester. I ngeall ar a bheith ag labhairt Gaeilge rinne mé go leor cairde, go mór mór le clann na nÉireannach seo. Bhí stair na hÉireann go maith acu, ach bhí brón orthu nach raibh siad in ann an teanga a labhairt. Cheapadar go raibh rud eicínt in easnamh orthu dhá bharr seo. Ach bhí rud amháin acu ar fad, an ceol agus an damhsa Gaelach. Bhíodar bródúil as seo. Stop muid ag Coirnéal Fields agus isteach linn i dtábhairne an chúinne. Bhí sé go doras, dream óg as gach uile cheard d'Éirinn. Díreach taobh istigh den doras d'iompaigh Darach thart is shín sé dhá bhuidéal Miller chugainn.

"Tá cladach acu anseo," adeir sé "'s níl mise dhá n-iarraidh. Is mó atá mé a dhoirteadh ná a ól."

Bhí an bheirt againn ag tónacán linn go bhfuair muid áit thíos ag deireadh an chuntair. Ní bheadh an dara deoch ag mo chara, mar bhí sé a' tiomáint. Bhail, ba í a shlí bheatha freisin í, agus tá sé an-chostasach do cheadúnas a chailleadh. Bhuail sé bóthar. Fuair mé féin i bhfostú in naonúr nó deichniúr a bhí le mo thaobh. Bhí gach uile dhuine acu a' ceannach dhó féin, agus níor mhinic é sin – sin droch-chosúlacht. Chonaic mé an ealaín chéanna go minic cheana, ach uair sa gcéad a dhónn an seanchat é féin faoi dhó.

"Tú ag obair?"

" 'Baint lá amach? Sibh?"

"Lá anseo 's ansiúd. Jobanna sách gann."

"Sin é a chuala mé."

"I bhfad abhus?"

"Cúpla seachtain."

"Cá 'il tú a' fanacht?"

"Suas an tsráid."

"Aon *shape* air?"

"Ceart go leor."

"Mórán agaibh ann?"

"Seisear – triúr againne 's fear 's a bhean 's páiste. Sibhse?"

"Faoi na réaltaí."

" 'Cinnt oraibh aon áit a fháil?"

"Bhí seomra ag an ochtar againn ach rug sé féin aréir orainn le gang mná 's chaith sé an *lot* againn amach ar an tsráid."

" 'S ní raibh sé in ann é sin a dhéanamh?"

"Bhí sé chomh maith dhó, mar diabhal cianóg a bhí sé a fháil ná a bhí againn le tabhairt dhó."

"Céard atá sibh ag gabháil a dhéanamh anois?

"Codladh amuigh go gcastar cró eile orainn nó óinseach eicínt a mbeidh leaba dheas aici. Tá corrcheann thart anocht a' cuartú an dreoilín."

"Seans go raibh sibh cineál sáinnithe go maith in aon seomra amháin, idir codladh 's cócaireacht?"

"Ní raibh, 'mh'anam. Ní raibh tada ann ach na ballaí 's gach uile dhuine a' cur faoi ar an urlár. Ní raibh an glas féin air."

"Bhí an-chraic agaibh?"

"Ó, muise, tabhair craic air! Ba mhinic a bhíodh scór istigh ann. Caint ar mhná? Bhíodar chomh fairsing le druideacha. Gach uile dhuine 's gan steár aige nó aici. Bhí seanfhear thuas a' staighre ag gabháil in aer i dtosach, gur 'speáin an ceann seo gleann an tóchair dhó. D'imigh sé mar a d'imeodh cat a gcuirfeá cangailt tobac sna súile aige. Stop sé sin é."

"Iontas nár cuireadh na póilíní chugaibh?"

"Chomh minic 's tá méar ort. Ba mheasa iad féin ná muide. Ní raibh siad a iarraidh ach fuisce 's mná, 's níor spáráil muide tada orthu. Collacha seanchailleacha is measa – bíonn siad bailithe i ndiaidh *lads* óga."

"Tá siad a' ceapadh go bhfuil an t-airgead agaibhse?"

"Ara, ní hea 'chor ar bith, ach acu féin atá sé 's níl a fhios acu cén chaoi a gcaithfidh siad é."

"Caithfidh sibhse dhóibh é!"

"Drochmhada a thabharfadh cúl a chinn le cnámh. Tá

An Mayflower .... a macasamhail

Ná déantar dearmad ar na mairbh

Crainnte óga ag bun na gcnoc

Seala saoire

Áit le deannach an bhóthair a bhaint díot

An Séipéilín ar thaobh an bhóthair

Iarsmalann den tsean tsaol

Láthair mhór scannaíochta

Baile margadh

Bíobla an Indigh ... Totempole

Codladh ina dhúiseacht

Sneachta ar feadh na bliana

Cnoc Baker ... 10778 troigh

"Prairie Schooner" ar ancaire

Bád mór na n-oileán

Dul faoi na gréine san Aigéan Chiúin

corrphleidhce, ceart go leor, a dhéanann asal dhó féin, ach a chead a bheith acu."

"Céard faoi nuair a thiocfas an geimhreadh?"

"Tabharfaidh cuid againn bóthar dhúinn féin roimhe sin – síos go Florida nó go California, áit a mbeidh an teas."

"Is deacair a ghabháil ansin gan airgead."

"Córas taistil na hordóige. Tá stuaim ar ithe na mine. Tá carranna a' gabháil an bealach gach uile lá 's má tá tú in ann tiomáint is furasta bealach a fháil."

"Ach céard faoi víosa? A' bhfuil sé éasca é a fháil?"

"Tá 's níl de réir mar a bheadh an t-ádh ort. Ó, fuair go leor é, ach heitíodh go leor eile. Teastaíonn gealltanas oibre uait, agus mura bhfuil sé sin agat tá tú a' fual in aghaidh na gaoithe. Níl sé ag cuid againn, agus ní bheidh. Cuiridís siar muid má thograíonn siad féin é. Beidh an *dole* againn agus áit istigh."

D'fhág mé iad is chuaigh mé síos san áit a raibh Darach agus a chairde. Buachaill óg as Maigh Eo a bhí ag freastal agus ba ghearr gur tháinig sé síos chugainn ag piocadh suas buidéil fholmha.

"Shíl mé," ar seisean 'go raibh ciall agatsa. A' tabhairt airgid do na diabhail sin!" ar seisean. "Ní raibh luach an dara deoch acu ar ball ach a' súdaireacht."

"Níor thug mise aon airgead dhóibh," adeirimse.

"Ní raibh aon chall dhuit leis," ar seisean. "Fuair siad féin é!"

Phléasc Darach 's a chairde a' gáirí.

"An fear atá a' cur comhairle ar gach uile dhuine!" ar seisean. "D'iompaigh tú do dhroim leis an ngadaí an fhaid 's a bhí an gadaí eile ag bleadracht leat. Cé mhéad atá caillte anois a't?"

"Tada," adeirimse, "mar ba in mo phóca tosaigh a bhí an cúpla dollar a bhí agam."

"Siúráilte?" ar seisean.

"Ach páipéar scóir a bhí i bpóca mo thónach," adeirimse.

"Níl sé ann anois, chuirfinn geall!" ar seisean.

Ní raibh. Ach cén chaoi ar tógadh é?"

"Ghoidfidís an ubh ón ngabhar," adeir an buachaill freastail. "Níor mhór dhuit deich súil a bheith in do cheann. Iompaigh thart 's tá do dheoch imithe."

An braon a bhí thíos i mbonn mo choise, chuaigh sé go mullach mo chinn le holc. Leag mé uaim mo ghloine.

"Fan mar a bhfuil tú," adeir an fear istigh. "Is olc an bhail atá buidéal briste in ann a chur ar éadan duine. Níl tusa ná mise in ann a rá go ndearna siadsan é. Ná bac leo. Ní fiú dhuit thú féin a náiriú leo."

"Tá an ceart aige," adeir Darach. "Bíodh acu, 's nár imí uait ach é."

"Sin í anois an obair is troime a rinne siad sin an tseachtain seo," adúirt fear as Árann liom. "Níl siad ag iarraidh oibre. Ní íocfaidh siad cíos. Tá gach uile áit lofa acu. Is measa iad ná dreancaidí gadhair. Tá greim 's blogam bainte acu as gach uile dhuine, 's tá gach uile dhuine eile náirithe acu."

" 'S cén chaoi a bhfuil siad a' maireachtáil?" adeirimse.

"Ar nós éanacha an aeir," ar seisean. "Tá siad i bhflaithis Dé má fhaigheann siad lá oibre 's b'fhéidir greim le n-ithe gach aon dara lá. Ní thart anseo is measa iad ach amuigh i Cambridge agus gach uile áit síos go Cape Cod, agus maidir leis an áit sin is measa iad ná na míoltóga gorma sa samhradh."

"A' bhfuil déantús maitheasa ar bith iontu?" adeir Darach.

"Tá sé deacair milleán a thabhairt dhóibh ar bhealach," adeir an tÁrannach. "Ar scoil a chaith siad a saol. Ní dhearna siad aon obair chrua riamh ná níl a fhios ag na créatúir lena déanamh. Anois ó casadh an tréad orthu níl seans ar bith acu. Anuraidh bhí triúr acu ag obair liomsa agus, leis an gceart a rá, d'oibrigh siad freisin agus rinne siad airgead. Níor mhaith leo ansin casachtáil leis an dream seo, mar bheidís a' magadh fúthu 's ag iarraidh airgid orthu. D'fhan siad uathu uilig, 's ansin dhá mhí ó shin fuair an triúr víosa."

"A' bhfuair?" adeirimse, ag breathnú ar Dharach.

"Fuair, a mh'anam," ar seisean. "Chuadar siar abhaile ina choinne 's tháinig siad aniar ceart. Tá siad ag obair i gcónaí, ach go dtéann siad ar scoil oíche ceithre thráthnóna den seachtain. Tá socrú ansin idir an scoil agus an conraitheoir go n-oibríonn siad ceithre lá ach faigheann siad íoctha ar chúig lá – rud eicínt faoi na huaireanta scoile a chomhaireamh mar lá oibre. Níl aon mhíoltóg ar an triúr seo, tá mé a' rá leat. Peann a bheas acu sin ar ball in áit an chasúr gaoithe – beidh sé níos éadroime."

" 'S a' raibh siad i bhfad a' fanacht leis an víosa?" adeirimse.

"Sin anois rud nach bhféadfainn a inseacht dhuit," ar seisean, "ach chomh fada 's 'tá a fhios agam ní raibh sé nó naoi mí, má bhí sé sin, ó cuireadh na foirmeacha is na litreacha gealltanais oibre abhaile gur cuireadh chucu – thiar, a' dtuigeann tú – an víosa a phiocadh suas i mBaile Átha Cliath. Buachaillí iad sin a raibh ciall acu. Anois tá siad in ann a ghabháil ar fud Mheiriceá gan aon fhaitíos go bpiocfar suas iad, ná go dtiocfaidh aon duine isteach ar an obair dhá gcuartú."

"Ach ní tharlaíonn sé sin?" adeirimse.

"Labhair go híseal, a mhac," ar seisean. "Dhá mba drochdhuine mise ní bheadh orm ach breith ar an bhfón agus a inseacht cá mbeidh sibhse ar maidin amárach. Anois, éist liom! Gheobhainn cúig chéad dollar air ach m'ainm a thabhairt agus chuirfí deich míle dollar fíneála ar an gconnraitheoir a bhfuil sibh ag obair dhó. Tá an dlí sin istigh anois le mí. Ní bhacfar libhse fós, mar tá na huimhreacha ceart agaibh agus sheasta go ceann píosa, ach fan go leagfar amach sibh agus go mbeidh oraibh a ghabháil a' cuartú. Gan do chárta an uair sin ní bheidh tú in ann aon obair cheart a fháil. 'S rud eile: tá sé in am agaibh síneáil suas leis an gceardchumann. Ansin beidh sibh chomh clúdaithe le poll fataí."

"B'fhéidir go bhfuil an ceart a't," adeir Darach.

"Ní 'b'fhéidir' ar bith é," ar seisean, "ach clár lom na fírinne. Tá sibh cosúil le páiste a dteastódh purgóid uaidh 's nach bhfuil fonn air í a thógáil i ngeall ar an mblas, cé go ndeireann a mháthair leis go ndéanfaidh sí maitheas dhó. Ní chreideann sé í. Rud amháin: fanaigí amach as na scailpreacha seo – tá caint an óil sliobarnach. Cuirigí fios ar na foirmeacha 's tiomáinigí siar abhaile iad. Ní bheidh a fhios ag aon duine tada má choinníonn sibh a mbéal dúnta."

"Bhí muid a' caint air sin," adeirimse.

"Níl maith ar bith sa gcaint," ar seisean. "Buailigí an t-iarann an fhaid 's 'tá sé té. Anois an t-am. Tá na scoltacha oscailte fós thiar, ach fan go Márta seo chugainn. Ansin beidh na mílte a' cuartú víosa. Bail an diabhail ar an áit seo – tá an iomarca gleo ann."
"Tá mise ag imeacht," adeirimse.
" 'S mise," adeir Darach.
"Beidh sibh suas in éineacht liomsa," ar seisean. "Caithfidh mé na gasúir a phiocadh suas ag an linn snámha."
"Ní i bhfad a bhíonn an sé a chlog ag teacht," adeirimse.
"Tá súil agam," ar seisean agus muid ag siúl síos chuig an gcarr, "go ndéanfaidh sibhse an rud ceart. 'S é díol an diabhail a bheith as obair anseo sa ngeimhreadh 's gan aon teacht isteach agat. A' bhfaca sibh na hamadáin sin inniu? Fan go dtiocfaidh an fuacht mór agus an sneachta. Bhí sé chomh fuar anseo anuraidh gur beag nár thriomaigh putóga an asail. Tá a fhios ag Dia go mbínn a' bualadh fiacal istigh sa leaba!"
"Go Florida atá siad ag gabháil," adeirimse, "sin nó go California -cosúil le scéal Eoinín na nÉan, an áit a mbíonn sé ina shamhradh i gcónaí!"
" 'S creideann tusa iad sin?" ar seisean. "Ní ghabhfaidh siad sin thar an gcoirnéal seo go deo. Ó, a dhiabhail, sin focal eile nach ceart dhaoibh a úsáid thart anseo – craic."
"Tuige?" adeir Darach.
"Sin leasainm ar *drug,*" ar seisean. "D'fhéadfadh sciorradh focail an diabhal a dhéanamh. Ó, muise, a Mhaighdean, bhí an áit seo go deas píosa, ach níl

anois. Níl sé sábháilte ag na héanacha."
"Diabhal blas a d'fhéadfainn féin a rá," adeirimse.
"Fiafraigh dhe Neansaí é sin," ar seisean.
" 'S nach raibh mé a' teacht amach an doras?" adeirimse.
"Bíodh sí buíoch go raibh an fear mór thart," ar seisean. "Murach sin, a mhic ó, bhí sí réidh."
"Baol an diabhail air í a ghortú!" adeirimse.
" 'bhFuil a fhios a't an áit a raibh an carr páirceáilte?" ar seisean. "Maraíodh fear ansin i ngeall ar nicil, 's bhí cúpla céad dollar ag Neansaí ina mála. A mhaicín, tá go leor le foghlaim a't fós. Ní fhaca tú riamh fear gan chiall 's é báite. Buille gan aireachtáil is measa 's gan thú ag súil leis. 'S í an toirneach a scanraíos ach 's í an tintreach a mharaíos."
"Is cosúil le duine thú," adeir Darach, "a chuaigh thrí ghábhanna móra."
"Níl mé a' rá go raibh mé ag scoil," ar seisean, "ach go deimhin chonaic mé na scoláirí."
"Níor airigh mise iad!" adeirimse.
"Níl aon dochar thú a leagan ach gan thú a ghortú," ar seisean. "Fuair tú do chomhairleachan. Bhí tú in t'aineolaí agus chuaigh tú beagáinín beag bídeach rófhada isteach sa gcoill."
Seán agus Pádraic beag a bhí istigh romhainn. Dúirt sé go raibh glaoch gutháin dhom, is mé glaoch ar ais nuair a thiocfainn isteach – rud a rinne mé. An raibh m'intinn déanta suas agam? Bhí. Céard faoin mbeirt eile? Fan.
"Foirm amháin nó trí cinn, a bhuachaillí?" adúirt mé féin leis an mbeirt.
"Trí cinn," d'fhreagair siadsan d'aon ghuth.

Bheadh siad aici roimh dheireadh na seachtaine – bhail, b'fhéidir do dhuine áirithe roimhe sin . . . Cá raibh mé ar feadh an lae? Thug mé cuntas cruinn – rud a dhéanann páiste le Mama nuair a thagann sé abhaile ón scoil, ach bhí dhá sheanghasúr taobh istigh ag iarraidh an cloigeann a chrochadh díom: " *'Yes, dear.' 'No, dear.'* A' gcloiseann sibh? *'O.k., darling loves you!'* Seafóid – asal a' cnagadh fataí fuara!"

"Nach sibh atá mímhúinte?" adeirim féin, ag leagan uaim an ghutháin. "Mairg a dhéanfadh tada dhaoibh!"

"*Yes, dear!*" adeir Seán – 's thosaigh an páiste ag aithris air!

"Tabharfaidh mise *dear* ar pholl na cluaise dhuit mura stopa tú!" adeirimse. "Caithfidh muid litir gealltanais oibre a fháil anois. Tá sé éasca ceann a fháil ach ní bheidh trí cinn chomh héasca sin."

"An-éasca go deo," adeir Seán. "Tá neart leathanach de pháipéar le hainm an chonraitheora le fáil sna hoifigí istigh. Céard atá ann ach iad a líonadh isteach?"

"Féadfaidh tusa thú féin a chrochadh," adeir Darach, "ach tá an bheirt againne ag iarraidh maireachtáil píosa eile."

"Caithfear an rud a dhéanamh ceart agus cneasta," adeirimse. "Ní ag líonadh foirm *dole* atá muid."

"Tá an ceart a't," adeir Darach, "ach cén chaoi?"

"Dhá rud atá le déanamh," adeirimse, "má bhí tú ag éisteacht leis an Árannach – a ghabháil isteach sa gceardchumann agus a gcuid litreacha a fháil díreach ón bhfear a bhfuil muid ag obair aige."

"Trí chéad dollar an duine," adeir Seán "'s gan tada

dhá bharr!"

"Má bhriseann tusa do chois amárach, cé a íocfas thú san ospidéal," adeir Darach, "nó má leagtar amach thú, cá bhfaighidh tú obair? Ara, tá muid a' fáil gach uile sheans beo."

"Tá sé chomh maith dhúinn labhairt leis an stíobhard ar maidin," adeirimse, "agus an scéal a inseacht uilig dhó."

"Beidh a fhios ag an tír ar ball é," adeir Seán.

Bhí muid istigh leathuair roimh an am ar maidin agus ar an nóiméad tháinig Tom isteach. Nuair a bhí a chuid tae faighte aige rinne muid áit dhó. Mhínigh mé féin an scéal dhó agus d'iarr mé a chomhairle.

"Go bhfága Dia a shláinte ag an Árannach!" ar seisean. "Thug sé an teachtaireacht dhaoibh?"

"Cén teachtaireacht?" adeir Darach.

"Uaidh seo amach," ar seisean, "beidh cigire ó Roinn na hImirce ag seiceáil oibreacha móra mar seo. Níor mhaith liomsa é a inseacht dhaoibh ar fhaitíos go scanródh sibh agus go n-imeodh sibh. Tá an-mheas ag na *boss*anna oraibh 's beidh sibh anseo go dtí lá an *topping-off*. Fágaigí agamsa anois é. Caithfidh mé glaoch ar an B.A. i dtosach. As seo go ham dinnéir beidh mé a' caint leis an bhfear mór féin. Tá sé istigh, ach ní am é le labhairt leis, mar tá obair an lae le leagan amach aige. Má thagann an B.A. isteach tabharfaidh mé suas chugaibh é."

"Tá muid fíorbhuíoch dhuit," adeirimse.

"Ná labhair ar thada istigh anseo," ar seisean. "Ceapann gach uile dhuine anseo go bhfuil leabhar agaibh, 's go bhfuair sibh liobairt ó mo dhuine. Déanaigí meall eascainí air: ó cheart níl cead ar bith

agaibh a bheith istigh ann, ach fág é sin mar atá sé."
Ag briseadh an deich a chlog ghlaoigh sé de leataobh orainn.
"Leanaigí mise," ar seisean.
Thíos ar an urlár bhí fear mór breá réitithe gléasta ina sheasamh. Chuir Tom in aithne dhá chéile sinn. Labhair sé i nGaeilge an chliabháin.
"Is maith liom a chloisteáil," ar seisean, "go bhfuil fonn oraibh sibh féin a chur chun cinn, ach ar dtús cúpla ceist. Cén chaoi a bhfuil sibh ó thaobh airgid?"
"*Sound*," adeir Seán.
"Tá roinnt i dtaisce againn," adeirim féin.
"Ceart go leor mar sin," ar seisean. "Níor mhaith liom go mbeadh sibh gann. Anois, ná tarraingígí aon phingin amach, mar beidh sibh a' fáil íoctha Déardaoin 's tabharfaidh Tom síos sibh. Rud eile, beidh a n-ainm ar an leabhar ó inniu amach."
"Tá an litir a' déanamh imní dhúinn," adeir Darach.
"Ná bíodh," ar seisean. "Beidh trí litir a' fanacht libh tráthnóna, ó thrí chonraitheoir éagsúla – sin dream atá fabhrach dhúinn. Níor theastaigh uaim go gcuirfeadh sibh a gcuid oibre i gcontúirt i ngeall ar ruainne de pháipéar, mar go minic déanann na diabhail chigirí sin iompú thart go bhfeice siad a' bhfuil an litir fíor nó a' bhfuil sibh ag obair anseo cheana féin. Beidh na litreacha seo síneáilte stampáilte ceart. Rud amháin eile: má thairgeann aon duine víosa faoin mbord daoibh, abraigí leis a dhul i mullach choscartha an diabhail. Ní féidir an cárta sin a cheannach ar ór ná airgead. Tá a fhios agamsa é, mar tá mé a' déileáil leis le deich mbliana fichead. Níl mé a' tabhairt aon ghealladh, ach má dhéanann sibh

an rud ceart éireoidh libh, 's mura n-éirí féin féadfaidh sibh é a thriail arís."
"Tá a n-intinn sásta anois," adeir Darach. "Bhí cineál imní a' teacht orainn."
"Níl aon chall daoibh leis,," ar seisean, "ach cogar mé seo: cé atá a' fáil na bhfoirmeacha 's dhá líonadh?"
D'inis mé féin dhó.
"Ara, tá an tseamair Mhuire agaibhse!" ar seisean. "Na cailíní is gnaíúla 's is geanúla a rugadh riamh, 's cé bhfágfaidís é? Ach, a phaca diabhal, mura gcaithfidh sibhse ceart leo sin brisfidh mé a ndroim! Tabharfaidh Tom síos sibh Déardaoin – tá sibh i dteideal uair a' chloig le haghaidh rud mar sin. Anois ólaigí a gcuid tae."
D'imigh sé 's d'fhan muide ina seasamh ina dtrí staidhce.
"Gálaí an halla ólta sa tábhairne!" adeir an glór taobh thiar dhúinn.
"Faraor, sea," adeirimse. "Beidh na píobáin sách tirim an deireadh seachtaine seo chugainn. Bhí muide a' ceapadh go dtabharfadh sé triail coicíse dhúinn."
"Ní thabharfadh sé sin deoch dhá mháthair 's bíodh sí ar leaba an bháis!" ar seisean ag imeacht.
"Tá sé an-éasca dearmad a dhéanamh ar an arán a hitheadh," adeir Tom. "A' bhfeiceann sibh anois cén chaoi a bhfuil rudaí? Níor bhain sé sin bois dhá thóin go bhfaigheadh sé amach céard faoi a raibh an chaint. Fios – sin é atá a' marú daoine."
Tháinig Déardaoin 's rug an bhó. Síos i seancharr Tom a chuaigh muid. Bhí sí cosúil le bád mór a mbeadh na seolta stróicthe uirthi – bhí sí a' titim óna chéile.

"Seo í," ar seisean, "an carr is sábháilte sa mbaile mór. Níl aon duine ag iarraidh a ghabháil in aice léi – cúrsaí árachais, a dtuigeann tú. Má bhuaileann siad mise caithfidh siad íoc, 's gach uile shórt leis an Meiriceánach ach dollar a chur amach."
An rúnaí a bhí romhainn, ní raibh an fear mór é féin, ach mura raibh bhí a chuid geallúintí comhlíonta aige. D'íoc muid a gcuid is shíneáil muid na páipéir. Ansin shín sé trí litir chugainn – a ainm féin ar gach aon cheann.
"Ó chonraitheoirí a bhfuil baint mhór acu linne," adeir an rúnaí, "na litreacha sin. Fós, ar chaoi ar bith, glacadh leo. Tá ceird faoi leith tugtha do gach uile dhuine agaibh – sin do réir rialacha Roinn na hImirce. Ar a bhfaca sibh riamh ná habraigí go bhfuil sibh anseo, ná ag obair. Má bhíonn oraibh a ghabháil siar amach anseo – 's tá súil le Dia agam go mbeidh – beidh a gcuid oibre coinnithe dhaoibh. Tá an socrú sin déanta."
"A' dtógfaidh sé i bhfad?" adeirim féin.
"Ag Dia atá a fhios sin," ar seisean. "Nach cuma má éiríonn libh?"
Tráthnóna Dé hAoine tháinig Neansaí isteach is litir aici.
"Tá mé a' ceapadh," ar sise, "gur libhse iad seo ach gur dúradh libh gan aon lámh a leagan orthu go dtí amárach."
"Is dóigh nach ndéanfadh sé aon dochar iad a léamh," adeir Seán –agus bhí léamh orthu, agus ceisteanna le freagairt.
Thosaigh an fón a chur a chosa uaidh.
"Dhuitse," adeir Darach liom féin.

Nanóg a bhí ann. An raibh tada ar bun againn amárach? Ní raibh. An dtiocfadh an triúr againn síos agus na foirmeacha a thabhairt linn thart ar a haon a chlog, agus na litreacha? Bhí duine speisialta faighte aici lena líonadh ceart. Ó, bhí sí ag obair ann. Ní raibh aon chall imní. Leigheasfaidh cúpla dollar an scéal sin. Sin é an chaoi a bhfuil rudaí. Mhínigh mé féin an scéal don bheirt.

"Dhá dtrian den chath an misneach," adeir Neansaí. "Tá faitíos oraibh, ach cé roimhe?"

"Bhail," adeir Darach, "síleann an dall gur míol gach meall. Sin é an chaoi a bhfuil sé againne."

"Is ceirín do gach lot an foighid," adeir Neansaí, "ach tá súil le Dia agam go n-éireoidh libh. Ach céard a chuir ina gceann é?"

"É seo a bhí a' caint le Pat an oíche cheana." adeir Seán "'s níor bhain sé méar dhá shrón gur inis sé do fhuil a chroí é. Ach arís, ní gan abhras an chéad snáithe a réiteach!"

"Anois tá an chéad snáithe casta agaibhse," adeir Neansaí. "Níl oraibh anois ach fuinneamh a chur ann."

D'fhág Johnny thíos muid tigh Nanó ag meán lae. Bhí seanbheainín liath istigh romhainn. Joan a bhí uirthi.

"*Joan of Ark!*" adeirim féin le Seán.

"Amach aisti, cinnte, a tháinig sibh!" ar sise go briosc. "Téimis ag obair. Anois na foirmeacha. Rachaidh mise síos thrí na ceisteanna go léir ar dtús leis an triúr agaibh agus ansin ó dhuine go duine sul má chuireann muid dúch ar pháipéar. Réidh? Uimhir a haon . . ."

Chaith sí uair an chloig ar a laghad le gach aon duine

againn. Na ceisteanna a cheap muide a bhí díreach agus éasca na cinn ba mhó a thug trioblóid. Bhain sí iompú agus casadh astu go bhfuair sí an freagra a cheap sise a bheadh ceart. Rinne sí amach iad ar a clóscríobhán, chomh maith le seoladh ar gach clúdach. An raibh muid ag déanamh an rud ceart, nó céard a cheap sise?
"Cinnte," adeir sí. "Tá sibh anseo go neamhdhleathach. Níl cead agaibh ó cheart an tsráid a shiúl, gan caint ar a bheith ag obair. Saol an ghiorria atá agaibh, ach, de réir mar a thuigim, go bhfuil sibhse ag fanacht ar thaobh an fhoscaidh den dlí. Sin é an chaoi is fearr. Tá súil agam go mbeidh an t-ádh oraibh, a bhuachaillí."
D'oscail a súile nuair a leag mé scór dollar os a comhair. Shlogfadh sí fata fuar gan cangailt nuair a leag Seán ceann eile ann. Shíl mé go bhfaigheadh sí taom croí nuair a leag Darach ceann eile lena dtaobh. Níor fhan focal aici.
"Ní féidir liom é a ghlacadh," ar sise. Ní dhearna Darach ach breith ar na trí nóta agus iad a chur síos ina mála.
"Níor ghlac tú iad ach oiread . . ." ar seisean. "An rud is lú dhúinn a dhéanamh, 's a bhfuil déanta a'tsa dhúinn."
"Ní chailleann an salann a ghoirteamas, ach cailleann na daoine an carthanas," ar sise. "Is bocht an rud go bhfuil sé ag imeacht, mar teastaíonn cara ó gach uile dhuine, ón bpáiste óg go dtí an seanduine liath."
"Aontaím leat ansin," adeirimse. "Anseo a rugadh thú?"
"Ó, go deimhin ní hea," ar sise go stuacach.

"Úcránach mise. Tháinig mé anseo in mo pháiste. D'fhág muid an baile i lár na Réabhlóide, mar níor thaitnigh an marú gránna le m'athair. Chaith muid píosa gearr sa nGréig agus ansin tháinig muid go Boston. Bhí an saol crua againn, mar ní raibh mórán cairde againn ag an am, ach an rud ba mheasa: níor thuig muid an teanga. B'shin é an t-ancaire ba troime."

"Cosúil lena muintir féin sa saol a caitheadh," adeirimse.

"Ní raibh na hÉireannaigh ródhona," ar sise. "Bhí gaolta agus cairde acu anseo a thug aire dhóibh, cé go raibh an saol go dona acu féin freisin ar feadh i bhfad."

"Cén chaoi?" adeir Seán.

"Bhíodar sa mbád céanna ó thaobh drochmheasa leis an dream gorm i ngeall ar a gcreideamh agus a dteanga," ar sise. "B'fhéidir go raibh greim na hImpireachta imithe ach bhí na fréamhacha fanta, agus tá fós. Tiocfaidh sibh trasna ar na rudaí seo ar ball."

"Iontas," adeir Darach, "nach dtéann na húdaráis i ndiaidh a leithidí sinne?"

"Ó," ar sise, "tá go leor fáthanna nach ndéantar sin. Níl a ndóthain cigirí acu, ach an t-údar is mó: níl an t-airgead acu. Ceapann dream áirithe sa Rialtas nach cúis phráinneach í agus le costaisí móra a sheachaint agus i ngeall ar bhrú polaitíochta tugadh isteach an cineál seo víosa. Níl sé sásúil, ach is fearr leath builín ná a bheith gan arán."

"Cheap mise," adeirimse, "go raibh daoine ar an orlach acu."

"Ní baileach é," ar sise. "Teorainn Mheicsiceo atá ag tarraingt an chlampair 's ag ithe an airgid. Sin é cosán na ndrugaí agus na n-oibrithe séasúracha atá ag teacht aníos go California gan aon chead. Má dhúntar an bhearna sin tiocfaidh brú ar bhur leithidíse anseo, ach tá mé cinnte nach dtarlóidh sé sin. Is cúis náire don tír an ceantar sin, mar caitear go tútach leis na hoibrithe sin. Tá an iomarca caimiléireachta agus cneámhaireachta ar bun ann 's go bhfuil an Rialtas ag cailleadh billiúin dollar de theacht isteach in aghaidh na bliana leis. Anois tá an teilifís agus na nuachtáin istigh ar an scéal – agus an rud is measa do pholaiteoirí ná a thaispeáint dhóibh go bhfuil an t-aoileach ar an tairseach acu féin, is go bhfuil líméar an fhualáin ag cur as do na comharsana."

"Thug tú buille maith don tairne sin!" adeir Darach.

"Gheobhaidh mise buille maith ó mo sheanfhear mura ndéanfaidh mé deifir abhaile!" ar sise.

D'imigh sí. Do dhuine a bhí chomh maíteach meirgeach léi ar dtús ba luath linn a d'imigh sí. Anois bhí lúb eile sa slabhra. Thug Nanó isteach tae is ceapairí chugainn.

"Muise, níor cheart dhuit é sin a dhéanamh," adeirimse. "Ní ocras atá orainn."

"Óra, stop!" ar sise. "Sclamhairí cosúil libhse, nach n–íosfadh sibh an chloch fhaobhair? Cén chaoi ar thaitnigh an Rúscaí libh?"

"Bean inti féin í," adeirimse.

" 'bhFuil a fhios agaibhse," ar sise, "nár iarr aon duine againne uirthi é sin a dhéanamh? Ach 's í a fuair na foirmeacha – agus nuair a hinsíodh di cé dhóibh a raibh siad ní raibh aon mhaith aici ann go

líonfadh sí féin iad."
" 'S í atá in ann," adeir Darach.
"Tá mná an tí seo imithe a' siopadóireacht," ar sise. "Ba chóir dhóibh a bheith isteach faoi seo. Dúirt Nanóg libh fanacht – rud eicínt faoi chlúdach mór."
"Bhí muid leis na foirmeacha a chur in aon clúdach amháin," adeirimse, "le cur siar chuig an sagart."
"Ó, tuigim," ar sise. "Tá siad tagtha."
"Fan is tabharfaidh mé lámh dhóibh leis na boscaí," adeir Darach.
"Tarbh an diúil!" adeir Seán.
Anois bhí rud beag amháin eile le déanamh – sin litir a scríobh siar chuig an sagart. Ach cé a bheadh ina scríbhneoir?. Ní bheadh mise, mar ní raibh orm ach ordóga portáin. An chaoi ar bhreathnaigh an bheirt eile orm níor thugadar mórán misnigh dhom, ach ó chonaic mé an meaisín ar an mbord bhuail smaoineamh mé.
I ngach uile theach anseo tá doirse taobh amuigh ag oscailt amach a bhfuil eangach mhín orthu leis na cuileoga is corrmhíoltóga a choinneáil amach. Theastaigh uaidh Nanó na hinsí a fháscadh ar an doras cúil agus bhí sé seo ina leithscéal agamsa fanacht ón bpeann. 'S é díol an diabhail do aineolaí a ghabháil ag scríobh chuig fear foghlamtha. Tá an scríobh, an litriú is an ghramadach ina mbrachán. Bhí Nanóg in éineacht liom ag coinneáil an dorais.
" 'bhFuil aon mhaith leat," adeirimse, "leis an meaisín sin istigh?"
"Ó, cinnte," ar sise.
"Ach abair leis an mbeirt eile go gcaithfidh siad féin a litir féin a scríobh," adeirimse.

"Fan nóiméidín amháin," ar sise. "Sin iad do chairde!"

"Píosa diabhlaíochta," adeirimse. "Déanadh tusa amach an litir ar son an triúir againn, ach ná lig tada ort féin. Caithfidh muid síntiús a chur chuige i gcomhair postais 's glaoch gutháin."

"Ó, tuigim," ar sise. "Beidh na trí ainm leis?"

"Ó, cinnte," adeirimse. "Níl ort a rá leis ach na trí litir a phostáil, ach ar a bhfaca sé riamh gan é a inseacht do mo mháthair – ó, agus abair leis má scríobhann sé ar ais comhghairdeachas a dhéanamh leis an mbeirt mar go bhfuair siad geallta."

"Ach níl," ar sise "go fóill."

"Go fóill?" adeirimse, le hiontas.

"Sea." ar sise. "Tá rudaí ag imeacht i ngan fhios dhuitse, is cosúil. Chodail tusa leat féin ar an deireadh seachtaine, agus mise freisin. Is leor nod . . ."

"Bhí iontas an diabhail agam gur stopadh an magadh fúmsa le cúpla lá," adeirimse, "ach fan thusa."

"Ar do bhás na habair focal," ar sise. "Mise a bheas i dtrioblóid."

"Baol orm," adeirimse. "B'fhéidir go mbeadh muid féin geallta rompu!"

"Fan go mbeidh tú ar an mbóthar i gceart," ar sise, "ach anois an litir."

Rinneadh amach an litir agus cuireadh toirtín réasúnta inti. Buaileadh stampa uirthi is caitheadh i mbosca na litreacha í píosa síos on teach. Bhí an bainne sa gcroca anois 's cead aige téachtadh pé ar bith cén uair a dhéanfaí an maistreadh, 's ansin bíodh im air nó ná bíodh.

Is é an chaoi a raibh sé anois ná "beart gan leigheas, foighid is fearr air". Síos go Plymouth a thug sí féin mé tráthnóna Dé Domhnaigh. Theastaigh uaithi go bhfeicfinn an chéad lonnú a rinne na hAithreacha Oilithreacha ann 1620. Mí na Samhna an bhliain sin a tháinigeadar i dtír ann sa mbád cáiliúil sin an *Mayflower*. Ó, ba é dúluachair na bliana a bhí ann shaothraigh siad an geimhreadh sin. Cailleadh go leor acu leis an bhfuacht, leis an ocras agus le tinneas. Thug Dia dhóibh go ndearna siad cairde leis na hIndiacha a bhí thart ann. Mhúin siad dhóibh le maireachtáil ar ainmhithe, éanacha agus iasc. Murach iad ní mhairfidís – ach féach cé mar a caitheadh leis na hIndiacha sin riamh ó shin. Má bhreathnaíonn tú siar sa stair, tá beagnach a mhacasamhail le fáil ina dtír féin. Tá baile beag cosúil leis an gceann a bhí ann an chéad uair tógtha anois ann. Tógadh isteach Carraig Plymouth, an chéad charraig a dtáinigeadar i dtír uirthi, agus tá áit onórach faoi leith déanta de anois. Tá leathcheann an chéad bháid le feiceáil ann freisin, feistithe amach mar a bhíodh báid na huaire sin. Bád ardbhuaiceach naoi scór tonna í, de dhéanamh na haoise sin. Caithfidh tú a rá gur bádóirí maithe misniúla a bhí iontu, lena n-aghaidh a thabhairt ar an teiscinn mhór an tráth sin de bhliain. Ceithre chéad go leith bliain roimhe sin tháinig a sinsear go Port Láirge. B'fhaide a choinnigh siadsan a ngreim!

Ar an mbealach abhaile stop muid ag leacht cuimhneacháin eile:

"Dhóibh siúd a chuaigh síos lena gcuid bád."

Ag breathnú amach ar an bhfarraige an tráthnóna

breá ciúin seo, cé a cheapfadh go mbeadh sí ina cionsiocair le brón, briseadh croí, baintreacha agus dílleachtaí ag silt na ndeora goirte i ndiaidh a muintire – cuid mhaith acu nár tháinig i dtír riamh, beo ná marbh? Ar liosta na marbh tá ainmneacha na ndaoine a báitheadh an drochoíche ar tharraing an bruigintín *St. John* a hancaire. Rinneadh cláiríní speile di ar mhullán báite. Chuala mé faoin tubaiste seo cheana ó chara liom a chaith píosa mór dhá shaol ag cuartú agus ag bailiú eolais faoi, ach, faraor géar, chuir Dia fios air i mbláth a óige sul má bhí an obair críochnaithe aige. Tá an fear bocht anois i gcuideachta a chairde, na bádóirí, sna flaithis.

Bhí an bheirt istigh romham nuair a tháinig mé abhaile agus cuma na drochaimsire orthu. Ní cosúlacht óil a bhí orthu, ach go raibh scéin ina súile.

"Is cosúil le beirt sibh atá rite as cath," adeirimse.

"Bheadh cath gnaíúil," adeir Seán.

"Bheadh seans a't thú féin a chosaint," adeir Darach.

"Caint ar bheirt a' casadh súgáin," adeirimse. "Céard a tharla?"

"Ní ligfeadh mo chroí dhom féin cearc a mharú, ní hé amháin duine," adeir Seán.

" 'bhFuil a fhios a't," adeir Darach "an pháircín imeartha síos píosa ó theach a' phobail?"

"Tá a fhios," adeirim féin.

"Tá oileáinín beag ansin," ar seisean. "Is ann a théann na busanna suas anuas chuig an stáisiún."

"Drocháit le gabháil trasna," adeirimse.

"Bhí muide ina seasamh ansin a' fanacht leis an solas a athrú," adeir Seán, "le gabháil chuig an gcarrchlós."

"Bhail, anuas le dhá fhear dhubha agus fear bán sa

tóir orthu," adeir Darach. "I ngeall ar an trácht a bheith chomh dona, stopadar leathshoicind 's chasadar ar an bhfear bán. Más casúr nó bior iarainn a bhí ag an duine acu, rinne sé gé den fhear bán. Ar a thitim chuir a chomrádaí scian go feirc ann sa gcroí. Lena chríochnú ceart thug sé scor eile dhó ó chluais go cluais."

"Go sábhála Dia sinn," adeir Seán, "bhí lochán fola ann. Dheamhan a bhlas suime a chuir aon duine ann ach imeacht ina mbealach féin. Tháinig na póilíní ann. Shiúil muide linn aníos in áit a ghabháil síos – aníos tigh Phat."

"'S an aithneodh sibh an dream sin arís?" adeirimse.

"Óra, bíodh ciall a't!" adeir Darach. "Nach bhfuil siad cosúil leis na préacháin – nach mar a chéile an pus atá ar gach uile dhuine acu?"

Leis sin tháinig Johnny isteach. Bhí an scéal cloiste aige ach bhí ceann ní ba mheasa le n-inseacht aige.

"Cailín beag deich mbliana maraithe sa bpáirc bheag taobh thiar anseo," ar seisean, "aniar on séipéal aisteach sin ag an gcúinne."

"Céard a tharla di?" adeir Seán.

"D'fhág cara léi ag an ngeata beag ó thuaidh í," ar seisean, " 's ní raibh le gabháil aici ach díreach anuas go dtí a teach féin. Thart ar a seacht fuair seanfhear agus seanbhean a corp sna crainnte beaga fiche slat óna doras féin."

"Chuala muid go raibh drochbhail ar an gcréatúirín," adeir Neansaí, ag teacht isteach an doras. "Fágfaidh mé an doras seo oscailte ar fhaitíos go ndúiseodh an fear beag. Ach céard atá ag teacht ar an saol 'chor ar bith? Páistín dhá mhí d'aois bruite sa *micro*! Crois

Chríost orainn, caithfidh sé go bhfuil muid ag teannadh le deireadh an tsaoil."

"Teannta go maith leis," adeir Darach.

"Imithe sa gcloigeann ag drugaí," adeir Johnny. "Tá siad cosúil le cearca a mbeadh am iomarca triosca ite acu – as a meabhair."

"Cá 'il siad dhá bhfáil?" adeirimse.

"Áit ar bith síos an tsráid," adeir Neansaí. "Ara, tá gach uile dhuine orthu anseo, ón bpáiste suas go dtí an seanchruipide a bhfuil cos leis san uaigh. Is dóigh go mbaineann siad cuimhne an tsaoil as a gceann."

"Ní bhíonn ceann ná cuimhne acu sa deireadh," adeir Johnny, "mar tá siad a' tógáil gach uile chineál a chastar leo – ní hé an cineál a bhí inné ann atá inniu ann 's caithfidh sé a bheith níos láidre ó lá go lá de réir mar atá greim faighte aige orthu."

" 'S é díol an diabhail a bheith dhá slogadh sin i gcónaí," adeir Seán.

"Ní le slogadh atá siad uilig," adeir Neansaí. "Tugann an chuid is mó acu dhóibh féin iad le snáthaidí díreach isteach sa bhfuil. Sin é an fáth go mbíonn na marcanna gorma le feiceáil orthu – na lámha 's na cosa. Síothlaíonn cuid acu sin i ngeall ar shalachar a ghabháil iontu 's bíonn boladh bréan uathu. Nach bhfuil a fhios a't féin, snáthaidí atá gach uile dhuine a úsáid go scaipeann siad gach uile chineál galar 's tinneas?"

"Ach shíl mise," adeirimse, "gur i ndeochanna agus i dtoitíní a chuirtear iad."

"Mar a dúirt tú," adeir Neansaí, " 's tá a fhios ag Dia go bhfeictear dhom féin nach shin iad is contúirtí. Ar ndóigh, níl a fhios a't céard atá tú a chur isteach in do

chuid fola ná in do chuid féitheacha."
"Rud amháin atá ag gabháil ann," adeir Johnny, "AIDS."
"Gach uile short ach é sin!" adeir Darach. "Deir siad go bhfuil sé an-tógálach – tuáillí má tá d'éadan gearrtha, rásúir, an leithreas, fiú amháin – rud ar bith a bhfuil nimh ann a theagmhódh le do chuid fola."
"Gan trácht ar phóga!" adeir Neansaí.
"Níl an scéal chomh dona sin!" adeirimse.
"I nDomhnach, níl a fhios agam," adeir Johnny "deireann corrdhochtúir gur féidir, ó rud eicínt atá sa smugairle, 's deireann dream eile nach féidir, ach déarfaidh mé an méid seo – fuair ceathrar cailíní bás leis an ngalar sin anseo le gairid."
"Ara, ní cailíní a bhí iontu sin," adeir Neansaí "ach leath 's leath. Ní raibh siad fireann ná baineann. Léigh mé é sin sa bpáipéar – bhí píosa mór ann fúthu."
"Ní buachaillí a bhíodh acu sin ach cailíní," adeir Johnny, " 's sul ar cailleadh iad nach ndeachaigh aon fhear a chodladh riamh leo ná nár leag aon fhear méirín fhliuch orthu, ach gur óna gcuid cailíní féin a fuair siad é. Bail an diabhail air mar scéal – mura dté tú sa gclúmh le bean, ar ndóigh, ní féidir leat tada a fháil."
"Ná bí ag caitheamh spallaí le daoine," adeirimse. "Fanfaidh mé féin le lán mara!"
"Tá an áit seo ina chiseach bhrocach," adeir Johnny. "Thíos san áit a bhfuil sibh ag obair tá cúpla beár aisteach – cinn nach dtéann iontu ach fir. Bhail, ní fir chearta iad. Bíonn siad ansin ag ól, ag ithe, 's ag damhsa in éineacht – tá a bhuachaill féin ag gach uile

dhiabhal acu a bhfuil sé a' déanamh a chailín dhó. Bíonn siad ag smaoiseáil 's ag baoiteáil ansin – chuirfidís fonn múisce ort. Estee Lauder ag gabháil go rachtaí!"
"Nach maith go bhfuil a fhios a't?" adeirimse. "Shíl mé riamh nach duine mar sin a bhí ionat!"
"D'athraigh mise an stiúir air!" adeir Neansaí.
"Ní raibh mé i bhfad anseo," ar seisean, "nuair a fuair mé obair thíos ansin. An chéad lá chuaigh mé isteach ann ag iarraidh pionta 's ceapaire – bhí an lá an-te. Ba bheag bídeach nár coinníodh ann mé. Díth mé 's d'ól mé lán mo bhoilg gan pingin gan leathphingin. Níor lig mé tada orm féin, ach bhí iontas agam cén sórt beáir a bhí taobh thíos arís, mar go bhfaca mé go leor de na fir ar an obair ag gabháil isteach ann."
"Bhí sé chomh dona céanna ansin," adeir Neansaí, "mar níor thuig sé na rudaí sin ag an am. Díreach trasna uaidh arís tá an Pussy – áit na mban. Scólfaidís fear leis an uisce bruite dhá gcuirfeadh sé a shrón taobh istigh den doras. Cosúil leis na fir, cúplaí uilig atá ann. An aon iontas an saol a bheith ina bhrachán?"
"An ceantar thart ansin," adeir Johnny, "ceannáras gach uile shalachar dár chuimhnigh duine air – dúnmharú, drugaí, gnéas 's striapachas. Má tá sé sa leabhar tá sé le fáil ann,'s ó thiteann an oíche níl an *pigeon* sábháilte ann."
"Tá sé ite!" adeir Neansaí. "Sin í an fhírinne. Níl a fhios agat an cat nó francach nó *pigeon* a chuirfear ar an bpláta ansin dhuit i ngeall ar an méid mucamais atá caite ina mhullach. Ní bheadh a fhios a't an pláta síol froganna a leagfaí chugat má d'iarr tú ae uain."

"Cosúil leis an bhfear a d'iarr an lacha," adeir Johnny. "Níor thuig sé Sínis ná níor thuig an freastalaí Béarla."
"Ní fhaca mé tada, adeir an dall, ná níor dhúirt mise tada, adeir an balbhán," adeir Darach.
"Lena bhuíochas a chur in iúl faoi chomh blasta 's a bhí an lacha thosaigh sé ag aithris ar cheann – '*Wog, wog, wog*'. '*Bow, wow, wow,*' adeir an freastalaí, ag inseacht dhó gur mada a bhí ite aige!" adeir Johnny.
" 'bhFuil na drugaí seo daor?" adeirimse.
"Tá tú ag caint ar chúpla céad dollar sa ló," ar seisean, " 's an té atá i ngreim ceart bheadh do phái sheachtaine caite uaidh aige tráthnóna. Caithfidh siad an t-airgead sin a fháil ar bhealach eicínt agus sin é an fáth an bualadh, an marú 's an ghadaíocht. Ní bhfaighidh said cairde 's nuair atá méara na gcos 's méara na lámh ag *time*áil an turcaí sa tuí, caithfidh siad leigheas a fháil. Bíonn siad as a gcranna cumhachta 's níl saol fata i mbéal muice ag an té a gceapann siad go bhfuil airgead aige."
"Bhí iontas an domhain orm an oíche cheana," adeir Darach, "sa mbeár, sula dtáinig tusa isteach, buachaill as Ciarraí a' tabhairt airgid aníos as a stoca."
"Faraor nach in mo stoca a chuir mise é!" deirimse.
" 'S breathnaigh mise," adeir Neansaí, "chomh gar 's a chuaigh mé iarraidh a bheith faighte agam féin. Thug Dia dhom gur chuir mé mo mhála ar mo ghualainn, 's ní chuirfinn murach mé a bheith ag siopadóireacht. A Mhaighdean, céard a dhéanfainn murach an fear mór?"
"Is ceacht dhúinn uilig é," adeir Johnny, "a bheith san airdeall 's gan mórán airgid a iompar, go mór mór má

tá tú leat féin. Chonaic mé dhá leaidín óga an oíche cheana ag sínseáil dhá sheicín – céad i gceann 's sé scóir sa gceann eile. Bhí siad scanraithe, mar ní fhaca siad an méid sin airgid ina lámha riamh, tar éis a bheith ar scór punt *dole* sa mbaile. Ba ghearr le brioscaí acu é – braith mhór a bhí acu deoch a cheannach don teach. Chuirfinn geall leat nach raibh luach cupán tae acu ar maidin Dé Luain – ag obair cúig lá ar an méidín sin. Gheobhadh gasúr a bheadh ag cruinniú ciseán thíos ag an ollmhargadh an méid sin."

"An chaoi chéanna i Sasana," adeirimse, "*subbies* ag déanamh saibhris ar amadáin."

"M'anam go bhfuil difríocht mhór idir an dá thír," adeir Johnny. "Ara, nach dtabharfadh cúpla punt siar abhaile thú as Sasana? Theastódh pingneacha uait anseo le ticéad a cheannach abhaile."

" 'bhFuil aon duine den dream óg sin a'inne measctha suas sna drugaí?" adeirim féin.

"Sin anois rud nach mbeinn in ann a rá," ar seisean. "Ní thart anseo is mó atá a dtarraingt."

"Harvard agus Cambridge," adeir Neansaí "agus maidir le Nua-Eabhrac, fág an diabhal aige. Chuala mé bean ag rá ag an Aifreann go gcuirfidís náire ar chúl do chos. Mo chuimhne 's mo dhearmad, ar cheannaigh sibh aon cheann de na ticéid le haghaidh deireadh seachtaine i Nua-Eabhrac?"

"Lán rópa," adeir Seán, "ach cén diabhal gnó a bheadh againn ann?"

"Deoch amháin i Manhattan agus is gearr go mbeadh neart aitheantais agat," adeir Johnny, "ach dhá dhonacht dhá bhfuil Boston is é Nua-Eabhrac cliabhán an diabhail. Tá an áit róbheag don méid daoine atá ann."

Ach ní fhaca mise an áit go ceann píosa. D'iarr Seán Mór amach go Cearnóg Harvard mé oíche Dé hAoine, mar bhí sé ag castáil le cúpla comrádaí a bhí san arm leis. Sean-Ford Mustang lena mháthair a bhí aige agus bhí ordú aige uaithi tiomáint go réidh.
"Caithfidh mé," ar seisean, "mar tá na póilíní tráicht i gcónaí a' faire ar a leithidí seo de charranna spóirt, cé gur fadó an lá a chaill an ceann seo a cuid spóirt."
"Iontas mar sin do mháthair dhá coinneáil?" adeirimse.
"Nuair a bhris sí féin 's an sean*lad* amach le chéile, sin é ar fhág sé aici," ar seisean, "agus meall fiacha. D'íoc mise iad sin agus ghlan mé an morgáiste, sa gcaoi nach bhféadfaí í a chaitheamh amach ar an tsráid."
"Déantar rudaí mar sin anseo?" adeirimse.
"Caitear an chlann amach," ar seisean, "mura bhfuil siad in ann a mbealach a íoc. An chaoi chéanna leis an athair 's an mháthair, má tá siad chomh seafóideach is go síneálann siad teach do dhuine eicínt den chlann. Uaidh sin amach níl iontu ach lóistéirí ina dteach féin."
"Dona go leor, a tháilliúir, ó chaill tú do mhéaracán," adeirimse.
"Áit páircéala anois," ar seisean. "Coinnigh súil ghéar amach."
"Anseo thuas tá ceann a' tarraingt amach," adeirimse.
"Déan go réidh – scaoil amach é. Isteach leat anois."
"Tá muid róluath," ar seisean ag dúnadh an chairr. " 'Speánfaidh mé an áit ar dtús dhuit. Áit mhór é seo.

Níor mhór dhuit lá uilig ann. I ndáiríre, 's éard atá ann ná coláistí go leor faoi bhratach aon cheann amháin. Tá na mílte mílte scoláirí ann. Bíonn cuid acu anseo go mbíonn siad in aois an phinsin. Tá siad cosúil le bainne – saibhir 's tiubh gan aon bharr! Ceapann daoine go gcuirfidh airgead éirim i gcloigne folmha. Breathnaigh an scliteach caillí sin."

"Tá sí na ceithre scóir má tá sí lá," adeirimse.

"Nach deas an ball i mionsciorta í lena buataisí arda?" ar seisean.

"Scoláire anois í an raibiléara sin 's tá sí a' súil go mbainfidh sí céim amach, má bhaineann is céim dorais í."

"Nach uafásach an lear daoine atá thart?" adeirimse.

"Níl an oiread sin," ar seisean, "le hais sa samhradh. Seo lárphointe na drúise 's na ndruganna."

"Ó, 'mhac, tá mná breátha ann!" adeirimse.

"Cuimhnigh go bhfuil drochospidéil sa tír seo freisin," ar seisean. "Na breathnaigh díreach orthu sin. Sin iad fuílleach na bhfear 's tá siad ite ag galraí na striapaí."

"Go bhfóire Dia orthu," adeirimse. "Nach mór an trua iad má tá siad mar sin?"

"Ó," ar seisean, "nuair atá an bolg folamh caithfidh an corp a ghabháil ag saothrú. Tá sé éasca breithiúnas a thabhairt."

Tar éis beagnach uair bhí muid ar ais san áit a raibh an carr. Rud amháin a thug mé faoi deara sa méid ama a chaith mé i Sasana go gcruinníonn dream áirithe daoine in áiteacha faoi leith dhóibh féin – Hyde Park i Londain. Bhí an rud céanna le feiceáil anseo anocht. D'fhéadfá a rá go raibh a gcuid éadaigh a' sceitheadh rún a saoil. Ní raibh réiteach ceart ar dheoraí acu – seanéadaí gioblacha brocacha 's drochbhróga 's do réir cosúlachta bhí uisce 's gallaoireach gann. Bhí boladh aisteach trom tiubh san áit.

"Féar," adeir Seán.

Isteach linn i mbeár a dtugtar an Speal is an Casúr air – poll plúchta dorcha, agus dhá dhonacht dhá raibh an boladh taobh amuigh ghearrfá le tua taobh istigh é. Bhí mé nóiméad istigh sul má bhí a fhios agam cá raibh mé in mo sheasamh. Anonn liom i ndiaidh Sheáin sa gcoirnéal. Bhí a chairde ann roimhe – ceathrar acu. Bhí lúb caradais speisialta eatarthu, mar chaith an cúigear acu achar fada in ospidéal le chéile. Bhíodar buíoch do Dhia go rabhadar beo. Oifigigh a bhí iontu san arm, ach i ngeall ar an drochghortú a fuaireadar ní ghlacfaí leo níos mó. Anois, ar scoláireacht speisialta, bhíodar ar scoil – le leigheas is le dlí. Bhíodar ní ba gléasta ná a raibh timpeall orthu. Bhí cúpla buidéal Miller tugtha anuas nuair a ligeadh glafar isteach in mo chluais.

"*How is she cuttin,'* a mhac?"

Beirt bhuachaillí as Ciarraí a bhí ann a raibh aithne agam orthu i Londain. Dúirt siad go raibh beirt eile as Gaillimh agus duine as Maigh Eo thaobh thall agus teacht anonn. Ghabh mé mo leithscéal le Seán agus a chairde agus anonn liom. Dúirt Seán nach n-imeodh sé féin i ngan fhios dhom. B'shin rud amháin faoi: bhí focal aige – rud a thaitnigh liom. Mura raibh fáilte romham ní la go maidin é. Bhí gach uile dhuine ar a théirim ag caint.

"Diabhlaí an tír í."

"Níl cur síos ar bith uirthi."

"Níl duine ar bith staidéarach inti – deifir an diabhail ar gach uile dhuine."

"Fuirseadh agus cuthach."

"Tú ag obair?"

"Tá, faoi láthair. Sibh?"

"A' péinteáil a bhí muid ar feadh an tsamhraidh, obair nach dtaitníonn linn ach sin é a raibh le fáil."

"Cén chaoi a raibh an sprus?"

"Dhá scór sa ló."

"Ní raibh sé basctha."

"An phlá air – ní choinneodh sé salann leat anseo, gan caint ar chúpla punt a shábháil nó a chur abhaile. 'bhFuil tusa in ann corr-*dollar* a chur siar?"

"Uair sa gcoicís. Níl ag mo mháthair ach pinsean na mbaintreach."

"Níl muide, muis. Tá gach uile dhuine againn ag íoc scór sa tseachtain ar sheomra."

"Mura bhfuil do chuid páipéar a't anseo níl aon chuma ort."

"Thriail sibh an víosa?"

"Fuair muid ceann."

" 'S cé faoi a bhfuil sibh a' caint?"

"Ceann faoin mbord a bhí inti. Míle dollar."

"Rinneadh asail chearta dhínn."

"Ní raibh a fhios againn ní b'fhearr."

"Cén chaoi a bhfuair sibh amach é?"

"Danny as Baile Átha Cliath a chuaigh siar. Stopadh ag Kennedy é ar an mbealach ar ais. Sáitheadh an cailín isteach sa ríomhaire 's bhí sé thiar sa mbaile arís ar maidin lá 'rna mhárach."

"Ó, a dhiabhail go deo! Tá seisean réidh anois."

"M'anam nach bhfuil. Tá sé abhus arís. Tharraing sé *passport* nua as Gaeilge."

"Céard faoin mboc a chuir an t-iarann ionaibh?"

"Imithe a' déanamh an rud céanna le hamadáin eile."

" 'S creidfidh siad é. Ó, sé a bhí in ann imeacht. Ní thógfadh sé *cent* go mbeadh na páipéir aige. D'imigh sé de sciotán nuair a síneadh an meall chuige – sé mhíle dollar."

" 'S é a' gáirí leis féin."

"Muise, an crochadóir. Tá coiste mór bunaithe anois le rud eicínt a dhéanamh. Chuaigh muide isteach ann."

"Céard faoi an *Donnelly víosa*?"

"Seans eile, ach céard faoi mura bhfaighidh tú é?. Duine as an míle a fuair é. Tá muid uilig istigh air."

"Faigheann na ba bás an fhaid 's a bhíonn an féar ag fás. Má théann tú siar ní féidir leat teacht aniar 's níl tada thiar dhuit ach déirc."

"Sin é a rinne muide. Mura seasfaidh muid féin le chéile ní thabharfaidh aon duine eile cúnamh dhúinn. Tá muid uilig sa mbád céanna."

"Aon chabhair atá ag teacht is ón taobh seo é. Maidir le polaiteoirí na hÉireann, níl a ndóthain acu dhóibh féin tar éis a bhfuil acu – pái bhreá 's carranna móra."

"Ansin tá na huimhreacha dífhostaithe a' laghdú."

"Ná bíodh iontas ar bith ansin acu – nach abhus anseo atá leath na tíre, agus is beag atá siad a rá faoi? An fhaid is a íocfas tú do chúig phunt tá tú amuigh 's tá uimhir eile bainte anuas. Dearmad déanta de na hasail."

"Níl cead oibre anseo againn 's níl cead vótála thiar againn. Ní chuirfidh siad brú ar pholaiteoirí na tíre seo *bloody* víosa a thabhairt dhúinn."

"Tá a fhios ag Dia go bhfuil cúpla polaiteoir anseo, leis an gceart a rá, a' déanamh a ndíchill. Tá siad a' labhairt 's a' casaoid, ach na diabhail bhochta níl aon chúnamh acu."

"Ach an paca asal atá againne thuas sa Dáil a' tarraingt toghcháin faoi cholscaradh, a' cur costais ar an tír 's gan aon duine ag obair, 's an méid atá féin scriosta ag cáin ioncaim."

"Airgead 's cumhacht atá siad sin a' iarraidh. Cloisfidh tú an cac ansin faoi "ár n-imircigh 's ár ndeoraithe" 's nár miste leo dhá mbeadh muid a' gabháil a chodladh ina dtroscadh – ó cuid mhaith cac. Chonaic mé collach acu sin abhus Lá 'le Pádraic seo caite, chomh ramhar beathaithe le banbh muice is straois an amadáin air, ach m'anam nár tháinig sé in aice linne, mar d'inseodh muide an fhírinne dhó."

"Sea, 's chuaigh siad abhaile ansin a' stealladh lán mála bréaga ar an teilifís. Mise i mbannaí nach bhfaca sé cuid de na púiríní a bhfuil a mhuintir féin a' maireachtáil iontu – sínte ar an urlár ar nós an mhada."

"Baol an diabhail air – is fada uainn a coinníodh é. Ara, chuirfeadh boladh fuail éiseal ar a bhoilgín deiliceáilte."

"Ní *bangers an' mash* a bhí aige sin in am dinnéir, ná "Any chance of the start?' ar maidin Dé Luain."

"Nó "Speáin do *Ghreen Card'* nuair atá gealltanas a't ar obair."

"A' dtugann an chléir aon chabhair?"

"Breathnaigh anois. Ní amach faoi chliabh a tháinig tusa ach an oiread linne. Níl siad a' caint ar thada ach ar choiscíní agus – ó, sea – tá focal deas anois acu: ginmhilleadh. Cé le haghaidh an diabhail a bhfuil clann nuair nach bhfuil greim a mbéil acu ná folach ar a gcraiceann ná bróg ar a gcois?"

"Le cuir ar an mbád bán."

"Ní hea, ach Jumbo 747. Nach iad atá ag rialú na tíre – ag gabháil de mhaidí croise ar T. Ds in áit a rá leo a ghabháil i dtigh diabhail 's aire a thabhairt dhá ngnó féin – sticeáil leis an mBíobla 's gan bacadh le coiscíní."

"Ní bhfuair mé litir, scéal ná scuan, ná cárta, ó aon sagart ón lá a dtáinig mé anseo, cé gur chuir mé airgead siar le haghaidh Aifrinn.

"Ná bí ag déanamh gaisce. Inis an scéal ceart."

"An sagart pobail a tháinig chuig an tsean*lady* lá na bhfaoistineacha a' smúrthacht dollar 's d'fhiafraigh sé cén chaoi a raibh mé féin. 'Tá sé bugráilte gan an *Green Card*,' adeir sí, ' 's beidh sé fucáilte ceart má thagann sé abhaile.' Chaith sí dab chuige."

"Sách maith a bhí sé aige. Nach uaidh a bhí an fios?"

"Tá múr sean*jokers* thiar ansin a ba cheart a chur aniar anseo go ceann cúig bliana – idir easpaig agus sagairt. Seo é a an Tríú Domhan dhúinne, ach cé mhéad easpag a tháinig chugainn?"

"Tá geimhreadh fada amach romhainn agus duine ar bith nach mbeidh ag obair tríothfaidh na putóga aige."

" 'S an fuacht atá anseo sa ngeimhreadh! Ach céard a dhéanfas duine ar bith nach bhfuil áit istigh aige? Céad slán do Euston, ba bhreá te an stáisiún é."

"Céard faoi na stáisiúin istigh sa lár?"

"Fan astu nó beidh tú caite. Níl áit ar bith anseo ach

seantithe tréigthe nó seanstórtha folmha, 's d'íosfadh na francaigh thú gan caint ar na ciaróga. Ní chloisfidh tú aon T.D. ná easpag a' caint air sin thiar ná abhus. Nach uafásach an ghráin atá ar an drochscéala?"

" 'S ar an té nach bhfuil tada aige, 's tá glam ag gach uile mhada as duine bocht."

"Céard atá againne ach faire na fuaraíochta?"

"Tá a fhios ag Dia gur bhreá an rud a bheith bocht seachas a bheith cosúil le seanmhias ar charnán aoiligh 's gach uile dhuine in do dhiaidh 's gan thú ag teastáil ó aon duine."

"Meas tú an ndéanfaidh na coistí seo aon mhaith?"

"Ní dhéanfaidh siad aon dochar. Ní neart go cur le chéile. Beidh duine eicínt againn le labhairt ar ár son nó le muid a chosaint. A' dtuigeann tú, tá sé an-deacair againn ainm maith a fháil, an bealach atá linn, mar anois 's arís ligeann corrdhuine síos an chuid eile i ngeall ar ól, troid nó amannta gadaíocht. Ní mhúinfeadh an saol ciall do chuid acu. Tá drochainm ag an gcuid eile i ngeall orthu sin 's níl tú in ann do bhéal a oscailt."

"Má bhíonn tú thart anseo faoi cheann dhá uair eile feicfidh tú cuid acu siúd. Buidéal amháin 's níl steár acu."

"Tuige a mbeadh – tá an féar ite acu."

"Nó caite acu."

"Cén sórt saoil atá ag na cailíní anseo?."

"Sin iad a bhfuil saol acu – tá an chuid is mo acu ag déanamh airgead mór – cuid acu ocht gcéad 's naoi gcéad isteach ina nglaic. Cailín ar bith atá críonna anseo tá airgead aici 's tá meas uirthi."

"A dhiabhail, tá an-ómós do chuid acu, ach go

deimhin, ach an oiread leis na buachaillí báire, tá corragóid agus corrscubaid thart freisin nach bhfuil mórán déantús maitheasa iontu, ach cosúil leis an dreancaid a' léimneach ó leaba go leaba, 's cén cás é ach dream a tógadh go maith."

"Sin í an fhírinne, 's tá neart scoile orthu. Feicfidh tú thart anseo iad gan folach óna n-imleacán orthu, straois na hóinsí orthu de bharr óil 's drugaí."

" 'S nach maith go bhfuil siad in ann iad féin a shábháil más sin é an chaoi a bhfuil an scéal?"

"Muise tá an tachtadh dhá dhéanamh anseo ach tá mé a' ceapadh go bhfuil na haispiríní a' sábháil go leor acu. Ní mórán ar bith acu a gheafáiltear. Tá an iomarca deiseanna sa tír seo."

"Níl mé á rá nach mbíonn sciorradh gan aireachtáil ann, ach ní mórán a chloisfidh tú faoi. Tugann an dream seo aire dhá chéile dhá dhonacht iad. Bíodh a fhios a't gur í an cailín aonraic a fhaigheann i dtrioblóid, agus sin í an díol trua."

"Tuige?"

"Nuair nach bhfuil airgead ná cara aici. Ní mórán maitheasa di a muintir féin i ngeall ar náire 's go minic is fearr di an strainséar, go mór mór na sean-Mheiriceánaigh nó abair lánúin nach féidir leo aon chlann a bheith acu."

"Is furasta máthair altrama a fháil anseo, agus sin é an páiste a gheobhas an aire."

"Ach ar an taobh eile den scéal, go sábhála Dia sinn, is iomaí gin atá a' gabháil le fána na habhann, go maithe Dia dhóibh é."

"Níl creideamh ar bith sa tír seo – níl caint ar Dhia ar bith. Níl san Aifreann acu ach rud a chaithfeas tú a dhéanamh, cosúil le braon tae. Ceapann siad go bhfuil aistíl eicínt a' baint leat má théann tú ann 's gur eisceacht thú má fhanann tú as."

"Má tá 'Miller' scríofa ar an mbuidéal beidh tú ag súil gurb shin é atá ann agus más Éireannach thú is Caitliceach tú 's táthar ag súil go ndéanfaidh tú freastal ar do shéipéal."

"Cineál uair a' chloig amach anseo é, 'a ghabháil chuig an tseirbhís Dé Domhnaigh,' mar a thugann siad air. Sórt cuairt sheachtainúil ag an muirín, mar a théidís chuig na pictiúirí fadó."

"Na sagairt féin, tá siad fuar, leamh, leadránach. Mura gcastar sagart óg ort nach bhfuil tú an lá uilig istigh ag an Aifreann ag éisteacht le seandiabhal acu sin a' crústáil 's a' cnádáil thuas ar an altóir, a' rá an rud céanna fiche uair 's é a' tarraingt a dhá chois ina dhiaidh cosúil le corr éisc ag faire ribe róibéis?"

"*Fair play* do na sagairt óga thiar – seanmóir ghearr 's tá tú amuigh in cúpla nóiméad."

"Go deimhin, tá corr-sheanchailleach thiar freisin a chaitheann an mhaidin ag tochras."

"Diabhal neart acu sin air – tá an aois orthu."

"Má tá, ní áit dhóibh é. Téidís amach ar féarach. Ba cheart go mbeadh cead acu sin agus seanmhná rialta pósadh. Nach dtabharfaidís aire dhá chéile 's choinneoidís a chéile te oícheanta fuara? Is fíor dhom é."

"Á, tá tusa a' déanamh an diabhail uilig. Níl ómós ná trócaire ionatsa."

"Nach gcaithfidh muid rud eicínt a rá le gáirí a bhaint amach? Cé hé an taobh tí sin in éineacht leat?"

"Meiriceánach. Éireannaigh a bhí ina sheanmhuintir.

Eisean an dara glúin. Tá an bheirt againn ag obair in éineacht."

"Diabhlaí go bhfuair tú isteach ansin. 'bhFuil uimhir a't?"

"An-éasca go deo. Fuair mé uimhir díreacht tar éis teacht aniar. Iontas nach bhfuair sibhse í. Bhí sibh anseo romhamsa."

"Cár fhág tú an óinsiúlacht. Ní raibh a fhios againn ní b'fhearr. Fuair muid obair an lá a dtáinig muid, ach breathnaigh ar a bhfuil caillte againn. Níl stampa againn 's níl árachas againn. Is é an chaoi a bhfuil sé: rinne muid pleotaí cearta dhínn féin, 's tá na mílte sa mbád céanna."

"Diabhal neart air sin anois. B'fhéidir gur fearr aiféala faoi gan rud a dhéanamh ná aiféala faoina dhéanamh."

"Iontas nach dtagann tú thart níos minicí."

"Ní mórán eolais atá agam thart fós 's tá an áit seo cineál deacair a theacht go dtí é gan carr."

"Ó labhair tú air, bhí carr deas a'inne ach d'imigh sí. Chroch gadaí eicínt leis í. Tá do chara a' brath ar imeacht."

"Feicfidh mé arís sibh. Anseo is minicí a bhíonn sibh?"

"Go hiondúil, ach níl aon áit sheasta againn. Breathnaigh, má bhíonn tú a gabháil go Nua-Eabhrac aon uair tabhair leat an uimhir seo – deirfiúr liom, tá sí amuigh i Long Island. Tá neart áite aici. Déarfaidh mise léi go mb'fhéidir go gcasfaí thart thú."

"Tá sé sin iontach, mar níl aithne ná eolas agam ar aon duine ann."

Bhí Darach agus Seán istigh romham.

"Chaill tú an chraic anocht," adeir Seán.
"Cén chaoi," adeirimse, "nó céard a tharla?"
"Thriail beirt de na boic dhubha carr a ghoid anocht díreach istigh i lár an charrchlóis, 's cé a bheadh ag teacht ach fear a' chairr 's ceathrar dhá chuid *mate*anna!"
"Bhí muide 's Johnny tar éis páirceáil taobh thuas ag siopa na mbróg. Chonaic na buachaillí céard a bhí ar bun," adeir Darach. "Bhí leoraí beag tarraingthe píosa síos uainne 's diabhal blas a rinne na *boys* ach cúpla cois piocóide a thabhairt leo!"
"Meas tú nach bhfaca an dream dubh an t-úinéir ag teacht," adeir Seán, " 's ritheadar aníos díreach! Ionsaíodh iad leis na cosa piocóide. Fuair siad rúscadh. D'aireofá i gCo. an Chláir an torann a bhí siad a' bhaint as a gcuid cnámha agus iad ag screachaíl cosúil le francach a bheadh sáinnithe ag cúpla cat."
"Ní dhearna muid an oiread gáirí riamh," adeir Darach "ach is bualadh é a íocfas fear bán eicínt a bheas leis féin."

B'í Neansaí a ghnóthaigh an dá thicéad. D'iarradar an triúr againne in éineacht leo. Bhí muid idir dhá chomhairle.
"Breathnaígí anois iad," ar sise, "bardail an ghrá riabhaigh! Bíodh ciall agaibh:

"Soir 's anoir a théann an sruth,
Siar 's aniar a théann na báid,
Leis na caoirigh a théann na moilt
'S leis na fir a théann na mná!

"Má tá sibh chomh dona sin crochaigí libh iad."

"Beidh siad romhainn i gcónaí," adeirimse, "' 's mura mbeidh féin cén dochar? Tá breac sa bhfarraige chomh maith le haon bhreac dár maraíodh fós."

"Ceann eile de na hÉamainn," ar sise. "Ach dháiríre bheadh an-deireadh seachtaine againn. Fágfaidh mise Pádraic beag ag Bridie 's tabharfaidh sean-Joe aire don teach. Is minic a rinne sé cheana é."

Coicís ón Aoine dár gcionn bhí an cúigear againn ar eitilt a sé a chlog ó Logan go La Guardia. Níor thóg sé ach níos lú ná leathuair. Braith mhór a bhí ag Johnny tiomáint suas, ach thógfadh sé rófhada – ar a laghad ceithre huaire. Tá an t-eitleán níos tapúla agus sa deireadh i bhfad níos saoire, agus tá compord agat. Fuair muid bus isteach go Cearnóg Times, áit a bhfuil óstán, mar ar fhan muid, mar bhí na seomraí curtha in áirithe ag Neansaí. Ó bhí eolas maith ag Johnny ann, níorbh fhada go raibh muid in ósta Gaelach. Tá rud eicínt nach féidir liom a thuiscint faoin áit seo san oíche. B'fhéidir gur i ngeall ar chomh hard san aer atá na foirgnimh, lena gcuid soilse, go gcuireann sé cineál – ní uafás, ach cineál coimhthís ort. Tá daoine a' siúl i mullach a chéile faoi dheifir. Níor mhór dhuit naoi mbeatha cait le dhul trasna na sráide – ní áit é don té atá cróilí. Bhí gach uile chineál duine le feiceáil ann, dubh, bán agus riabhach. Thuig mé in mo chroí nach áit é a thiocfadh liom. Bhí draíocht éigin ag baint leis – arís, b'fhéidir gur i ngeall go raibh sé ina oíche.

Cuireadh na mílte fáilte romhainn. Aithníodh Johnny

ar an toirt agus chuir seisean sinne in aithne. Níor chuala mé ach ríbheagán Béarla. Fiú amháin an fear dubh a bhí ag freastal taobh istigh bhí sé in ann ordú a thógáil as Gaeilge! Bhí Gaeltacht dhá gcuid féin acu ann. Bhí caint a' gabháil go fraitheacha. Ní raibh aon chuma ar Bhoston – áit bheag bhrocach. Ní raibh aon chuma air an obair – ní íocann siad go maith, an iomarca bitseála 's scéalta, ní raibh tú in ann cnaipe a scaoileadh i ngan a fhios. Bhí drochphubanna 's drochól ann – iomarca cneámhaireachta 's uisce faoi thalamh. Ní raibh áit ar bith cosúil leis an áit seo – saol eile ar fad a bheith ag maireachtáil anseo, galántacht faoi leith a' baint leis. Ara, 'mhac, breathnaigh timpeall ort – na *build*eálacha breátha atá ann, áit eicínt le gabháil 's rud eicínt le déanamh i gcónaí: scannáin 's pictiúir 's drámaí. Greadadh oibre, togha páí – ól 's craic gach uile oíche. Má bhí rudaí daor féin ann bhí an t-airgead dhá réir. Cá 'il sibh a' fanacht anocht? A' raibh míchumas intinne orainn? Suas linne anocht – níl ann ach seisear againn, neart áite, neart mná 's óil. An lá amárach fada – níor baineadh tada as fós. Ní raibh a fhios agam. B'fhéidir. Bhí dream eile liom 's chaithfinn fanacht leo – damhsa do réir an phoirt.

Amach linn arís go dtí tábhairne eile. Bhí sé seo cosúil le turas na croise. An uair seo bhí carr againn – cara le Johnny. Den chéad uair riamh ní raibh barúil dhá laghad agam cén treo a raibh muid ag dul. Bhí soilse na gcarranna agus na soilse ildathacha a bhí ag pramsáil ó na foirgnimh ag cur cineál fóidín mearaí orm. Cé go raibh an áit lasta suas, mar a dúirt mé, níor léir dhom cat thar chóiste. Ní dhéanfainn mo bhealach féin go deo ann 's bheadh údar imní agam dhá mbeinn in m'aonar. Teach ósta eile 's ar ndóigh ba le hÉireannach é. Labhair Gaeilge ar mhaithe leat féin. Bhíothas ag súil linn. Tá an diabhal ar an rud sin a chuireann caint i mbarr bata.

'S ós ag caint air sin é, bhí uimhir gutháin agam féin a fuair mé an oíche cheana. Nach raibh sé chomh maith dhom úsáid a bhaint as? D'fhreagair bean é. Sea, ghlaoigh an deartháir. Cá raibh me? Fan nóiméad – sa Jagger? Ó, 'dhiabhail, ní hea – an Jaeger. Fan ann. Beidh muid isteach faoi cheann píosa. Ó, cinnte beidh – ná bíodh imní ort. Bhail, ní raibh – bhí éan in mo ghlaic agam . . .

Shuigh mé síos in éineacht le mo chairde. Bhí ceathrar eile sáite isteach linn freisin. Níorbh áit le haghaidh bodhrú cluas é – chrochfadh ceol an clár de choire an Fhir Mhóir. Bhí cárta mór bán amach ar aghaidh gach uile dhuine, mar a bheadh biachlár mór ann. Bhí iontas agam ann, mar ba gearr ó d'ith muid, ach, mar a dúirt an tincéir leis an tseanbhean nuair a chaith sé smugairle ar an iarann sádrála 's níor thuig sí cén fáth, "*Fabricando fit faber,*" ar seisean! Níor chuir mise ceist, ach ba ghearr go bhfuair mé an t-eolas. D'ordaigh cara le Johnny deoch ach in áit é a íoc díreach marcáladh síos ar an gcárta seo é. Deoch amháin a cuireadh ar mo chártasa, agus ba leor sin. Bhí sé ródhaor. Ní bhfuair mé as mo dhá scór dollar ach bruscar agus bhí sé sin féin le fágáil mar *t-i-p* ag an bhfreastalaí. Bhí mé ag foghlaim do réir a chéile.
Glaodh amach m'ainm is dúradh liom teacht go dtí an cuntar. Suas liom is labhair bean liom. An raibh

aithne agam ar Barney i mBoston?. Bhí, is i Londain.
"Mise a dheirfiúr," ar sise. "Seo é Jack, m'fhear céile."
Chroith mé féin lámh leis an mbeirt is thairg mé deoch dhóibh, ach ní raibh siad ag ól. Bhí an áit sách contúirteach le fanacht ar do chiall, is ar aon bhealach tá gach uile dhuine caochta oíche Dé hAoine.
"Ó, mo dhearmad," ar sise, "mise Sibéal. Breathnaigh, tiocfaidh tú, amach linne go Long Island. Ní áit ar bith é seo."
" 'S é an fhadhb atá ann," adeirimse, "go bhfuil mo chairde liom 's ní mhaith liom iad a fhágáil. Bheadh sé cineál tútach."
"Fag againne iad sin," adeir Jack. "Nuair a theastaigh cara ó Barney, cé a chuir punt ina phóca? Tiocfaidh tú linne. Tá dalladh spáis againn agus 'speánfaidh muid an áit dhuit amárach. Má fhanann tú anseo ní fheicfidh tú tada ach a' gabháil thart ó phub go pub, 's níl tú dhá iarraidh sin."
"Ceart go leor mar sin," adeirimse, "ach nóiméad amháin anois go labhraí mé leo."
Bhí Neansaí ag teacht ón leithreas is ghlaoigh mé uirthi. Mhínigh mé an scéal di. Chuir mé iachall uirthi luach an tseomra a thógáil agus dúirt léi go bhfeicfinn í ag an aerfort ag a ceathair, mar bhí a socraithe, tráthnóna Dé Domhnaigh. Bhuail muid bóthar. Bhí píosa deas siúil orainn go dtí an áit a raibh an carr páirceáilte aige. Cé nach raibh sé an uair an chloig féin ann, chosain sé ocht *dollar* air. Amach linn sa sruth. Cé go raibh píosa gearr anois ag imeacht i gcarranna níor cheap mé in m'intinn go raibh sé ceart ar bhealach eicínt a bheith ag tiomáint ar thaobh na láimhe deise. Bhuaileadh drioganna faitís mé go

minic i ngan fhios dhom féin. Amach linn thar an droichead mór atá a' gabháil thar abhainn an Hudson. Bhí an chathair mhór fágtha inár ndiaidh.
"Tá an ghráin ag Jack ar an áit sin," adeir Sibéal nuair a bhuail muid an t-oileán, "mar tá sé ag obair ann le fada."
"Isteach ar an traein a théim," ar seisean. "Tá an-chompord inti ar maidin ach, a Chríost a' tsóláis, ní áit do Chríostaí ar bith é tráthnóna. Níor mhór dhuit a bheith láidir go maith le do bhealach a dhéanamh. Má tá tú róghar don traein tá tú brúite isteach inti de do bhuíochas 's má tá tú rófhada siar níl seans ar bith agat. Brú – brú agus deifir."
"Níl aon chaint ar bhéasa," adeirimse.
"Go bhfóire Mac Dé ort!" ar seisean. "Níl ann ach 'an scian is géire feannadh sí'. Tagann na milliúin isteach ag obair ann gach uile lá 's dáiríre is áitín an-bheag é. Ní féidir leo leathnú amach 's ní raibh aon áit acu ach suas san aer. Bíodh a fhios agat go bhfuil na mílte ag obair i mbloc amháin de fhoirgnimh sin. Fan go bhfeicfidh tú sa lá iad."
"Is uafásach an airde atá i gcuid acu," adeirimse.
"Go leor acu míle troigh," ar seisean.
"Tá an Empire," adeir Sibéal, "beagnach cúig chéad déag troigh – bhail, níl sé i bhfad as agus thuas ós a chionn sin arís tá túr teilifíse atá os cionn dhá chéad troigh – 's tá thart ar chúig mhíle fichead tionóntaí ann."
"Rud nach raibh a fhios agamsa go ceann i bhfad," adeir Jack, "go lúbann siad cúpla orlach leis an ngaoth – díreach cosúil le crann. Lá amháin a raibh mé ag ól braon tae thuas ar an ceathrachadú stór

chuaigh an áit de leataobh 's doirteadh streall den tae amach glan as an gcupán. Diabhal smid bhréige ann!"

"Tá sé ceart go leor má tá tú singil," adeir Sibéal. "Seomraí beaga bídeacha i mullach a chéile – ní chasfadh cat istigh iontu. Is maith liom féin an fhairsinge. Ó, muise, tá sé thar a bheith contúirteach freisin. Tá gach uile dhuine ann a' maireachtáil ar a gcuid *nerves*, sin nó *tranquillizers*. Cén mhaith a bheith dhá cheilt? Níor mhór dhuit deich nglas agus slabhraí a bheith ar do dhoras a't oíche 's lá. Má théann tú amach uair an chloig níl tada romhat nuair a thiocfas tú isteach."

"Níor fágadh againne ach na ballaí loma," adeir Jack. "Goideadh gach uile shórt beo. Bhí sé de mhí-ádha orainn a ghabháil go Chicago ar feadh trí lá. Bhriseadar an doras isteach le hord."

" 'bhFuil córas slándála ar bith ann?"

"Go mion minic," ar seisean, " 's é an gadaí atá a' tabhairt aire don áit – é féin 's a chairde. Amuigh san áit a bhfuil muid anois níl mórán den obair sin."

"Cloisfidh tú faoi chorrchás anois 's arís," adeir Sibéal, "ach carranna is mó a thógtar, go mór mór má tá carr deas agat a thaitníonn leo. Ó, m'anam go gcaithfidh tú a bheith cúramach."

" 'S iad an dream seo atá ar na drugaí is measa," adeir Jack. "Duine an-deas é an gnáth-Mheiriceánach. Tá gach uile dhuine a' caitheamh anuas ar an dream dubh ach bíodh a fhios a't nach naomh é an fear bán ach oiread, 's tá do dhuine féin gach uile orlach chomh dona le duine ar bith."

"Níor fágadh ball dhá chuid uirnise ag Jack ar an

obair nár tugadh uaidh," ar sise – "comharsa leis féin."

"D'íoc a chuid easnacha as," ar seisean.

" 'S beag nach bhfuair tusa príosún," ar sise. "Laghdaigh an siúl anois. Bíonn an radar socraithe acu thart anseo. Scaoil amach an diabhal sin."

"A' mbíonn siad a' faire mar sin?" adeirim féin.

"Gach uile oíche Dé hAoine go mór mór," ar sise. "Tá an píosa seo sábháilte go maith ach feicfidh tú féin é: tá bóithre eile isteach is amach air 's bíonn go leor timpistí ann."

"Tá an ceart acu," adeir Jack. "Tá dream anseo nár cheart a ligean in aice le sciobóilín an asail, ní hé amháin eochair cairr a thabhairt dhóibh. Nuair atá a ndóthain fuisce nó vodca ólta acu bíonn siad spréachta uilig."

D'imigh muid den bhóthar mór ag Exit 16, síos le fána gur bhuail muid Freeport. Is orm a bhí an t-aiféala nach sa lá a tháinig mé, ach b'éigean dhom fanacht gur gheal an lá. Ar an urlár íochtarach a bhí siadsan. Bhí leithead stampa de ghairdín ar chúl.

"Tá siléar mór thíos faoi seo," adeir Jack. "Tá mé a' brath ar é a réiteach amach uair eicínt 's cúpla seomra a dhéanamh as. Is iomaí duine a dteastódh a leithide uaidh. Áit é seo a bhfuil sé éasca teacht 's imeacht ann. Níl stáisiún na traenach ach trí nóiméad suas an tsráid – traein gach uile chúig nóiméad."

"Seans nach bhfuil an oiread ag Barney 's a thabharfadh anuas é," adeir Sibéal.

"Tá sé ag obair seasta," adeirimse, "'s ní fheictear dhom gur fear óil é, ná an dream a bhí leis."

"Fuair sé buille mór sa bpóca," adeir Jack. "Níor thug

sé aon aird orainne, ach tá seans fós aige."

"Chuir mise mé féin isteach ar víosa," adeirimse, "thiar."

"Anseo a rugadh Jack," adeir Sibéal, "ach thiar a tógadh é. Ní raibh stró ar bith agamsa mó chuid páipéar a fháil. Ní fhéadfaidh mise tada a dhéanamh do Barney go ceann píosa eile – má fhanann sé an t-achar sin."

Bhí mé in mo shuí breá moch. Bhí Jack, ach ní raibh Sibéal.

"An t-aon mhaidin a gcodlaíonn sí amach," ar seisean. "Nuair a bheas greim ite a't tabharfaidh mé amach thú sa gcarr go bhfeicfidh tú cuid den áit seo."

Faoi cheann leathuaire d'imigh muid. Bóthar an chladaigh a thug sé mé. B'ann a bhí an trá ghainimh ba faide a chonaic mé riamh 's an fharraige chomh glan 's chomh gorm leis an bplúirín. Bhí an cuan brataithe ag gach uile chineál báid. Cheana féin bhí na céadta a' seoltóireacht nó a rásaíocht amach an sunda ina gcuid bád innill.

"Oileán mór é seo," adeir Jack, "agus ceann saibhir. Tá sé gar do shé mhíle ar fad. Thart ar 1635 a shocraigh feilméirí as an Ísiltír síos den chéad uair, sin ar an taobh thiar. Tháinig na Sasanaigh ansin ar an taobh thoir. Tá feilmeacha breátha ann, ach le blianta beaga anuas tá go leor tithe dhá ndéanamh ann 's tá sé sin ag ídiú an talamh cuir. Má théann tú siar go Brooklyn agus Queens feicfidh tú é sin. Áit mhór é Brooklyn. Tá na mílte Éireannach thart ann. Uaidh seo anois timpeall an oileáin ar fad tá sé ar cheann de na háiteacha is mó i Meiriceá a mbíonn lucht saoire."

"Tuige é sin?" adeirimse.
"Tá gach uile shórt ann a theastaíonn uait," ar seisean, "an aimsir, na tránna, spóirt farraige, neart tithe lóistín, bialanna, beáranna. Ort féin atá an locht mura bhfuil sé le fáil agat. Dhá bhfaigheadh muide an aimsir thiar in Éirinn, nach bhfuil áiteacha chomh deas céanna againn? Bíonn an áit seo róphlódaithe sa samhradh."
Chas muid ar ais. Anois bhí deis agam na tithe a fheiceáil. Bhíodar le punt a chéile ann is, mar a dúirt Jack, bhí an áit leagtha amach don chuairteoir, gan tada a chur as don dream a bhí ina gcónaí ann. Isteach ar thraein a chuaigh muid go Nua-Eabhrac. Anois bhí feiceáil cheart agam ar an gcathair féin, go dtí go ndeachaigh sinn faoi thalamh. B'fhéidir aréir gur cheap mé go raibh na foirgnimh ard ach inniu, do réir mar bhí muid ag teannadh leo, bhreathnaigh siad uafásach. Bhuail an smaoineamh mé – go sábhála Dia sinn – cuir i gcás go ndearna an Luftwaffe ruathar air le linn an chogaidh mhóir dheireanaigh, nach ann a dhéanfaí an slad agus sléacht? Ach ní raibh an raon ag eitleáin an uair sin. Tháinig muid amach ag Central. Ó bhí sé luath, dúirt Jack go mba deas an rud turas báid a dhéanamh timpeall na háite. 'S é a raibh uaim féin é. Thóg muid an bád a bhí a' stopadh in cúpla áit. Mar is gnách, bhí sí pacáilte. Aistear dhá uair an chloig a bhí ann. Oileán Ellis an chéad stopadh. Amach linn. Oileán suas le seacht n-acra fichead é seo. Dún agus armlann a bhí anseo ar dtús. Ó 1892 go 1943 bhí sé ina stáisiún coinneála agus seiceála imirceach. Shuigh an bheirt againn síos cúpla nóiméad sa halla mór – áit ar shuigh na milliúin

romhainn a' fanacht le cead iad a ligean i dtír. Thabharfá an leabhar go raibh an gleo 's an caoineadh 's an torann le chloisteáil ann fós. Tháinig daoine ann as gach uile cheard san Eoraip agus níos faide ó dheas.
B'fhéidir gur macalla ón sean-am a bhí ann, ach bhí dráma stairiúil na samhlaíochta os do chomhair. Dún do shúile nóiméad. Téirigh siar in t'intinn go dtí, abair, 1892. Istigh anseo bhí suas le míle duine – imircigh gach uile dhuine riamh, ón leanbh go dtí an seanduine liath, an dall, an bodhrán 's an duine bacach, imithe nó éalaithe nó b'fhéidir díbeartha as a dtír féin, gan a fhios acu cén sórt áite nó saoil a bhí amach rompu. Rinne an té ar scaoileadh leis gáire ach bhris croí an té a raibh air fanacht. Bhí geoin agus gárthaíl ann. Sna ballaí timpeall bhí ainmneacha agus dátaí gearrtha le tairne nó bior iarainn isteach sna clocha. Ainmneacha coimhthíocha. Bhí áit Aifrinn ann:

Do ghluaiseas i machnamh mhaon,
Gan aire ar raon mo shiúil,
Doras cille gur dhearc mé
Sa gconair réidh ar mo chiúnn.

Cé gur tréigeadh an áit seo 1943 tá sé beo fós.

Amach linn ar cuairt chuig bean chosanta bhéal an chuain – an bhean a d'oscail a lámha is a croí do gach uile dhuine a sheol isteach an cuan riamh – an *Statue of Liberty*. Ba i bPáras na Fraince a rinneadh an dealbh copair seo, ó lámha Bartholdi. Bhronn muintir na

Fraince é i gcuimhneachán saoirse céid na Stát Aontaithe. Tá an bonn ar a bhfuil sé suite os cionn céad go leith troigh ar airde agus anuas air seo tá an dealbh féin, atá trí chéad agus cúig troithe ón mbonn go dtí an tóirse ina lámh dheas. Ina lámh chlé tá leabhar dlí, "Saoirse Solas an Domhain". Bhí an dealbh féin anois glanta agus deasaithe ó bhun go barr. Níl a fhios céard a caitheadh leis. San oíche, nuair atá sé lasta suas, sheasfá sa sneachta ag breathnú air. Thug mé píosa den dán liom atá ar an mbonn:

Give me your tired, your poor,
Your huddled masses yearning to breathe free;
Send these, the homeless, tempest tost to me:
I lift my lamp beside the golden door.

Nach iomaí duine ar thug sí dídean dhó 's nach iomaí síon a chuir sí thairti, ach, mar a dúirt an sean-Turcach linn,"Cé mhéad duine a thug cuairt uirthi?" Chuimhnigh mé ar an scéal sa mBíobla – "Leigheasadh deichniúr ach níor tháinig ach duine amháin ar ais le buíochas a ghlacadh". Nádúr an duine dearmad a dhéanamh den arán atá ite.
Ar theacht i dtír dhúinn fuair muid bus suas go dtí Ardeaglais Naomh Pádraic. Má bhíonn siad a' déanamh gaisce faoi mhéid na tíre 's gach a bhfuil inti, creid mé: tá an eaglais seo mór. Ní séipéal atá inti ach séipéil. D'fhanfainn an lá ar fad anseo, ach faraor géar ní raibh an t-am agam. Tá an eaglais mhór ar bun leis na blianta ach do réir mar a dúradh liom níl sí críochnaithe ceart fós. Ní raibh aon mhaith ag Jack

ann go mbeadh greim le n-ithe againn in Ionad Rockefeller, thuas ar an 48ú Sráid. Arís, ní ionad amháin atá anseo ach na céadta, idir siopaí, stórtha, ionaid taispeántais agus oifigí. Deirtear go bhfuil suas le céad seasca míle duine ag obair sa lá ann. Baile beag mór as féin é. Bhí pian i gcolpaí mo chos tráthnóna de bharr a raibh siúlta agam, agus diabhal ar mhiste liom. Bhí muid ag gabháil isteach an doras ag a sé a chlog. Sibéal a bhí istigh agus cual mór ceapairí déanta aici.
Fuair siad sin bealach an dorú, in éineacht le slám buidéal Schooner.
"Níor bhac mé le tada a bhruith," ar sise. "Téann muid amach le haghaidh dinnéir gach uile oíche Dé Sathairn."
"Seans go bhfuil sé costasach go maith anseo?" adeirimse.
"Bhail, tá," adeir sí "ach 's é an t-aon oíche amháin é a dtéann muid amach, 's ceapann muid tar éis na seachtaine go bhfuil sé tuillte againn."
"Má tá tú ar an mbuidéal anseo," adeir Jack, "níl a't ach an bruscar. Tá morgáiste mór againn, ach go n-íocann an dá urlár thuas é sin, ach cuir i gcás gur imigh dream urláir amháin uainn bheadh orainn ansin an fuílleach a íoc. Tá sé deacair tionóntaí cearta a fháil 's nuair atá siad a't caithfidh tú aire a thabhairt dhóibh."
"Bhí an áit seo daor?" adeirimse.
"Céad fiche míle," adeir Sibéal, "agus leis sin anseo bhí sé saor."
"Bhí," adeir Jack. "Ag seanlánúin a bhí sé 's ní raibh aon suim acu ann, mar bhí teach eile i Florida acu.

Bhí súil agam féin air i bhfad 's an pointe ar tháinig sé ar an margadh bhuail muid faoi. Thóg sé bliain fhada orm aon chuma a chur air. Bhí boladh na gcat 's na ngadhar ann ar feadh sé mhí. D'éirigh Dia linn go bhfuair muid an troscán saor ó chúpla a bhí a' gabháil abhaile go hÉirinn. Fuair mé an brat sin ar an urlár gan tada – *stuff daor*. In oifigí istigh sa gcathair a bhí sé – sé mhí d'aois."

"D'éirigh leat," adeirimse. "Tá sé sin trom."

"Ní chaithfidh sé go deo," adeir Sibéal. "Fuair mise trí theilifíseán ó bhean eile – sna boscaí fiú amháin. Ní raibh dath an adhmaid ag teacht le dath na gcathaoireacha!"

"Ba bheag nár íoc sí í seo le hiad a thabhairt léi!" adeir Jack.

"As ucht Dé ort, a Jack," ar sise, "cuimil an rásúr dhíot féin 's caith cúpla ciomach ort féin. Tógfaidh sé uair fhada orainn go dtí tigh Mharty. Breathnaigh, gheobhaidh tú sreangán eicínt dhó seo le cuir faoina mhuineál. Ní bheidh tú gléasta gan súgán."

"Dhéanfadh súgán tuí é chomh maith céanna," adeir Jack, "ach fág an tír nó bí sa bhfaisean."

Bhain sé an uair go maith dhúinn an bealach a dhéanamh. Club Éireannach a bhí ann gar do Manhattan – áit mhór, ach bhí sé daor: ceithre luach Bhoston ar gach uile shórt. Deirimse leatsa nár mhór dhuit póca teann istigh ansiúd, 's – an rud céanna arís – bhí an reicneáil le n-íoc nuair a bhí tú ag imeacht. Tugadh síos chuig bord deas sa gcoirnéal muid. Bhí amharc againn ar an urlár uilig. Ag breathnú timpeall orm, facthas dhom gur iarsmalann cheart a bhí ann. Diabhal seanrud dhá raibh riamh in Éirinn nach raibh

ceann cosúil leis anseo: pota trí chos, scilléad, róistín, crothán, cuinneog, tuirne – ceann olna 's ceann lín – seanláí, sleán, speal, go dtí an seanlaindéar cairr leis an gcoinneall – na seanrudaí a caitheadh síos i mbarr an chladaigh, fiú an seál breac 's an seáilín cloiginn. Chonaic mé anois an dearmad mór a bhí déanta againn ar fad.
Thug Sibéal faoi deara orm é.
"Rinne muid féin an rud céanna," ar sise, "tugadh an tua agus an tine do rudaí luachmhara, ach ní mar sin dhóibh seo. Téann siad gach uile bhliain beo agus beidh seanrud eicínt i gcónaí a' teacht acu."
"Srathar asail déanta as carcair ghiúsaí an rud is deireanaí," adeir Jack. "Tá sé a' fanacht le hualach tuí coirce anois go ndéanfaidh duine eicínt mapa tuí dhó. Ní bhuailfeadh an diabhal é."
"Breathnaigh timpeall ar na ballaí," adeir Sibéal. "A' bhfeiceann tú na seanphictiúir – gach uile dhuine a rinne aon bhlas ar son na hÉireann riamh – siar go dtí Brian Bórú."
"Iontas nach bhfuil Bruadar é féin ann," adeirimse.
"Beag bídeach nach ndéarfadh cuid den dream a thagann isteach anseo go raibh siad in Éirí Amach 1916," adeir Jack.
"Labhair go réidh," adeir Sibéal. "Ná tarraing ort cuid di na ceoláin sin. Is measa iad sin ná dris chosáin."
"Cén diabhal atá orthu?" adeirimse.
"Óra, muise," adeir Jack, "bádóirí ar an gclaí 's nach bhfuil a fhios acu cén áit sa mbád a bhfuil nó a mbíodh poll an chladhaire."
"Seafóid 's slabáil óil," adeir Sibéal, "ach ní tada fós

iad. Pé 'r bith céard fúibhse, tá ocras ormsa, 's tá mé a' ceapadh go ndéanfaidh mé grá Dia ar phíosa caoireola. Tá fia aige freisin – dhá dtaitníodh sé le haon duine agaibh."

" 'S nach mb'fhéidir go bhfuil sé sin chomh righin le gad maoile?" adeir Jack. "Níor mhór dhuit fiacla gadhair le é sin a changailt. Beidh an gliomach agamsa. Tugann siad feannach breá de."

"Is maith liom féin mairteoil," adeirimse, "dhá mbeadh sí déanta ceart ach sa tír seo, ní dhéanann siad ach í a 'speáint don teas. Leanfaidh mé thusa, a Shibéal – beidh píosa den seanreithe sin agam."

Togha béile a bhí ann. Ina dhiaidh d'athraigh muid síos in aice an cheoil, ach ba bheag nach raibh píosa troda agam féin agus Sibéal faoin íocaíocht. An freagra a fuair mé gurbh ise a d'iarr an bheirt againne – agus fan ó theanga mná, crú an chapaill nó scian an bhúistéara! Bhí sé chomh maith dhom éisteacht léi. Shuigh muid síos ag éisteacht leis an gceol 's le duántacht na gcainteoirí timpeall orainn. Do réir cosúlachta ba í Paráid Lá 'le Pádraic na bliana romhainn a bhí ag gabháil faoi scian – cé a bheadh ann agus cé nach mbeadh. Cé a bhí ag teacht as Éirinn? Bhí sé ina ghearmeantán ceart, ach – mar a dúirt an seanfhear fadó faoina bhean – caithfidh tú éisteacht le toirneach. Ba é an seanscéal céanna arís é – an fuarchaoineachán stairiúil coinnithe ag fiuchadh i seanphota meirgeach an tírghrá, dhá bhféadfá tírghrá a thabhairt air, nó an mbíonn daoine a ligean orthu ag streillireacht faoi rud nach bhfuil suim soip acu ann?

'Gus fós tá an caoineadh níos géire gach bliain,
'Gus tá gach croí cráite fós le brón agus le pian;
An t-ualach a bhí go trom orainn, níos troime atá sé 'fás,
Óir iadsan a dhéanfadh éadrom é, fuair siad uilig bás.

Bhí sáil bhiorach bhróg Shibéal ag gabháil go feirc i ndroim mo choise.
"Faraor géar nach fear mé," adeir sí. "Bheinn féin 's mo ghunna agam agus mo mhada fia, mo cháibín ar a leathstua 's Jack ag teacht in mo dhiaidh."
"Ba deas an feic thú le do dhá chois bhosacha 's do thóinín piocóide," adeir Jack. "Bheadh fanacht ort. Ó, a dhiabhail, tá cromachán bhéal an Mh// Mhháma istigh. 'S cén cás é ach shiúil sé isteach i nead na heasóige?"
"Tuige," adeirimse.
"Tá an ghráin aige ar De Valera, an áit ar chum dhuine eicínt dhó gurbh é ba cúis le Collins a chaitheamh," adeir Jack.
"Ná habair liom," adeirimse, "go bhfuil daoine chomh dona sin."
"Fan. Tá an paidrín a' gabháil a tosú."
"Caithfear cuireadh a thabhairt don Taoiseach."
"Agus an tAire Cosanta."
"Ó, cinnte – bunadh laochra na saoirse."
"Abair é sin arís."
"Clann na bhfear a throid ar son na tíre."
"Ní throidfidís cat caillte."
"Seachain, a mhac! Nach abhus anseo a rugadh an fear ab fhearr uilig acu – Daideo é féin?"
"As ucht Dé ort 's dún do bhéal. Nuair a iompaíonn an mada ar a mháistir tá sé in am fáil réidh leis. Ar

ndóigh, ní fear a bhí ann ná píosa ar thóin fir, 's nuair a chonaic sé go raibh fear ann ab fhearr ná é fiche míle uair fuair sé réidh leis, agus le cuid mhaith nach é."

"Seafóid! Nach sean-Sasanach bréan eicínt a chaith Collins?"

"Ach bhí mise a' caint le fear a raibh duine muintreach leis ann. Bhí an scéal ceart aige siúd. D'oscail sé na príosúin 's chaith sé na daoine a chosain é 's a thug dídean dhó. D'iompaigh sé a dhroim leis an Tuaisceart, gur mharaigh na hamhais na mílte. Fear ar bith a bhí a' líochán tóin na corónach!"

"Ní raibh aon neart aigesean ar na rudaí sin."

"Ní raibh, adeir tú? A' bhfuil tada istigh idir do dhá chluais ach geir nó blonag? Céard faoin dream a tháinig ina dhiaidh? Throid sé ar son na hÉireann, adeir tú? Céard faoin dream atá a' troid inniu? Nach bhfuil siad sínte anonn chuig póilíní Shasana le leathmharú a thabhairt orthu, mar tá a fhios ag gach uile Éireannach go bhfuil dlí Shasana díreach – chomh díreach le hadharca an diabhail!"

"Ní tharlaíonn sé sin mura bhfuil gach uile shórt ceart do réir dlí na tíre."

" 'Amadáinín! Shíneáil rialtas na tíre leis. Má scaoileann Maggie broim sínfidh Charlie nó Gerry naipcín póca chuici. 'bhFuil dhá shúil in do chloigeann? Léann tú na páipéir, má tá tú in ann!

Tá sé tagtha sa saol anois, mar a bhí i gcónaí, go bhfuil an Caitliceach bocht dhá bhualadh, dhá mharú 's dhá lasadh istigh ina theach féin 's níl cead aige é féin a chosaint. Ach má leagtar méirín fhliuch ar

Phrostastúnach tá arm Shasana amuigh spréachta 's tá sagairt 's easpaig a' cur a gcosa uathu. Cén fáth é sin, meas tú?"

"Níl marú ceart ar aon bhealach."

"Tá ar bhealach amháin ach níl ar bhealach eile. Sin é an chaoi a bhfuil sé le trí chéad bliain. M'anam, muise, dhá mbuailtí thusa siar ar an straois go mba coilgneach an maicín thú. Rinneadh an dlí sin sa gcaoi go mbeadh an lámh in uachtar ag dream amháin i gcónaí agus anois tá na cneámhairí ó dheas a' damhsa 'réir an phoirt. Níl náire na muice orthu. Cuireadh milleán ar Iúdás nuair a dhíol sé Mac Dé!"

"Ach bhí mise a' fiafraí cé ba cheart a bheith a' siúl Lá 'le Pádraic."

"A chleasaí, tá tú a' casadh an scéil. Cé a cheapfá a bheadh ann ach Gaeil: dream a bhfuil sé de mhisneach acu seasamh suas agus labhairt ar son a dtíre nó lámh a chur ina bpóca agus rud eicínt gnaíúil a chur ar an bpláta – ní fealltóirí ná tincéirí ná geabsairí atá a' cur an oiread gaoithe uathu 's a chuirfeadh bó a mbeadh garraí féir ghlais ite aici!"

"Caithfidh méara na cathrach a bheith ann agus leis sin an dream dubh, ach céard faoin dream seo na *gays*? Gaeil iad féin."

"Nach orm a bhí an mí-ádh teacht isteach anseo anocht ag éisteacht le seafóid? Ní chuirfeadh sé aon iontas orm dhá n-iompaíodh Pádraic Mac Piarais san uaigh, ach ní féidir leis, faraor – níor tugadh an phribhléid sin dhó."

"Ba dhuine acu é féin, deirtear."

" 'Deirtear' ag an mbás ort, a ruidín suarach. Tá cuma ort nach bhfuil a fhios a't tada. Ná maslaigh athair do

thíre 's na maslaigh mise le rá liom go mbeidh na collacha dubha sin ná na beithí brocacha eile sin ann an lá naofa sin. Coisreacan Dé orainn, céard atá tagtha ar an saol? Bhí caint ag Colm Cille ar bhean gan náire, ach anois 's é an fear atá gan náire."
"Dhá maireadh Dev bocht bheidís ann."
"Murach nach fiú liom é a dhéanamh leat chuirfinn mo dhorn síos in do phíobán! Má tá oiread sin cion a't orthu cuir anonn go Béal Feirste iad agus abair gur Protastúnaigh a bhaineann liom iad. Má bhíonn siad sin ann ní bheidh mise ann ná aon duine a bhaineann liom. Bídís agaibh – gabhfaidh mé san áit a bhfaighidh mé suaimhneas agus sásamh ar mo dheoch!"
" *'Bye, Pop!*"
"Tá sé corraithe."
" 'Chead aige, ach is maith an rud nach gcloiseann *lads* Bhéal Feirste na rudaí adeireann sé."
"Ní thabharfaidís aon aird air. Ní thuigeann sé an t-athrú mór atá tagtha ar an saol. Bhí sé a' caint ar phlátaí, ach 's é féin an stiocadóir is mó uilig acu."
"M'anam go mb'fhéidir dhá dtagadh cuid den trioblóid ar a thairseach féin go mbeadh smideanna beaga aige."
" 'S nach rith sé as New Jersey aimsir na círéibe – agus siúl aige freisin? Bhíodar a' glanadh suas ann moch ar maidin. Bhí an áit réabtha dóite. Cuireadh mo dhuine a' gearradh coincréite. Dhúisigh sé ceann dubh, 's ní dhearna sí ach an pota a scaoileadh anuas air – brioscaí 's *the lot*!"
"Breathnaigh anois an dream óg sin as an taobh ó thuaidh atá rite anall anseo. Ní fhéadfaidh siad a

ghabháil abhaile 's ní bhfaighidh siad aon víosa go deo."

"Tuige?"

"Cheal seoladh baile."

"Nach beirt acu sin a cailleadh anuraidh?"

"Sea. Fríothadh reoite i gcarr iad – deartháir agus deirfiúr. Bhí a sheaicéad baint dhe aige 's é casta timpeall uirthise ag iarraidh í a choinneáil te. Deirtear nach raibh aon ghreim ite acu le cúpla lá.

"Ní bhánódh luach béile aon duine, ná béile."

"Beidh a fhios a't é sin nuair a bheas ocras ort. Duine gan airgead i mbaile mór, is olc an lón dhó goile géar, 's m'anam má fhaigheann muid drochgheimhreadh arís i mbliana go mbeidh sé ina bhaileabhair ceart. D'fhan muid rófhada istigh i bpoll na hanachan' sin uilig."

"Tá a fhios ag Dia gur fíor dhuit é, a 'slabáil le hól 's ag éisteacht le geabsaireacht gráiscíní, 's a chrúib amuigh ag gach uile dhuine ag iarraidh airgid don thaobh ó thuaidh."

"Dhóibh féin, a mhac. Tá tithe ceannaithe acu sin anois dhóibh féin – anseo agus thiar."

"A' bhfuil aon iontas agat anois," adeir Jack, "go raibh fonn orainne imeacht amach uilig ón ealaín sin? Tá daoine anseo 's mhairfidís thiar ar Bhior. Má tá cúis nó cás ar bith ann a gceapann siad go bhfuil brabach as tá siad amuigh ag cruinniú, 's gan aon náire orthu."

"Sin é an chaoi a bhfuil sé," adeirimse. "Tá rud ag an sárachán 's tá an náireachán folamh, ach níl le déanamh le duine dínáireach ach dínáire a chaitheamh leis."

"Bhí sé chomh maith agat do hata a chaitheamh leo," adeir Jack.

"Cuireann sé seo drochbhail orthu," adeir Sibéal. "Iontas a bhíonns orm nach bhfaigheann sé snaidhm. 'S é 'n chaoi a dtosaíonn sé seo ag iarraidh déirce orthu."

"Ní mórán acu tá ann," ar seisean, " 's tá aithne ag gach uile dhuine orthu. 'Mhaisce, chonaic mise ar an bpáipéar faoin mbeirt sin sa gcarr, ach níor chuir mé aon suim ann – shíl mé gur beirt eicínt de na heasnacha cait eile sin a bhí ann."

"Tír gan trua í an tír seo," adeir Sibéal. "Níl aon chara a't ach do phóca – gaol nó dáimh, níl aon mhaith iontu. Ná tara rómhinic, tá mise a rá leat.

"Nó gheobhaidh tú béaláiste an tincéara don asal," adeir Jack.

Chuaigh an triúr againn ag Aifreann a hocht ar maidin. Ansin chaith mé féin agus Jack suas le huair an chloig ag siúl timpeall na háite. Ceantar álainn; é ag breathnú socair go maith. Is dóigh go mbreathnaíonn gach uile áit mar sin ar maidin Dé Domhnaigh, ach arís, ná bíodh dearmad bhean an tí ar an gcat ort. Tá an gadaí gnóthach i gcónaí.

"Ar dtús," adeir Jack, "bhí daoine neamhairdiúil go leor thart anseo. Ní raibh béic ná scréach le cloisteáil ann. Ansin rinneadh go leor robála ann agus dhúisigh sé sin suas daoine. Nuair a cheannaigh muid an teach ní raibh ach glaisín seafóideach ar an doras. Ní raibh aon chall leis, ach anois tá ceann air."

"Mórán den diabhlaíocht sin ar bun?" adeirimse.

"Ní maith le daoine mórán cainte a dhéanamh faoi

rudaí mar sin," ar seisean, "ar fhaitíos go bhfaigheadh an áit drochainm 's go dtitfeadh luach na dtithe. Coinníonn siad ciúin é. Ach tá rud eile ar bun anseo a chuala mé atá chomh dona le robáil – rógaireacht árachais."

"Cén chaoi a n-oibríonn sé sin?" adeirimse.

"Abair," ar seisean, "go dtéann mise ar sheachtain saoire. Tá árachas trom agam ar gach a bhfuil sa teach. Socraíonn mé leatsa, ar phraghas, gach a bhfuil sa teach a thabhairt leat agus é a chur i dtaisce dhom. Tiocfaidh mise ar ais chuig teach folamh, 's tá a fhios a't féin an chuid eile."

"B'fhearr liom a ghabháil ag piocadh faochan," adeirimse.

"B'fhearr dhuit é," ar seisean, "dhá bhfaighfí greim ort. Is iomaí bealach le cat a thachtadh. Déanfaidh siad rud ar bith sa tír seo le hairgead a fháil."

" 'bhFuil rún agat do shaol a chaitheamh sa tír seo?" adeirimse.

"Níl dhá bhféadfainn é," ar seisean, "ach cén mhaith dhom a ghabháil abhaile? Níl tada ann dhom ach déirc. Dhá mbeinn in ann maireachtáil ann shnámhfainn siar é! Ní thiocfaidh an áit seo linn go deo – ceachtar againn. Ní hé ár nádúr ná ár ndúchas é 's tá na mílte cosúil linn."

"Cumha an deoraí i ndiaidh an bhaile," adeirimse.

"Ach ar bhealach," ar seisean, "níl muid ródhona. Tá muid in ann cuairt a thabhairt abhaile am ar bith, ach breathnaigh ar na mílte atá anseo atá i ladhar an chasúir agus nach bhfuil baile abhus ná thiar acu. D'fhéadfá a rá nach bhfuil tír ar bith acu. Theith siad ón mbochtanas 's anois tá siad ar a dteitheadh anseo."

"Tá go leor le freagairt ag lucht rialtais," adeirimse. "Tá siad a' cur dallamullóg ar go leor daoine le fada, ach ní oibreoidh sé i gcónaí."

"A dheartháir," ar seisean, "orainne atá an dallamullóg: níor chuir siadsan orainn é. Má thagann athrú choíche, tiocfaidh sé leis an nglúin seo."

"Go dtabharfaí an vóta do imircigh anseo agus i Sasana uair eicínt?" adeirimse.

"Ní baileach é," ar seisean. "Ní mórán meabhair cinn a bheadh ag feilméar a bheadh ag beathú sicíní coileán sionnaigh a thógáil isteach mar pheata. Tá roinnt oibre thiar fós ag an dream óg agus, buíochas le Dia, tá greadadh anseo fós. Ní sheasfaidh rudaí. Cheana féin anseo tá airgead ag éirí gann agus tá an t-ús an-ard. Níl daoine a' ceannach mar a bhídís, go mór mór tithe, agus sin í bearna an fhir oibre. Tiocfaidh drochmhúr fada agus beidh píosa sula ndéanfaidh sé aon aiteall."

"Má bhuaileann sé anseo," adeirimse, "buailfidh sé thiar."

"Bhí mé ag teacht chuige sin," ar seisean. " 'Buailfidh sé sin géabha fiáine na tíre seo go dona. Rud amháin thiar, beidh áit istigh acu 's ní chaillfear leis an ocras iad. Ach, a Chríost, anseo! Tá droim láimhe tugtha ag a dtír féin dhóibh. Beidh agus tá a ndóthain ar an bpláta acu, agus is maith an píosa, má tharlaíonn sé go deo, go gcuirfear vóta dhóibh anseo nó i Sasana ar an spúnóg. Gabhfaidh na mílte abhaile má bhíonn a luach acu. Sna seachtóidí anseo fuair muid fíor-dhroch-chúig bliana. Níor tharraing mé *cent* ar feadh dhá bhliain go leith."

"Cé air a mhair tú, mar sin?" adeirimse.

"Rud atá anseo cosúil le *dole*," ar seisean, "é sin agus corrlá fánach oibre anseo agus ansiúd i bhfad ó chéile. Ní fhaca mé an taobh istigh de theach ósta ar feadh trí bliana."

"Cén chaoi a raibh an saol ag a leithidí sinne – dream gan aon pháipéir?" adeirimse.

"Sin anois rud nach bhfuil a fhios agam," ar seisean. "Ní mórán acu a bhí ann, nó má bhí ní raibh aon smid fúthu. Rud eile dhe, ní raibh an oiread éirí in airde acu 's tá anois."

"Tá leath na hÉireann abhus," adeirimse.

"Go deimhin, tá cuid mhaith," ar seisean. "Chuala mé bhfuil os cionn deich míle istigh in Nua-Eabhrac leis féin, gan trácht ar na bailte timpeall air. Níl caint ar bith ar na cathracha móra eile, abair, ar an gcladach thoir agus thiar. Tá go leor freisin istigh i lár na tíre – daoine a chuaigh chuig gaolta."

"Tá sé ceart go leor," adeirimse, "mura dtosaítear dhá gcur siar."

"Ní tharlóidh sé sin go deo," ar seisean. "Béarfar ar chorrdhuine le sampla a thabhairt don chuid eile. Cosúil le gach uile thír eile, tá siad feiliúnach do na polaiteoirí."

"Diabhal mórán atá siad sin a dhéanamh thiar ná abhus," adeirimse.

"M'anam go scaoileann siad corrghráig anois 's arís," ar seisean. "Tá an buille caillte go mór ag na hÉireannaigh anseo, rud nach dtuigeann go leor, ach leis an gceart a dhéanamh, an méid acu atá againn díobh níl siad go dona. Tá siad an-chabhrach ach, arís, níl sé an-éasca agat a ghabháil isteach i ngarraí

do chomharsan agus do chuid féin a dhéanamh dhó."
" 'S sin é an chaoi a mbreathaíonn siad orainne?" adeirimse.
"Níos measa ná sin," ar seisean. "Daoine gan pháipéir anseo, is ionann é i súile go leor daoine agus gadaíocht. Tá obair acu a ba cheart a bheith ag daoine atá go dleathach sa tír. Tá an Meiriceánach milis, ach na siúil ar chosa air. Tá sé gortach santach agus an-ghar dhó féin agus 's é an breac céanna é a inseos do chuid lochtaí dhuit."
"Fuair mé féin ceart go leor iad," adeirimse.
"Agus mise freisin," ar seisean, "nuair nach bhfuil a fhios acu tada fút ná faoi do chuid páipéar. B'fhéidir go bhfuil tusa ceart go leor san áit a bhfuil tú, mar 's iad do mhuintir féin atá ann, ach cuir i gcás, mar a tharlaíonn anseo, gur hiarradh an cáirtín uaine sin ort 's gan é agat. Bhí tú ansin ar an tsráid. B'éigean do na céadta abhus anseo airgead mór a fhágáil ina ndiaidh i ngeall air sin agus cur suas le drochíde ina dhiaidh sin – ní ó na Meiriceánaigh ach óna muintir féin."
"Chreidfinn thú," adeirimse.

Seachtain díreach ina dhiaidh go dtí an lá chuaigh mé a' fáil bearradh gruaige. Bhí slám ciomachaí oibre fágtha istigh sa teach níocháin agus thógfaidís uair go leith, mar bhí an áit gnóthach. Bhuail mé isteach i dteach ósta a bhí an taobh eile den tsráid go mbeadh cúpla beoir agam leis an am a chaitheamh. Bhí ceathrar ag imirt liathróidí boird agus seisear eile ina seasamh go ciúin ag an gcuntar.
D'athnigh mé le breathnú orthu nach raibh fonn óil ná cainte orthu. Gaeilge a bhí acu. Bhí cathaoir

fholamh idir eatarthu agus d'iarr mé féin í go deas múinte.

"Muis, a dheárthair," adeir duine acu, "croch leat í. Sin é an t-aon rud amháin atá le fáil in aisce thart anseo."

" 'S an rud atá saothraithe féin a't," adeir an fear ba ghaire dhom, "níl sé le fáil a't, ach masla."

"Ná habair," adeirimse, "gur cuireadh an pionna ionaibh."

"Bheadh ciall an pionna a chur ionat," adeir mo dhuine, "ach tugadh seacht gcasadh air lena chur níos doimhne!"

Ba deacair aon fhios a bhaint astu, ach idir tochailt agus tornáil fuair mé an scéal, gach uile dhuine ag cur a phíosa féin leis.

"Tá muide cosúil le sé cinn de lachain ar leathchois i lochán."

"Déan an seachtú ceann de."

"Do chéad fáilte go Club an Bhriseadh Croí."

"Costas iontrála?"

"Cúig phunt ag Aerfort na Sionainne."

"Sibh i bfhad abhus?"

"Cúig mhí."

"Seanriadairí sibhse. Tá na coirnéil casta agaibh faoi seo."

" 'S é 'n chaoi ar casadh na coirnéil orainn."

"Robáladh sibh?"

"Ba cneasta an gníomh é sin seachas an rud a tharla – bainbhín muice as a mbaile féin."

"Coicís chrua oibre gan bonn bán!"

"Cén sort obair a bhí agaibh?"

"A' déanamh suas tithe. M'anam nach raibh locht ar

bith air – dhá scór sa ló na sé lá."

" 'S cén cás é, ach níl a fhios cé na tithe a bhí ag an bhfear céanna ins gach uile áit!"

"Casadh an mhuic orainn 's mheall sé muid."

"Leathchéad sa ló a gheall sé."

" 'S d'fhág muid fear gnaíúil sa bpuiteach."

"Íocaíocht uair sa gcoicís a gheall sé. Sé chéad gan aon chaint."

"Shloig muid an baoite."

" 'S mura ndearnadh obair dhó i ngeall gurbh é ár nduine féin é!"

"Ní thabharfadh muid le rá nach mbeadh an obair déanta ceart."

" 'S d'fhanadh muid deireanach gach uile oíche."

"Ní raibh ann ach togha *lads*."

"Go dtí aréir."

"Níor íoc sé sibh?"

"A mhac, níor tháinig sé in aice linn 'chor ar bith."

"Chaith muid an tráthnóna dhá chuartú ach fuair muid an diabhal sa deireadh thuas i Hyde Park."

" 'S céard a dúirt sé libh nó ar thairg sé a gcuid airgid dhaoibh?"

" 'Fucálaigí libh!' adeir sé. 'Níl *Green Card* ná *frig all* agaibh, 's mura stopa sibh beidh an *bloody lot* agaibh ar an Jumbo ar maidin.' Sin é an chollach."

"Iontas, muise, nár thug sibh faoi na heasnacha dhó é?"

"Dhéanfadh muid asail chearta dhínn féin an uair sin."

"Sin é a bhí sé a chuartú, leithscéal – 's i dteannta an méid a bhí coinnithe uainn bheadh cúig chéad dollar le fáil aige ón *Immigration*."

"Níl míoltóg ar bith air. Má rinne sé linne é, cé mhéad duine eile a bhfuil sé déanta aige leis?"

"Ní iontas ar bith é a bheith a' gabháil thart sa gcarr mór atá aige, 's liachtaí amadán a bhfuil a chuid airgid inti."

"Cén cás é, ach dúirt *lads* as Caisleán an Bharraigh linn fanacht uaidh, ach ní raibh aon mhaith ann. Níor chreid muid iad. Ní dhéanfadh fear do bhaile féin rud mar sin leat . . ."

" 'S an sramachán sin thuas ag Comaoineach gach uile mhaidin Dé Domhnaigh – *pillar of society*."

"Dhá ndeireadh sé, 'Breathnaigh, a *lads*, níl sé agam faoi láthair, ach nuair a gheobhas mé féin íoctha tabharfaidh mé a gcuid daoibh'."

"Nó fiú a leath, 's an chuid eile arís. Ní bheadh an oiread ag ceachtar againn 's a cheannódh buidéal Miller, naocha *cent* – nach beag an méid é? An bainbhín suarach!"

"Níl aon mhaith doras an stábla a dhúnadh anois," adeir mé féin. "Tá an capall ar iarraidh. Cén chaoi a bhfuil sibh ó thaobh airgid, nó cá 'ide ó d'ith sibh?"

"Le freagra a thabhairt ar do cheist, níl tada sa bpóca ná sa bputóg ó am dinnéir inné. Scaip muid a raibh againn i ngeall ar a bheith a' súil le pái coicíse."

"Céard faoin leaba?" adeirim féin.

"Tá muid ceart go leor – d'inis muid an scéal do bhean an tí ar maidin 's dúirt sí foighid a bheith againn."

"Níl sí go dona dháiríre. M'anam gur dhúirt sí go gcuartódh sí obair dhúinn. Ó, ní chaithfidh sí amach muid."

"Bíodh a fhios a't nach drochdhaoine iad na Gréagaigh."

"Mór an t-ionadh nach é an fear a scaoil sí oraibh?" adúras féin.

"Fadó an lá a chaith sí amach é. Ní raibh ann ach feairín beag bídeach cosúil le frog móinéir – gan aon toirt."

"Má fhanann sibh dhá nóiméad," adeirimse, "go bpioca mé suas mo mháilín níocháin, beidh greim le n-ithe againn."

Suas linn go Ashmont. Pat a bhí istigh. D'ordaigh mé deoch is d'fhiafraigh mé dhó céard a bhí ar bord inniu aige.

"Stobhach Gaelach," ar seisean, " 's tá neart de ann, mar ní mórán tóir atá air go dtiocfaidh an fuacht."

"Caith amach seacht pláta de," adeirimse.

" 'bhFuil aon scláta imithe dhíot?" ar seisean.

"Níl," adeirimse, "ach fan is inseoidh mé dhuit."

"Nóiméad amháin go gcuire mé isteach an t-ordú," ar seisean.

D'inis mé an scéal dhó.

"An aon iontas daoine a bheith a' gáirí fúinn?" ar seisean. "Chonaic mé mo dhóthain díobh. Ní raibh mé i bhfad oscailte anseo nuair a bhí orm go leor acu a dhiúltú. Bhíodar a' déanamh ciseach den áit, a siúl amach 's gan ag íoc – an chuid eile a' lasadh orm. Buíochas le Dia, níor éirigh leo."

"Choinnigh tú amach iad ó shín?" adeirimse.

"Go deo na ndeor arís," ar seisean. "Béic ná scréach, tá siad amuigh – cuma cé hiad féin. Tá an t-ainm sin agam anois agus tá suaimhneas agam. Seo, bígí ag ithe, beidh mé a' caint leat ar ball."

Cuir sé iontas ar na buachaillí an feannach a fuair

siad le n-ithe, agus chomh saor agus a bhí sé."

"Tá sé i bhfad níos saoire," adeirimse, "ná é a cheannach sa siopa agus ansin am a chaitheamh leis dhá bhruith. Caithfidh mé glaoch ar duine de na *lads*."

Darach a fhreagair mé. Ba bheag nár tháinig lagar air nuair a chuala sé an scéal. Bhí aithne mhaith aige orthu. Céard faoi lámh chúnta? Ó, cinnte. Bheadh sé aníos díreach. An raibh Seán ann? Bhí sé le dhul ag ithe, muis. Bhí Seán ag an gcuntar nuair a d'iompaigh mé thart. Ní raibh aon chall an dream eile a chur in aithne dhó; bhí seanaithne acu ar a chéile. An chéad rud eile bhí Darach istigh. Mhínigh seisean an scéal do Sheán. Rinne muid suas trí chéad dollar idir an triúr againn agus leag mise ar an gcuntar chucu é. Is é an chaoi ar imigh an chaint uathu, ach d'aithneofá ar a súile go rabhadar buíoch beannachtach.

"Bíodh na seacht ndiabhail aige," adeir Darach, "an cráiteachán míolach – 'ó, tá crith ar a ghuaillí 's fuacht ar a chruit 's cumhdach na luaithe ní thabharfadh sé don chat'."

"Tá sé chomh milis," adeir Seán, "shílfeá go raibh fonn air thú a phógadh."

"Is minic cealg i mbun póige," adeir Darach.

"Ná habraigí mórán faoi," adeirimse, "mar tá cluasa ar na ballaí thart anseo."

"Tiocfaidh sé siar abhaile uair eicínt," adeir duine acu, "agus fágfar a chloigeann faoina chosa."

"Ná bí a' caint faoi rudaí mar sin," adeir Darach.

"Is gaire cabhair Dé ná an doras, agus níl a fhios ag aon duine againn nach dtiocfaidh toradh ar a nguí go bhfaigheadh muid uilig an *Green Card* – cead siúl na sráide agus do cheann san aer."

"Agus ansin," adeir duine eile, "na heasnacha a théamh ag mac cac i mála!"

"Cá ndeachaigh fearúlacht agus firiúlacht na nGael?" adeirim féin le Pat nuair a d'imigh siad.

"Cá ndeachaigh an sneachta mór a bhí ann anuraidh?" ar seisean. "Is cosúil le buachaillí deasa iad sin."

"Níor chruthaigh Dia a leithidí," adeir Seán. "Ag iarraidh luach curach nua a thug triúr acu sin anseo. Cheannaíodar na hinnill i Sasana."

"Is maith an píosa go snámhfaidh sí síos anois," adeir Pat. "Ach má fhaighimse aon tuairisc inseoidh mé daoibh é. Bíonn corrdhuine isteach in am dinnéir go minic. Fágfaidh mé nóta dhaoibh anseo."

"Ó, a dhiabhail," adeir Seán, "tá an deoch le n-íoc againn. Ní bheadh sé ceart siúl amach 's muid tar éis a bheith ag faoistin!"

"Súil agam gur inis tú don sagart faoin gceann aisteach sin a bhí a't thuas sna Queens!" adeir Pat, ag gáirí.

"Nach mé a cheapann tú a bheith seafóideach?" adeir Seán. "Ní hé t'fhearacht féin é: d'íoc mise air – ní hé an chaoi ar ghoid mé é! Seo dhuit luach deich ngloine Miller, agus ar ndóigh ní thógfaidh tú é . . ."

"Go méadaí Dia do chuid airgid," adeir Pat, " 's ansin b'fhéidir go mbeadh brabach ag gach aon duine againn air. Ó chuimhnigh mé anois, tá réic tithe nua a' gabháil suas síos Quincy. Bheadh sé ceathrú uaire siúil ón stáisiún. Meas sibh an fir cheirde iad?"

"Dhá shiúinéara agus dhá phláistéara," adeirimse. "Níl a fhios agam faoin mbeirt eile."

"Níl aon aithne agamsa," adeir Pat, "ar na conraitheoirí ach cuirfidh mé tuairisc. Is mór an trua an bhail atá curtha orthu. Iontas nár inis duine eicínt dhóibh faoin tincéir brocach sin."

"Níl a fhios agamsa," adeir Darach, "cé acu is faide gob na gé nó gob an ghandail, ach an gcreidfeadh tú é faoi fhear as do bhaile féin, meas tú?"

"Tá an ceart agat," adeir Pat. "Ní bhíonn duine críonna go dtéann beart ina aghaidh, ach ina dhiaidh a fheictear a leas don Éireannach. Feicfidh mé amárach sibh. Slán!"

"Is tú a dúirt agus ní hé Dia!" adeir Seán.

Bhí rud eicínt aisteach ag tarlú sa gcathair seo i gcónaí, robáil, briseadh isteach i dtithe, ionsaithe ar mhná agus, maidir le marú, bhí dúnmharú amháin ar a laghad in aghaidh an lae. Ní fhaca mé ná níor chuala mé gur cuireadh aon suim sna coireanna sin. Ar bhealach, leis, go mba cuid den saol é. Murar tharla sé dhuit ná déan aon chaint faoi.

B'éigean don triúr againn oibriú dhá uair thar an am oíche Dé Céadaoin. Áirse mhór a bhí le líonadh, agus ós obair chríochnaitheach a bhí le bheith ann chaithfí a bheith an-chúramach, mar bhí na clocha éadain agus na clocha eochrach socraithe sa bhfráma. Bhí ceanglacháin iarainn ag imeacht astu seo isteach sna hiarainn tacaíochta sa mballa taobh istigh. Nuair a bhainfí na cásaí anuas arís bheadh éadan na háirse críochnaithe 's ní bheadh ann ach í a ghlanadh. Ní fhéadfaí an obair seo a dhéanamh i rith an lae mar bhí an iomarca tráicht isteach 's amach.

Tugadh isteach tonnchreathairí speisialta le naghaidh

seo, mar bheadh na gnáthchinn róthrom agus ró-mhístuama. An faitíos a bhí ar an ailtire go gcuirfidís na clocha as líne agus go mbeadh mant fanta. Socraíodh seastáin sábhála taobh istigh agus taobh amuigh le siúl orthu le linn an líonadh. Coincréit an-bhog mearthriomaitheach speisialta a bhí le cur ann. Bheadh sé ar an dath céanna agus an cruas céanna leis an gcloch nuair a bheadh sé cruaite sna siúntaí. Mise agus Seán a cuireadh ar an dá thonnchreathaire agus Darach ar an bpíopa. Bhí an t-ailtire féin agus an t-innealtóir thuas lena dtaobh.

"M'anam ón diabhal," adeirim féin, "go mbeadh ceann acu seo an-handáilte a' déanamh brúitín nó ceaile!"

"Ní hea, a mhac," adeir Seán, "ach a' brú fataí do na muca! Nach í an tsean*lady* a bheadh *happy* a' réiteach an feed do *Mrs. Porky?*"

"Pork or pie," adeir an t-ailtire, *"here she comes!"*

B'éigean an obair a dhéanamh go deas réidh – ní raibh aon chaint ar dheifir. Mar sin féin, níor thóg sé ach uair, ach idir glanadh suas agus scuabadh thóg sé an dá uair. D'fhan an t-ailtire linn go raibh muid a' gabháil amach an geata, nuair a d'fhiafraigh sé dhúinn cá raibh muid ina gcónaí.

"Dorchester," adeir Darach.

"Níl sé i bhfad as mo shlí," ar seisean. "Tabharfaidh mé marcaíocht chomh fada sin daoibh. Isteachaigí libh."

Faraor nár éist sé linn! Lig sé amach muid ag coirnéal Shráid Adams 's ní raibh orainn ach siúl trasna an charrchlóis suas chuig an stáisiún. Bhí muid díreach taobh istigh de na ráillí nuair a d'fhógair póilín mór orainn cromadh.

"Down you fools," ar seisean, *"before you get you heads blown off!"*

Chuaigh muid síos ar leathghlúin ar chúl cairr lena thaobh. Bhí sé ina phléascadh urchar. Bhí cúpla carr póilíní a' scaoileadh le dhá robálaí a cheapadar a bhí sáinnithe acu píosa beag suas uainn. Ní raibh muide in ann corraí, mar dúirt an póilín seo linn go mb'fhéidir go gceapfaí gur trí ghadaí a bheadh ionainn féin. B'éigean dúinn fanacht.

"Nach beag a cheap muid ar maidin," adeir Seán, "go mbeadh muid páirteach i scannán tráthnóna – *real Western?"*

"Western, my arse," adeir an póilín. *"Flippin' coons!"*

Bhí a chaipín speiceach ag teacht sa mbealach air 's leag sé uaidh í ar mhullach an chairr ba gaire dhó. Planc! Cuireadh anuas faoina chosa í agus tiús do mhéire de pholl sa speic!

"Span new cap!" ar seisean.

"Ligfidh sé an t-aer isteach chuig a phlait!" adeir Seán. "A' bhfaca tú a shamhail riamh ach Humpty Dumpty? Meas tú cén chaoi a n-iompraíonn sé an méid sin geire?"

"Breathnaigh an dá bhróig atá air," adeirimse. "Tá gach aon cheann acu chomh mór le trach muice!"

" 'S ceann maith thíos iontu!" adeir Darach.

"All clear!" adeir an bleitheach. *"Hey, man, what's wrong with your ear?"*

Bhí braoinín fola ar chluais Dharach, an áit nuair a scaoileadh le caipín mo dhuine gur bhris sé an scáthán ar an gcarr agus bhuail ruainnín beag den ghloine é.

"Tada!" adeir Darach.

D'imigh muid, agus siúl againn, go Ashmont. Bridie a bhí ag freastal. Níor thug sí tada faoi deara go dtáinig sí amach leis an dinnéar.

"Shílfeá gur chrúcáil an cat thú," ar sise, "nó céard atá ort?"

"*Brucellosis*," adeir Seán " 's ní sheasfadh sé don *vet*. go gcuirfeadh sé *tag* ina chluais! Á, a Bhridie, cén sórt feola í seo? Seanbhó anuas as Maine siúráilte!"

"A't féin a bheadh a fhios sin," ar sise. "Is tú féin is deireanaí a bhí thuas ann i ndiaidh bodóga!"

"Chomh maith 's nár chroch tú féin do dhrioball riamh!" adeir Seán. "Scuab 's tabhair aniar gloine bainne."

"Don ghamhain tairbh!" ar sise. "Ach inis dhom céard a tharla do do chluais – fan go bhfaighe mé buicéad don lao i dtosach."

D'inis mé féin di.

"Ach *sure*," ar sise, "tá gunnaí ag na gasúir anseo. Nuair a tháinig muide isteach anseo fuair Pat ceithre cinn i mbosca thíos sa siléar – nua as an bpíosa!"

" 'S céard a rinne sé leo?" adeir Seán.

"Thug sé don seansúdaire buí sin de phóilín iad," ar sise. "Bíonn sé isteach anseo go minic, ag imeacht as an mbealach."

"B'fhéidir gur dhíol sé sin iad le duine eicínt eile," adeirimse.

"Bí cinnte dhó," ar sise. "Dhíolfadh cuid acu sin a léine. Is beag nach raibh dearmad déanta agam air – d'fhág Pat píosa de pháipéar anseo dhaoibh."

Thóg Seán é.

"Obair do na *boys*," ar seisean. "Tá sé chomh maith

dhom glaoch orthu má tá siad istigh. A'tsa atá a n-uimhir, a Dharach."

Ní rabhadar istigh. Cá mbeidís? Triail an Bhlarna.

"Ní fhreagróidh siad an fón ansin," adeir Darach.

"Abair le *Pull-through* é," adeir Bridie, "an biorán stoca sin atá a' freastal ann. Abair leis – "

"Ach cé leis?" adeir Seán. "Níl againn ach an chéad ainm, gan sloinne ar bith."

"Rísín," adeirimse.

"Cac!" adeir Seán. "Sin *raisin*."

"Curran!" adeirimse – "Batty."

"*Sound*, a mhac," adeir Seán.

B'fhada go bhfuair sé freagra, Chuartódh sé. A bhits, ná *shout*áil é! Bí ag fanacht.

"Níor mhaith do dhuine a bheith i dtinneas páiste," adeir Seán.

"M'anam go mb'fhéidir go bhfuil do lá ag teacht!" adeir Bridie. "Chuala mé go raibh go leor sceartán thuas ansin i mbliana."

"Gan scór acu in do theanga!" adeir Seán. "*Hello*, Batty. Scríobh síos an uimhir seo. Ní féidir leat – *frig it again*! Ashmont? Fanfaidh, cinnte dearfa siúráilte. Ná bac leis. Tá neart óil anseo – *plenty of that too*! Tá ceann anseo ag iarraidh 'theacht amach thar an gcuntar! Óg? Thart ar na trí scóir. *O.K.* Fanfaidh."

"Bhail?" adeir Bridie.

"Tá sé ar a bhealach aníos," adeir Seán. "Bhí sé ag fiafraí a' raibh aon *shape* ort 's dúirt mé leis go raibh tú ró-óg!"

Tháinig sé agus ghlaoigh sé ar an uimhir a d'fhág Pat. Siúinéaraí 's pláistéaraí agus triúr fir oibre? Ní raibh acu ach fear amháin. Dhéanfadh sé a dhícheall duine nó bheirt a fháil – sea, fir oibre.

"Cá bhfuil an séú duine?" adeir Darach.

"Ar an ól," ar seisean, "i ngeall ar raibiléara de bhean."

"Seafóid air!" adeir Seán.

"Cé atá a' caint?" adeir Bridie amach leis.

"Bhí sé trí bliana a' gabháil in éineacht léi," ar seisean, " 's an chéad rud eile bhí sí ina sraith leapa ag Iodálach mór buí. D'imigh an buachaill, 's cén cás é ach níor ól sé aon deoir le trí bliana! Níl a fhios againn cá bhfuil sé."

"Ní raibh mórán airgid aige?" adeir Darach.

"An méid a thug sibhse dhúinn," ar seisean, "ach thug Dia dhúinn go bhfuair muid an cúpla lá seo ag obair. Murach sin bhí muid réidh."

"Ach ní fear óil é?" adeirimse.

"Fear é nach bhfuil ól ag feiliúint dhó," ar seisean. "Deoch de aon chineál óil, is cuma lag nó láidir é, agus tá mo dhuine bocht bailithe."

" 'S nach sílfeá go dtuigfeadh sé é sin?" adeir Seán.

"Galar gan náire é an tart," ar seisean, "agus tá mé cinnte gur galar é. Níl sé ag gach uile dhuine. Tá daoine ann atá in ann ól a dhéanamh ach tá máistreacht acu air. Tá an tsrian agus an lasc ina lámha siúd agus caithfidh tusa sodar dá réir."

"Bail an diabhail air mar scéal!" adeir Seán. "Nach minic a rinne mé féin caora díom féin? Ach ní bheinn ag iarraidh aon deoir ar maidin. M'anam go ndéanfainn mo lá oibre dhá mbeinn chomh tinn le muc."

"Tá na milliúin cosúil leat," adeir Batty, "ach tá créatúir ann gurbh é leigheas na póite é ól arís, agus d'ólfadh siad sú oráiste nó tráta leis an mblas a bhaint as a mbéal agus le bealadh a chur ar an bpíobán – ach tá sé sin cosúil le réiteach an phíopa sul má líonfas tú é. Ansin tagann an dúil agus an tart agus leigheas Chathail, agus 's í an chéad ghloine an uair sin an namhaid is mó ag an dara ceann."

"Tá tú cosúil le misinéir," adeir Darach, " a' leagan síos do chuid rialacha, chomh maith 's dhá mbeadh a fhios a't tada faoi – gach uile dhuine as do bhaile i dteach an óil: ba iad ba túisce a d'éiríodh!"

"Mar ba duine acu m'athair agus ba é a chuir faoin bhfód go hóg é," ar seisean. "A liachtaí oíche a chodail mé faoi chloigeann na bó, rite amach as an teach le teann faitís, 's mo mháthair a' fáil na mbróga 's na ndoirne istigh – í leagtha suas gach uile bhliain 's gan fata le cur sa bpota aici dhá háilín! Ba mhinicí a chonaic mé súile dubha agus liopaí gearrtha aici ná a chonaic mé raca ina ceann. Ba duine uasal i dteach an óil nó sa síbín a bhí ann, ach an pointe a bhfuair sé boladh an deataigh ar a bhealach abhaile d'iompaíodh sé isteach ina bhrúisc. Shílfeá gurbh é an chaoi ar thug an diabhal cogar dhó. Isteach abhaile ansin a' briseadh 's a réabadh 's leagan. Chonaic muid an dá shaol."

"Nárbh é an aghaidh bróige?" adeir Seán.

"Níorbh é," ar seisean go ciúin. "Ní raibh aon neart aige air. Bhí galar cráite an óil air. Níor thuig muid é ag an am, agus dhá dtuigfeadh ní raibh muid in ann aon chabhair a thabhairt dhó. Ní raibh luibh ná leigheas ann. Anois glactar leis. Tá áiteacha ann a thugann comhairle agus cúnamh dhóibh."

" 'S nach mbíonn siad chomh dona céanna tar éis

teacht amach dhóibh?" adeir Seán. "Bainfidh siad seachtain nó coicís amach 's tá siad chomh dona 's a bhí siad riamh – níl sé a' gabháil dhóibh."

"An éiríodh sé as 'chor ar bith?" adúirt mé féin.

"D'éiríodh. Dhéanadh sé píosaí móra gan aon deoir," ar seisean. "Ní bhíodh a leithide beo ansin. Chaithfeadh cion a bheith a't air. Rinne sé bliain amháin uilig sa deireadh."

"Sa deireadh, adúirt tú?" adeir Darach.

"Sea," ar seisean. "Bhuail artha an bháis é – ailse. Mhair sé thart ar trí mhí leis. Bhí sé ite dóite uilig taobh istigh, óna phíobán síos. Ceart go leor, rinne na dochtúirí gach uile shórt beo dhó leis an bpian a laghdú. Ní raibh aon mhaith dhóibh ann. Leáigh sé leis. D'fhear mór, ní raibh oiread áiméan ann sa deireadh – dath buí air 's gan ann ach na cnámha."

"Nach uafásach an tinneas é!" adeirim féin.

"A' raibh a chaint aige go deireadh?" adeir Darach.

"Ó, bhí," ar seisean, "agus a chiall. D'inis sé gach uile shórt dhom faoin ól 's an bhail a chuir sé air. Chuir sé ar an mbealach seo é: an tá atá dhá dhó, b'fhearr leis a bheith dhá bháitheadh, ach fear an óil, ar seisean, báthann sé é féin inniu, agus amárach beidh sé dóite. Ansin caithfidh sé an tine sin taobh istigh a mhúchadh arís. Ní tart mar thart é ar bhealach eicínt ach go bhfuil gach uile orlach den chorp bruite ag iarraidh fuarú. Ní theastaíonn ach deoch amháin. Leanann ceann agus ceann eile é."

"An dúil," adeir Seán.

"Aisteach go leor," ar seisean, "ní dúil a thug sé air ach rud a chaithfeas tú a dhéanamh. Bhíodh sé sin chomh dona maidineacha 's gur le tráithnín a d'óladh sé pionta. Bhí sé a' rá liom ar leaba a bháis nach bhfuil fear ar bith chomh deacair a thuiscint le fear óil. Tá pearsantacht dhá chuid féin aige do réir mar fheileann dhó. Aisteoir iontach é. 'S é is deise faoin domhan nuair atá a phócaí folamh agus luach deoch ag teastáil uaidh – meallann sé agus geallann sé – ach nuair atá an deoch sin faighte aige imíonn crith na gcnámh agus tagann a chaint ar ais. Is duine eile uilig é. Tá sé i bhflaithis Dé anois – tá an tsíocháin intinne sin a bhí a' gabháil amú air ceannaithe aige. Tá an taibhse sí a bhí taobh istigh ann díbeartha aige agus anois níl beann aige ar aon duine. Tá cuimhne an tsaoil bainte as a cheann. Tá an tine sin a bhí istigh múchta. Tá an corp ar fad ligthe faoi, suaimhnithe síos. Is duine eile ar fad é. Tá an phóit imithe agus an tóiteán curtha as. Sin é a dúirt sé féin liomsa – nár lige Dia go gcuirfinn aon bhréag air."

"Tá a fhios ag Dia," adeir Darach, "nach mbeadh aon suim a't faoi rudaí mar sin an fhaid 's a fhanann siad socair, ach nuair a thosaíonn siad a chur a gcosa uathu sin, é an uair a dteastódh néal a chur orthu. Níl mé féin a fháil ciall ná réasún ann. Tá a fhios agam nuair a thosaíonn mo chosasa a' gabháil thar a chéile nach bhfuil mé ag iarraidh ach áit le síneadh."

"Nó duine eicínt síneadh leat!" adeir Bridie. "Suífidh mise in éineacht leat – tá mo shean-*bhoy friend* istigh. Ní hea, ach tabhair buíochas do Dhia nach bhfuil an galar sin ort. Tá an ceart ag Batty, mar tá na daoine sin a' maireachtáil i saol eile ar fad. Ceannaíonn siad aoibhneas bréige dhóibh féin le fáil réidh leis an ualach agus an brón atá istigh iontu a dhíbirt. Feicim anseo gach uile lá iad, dochtúirí, dlíodóirí, innealtóirí

– é cosúil le bosca na faoistine acu – ach nuair atá an doras glanta acu athraíonn siad ar fad: achrannach, argóinteach glámhóideach. Cuid acu atá cosúil le lao na bó, ciúin múinte bogchroíoch, cineál slibreáilte – ach níor mhiste leat faoi sin."

"Cosúil leis an bpleota sin a'inne," adeir Batty. "Sin é an fáth a bhfuil imní dhó: níl a fhios againn cá bhfuil sé faoi seo. Tá a fhios againn nach dtiocfaidh sé abhaile le teann náire. Is cuma linne sa diabhal faoin airgead ach é féin a bheith ceart."

"Sin é an pointe mór," adeir Bridie. "Tá purgóid a bháis le fáil aige anois ó fhear agus ó bhean, 's ach an oiread le bean ar meisce níl a fhios aige céard atá ag tarlú dhó – cá bhfuil sé ina chodladh nó cé atá ina chodladh leis. Cuartaígí an créatúr."

"Tá siad amuigh ó thráthnóna," ar seisean. "Tá barúil againn gur amach go Norwood a chuaigh sé, mar tá col seisearacha leis amuigh ansin. Má chuaigh sé ansin beidh sé ceart. 'S é 'n imní atá orainn gur isteach go lár na cathrach a chuaigh sé – sin áit amháin nach bhfuil mórán fonn orainne a ghabháil."

"B'fhéidir go bhfuil Dia mall," adeirimse, "ach tá sé tíolacthach tábhachtach 's ní dhéanann sé dearmad. Ach nach aisteach ansin go bhfeice tú daoine atá in ann éirí as de léim agus éisteacht uilig leis?"

"Tarlaíonn rud eicínt dhóibh," adeir Bridie, "a dhúisíonn iad, agus casann siad an eochair sa nglas. Daoine eile a théann isteach le hiad féin a thriomú amach ach go dtriomaítear rósciobtha iad. Tá siad sin briosc agus tá siad ar ais arís faoi cheann míosa, mar ní thugtar a ndóthain ama dhóibh."

"Fadó," adeir Batty, "ba gaiscíoch é fear an óil i ngeall

ar an méid piontaí a bhí sé in ann a chaitheamh siar. Cineál gaiscíoch a bhí ann, cosúil le peileadóir nó dornálaí. Ní raibh caint ar bith ar an éagóir a bhí sé a dhéanamh ar a bhean 's a chlann."

"M'anam go bhfuil an saol sin ag imeacht anois," adeir Bridie. "Ní ghlacfaidh na mná leis níos mó. Tá na bréidíní damháin alla caite díobh acu 's tá siad amuigh ag obair."

"Ach," adeir Batty, "tá leor acu freisin nach dtabharfadh le rá é – mná atá ag cosaint a gcuid fear."

"Is cuma céard a déarfar," adeir Bridie, "is scéal é nach bhfuil aon leigheas air. Teastaíonn trua, trócaire agus foighid ó na daoine sin. Ní hé an uair atá siad sna starrtha atá ag duine labhairt leo, ach nuair atá an mhaidhm sin curtha díobh acu."

"Agus," adeir Batty, "duine dhá ndream féin is fearr. Níl sé ceart a bheith ag magadh nó a' troid leo. Tá a ndóthain de chrois orthu gan muide a bheith ag déanamh an scéil níos measa. Tá tuiscint le déanamh ag go leor leis."

Ach tásc ná tuairisc ní raibh le fáil ar ár gcara. Ní raibh mórán iontais le déanamh dhe seo, mar tá a gcuid áiteacha faoi leith acu seo dhóibh féin 's níl aon ghlacadh le strainséirí ann. Fanann siad le chéile agus má tá luach deoch ag duine tá cion air. Uair sa gcéad a bhíonn achrann ann, ach sin an méid.

Mar a dúirt fear amháin liom, "Tá na créatúir chomh lag ag an ocras go leagfadh sinneán gaoithe iad."

Bhíothas ag déanamh amach gurbh i gceann de clúideanna sin a bhí sé, ní b'fhaide ó bhaile. Bóthar an chladaigh síos a thug sé air féin, as an mbealach ar gach uile dhuine. Níl a fhios go cinnte cé leis a raibh sé – lucht óil nó lucht "féir" nó b'fhéidir an dá dhream le chéile, mar níor tháinig aon duine a d'inseodh an scéal slán. Lasadh teach thíos ar bhruach na farraige – oíche Aoine. Deirtear go raibh suas le scór ar a laghad ag fanacht ann. Fríothadh duine amháin básaithe taobh amuigh, plúchta ag an deatach. Ní raibh tada ina phócaí le gurbh fhéidir é a aithneachtáil ach paidrín agus eochair a raibh fáinne briste uirthi. Ní raibh marc ar bith air. Johnny a d'inis dhúinn é tar éis oibre.

Rinneadh scrúdú iarbháis air. Bhí a chuid fola glan. Ní raibh lorg óil ná aon chineál drugaí inti agus bhí béile maith ite aige roinnt uaireanta roimhe. Tugadh na dintiúirí ar fad amach ar nuacht a hocht oíche Dé Luain. Impíodh ar a chairde teacht lena aithint. Bheadh an áit oscailte oíche agus lá – níl aon uaireanta ag an mbás anseo. Ghlaoigh muid ar Batty agus thairg muid é a thabhairt síos. Ní mórán fonn a bhí air, i ngeall ar an gcaoi a raibh rudaí, ach bhí Johnny ag gabháil de mhaidí croise dhó gur thoiligh sé féin agus beirt eile. Lean an mada beag seo iad. Anois, mura raibh tú istigh i dtaisceadán na marbh cheana, mo chomhairle dhuit: fan as. Do réir dháta an lae, uimhir a fiche dó a bhí ar an gcorp seo. Taispeánadh an paidrín agus an eochair dhúinn.

"Níl mé cinnte faoin bpaidrín," adeir Batty, "ach táim faoin eochair. Ó, seans gurbh é atá ann. Dia dhá réiteach, cén chaoi a n-inseoidh muid dhá mhuintir é?"

"An bealach seo," adeir póilín linn.

Lean muid é agus isteach linn. Ná habair liomsa cur síos ar an áit, mar níl mé in ann; b'fhada liom go

bhfuair mé mo dhá chois amach as arís. Bhí dath an bháis ar Batty agus múnóga allais a silt uaidh. Tarraingíodh amach cróchar a bhí ar shleamhnán as an taisceadán.
"Breathnaigh," adeir an bodach, chomh beag de shuim 's dhá mba scadán a bheadh ann.
"An aithníonn tú é?" ar seisean.
"Ní aithníonn," adeir Batty. "Ní fhaca mé an fear sin riamh."
"Cinnte?" adeir an bleitheach.
"Cinnte, cinnte," adeir Batty.
Ní raibh aon chall an bealach amach a thaispeáint dhúinn.
Deich lá ina dhiaidh seo casadh Batty dhom ar an tsráid. Péire bróg a bhí mé a fhágáil isteach le tosaí a chur orthu.
"Aon tuairisc ar an rógaire?" adeirimse.
"Nár chuala tú ?" ar seisean.
"Ní fhaca mé deoraí ó shin," adeirimse. "Ní mórán amach a dhéanaim tar éis lá oibre."
"Ghlaoigh sé as Chicago," ar seisean. "Tá sé ag obair ann!"
"Ach céard sa diabhal a thug suas ansin é?" adeirimse.
"Dream eicínt a bhí abhus i gcarr agus chuaigh sé suas in éineacht leo," ar seisean. "Níl a fhios cén obair atá ann, agus an pháí dhá uair níos fearr más fíor dhó."
"Áit nach raibh mé riamh fós," adeirimse, "ach gur chuala mé nach seasfadh an gadhar leis an bhfuacht sa ngeimhreadh é."
"Ní áit mhaith é ar phócaí folmha," ar seisean. "Tá sé

difriúil don áit seo – fiú amháin na daoine, nach bhfuil siad chomh tíriúil."
"Aon chaint aige a gcuid féin a thabhairt ar ais daoibh?" adeirimse.
"Ceart go leor, dúirt sé go mbeadh litir a'inn uaidh go gairid a' cur a gcuid féin chuig na hamadáin," ar seisean.
"Níor chuala sibh tada faoin gcorp siúd ó shin?" adeirim féin.
"Óra, Meiriceánach óg a bhí ansin – as an áit," ar seisean. "Ceaptar go ndeachaigh sé isteach leis an dream istigh a dhúiseacht 's gur phlúch an deatach é. Sin é a raibh dhá bharr aige sin."
"Tuige a ndeireann tú é sin?" adeirimse.
"Ó, bhí gach uile dhuine istigh sa teach sin craiceáilte ag ól 's ag drugaí," ar seisean. "Deirtear gur duine eicínt as an áit a chuir cipín faoi."
"Ní dhéanfaidís rud mar sin, go sábhála Dia sinn?" adeirimse.
"As ucht Dé ort 's bíodh ciall a't," ar seisean. "Chonaic mé a' tarlú ar an tsráid sin thíos againne é. Cheannaigh lánúin dhubh teach ann i lár na sráide. Ní rabhadar istigh ann nuair a rinne sé púir. Deasaíodh é, ach tharla an rud céanna arís. Choinnigh sé sin amach iad. Sách maith acu a bhí sé. Ní daoine cearta ar bith iad sin. Ar ndóigh, le breathnú orthu níl siad i bhfad abhus as na crainnte!"
"Crois Chríost orainn," adeirimse. "Ní Críostaí ar bith thusa."
"Céard a thabharfá ar na hainmhithe allta sin a las an cailín geal i Roxbury an tseachtain seo caite?" ar seisean.

"Chuala mé rud eicínt faoi sin," adeirimse. "Céard a tharla go baileach?"

"Bhí an créatúirín ar a bealach 's rith sí as peitreal," ar seisean. "Fuair sí canna peitril síos an tsráid 's bhí sí ar a bealach abhaile nuair a casadh an stadhan brocach seo di – seisear acu. Tharraing siad isteach í in íochtar seantí. Níor fhágadar liobar éadaigh uirthi agus ansin shalaíodar í – duine i ndiaidh an duine eile!"

"Ó, stop!" adeirimse.

"Diabhal smid bhréige ann," ar seisean, "agus ansin dhoirteadar an peitreal uirthi agus lasadar í – beo beathach! Nach sílfeá go raibh a ndóthain déanta acu léi? Bhí na póilíní ann sciobtha go leor ach bhí an dochar déanta. Cailleadh ar a bealach chuig an ospidéal í. Sin í Meiriceá a't."

"Dhá dtarlaíodh sé in *Africa,*" adeirimse, "ghlacfá leithscéal leo 's déarfá nach raibh a fhios acu níos fearr."

"Seafóid, a mhac!" ar seisean. "Cleas na gcaróga a dhéanamh leo, an gunna a scaoileadh orthu – fáil réidh uilig leo. Breathnaigh an bhail atá curtha acu ar Roxbury. Bhí deich míle Éireannach ina gcónaí ansin píosa – a gcuid séipéal, siopaí, scoltacha agus go dtí an halla damhsa, bhí sé ann. Céard atá inniu ann? Tada, a mhac, ach na ballaí. Níl fuinneog ar theach ar bith ann. B'éigean do na cait agus do na *pigeons* imeacht as. 'S éard a mharódh thú, bíonn daoine ag déanamh trua dhóibh."

"Níl a fhios a'm," adeirimse, "níor casadh aon drochdhuine acu orm fós."

"Ná bíodh imní ar bith ort," ar seisean. "Casfar ort

iad. Tá neart acu ann. Nach bhfuil siad a' síolrú ar nós na gcoiníní?"

An méid de na daoine dubha, nó gorma, a bhí ag obair linn, ní raibh locht ar bith orthu, ach ní aitheantas go haontíos.

Sean-Cadillac mór a bhí ag Johnny. Bhí sí chomh sean leis an gceo ach bhí sí coinnithe go maith. Ní mórán a rinne sí riamh agus ní mórán a bhíodh seisean a dhéanamh léi, ach fuair sé an-saor í. Tráthnóna Déardaoin chuaigh sé síos go Coirnéal Fields ag iarraidh slám tairní. Deich nóiméad a bhí sé imithe agus nuair a tháinig sé ar ais bhí sé gan deis marcaíochta: bhí an carr imithe. Chuir sé an scéal in iúl do na póilíní. Bhí sé ag tarlú gach uile nóiméad den lá, adúradh leis. Bhí barúil acu cá mbeadh sí le fáil, ach ná téadh seisean ann ar mhaithe leis féin. Fág acusan é. Ceart go leor, bhí sé faighte ar maidin Dé Satharn, ach ní raibh tada ann ach an fráma – bhí scian tugtha don na suíocháin. Ó, d'admhaigh sé gur leis í bhí sé de dhualgas air í a thógáil den tsráid láithreach, sin nó fíneáil throm. Bhí sé a' gearradh fiacal le holc. Do Neansaí a bhí trua uilig agam féin.

Maidin Dé Domhnaigh, síos go South Boston a chuaigh mé féin agus Johnny chuig an Aifreann. Bhí focal faighte aige ar charr a bhí seanfhear a dhíol. Bhí an bheirt ag teacht amach doras an tséipéil nuair a ligeadh glafar ar Johnny.

"Cé as sa diabhal ar tháinig tú nó an a' gabháil amú atá tú?" adeir an glór. Sean-Mháirtín a bhí ann.

"Ag iarraidh dhá éan a mharú le haon urchar amháin," a dúirt Johnny.

"Carr Tony siúráilte!" ar seisean.

"Shíl mise," adeirimse, "gur Antaine a bhí air?"

"Nach cuma céard a thabharfar air," ar seisean, "dhá dtugtaí Cromail air?"

"Chuala mé fúithi," adeir Johnny, " 's cuir mé focal uirthi."

"Chuala mé sin," ar seisean, " 'gus cogar mé seo leat, nár shíl mé go raibh carr a't?"

"Bhí," adeir Johnny, "ach thug do chairde go Roxbury í."

"Cén sort cairde?" ar seisean. "Níl aon duine a bhaineann liomsa ansin anois ó tháinig na *coons* isteach ann."

"Tá a fhios a't cé a ghoid í, mar sin," adeir Johnny.

" 'S breathnaigh anseo," adeir Máirtín, "bhfuil gunna a't?"

"Cé le haghaidh?" adeir Johnny. "A' caitheamh le míoltóga?"

"Dar príosta," adeir Máirtín, "bhainfinnse luach mo chairr astu. Bheadh feoil ag na gadhair go ceann píosa!"

"Tá Antaine a' súil liom," adeir Johnny. "A' bhfuil sé gar dhuit?"

"Róghar go minic!" ar seisean. "An chéad doras eile – téanam uait."

Mercury mór a bhí le díol ag Antaine. Bhí smut uirthi chomh fada le taobh tí. Chaith Johnny súil uirthi ar an mbealach isteach ach níor dhúirt sé tada. D'oscail Antaine an doras agus chuaigh isteach.

"Fuisce, uisce nó tae?" ar seisean.

"Ní ar cuairt a tháinig mé," adeir Johnny, "ach chuala mé go raibh ainm cairr le díol agat. An bhfuil seans ar bith go bhféadfainn breathnú uirthi?"

"Má tá dhá shúil in do cheann," adeir Antaine, "chonaic tú ansin amuigh í. Sin carr fir."

"Iontas thú a bheith dhá caitheamh uait," adeir Johnny.

"Dúirt mé gur le díol atá sí," adeir Antaine. "Níl siad sásta árachas a thabhairt i ngeall ar m'aois, nó má thugann bainfidh siad lán laidhricín díom."

Amach linn. D'oscail Antaine an carr. Bhí sí nua glan istigh inti, gan ach beagán mílte ar an gclog. Carr dhá dhoras a bhí inti, agus b'shin é an fáth a raibh Johnny ina diaidh – i ngeall ar an bpáiste.

"Triail a' bhfeice tú an imeoidh sí," adeir Máirtín.

"Imeacht ghéabha an oileáin a'tsa!" adeir Antaine. "Seo, suigh isteach."

D'imíodar, is chuaigh mé féin is Máirtín isteach ina theachsan. Rinne sé streall tae.

"Tá mé ríméadach," ar seisean, "gur ag Johnny a bheas an carr sin, mar is an-charr í."

"Má dhéanann siad margadh," adeirimse.

"I ngeall ar an rud a tharla dhó," ar seisean, "thabharfadh Tony dhó gan tada í. Fág agamsa é sin."

"Ní fheicim duine dubh ar bith thart anseo," adeirimse.

"Ná ní fheicfidh ach oiread," ar seisean. "Fuair siad sin an oiread den áit seo 's a fuair an bacach de Inis Ní."

"A' raibh siad a' spochadh oraibh?" adeirimse.

"Ara, ní hea 'chor ar bith," ar seisean, "ach aimsir thrioblóid na scoile, nó na busála. Bhí na húdaráis ag iarraidh na diabhail sin a chur isteach anseo ar scoil 's an dream le chéile. Dhiúltaigh muide glacadh leis.

Cuireadh busanna 's póilíní isteach anseo dhá ngardáil. Bhí an scéal ina bhricfeasta mada."

" 'Mhaisce, chuala mé caint air," adeirimse, "ach meas tú an ndéanfaidh sé maitheas i ndeireadh na dála?"

"Meas tú," ar seisean, "dhá mbeadh tú lách leis an diabhal a' ngabhfadh sé chuig Comaoineach? Fiafraigh é sin de Neansaí nó de Johnny. Tá buille faighte ag gach aon duine acu. Ní raibh an áit seo píosa sábháilte ag duine ná beithíoch. Maidir leis an seanchaisleán ansin thíos, ba é an áit dumpála a bhí acu é. Bhí an áit lofa acu. Breathnaigh inniu é. Nach bhfuil sé deas glan sábháilte ag bean 's páiste?"

"Tá, muis," adeirimse. "Is maith liom teacht anuas ann oíche nó lá ar bith a mbíonn an deis agam."

"Bhí am ann, ' tá cúpla bliain ó shin, 's ní thiocfá i bhfoisceacht scread asail don áit," ar seisean.

"Cén chaoi ar oibrigh na busanna?" adeirimse.

"Níor oibrigh siad," ar seisean. "Thriail siad gach uile shórt, ach chinn sé orthu. Fuair póilíní faoin seanhata é."

"Céard a bhí siadsan a chur as daoibh?" adeirimse.

"Tionlacan na hóinsí," ar seisean, "ag damhsa port na bpolaiteoirí. Rinneadh asail chearta dhóibh. Scaoileadh leo ar dtús. Bhí cineál trua ag daoine dhóibh, ach nuair a thosaigh siadsan a cur a gcosa uathu freagraíodh iad. Thagaidís anuas anseo faoi shiúl a' scréachaíl, 's go bhfóire Dia ar aon duine a bhí ina mbealach."

"Gan aon údar go minic?" adeirimse.

"Údar na ngrást," ar seisean, "ach ag iarraidh daoine

a scanrú – ach ba gearr gur scanraigh muide iad. Tá a fhios a't na comhlaí móra iarainn atá ar na dúnphoill sna sráideanna?"

"Tá a fhios agam iad," adeirimse.

"Bhail," ar seisean. "Tógadh aníos iad sin agus cuireadh cinn adhmaid fíorthanaí ina n-áit, péinteáilte ar an dath céanna. Anuas le ceann sna feiriglinnte gur bhuail sí an chomhla. Síos leis an roth tosaigh. Ansin scaoil muide a gcuid urchar féin – neart brící 's clocha. Rith na bobarúin, 's go deimhin ní mórán a bhí fágtha den *chruiser* nuair a tháinig siad ar ais. Cleas eile a bhí ann seancharr a fhágáil díreach trasna ón gcomhla bréige sa gcaoi go gcaithfidís a ghabháil ina mhullach."

"Ar lasadh na *cruisers*?" a d'fhiafraíos féin.

"Baol an diabhail orainn," ar seisean. "B'iomaí duine ar theastaigh roth nó doras uaidh. Rud eile, tháinig na *radios* isteach an-fhóinteach. Áiteacha eile, cláracha a raibh tairní géara tiomáinte aníos thríothu a bhíodh againn. Cúpla uair buaileadh péire acu in aghaidh a chéile, mar bhí an *radio* againn le hiad a chur i mbealach a mbasctha. Ach ba iad póilíní na gcapall ba mhó a raibh spraoi orthu."

"Bhí sibh ag caitheamh leo?" adeirimse.

"Óra, a dhiabhail ní raibh," ar seisean. "Tugadh isteach na capaill le cead snámha 's pléaráca a bheith ag an dream dubh ar an trá. Cuireadh cláracha i bhfolach sa ngaineamh a raibh tairní, géaraithe an uair seo, iontu. Chuaigh siad seo go cnámh i gcrúba na gcapall, 's an chéad rud eile bhí an marcach ina phlábar ar an trá!"

"Ní raibh sé sin ceart," adeirimse. "Ní raibh an capall

bocht a' déanamh tada oraibh, mar an té a bhuailfeadh do mhada bhuailfeadh sé thú féin."

"Díreach é," ar seisean. "Thuig siad an scéal sa deireadh agus tharraing siad siar, 's an dream dubh rompu."

"Fuair siad sin greasáil freisin, is dóigh?" adeirimse.

"Orthu sin ba mhó a bhí spraoi," ar seisean. "Tá coill bhreá thuas i New Hampshire. Tugadh anuas carnán mór slatacha sna carranna – cuid acu chomh tiubh le do mhéar mhór. Ní fhaca tú aon spóirt riamh ach a bheith ag cnagadh an dream dubh sna mullaí – tá cloigne breá crua orthu! Gach uile shórt leo ach iad a bhualadh sna loirgne."

"Tá siad briosc," adeirimse.

"A'msa atá a fhios é," ar seisean. "B'iomaí fleasc a bhain mé astu. D'fhan siad amach uilig sa deireadh. Anois tá do charr sábháilte taobh amuigh den doras. Tá an seanduine sábháilte sa teach. Má dhéantar aon mhínós, tá a fhios cé a dhéanfas é 's gheobhaidh sé súistín. Glacadh leatsa ón gcéad lá i ngeall orainne. Is duine againn anois thú an fhaid 's a iompraíonn tú thú féin. Tarraing scliúchas agus gheobhaidh tú tuirne Mháire. Ha, tá an beirt ar ais!"

"Meas tú a' bhfuil an margadh déanta?" adeirimse.

"Ní raibh sé le déanamh," ar seisean. "Ní theastaíonn an t-airgead uaidh, ach go mb'fhearr leis í a chaitheamh i bhfarraige ná í a bheith ag aon duine eile. Ní deartháir cara go cás."

"Margadh déanta?" adeirimse nuair a tháinig an bheirt isteach.

"Tá sé chomh maith a rá go bhfuil," adeir Antaine. "Leag anseo í, 's go n-éirí sí leat!"

"Ní fhéadfaidh mé a thabhairt liom inniu," adeir Johnny. "Caithfidh mé an t-árachas a athrú amárach."

"Fan go fóilleach," adeir Máirtín. "Nach mise a fuair árachas dhuit an chéad lá riamh, má chuimhníonn tú air? 'bhFuil tú leo sin i gcónaí?"

"Táim, a mh'anam," adeir Johnny, "ach tá gach uile áit dúnta inniu, 's caithfidh mé fanacht."

"Tabhair dhom an fón sin thusa," adeir Máirtín. Ghlaoigh sé.

"Seo dhuit, a Johnny."

"Sea?" adeir Johnny. "Nóiméad amháin."

Thug sé a chuid dintiúirí agus shín sé an fón ar ais chuig Máirtín. Socraíodh suas gach uile shórt.

"Anois," adeir Máirtín, "sin sin. Beidh suas le leathuair le fanacht againn, agus tá tart ormsa."

"Nár imí sé dhíot!" adeir Antaine. "Is dóigh go gcaithfidh muid buicéad a thabhairt dhuit!"

"A stiocadóir bhradach," adeir Máirtín, "ní fhéadfaidh tú é a thabhairt leat, mar ní bheidh aon phóca in do thaisléine!"

Amach linn chuig teach an leanna – seanáit chéanna a raibh mé go minic. Timpeall is uair a bhí muid ann nuair a tháinig cailín óg isteach agus shín sí clúdach chuig Antaine. D'oscail seisean é agus ansin shín sé anonn chuig Johnny é.

"Do chuid árachais," ar seisean.

"Ach tá sé seo íoctha!" adeir Johnny.

"Bhí sé ar mo choinsias," adeir Antaine, "gur bhain mé an iomarca dhíot – cineál lascaine beag é sin."

"Ó, b'annamh leis an gcat srathar a chur air féin!" adeir Máirtín.

"Fuair tú margadh maith?" adúirt mé féin le Johnny

ar an mbealach abhaile.

"Bhí sí gan tada," ar seisean, "seacht gcéad go leith 's d'íoc sé féin an t-árachas, 's tá ceithre roth nua sneachta aige dhom freisin. Ní raibh siad thuas riamh. Ach 's é an faitíos 's mó atá orm go bhfuil tart an diabhail uirthi."

"Caithfidh tú gealladh in aghaidh an óil a chur uirthi!" adeirimse.

"Nach cuma?" ar seisean. "Bhí an-chaitheamh i ndiaidh an chinn eile agam, ach nach fearr imithe í na muid féin?"

"Iontas nár bhuail tú faoi cheann nua?" adeirimse.

"Is leor dhá rópa faoi mo mhuineál," ar seisean, "gan an tríú ceann a bheith ann."

"Tuige?" adeirimse.

"Tá mé a' ceannach an tí," ar seisean, "agus sin poll mór in mo phóca. Ansin, faoi cheann cúpla bliain eile beidh an fear beag a' gabháil chuig an scoil: tuilleadh costais – 's ní tada é sin go dtige sé go haois coláiste. Tá tú a' caint ar chúpla míle maith dollar in aghaidh na bliana."

" 'S má bhíonn duine nó beirt ann?" adeirimse.

"Má bhíonn," ar seisean, "íosfar fataí tor. Saothróidh tú airgead sa tír seo le lámh amháin ach tá sé a' gabháil amach leis an lámh eile. Caithfidh sí féin a ghabháil ag obair go gairid. Ar an oíche a bheas sí, 's an méid a shaothrós sise caithfear é a chur i dtaisce le haghaidh an lá báistí. Má bhímse as obair caithfidh duine eicínt an píobaire a íoc. Tá sé deacair a bheith ag tógáil clainne 's a' coinneáil tí sa tír seo. Ara, a mhac, tá gach uile shórt sínte chucu thiar sa mbaile 's gan duine ar bith ag obair. M'anam go gcaithfidh tú an cheirt a tharraingt sa tír seo."

"Mura bhfuil sé a't, déan dhá uireasa," adeirimse.

"Níl cinnteacht ar bith ag baint leis an tír seo," ar seisean. "Níl tada seasta. D'fhéadfá a bheith fiche bliain ag obair do dhream anseo agus b'fhéidir tráthnóna Dé hAoine go sínfí do chuid cártaí chugat. Chonaic mé ag tarlú go minic é. Sin é an fáth an fuirseadh, an deifir agus an díocas a fheiceann tú ar dhaoine ag an obair. Faitíos agus cur i gcéill uilig é, mar tá siad ar bior go bhfaighidís bóthar. Gach uile dhuine 's a ghearán féin, ach tá mise á rá leat gur namhaid don suaimhneas í an imní. Ní chodlaíonn an fear a bhfuil sí air.

"Is dóigh," adeirim féin, "nach bhfuil a fhios ag aon duine cá bhfuil an bhróg ag luí ar an duine eile."

"Focal chomh fírinneach is a dúirt aon duine riamh," ar seisean. "Is bocht an rud bróga arda ar shála gágacha agus speireach ar cheann acu."

" 'bhFuil a fhios agat céard a bhí mé a' brath ar a dhéanamh?" adeirimse. "Ceadúnas tiomána a fháil."

"Is maith an rud gur labhair tú air," ar seisean. "Tá áit anseo thíos 's beidh do chuid pictiúr a't in cúpla nóiméad – ní bheidh ort ansin ach foirm a líonadh 's bualadh síos chuig an Precinct."

"Póilíní?" adeirimse.

" 'D eile, a mhac?" ar seisean. "Má cheannaíonn tusa cúpla deoch don rud buí sin a bhíonn tigh Phat is furasta dhuit do cheadúnas a fháil."

Sin é díreach an rud a tharla. Ní bhfuair mé de theist ach síos aníos an tsráid go bhfeicfeadh sé an raibh mé in ann an carr a choinneáil díreach. Achar gearr ina dhiaidh seo tháinig sé sa bposta. Cáirtín an-tábhachtach anseo é – cruthúnas é gur tú féin atá ann. Go mion minic cuirtear ceist ort – abair, i mbanc – an bhfuil aon chárta nó páipéar aitheantais agat, nó san oíche i lár na sráide go dtarraingeodh póilín suas thú. Ar an taobh eile den scéal, cárta contúirteach é má chastar cigirí na himirce ort agus é a thaispeáint dhóibh. Cruthúnas an uair sin é go bhfuil tú níos faide sa tír ná is dleathach dhuit a bheith, agus níor dhiúltaigh an cat riamh bainne.

An conraitheoir a raibh muide ag obair dhó, bhí obair mhór eile aige amuigh i San Francisco – cúpla óstán agus dhá scoil mhóra. Bhuail crith talúna an ceantar sin agus rinneadh scrios uafásach. Chonaic muid é ar an teilifís, ach ó bhí sé chomh fada sin uainn sin é a raibh de shuim againn ann. Ní toirneach bhodhar is measa.

Chuaigh muid isteach chuig an obair ar maidin. Bhí rud eicínt suas. Ní raibh aon chosúlacht oibre cheart ar an áit – daoine ina seasamh thart ag léamh fógraí a bhí crochta suas. "Fir ag teastáil le n-oibriú ar láthair an chrith talúna" a léigh mé féin. Chaith mé uaim é agus chuaigh mé ag obair. Darach a bhí in éineacht liom an mhaidin chéanna.

"Aon chaint agaibh síneáil suas?" adeir an stíobhard linn.

"An uair dheireanach a shíneáil mise," adeirimse, "ní maith a chuaigh sé dhom."

"Seans maith agaibh slám airgid a dhéanamh," ar seisean. "Ráta Chalifornia, íoctha amach, agus costais lóistín amuigh."

"Má tá sé chomh maith sin, cén fáth nach ngreadann tú féin bóthar?" adeir Darach.

"Cár fhág tú an aois?" ar seisean. "Aon duine a shíneálann, coinneofar a chuid oibre anseo dhó."

"Mórán a' gabháil?" adeirimse.

"Níl tuairim agam," ar seisean. "San oifig amháin atá an t-eolas sin."

"Bíodh an fheamainn acu!" adeir Darach.

Ach ní raibh. In am dinnéir bhí an triúr againn ag críochnú a gcuid lóin nuair a shiúil an ceannfort mór é féin síos tharainn. Chas sé ar ais agus, an rud ab annamh leis, shuigh sé síos in aice linn. Ba é seo anois an breac a dtugadh muid an t*Agent* air – uilechumhachtach is gan aon trócaire.

"Tá a fhios agaibh," ar seisean, "faoin dochar atá déanta orainn i San Francisco – milliúin dollar. Ní chlúdóidh aon árachas é sin, ach tá go leor airgid feidearálach dhá thaoscadh isteach ann. Teastaíonn cuid de sin uainne, agus gheobhaidh muid é má chruthaíonn muid gur chuir muid fir oibre as seo ann – tá gach uile stát sa tír ag cur fir ann i ngeall ar an bpráinn. Tá muide sásta daoine a íoc amach ann, a choinneáil ann go mbeidh an obair críochnaithe agus ansin iad a thabhairt ar ais anseo arís – ní chaillfidh siad *cent*. Íocfar a bpáí ón nóiméad a chuireann siad a n-ainm ar pháipéar."

"Cén uair," adeir Darach, "a bheas sibh a' súil le tosaí a' síneáil?"

"Maidin amárach ag a seacht," ar seisean. "Ó, a' bhfuil ceadúnas tiomána agaibh?"

"Beirt againn," adeir Darach.

"Beidh mé ag caint libh," ar seisean, ag imeacht.

Ní mórán oibre a rinne an triúr againn an chuid eile den lá, ach ag cíoradh 's ag suaitheadh an scéil. I ngeall ar an mbealach a bhí linn, theastaigh an t-airgead uainn agus bhí deis againn anois sláimín a chur le chéile, ach bhí faitíos orainn roimh an nga atá in eireaball na foiche – greim a fháil orainn. Bhí seirín eile orainn freisin, cé nach raibh ceachtar againn dhá ligean sin air féin – mná. Bhí sé ina gcroí, ach ní raibh sé de mhisneach againn an focal a rá. Bhain Neansaí an tsnaidhm de mhála an chait.

"Tá scéal agam ar na mná,
'S is gairide an lá a bheith dhá lua:
Nach bhfuil aon bhean óg a bhíonns i ngrá
Nach gearr arís go mbeidh sí lán dhá fhuath,"

Ar sise. "Ní bheidh tada thart anseo ach gol agus gíoscán fiacal, mar a bhí sé sa soiscéal fadó!"
"Níl muid ach ag caint air," adeirimse.
" 'S níl aon dochar ansin," adeir Seán.
"Anois, breathnaigh," adeir Neansaí, "is geall le trí phéist sibh. Seo an eochair, a Dharach, 's buailigí síos."
"Baol an diabhail orm!" ar seisean. "Níor dhúirt mise go raibh mé a' gabháil 'chor ar bith."
Tháinig Johnny isteach. Insíodh an scéal dhó, ach gur chuir Neansaí a thrí oiread leis.
"Ní fhaca mé aon trí asal riamh chomh mór libh," ar seisean. "Tá an deis agaibh naoi nó deich de mhílte dollar a dhéanamh 's tá sibh a' gabháil dhá caitheamh uaibh i ngeall ar trí eanguisín. M'anam, má tá an oiread sin grá acu dhaoibh go mbeidh siad ríméadach fanacht libh. Chuirfeadh grá soir thú."
"Breá nár chuir sé soir thusa!" adeir Neansaí.

Gan scéal an ghamhna bhuí a dhéanamh de, bhuail muid síos agus cuireadh na cártaí ar an mbord. Rud nach raibh a fhios againne, bhí an leac oighir briste ag Neansaí dhúinn – an fón bradach sin.

"Ní bhfaighidh sibh seans mar seo go deo," adeir Nanó.

An té a bhíonn briosc faoina gháire bíonn sé briosc faoina ghol. B'shin é a fhearacht ag na mná é. An mhaidin dár gcionn chuir muid síos ár n-ainm agus míníodh na téarmaí dhúinn: fiche dollar san uair, lá agus oíche, go dtagadh sinn chuig an obair i San Francisco – lón agus lóistín íoctha ar feadh an bhealaigh. Le barr a chur ar an mbainne, bheadh an pháí anseo dhá híoc i gcónaí go gcríochnaíodh muid thiar – coinníollacha rialtais a bhí anseo. Bheadh liúntas lóistín le fáil againn freisin, ach ní raibh sé seo socraithe ceart fós. Fág d'uimhir baince agus dhéanfadh an ríomhaire an chuid eile.

Tugadh an chuid eile den lá saor dhúinn le fáil faoi réir. Rinne muid socrú leis an mbanc cíos na seachtaine anseo a chur i gcuntas Johnny agus Neansaí. D'ith siad na cluasa againn faoi seo.

Chuaigh muid chun bóthair ag a sé a chlog ar maidin. Thug bus príobháideach go Springfield muid. Anseo a bhí an teacht le chéile. Tar éis lóin míníodh an córas taistil dhúinn . Trí leoraí mhóra luchtaithe le gach uile chineál deis oibre a bhí le n-imeacht ar dtús. Beirt thiománaithe a bhí iontu seo. D'imigh siadsan dhá uair romhainne. Veain mhór a tugadh do Dharach, lán go fiacail le gineadóirí, gearrthóirí, tolladóirí – rudaí nach bhfaca mise riamh.

"Ach ar nós an diabhail," adeirimse, "níl San

Francisco chomh bocht sin 's nach mbeadh na rudaí seo acu féin?"

"Dúirt fear liom ar ball," ar seisean, "go gcaithfidh siad seo a bheith ag gach uile chriú, mar go bhfuil gach uile chineál oibre i gceist – go minic in áiteacha nach mbeadh an leoraí mór in ann a ghabháil. Tá an liosta uilig ansin. Uimhir a sé atá againne."

"Cá ndeachaigh Seán?" adeirimse.

"Sin é an buachaill a tháinig amach as an taobh ceart den leaba inniu," ar seisean. "Tá sé imithe in éineacht leis an innealtóir mná – mar chomrádaí taistil!"

"Piteog!" adeirimse. "Ach fan go dtí anocht."

"Ná habair tada, a dhiabhail," ar seisean. "Tá sí siúd pósta le deartháir an *Agent*. Seachain an gcuirfeá an dá chois ann!"

" 'S í seo éasca le tiomáint?" adúirt mé féin le Darach.

"Cuir isteach in D í," ar seisean, "agus déanfaidh sí féin an chuid eile. Tá sí nua as an bpíosa. Beidh sé deacair í a choinneáil siar."

Amach le huimhir a cúig. Lean Darach é. Deich nóiméad ina dhiaidh seo tháinig muid isteach ar an mbóthar mór – agus tabhair mór air: leathan, leibhéal agus díreach. Sé huaire tiomána a bhí leagtha síos i gcomhair an lae, mar bhí sé cineál deireanach nuair a d'fhág muid. Ní raibh cead ag aon tiománaí ach trí huaire as a chéile ar an roth. Níor bhain sé seo leis na trucailí móra, i ngeall ar an gcairt ama a bhí acu.

Ní raibh cor as an bhfeithicil mhór seo. Bhí sí breá compordach, ard os cionn an bhóthair. Má bhí féin, ní mórán a bhí le feiceáil, mar bhí an áit mórthimpeall lán le coillte. Ceantar talmhaíochta a bhí ann. Anois is arís bhí corrléargas le fáil ar pháirceanna féir.

Bhuail muid teorainn Pennsylvania, agus d'fhéadfá a rá go raibh tú i dtír eile ar fad. Stát mór, agus ceann an-saibhir i ngeall ar a chuid ola, guail agus iarainn. Gleannta mór féaracha a chuirfeadh aoibhneas ar aon fheilméir faoin domhan.

B'éigean dhúinn athrú, an t-am a mharcáil, agus chuaigh mise sa diallait. B'fhíor do Dharach. Bhí sí cosúil le capall rása nach mbeadh sásta glacadh leis an mbéalbhach. Anois ní raibh aon am agam breathnú in mo thimpeall. Bhí imní orm freisin, mar ba é seo an chéad uair agam tiomáint ar thaobh na láimhe deise den bhóthar agus – rud a bhí chomh dona céanna – úsáid a bhaint as an scáthán le súil a choinneáil ar an bhfear taobh thiar. Ní raibh an trácht mór agus tháinig mo mhisneach chugam de réir a chéile, ach go raibh pian uafásach i ndroim mo choise. Níor airigh mé an chéad uair ná níor chuir an dara ceann mórán as dhom ach, dar m'anam, bhí an tríú ceann ag tomhas doirne liom.

"Neamhchleachtadh," adeir Darach nuair a stop muid píosa siar ó Pittsburgh. Ionad mór scíthe agus codlata a bhí anseo do thiománaithe trucailí. Bhí gach rud socraithe suas dhúinn roimh ré – béile agus áit chodlata. Fuair muid ticéad an duine agus eochair seomra. Tar éis níocháin, bhuail an bheirt againn isteach go mbeadh cúpla beoir againn. Ó bhí an ticéad againn ní raibh aon íocaíocht.

"Is leor trí nó ceathair de phiontaí de sin," adeir seantiománaí linn. "Tá sé an-láidir – beoir áitiúil."

"Cén uimhir atá ar an mbothán sin agaibhse?" adeir Seán taobh thiar dhúinn. "Dúirt mé leo gur libhse a bheinn."

"Fiafraigh di féin é," adeirimse. "Ní raibh muide sách maith a't ó mhaidin. Téirigh i dtigh diabhail anois!"

"Ach breathnaígí an pus *lipstick* atá air!" adeir Darach. "Tá sé cosúil le laoi a mbeadh a phus sáite i mbuicéad bainne aige. Bail an diabhail ort 's dún suas an seansiopa sin 's ná náirigh muid!"

"Dún do chlab," adeir Seán. "Bean lách í sin."

"M'anam nach bhfuil a fhios a'inn," adeirimse. "Níor labhair an bhean riamh liomsa. Tá sé cineál aisteach, ó chaith tú an lá léi, go ligfeá a chodladh léi féin í."

"Ó, nach ann a bhí an gaisce agus an Béarla briste!" adeir Darach. "Is beag an meas a bhí aici ort má dhíbir sí mar sin thú. Scaoil duine a'inne amárach in éindí léi."

"Ní bheadh a ndóthain Béarla a'inn di," adeirimse.

"Stopaigí, a dhá asal," ar seisean. "Tá sí a' piocadh suas a fear 's a cuid gasúr anocht. Cén uimhir a fuair sibh? Abair leis an mbeithíoch sin pionta a thabhairt dhom. Tá mo theanga bheag amuigh."

"Cén bealach a bheas amárach a't?" adeirimse.

"Súil a'm go mbeidh bealach eicínt," adeir Darach, "'s go n-imeoidh an boladh sin uaidh. Seo, 's go dtachta sé thú!"

"Sa gcarr tosaigh," ar seisean. "Níl inti ach triúr."

"Níl aon chall é a fhiafraí," adeir Darach, "ach tá dhá bhean inti sin agus an straoisireacht a bhí air sin arú aréir. Inis seo dhúinn, cé faoi a raibh sibh a' caint, nó a' raibh sibh a' caint 'chor ar bith? Deireann siad nuair a bhuaileann sé ceart thú gur deacair fáil as."

"Breathnaigh as ucht Dé ort," adeir Seán, " 's é magadh na hóinsí a bheith a' gáirí i gcónaí. Bhí sí ag cur síos ar stair an stáit seo, mar a díbríodh na hIndiacha – ó, an scéal céanna arís: na Sasanaigh. Bhí asal eicínt ann – Liam Penn a bhí air. *Quaker* a bhí ann. Eisean a thosaigh an trioblóid, suas le trí chéad bliain ó shin. Ansin tháinig Francaigh agus Gearmánaigh, agus ar ndóigh bhí na Páidíní iad féin a' casadh an tsúgáin. Thart anseo atá Gettysburg – áit a raibh cath mór nuair a bhí an dá thaobh in éadan a chéile. Diabhal fios céard eile a bhí sí a rá, ach ní raibh aon suim agam ann."

"Chreidfinn thú," adeirim féin. "Tá tú a' cur ocrais orm!"

Bhí muid ar bóthar ar maidin ag leathuair tar éis a cúig, ceithre huaire tiomána go ham lóin. Níorbh fhada go raibh muid ag déanamh isteach Ohio. Columbus an spriocphointe lóin, ach thóg sé níos faide ná a ceapadh. Rith muid isteach i sreangán mór trucailí agus b'éigean dúinn fanacht siar. Dhá bharr fuair muid breise scíthe, sa gcaoi go bhfuaródh na hinnill. Áit mhór tionsclaíochta é, insíodh dhúinn, neart ola agus iarainn ann agus monarchana dhá réir, ach le blianta beaga anuas ní raibh an glaoch ar rudaí 's bhí go leor as obair.

Bhuail muid Dayton ardtráthnóna, in Indiana. An méid a chonaic muid den bhóthar, ba ceantar talmhaíochta measctha a bhí ann, cé gur dúradh linn go raibh neart guail inti – ach arís, ní raibh an oiread sin glaoch air. Ba bheag nach bhféadfainn a rá gurbh é scéal mo thíre féin ar bhealach eile é.

I ngeall ar thrioblóid coscáin a bheith ag ceann de na trucailí móra dúradh linn go gcaithfí an oíche anseo. Tar éis dinnéir bhuail an triúr againn linn amach ag siúl. Staic de bhaile mór go maith a bhí ann, sráideanna breátha fairsinge. Ceantar leibhéal réidh é, teas mór sa samhradh i ngeall é a bheith chomh fada ón bhfarraige. Ar an taobh eile, bíonn an geimhreadh dubh fhuar. Níl tada leis an ngaoth aduaidh a chlaochlú. Séideann sí anuas ó Cheanada thar loch Superior. Ní tada cúig nó sé de throithe sneachta a fheiceáil ann. Ba mhaith liom go bhfaca mé an áit, ach níor mhaith liom cur fúm ann.

Chuaigh muid le haghaidh cúpla deoch, ach ní raibh aon sásamh againn iontu. Ní dhearna aon duine aon teanntás orainn: aithníodh ar an bpointe gur strainséirí a bhí ionainn. Níor fhan muid aon achar ann.

Des Moines an chéad stop eile a bhí romhainn. Mar go raibh ar a laghad deich n-uaire nó dhá uair déag bóthair le cur dínn againn, bheadh orainn a bheith ag tosú ag a cúig ar maidin, agus bhí.

Arís, bhí an ceantar íseal réidh: talamh breá agus, maidir le páirceanna, is cinnte go raibh suas le míle acra i gcuid acu. Amach faoin tír bhí na tithe in áiteacha an-fhada óna chéile – an-uaigneach go deo. Scoir muid thrí go leor bailte beaga eile ar an mbealach – nó ba cheart dhom a rá, thart, mar bheadh ort imeacht den bhóthar mór le stopadh iontu. In áiteacha a ndeachaigh muid thríothu bhí an bóthar mór crochta ar philéir, sa gcaoi go raibh tú ag breathnú síos uait ar na háiteacha seo.

Bhí sé gar go maith don chúig tráthnóna nuair a tharraing muid isteach díreach ar an gcolbha thiar de Des Moines. Níor airigh mé chomh tuirseach riamh in mo shaol – neamhchleachtadh, is dóigh. Bhí muid in Iowa.

"Mallacht Dé don dá sheanchearc sin atá in éineacht liomsa!" adeir Seán. "Tá mo chroí briste acu."

"Tuige nach gcuireann tú ál uibheacha fúthu," adeir Darach, " 's b'fhéidir go stopfaidís?"

"Mise a' breathnú ar na háiteacha breátha a bhí ann ar feadh an bhealaigh," adeir Seán, "'s mé bodhar ag an mbeirt. A Mhaighdean, nár bhreá an rud slám airgid agus feilm a cheannach thart anseo! 'bhFaca sibh na beithígh a bhí ann? Bhí siad chomh mór le capaill. Míle díreach ó phosta go posta a bhí taobh an bhóthair den pháirc sin ar stop muid ag a dó dhéag. Bhí sí chomh *level* le clár an bhoird."

"Le do theanga a thomhais tú í?" adeir Darach.

"Clog an chairr," ar seisean. "'bhFuil aon áit sa veain agaibh?"

"Tá neart spáis inti," adeirimse, "ach áit suite is measa, i ngeall ar an gcaoi a bhfuil an t-inneall inti. Téann an bosca mór sin suas rómhór."

"Tá pub Éireannach istigh sa mbaile mór," ar seisean, " 's ba cheart dhúinn cuairt a thabhairt anocht air. Tabharfaidh an bheirt isteach muid."

"Má thugann tú lámh dhúinn na rothaí deiridh a athrú," adeir Darach. "Théigh siad suas an-mhór inniu 's d'ordaigh an buachaill iad a bhaint anuas."

Ó d'fhág mé an baile níor chaith mé a leithide de thráthnóna. Nuair a fríothadh amach go raibh triúr Éireannach istigh a bhí ag labhairt Gaeilge rinneadh beagnach bainis dhúinn! Insíodh dhúinn go raibh go leor Éireanach thart sa gceantar ach, faraor, ní raibh an teanga acu. Bhí sí ag an seandream, ach nuair a d'imigh siadsan d'imigh an teanga. Anoir ar na lochanna móra a tháinig na chéad Éireannaigh, agus anuas. Bhí talamh gan tada ann an uair sin ach na coillte a ghlanadh. B'fhiú a ghabháil ag breathnú ar na sloinnte sa reilig. An mbeadh am againn? Ní bheadh, faraor, ach b'fhéidir le cúnamh Dé go dtiocfadh muid ar ais.

Ar maidin b'éigean dúinn tiomáint go mall le fáil amach ar an mbóthar mór. Bhí beithígh 's carranna capaill ins gach uile áit. Ar bhealach eicínt, facthas dhomsa go raibh rud eicínt aisteach ag baint leo. Bhíodar ar fad gléasta in éadaí dubha agus léinteacha bána, hataí leathana dubha orthu. Ní raibh cuma suáilcis ná carthanais orthu – iad cineál gruama smutach. Bhíodar dána dhá réir – mar ba leo féin an bóthar. Bhreathnaigh na tithe a bhí acu go hálainn glan pointeáilte agus, maidir le bláthanna ina dtimpeall, chuirfeadh sé áilleacht ar do chroí. Bhí aiféala mór orm nach amach an treo seo a tháinig muid aréir, in áit a ghabháil ag súmaireacht óil.

Bhí stop againn ag Omaha ar feadh uaire. Ó bhí cúig chéad míle romhainn, bhí orainn féachaint chuige go raibh gach uile shórt ina cheart. Bhí muid i stát Nebraska, d'fhéadfá a rá i gceartlár Mheiriceá, baile a bhí ar an seanchosán go dtí an t-iarthar, gleann fada réidh ag síneadh uait siar, taosctha ag abhainn an Platte. Níl mórán coillte le feiceáil anseo i gcomórtas leis na háiteacha eile a ndeachaigh muid thríothu. Talamh cuir uilig é, an méid a chonaic mise den bhóthar mór, na tithe i bhfad óna chéile i ngeall ar mhéid na bhfeilmeacha, a hinsíodh dhúinn.

Tá nádúr éigin ag baint le daoine tuaithe nach bhfuil le fáil i lucht bailte móra. Stop muid le taobh áit margadh mór beithíoch agus capall. Is dóigh gur

chlúdaigh sé ar a laghad céad acra, socraithe amach ina chearnóga móra agus ráillí troma ina dtimpeall. Bhí trucailí móra ins gach uile áit, cinn a bhí in ann suas le ceithre scór beithíoch a iompar, déanta go speisialta i gcomhair na ceirde. Ní raibh a gcuid ceapairí faighte ceart againn go raibh muid ag caint leis na feilméirí agus an dream a bhí ag obair thart ann. Fear óg de bhunadh Gearmánach a bhí ag an mbord linne – buachaill bó ceart, ní fearacht ná mbuachaillí bréige a bhíonn le feiceáil ar an scannán.
"Tá saol crua ag feilméirí anois," ar seisean. "Níl díol ar thada – grán ná beithígh. Níor dhíol mise grán na bliana anuraidh fós. Tá sé ansin thuas sa *silo*. Níl muid ach a' coinneáil ag imeacht. Beidh an áit seo bán ar fad amach anseo. Níl na daoine óga sásta fanacht ann a' maireachtáil ón lámh go dtí an béal. Níl milleán ar bith a' gabháil dóibh. Tá bainisteoir na baince a' gáirí leat an fhaid 's tá tú a' síneadh isteach chuige ach nuair atá tú a' teacht 's do chaipín in do ghlaic, ar leathghlúin, sin ceist eile."
" 'S nach bhfuil toibreacha ola níos fairsinge ná crainnte thart anseo?" adeir Darach.
"Níl aon cheann agamsa, faraor," ar seisean, "ná ag go leor eile cosúil liom. Tá go leor acu sin féin corcáilte anois, ag iarraidh í a spáráil 's, an dream a bhí ag brath ar an teacht isteach uaithi, níl tada anois acu, mar lig siad a gcuid feilmeacha i léig agus tá siad i bhfiacha. Cúpla bliain ó shin ordaíodh an ola a spáráil."
"Mórán talúna agat?" d'fhiafraíos féin.
"Muise, níl," ar seisean. "Míle acra ar fad. Tá mé a' baint slí mhaireachtála as, ach sin an méid."

"Tá an aimsir go deas a' breathnú," adeir Seán.

"Aiteall idir dhá mhúr," ar seisean. "Faoi cheann mí eile beidh stoirmeacha sneachta anseo. Caithfidh tú fanacht san áit a bhfuil tú go mbeidh sí thart. Ó, bíonn sé nó seacht de throithe sneachta againn – titeann an teas síos go tríocha nó níos mó faoin reophointe. Tá sé deacair cur suas leis an teas mór sa samhradh – suas go dtí céad, agus níos mó. Tagann cuaifeacha aisteacha gaoithe gach uile am sa mbliain, ach 's iad na cinn sa samhradh an chontúirt. Ní chuireann muid aon suim san aimsir – thiocfá uaithi sin, ach má mharaíonn an sneachta cúpla céad beithíoch ort, ní hamháin go gcuireann sé briseadh croí ort ach is uafásach an poll a chuireann sé in do phóca."

"Casadh dream aisteach dhúinn ar maidin," adeirimse.

Mhínigh mé dhó.

"Ó, tá a fhios agam iad," ar seisean. "*Amish*. Dream nár athraigh riamh ón gcéad lá a dtáinigeadar. Níor ghlac siad le tada nua – carranna, tarracóirí ná fiú aibhléis. Tá creideamh agus cultúr dhá gcuid féin acu. Ní chaitheann go leor acu aon bhróg sa samhradh. Ní dhéanann siad teanntás ná comharsanacht ach lena muintir féin. Ní mórán déileál' a bhí agam leo, ach faoi dhó nuair a tháinig siad a' ceannach tairbh, gamhain tairbh – bhí mé ag fanacht le coillteoir."

"A' raibh sé éasca margadh a dhéanamh leo?" adeirimse.

"Ní raibh aon chaint air," adeir sé, "ach cé mhéad, agus é a íoc."

"Leag tú orthu?" adeir Seán.

"Ní raibh mise ach ag iarraidh fáil réidh leis," ar seisean. "Píosa ina dhiaidh sin chuireadar scéala chugam go raibh an tairbhín ag imeacht as, 's bhí a fhios agamsa go maith céard a bhí air: uaigneas – leathcheann cúpla bhí ann; bodóigín a bhí sa leathcheann eile 's bhíodh an péire in éineacht i gcónaí. D'fhág mé féin thoir í gan tada a rá ach í a scaoileadh isteach go dtí an buachaill. Ní fhaca siad a leithide de iontas riamh – an péire a' pramsáil timpeall na páirce le teann fáilte roimh a chéile! Tairgeadh a luach dhom, ach níor thóg mé é. An t-aon bhrón a bhí orm nár fhéad mé cúpla iompú a bhaint as cúpla bean óg a bhí ann!"

Ordaíodh chun bóthair arís sinn.

"Breathnaigh," adeir mo dhuine, "bígí thart le haghaidh an *rodeo*. Cuirigí scéala chugam. Níl mé ach dhá chéad míle amach, 's beidh muid istigh gach uile lá – ní aistear an-fhada í."

"Ní bheadh a fhios a't," adeir Darach.

Cheyenne an chéad bhaile eile a raibh muid leis an oíche a chaitheamh ann – cúig chéad míle siar, nó deich n-uaire tiomána. Bhí orainn líonadh go fiacail le peitreal agus braon a thabhairt linn, mar bhí na stáisiúin an-fhada óna chéile; stopadh agus athrú mar ba gnách – trí stop ar fad. Ceann de na rudaí is measa in áit strainséartha ná do dhá shúil a choinneáil ar an mbóthar, go mór mór nuair atá a fhios agat in do chroí nach bhfeicfidh tú an áit sin go deo arís. Do réir mar a bhí muid ag teannadh siar bhí an talamh ag fáil ní ba thirime agus bhí a dhath in go leor áiteacha crochta mar a bheadh sé donn nó donnbhuí. Rud eile, ní iomaireacha díreacha a bhí le feiceáil ach cinn chiorclacha, mar a thosódh duine sa lár a ghabháil timpeall i bhfáinní. Mhínigh duine de thiománaithe na dtrucailí é seo dhom.

"Triomaíonn an áit suas fíormhór," ar seisean, "'s bíonn an chréafóg cosúil le púdar tirim. Séideann an ghaoth í seo, 's bíonn amannta ann nach léir dhuit do lámh leis an deannach dubh mín seo. Murach a bhfuil de uisciú dhá dhéanamh ar an áit ní fhásfadh tada. Ach níl sé ródhona anseo: fan go mbeidh Salt Lake City caite againn. Sin é an uair a fheicfeas tú na tailte speatháнacha."

Bhuail muid Wyoming, an "*Wild West*" ceart An t-aon rud nah raibh ag an triúr againn ná ceamara. Is furasta cur síos a dhéanamh ar áit ach siad na pictiúir a chomhairean. Bhí an áit fiáin agus fairsing. Rainseáil is mó atá anseo. Déantar beagán cuir ann, ach níl ann ach garraí beag bhéal an dorais le hais tógáil beithíoch. Fadó ba cimín oscailte a bhíodh ann, ach anois tá fál ar gach uile rainse – suas le deich míle acra i gcuid acu seo. Bhuail muid Cheyenne ar bhuille an sé tráthnóna, am áitiúil. Bhí tuirse ar gach uile dhuine, agus ná labhair ar an tart. Thiomáin muid isteach i gcarrchlós mór ar cholbha an bhaile mhóir, ag Truckers' Inn. Seiceáladh innill agus boinn agus tógadh peitreal. Ordaíodh do gach uile thiománaí na fuinneoga a dhúnadh, agus má bhí aon pholl san urlár páipéar láidir a bhrú síos ann, agus ansin na doirse a ghlasáil. Bhí gunna ar iompar ag an bhfreastalaí clóis agus slándála. Bhí sé cosúil le beairic saighdiúirí. D'airigh muide cineál nocht gan aon arm.

"Faitíos roimh ghadaíocht nó fuadach," adúirt mé féin leis an tiománaí a raibh mé a' caint leis tús an lae.
"Gach uile chineál," ar seisean. " 'S é an gunna an dlí is do chara anseo – tá an áit beo le *rattle-snakes* agus 's é an gunna an t-aon chosaint atá agat orthu. San oíche ansin sníonn siad amach ar an mbóthar i ndiaidh an teasa 's go minic má stopann tú téann ceann acu i bhfostú i gcabhail do leoraí. Ar maidin tá sí romhat ansin cúinneáilte ar an suíochán."
"Fáth dhúnadh na bhfuinneog," adeirimse.
"Sea," ar seisean. "Uair sa gcéad anois a bhíonn aon cheann isteach anseo, ach d'fhéadfaidís teacht isteach ar thrucail beithíoch."
"Ní fhaca mé aon cheann acu riamh," adeirimse.
"Ní bheidh tú mar sin amárach," ar seisean. "Breathnaigh, an dtiocfaidh tú in éineacht liom le haghaidh deoch ar ball – níl mo chomrádaí ag ól. Sin anois roimh an dinnéar – ní bheidh sé ann go dtí an hocht."
" 'S é a mbeadh uaim é," adeirimse, "ach tá trí chara agam freisin."
"Níos fearr fós," ar seisean.
Isteach go dtí an Hanging Tree a thug sé muid.
"Tá sé ráite," ar seisean, "go raibh crann anseo fadó 's nach bhfuil a fhios cé mhéad duine a crochadh as. Níor tharla a leithide riamh, ach go ndéanann daoine bó mhór as rudaí mar sin le hairgead a dhéanamh."
"Ar na hamadáin," adeirimse.
Ní raibh mórán galántachta ag baint leis an áit seo: cuntar mór fada gearrtha amach as crann, na boird is na cathaoireacha ar an gcaoi chéanna – ní fhaca siad plána ná siséal riamh – min sáibh caite ar an urlár, go

díreach mar a bhíodh againn féin blianta fada ó shin. Bhí seanáit tine ann i lár an urláir is píopa mór ag gabháil suas as thrí mhullach an tí. Ní fhaca mé aon chosúlacht ar an áit go raibh aon teas lárnach ann. Bhí an deoch fuar agus saor. Suas le scór a bhí istigh: buachaillí bó, agus deirim buachaillí bó – fir chrua chaite thanaí ar bheagán cainte. Bhí a lá oibre anois déanta acu seo agus bhíodar ar a mbealach abhaile. Ach an fear taobh istigh den chuntar a mharaigh uilig muid – bhí sé chomh fiosrach le cailleach, agus go hiondúil bíonn an t-eolas aige. An raibh mórán Éireannach thart an taobh seo tíre? Ní raibh anois. D'imíodar siar go California. Bhí pócaí anseo is ansiúd isteach faoin tír, agus go mór mór sa tuaisceart. Ar chuala muid trácht riamh ar Mother Jones?

"Éireannach a bhí inti siúd," ar seisean. "Aimsir na stailce, 1914, agus chuala mé go raibh sí sean ag an am – anseo ó dheas i Ludlow, b'í a rinne an saighdeadh ar fad. Shiúil sí isteach i mbéal na ngunnaí agus thug sí a ndúshlán í a mharú nó a chur i bpríosún. Sin í an cailín a't!

"A' mbíonn réabadh mór ag na buachaillí bó oíche Dé Sathairn?" adeir Seán.

" 'Nós anocht go díreach," ar seisean. "Nuair atá lá crua oibre déanta agatsa sa diallait ó bhreacadh lae ní mórán fonn spraoi atá ort. Seafóid Hollywood, 's nach mbeadh a fhios ag duine acu sin an difríocht idir bó bhainne agus bullán féarach – ach ar nós gach uile shórt eile, rinne siad airgead as."

"Scannáin dhá ndéanamh thart i gcónaí?" adeirimse.

"Ní mórán é," ar seisean. "Cheannaigh siad siúd

rainsí bréige ar bheagán agus sin iad na háiteacha anois a bhfuil an scaoileadh amach ann. Tá gach uile shórt de sin anois faoi dhíon, ar fhaitíos go dtarlódh tada do na cosúlachtaí fir agus mná sin – faitíos roimh an ngrian agus roimh an sioc. Na capaill féin, nach peataí iad? Breathnaigh chomh beathaithe leo. Ar ndóigh, an capall oibre ceart níl scioltar uirthi agus tá troigh nimhe uirthi – ná cnámha amach thríothu."

Bhí muid ar ais le haghaidh an dinnéir. Ar a mbealach baineadh truisle as Darach agus d'iompaigh sé ar a rúitín. Ceart go leor, tugadh aire dhó ar an bpointe. Ní raibh sí amuigh, ach bhí sí tinn ar maidin agus í chomh mór le liathróid. B'éigean tiománaí cúnta a fháil dhomsa, agus cé a tháinig ach – creid é nó ná creid – ach duine de na mná, an ceann ba mhó a raibh gráin ag Seán uirthi – ceirtlín ceart. Bhí sí ag breathnú aranta callóideach cantalach. Ar ndóigh, caithfidh an mí-ádh féin a bheith ann. Tháinig Seán anall go dtí mé agus a chlab oscailte amach aige cosúil le mála plúir.

"Coinnigh do dhá lámh ar an roth," adeir an buachaill, "agus do dhá shúil díreach romhat amach. Má bhreathnaíonn tú uirthi sin cam beidh sí anall sa mullach ort, in do shlíocadh 's ag iarraidh póga ort. Tuilleadh diabhail anois a't – bhí sibh féin a' magadh fúmsa, ach filleann feall. Fan go mbaine sí bleaist de phóg díot – is measa í ná bairneach!"

"Scuab, a 'asail!" adeirimse. "Nach bhfuil coca féir eile in éineacht leatsa fós – an ceann buí sin a bhí a' gearradh do chuid feola aréir – *'Eat up, love!'* – a' ceapadh nach bhfaca aon duine sibh? Imigh, a bhobarúin!"

Shuigh sí isteach. Chuaigh leataobh na veain síos! Ba liomsa tiomáint ar maidin. Rinne sí í féin compordach. Chuaigh an carr a raibh Seán agus Darach inti amach tharainn go mall agus ar ndóigh chaithfeadh an t-urchar deiridh a bheith aige – "Fan go gcloise Nanóg faoi seo!" Níor labhair an cailín fós. Deirimse in m'intinn féin, tá lá fada romham 's go n-éirí go geal leat, mar a dúirt an *sweep* lena mhac! Chuir mé an halmadóir isteach in D agus thug mé an bhróg don choscán láimhe. Choisric an cailín í féin. Chuir sí náire go cúl mo chos orm, 's mise in ainm 's a bheith in mo Chaitliceach. Le teann náire nó gaisce, rinne mé féin an rud céanna díreach 's mé ag iompú isteach ar an mbóthar mór.

Rebecca a bhí uirthi seo agus innealtóir den chéad scoth, go mór mór ó thaobh frámaí iarainn. Bhí an ghráin ag go leor uirthi, mar chaithfeadh gach uile shórt a bheith cruinn agus mura mbeadh chaithfí é a thógáil anuas arís. Ní duine gleoránach a bhí inti. Labhair sí i gcónaí go deas réidh sibhialta. Cúpla míle síos an bóthar – gan aon smid fós – bhí mar a bheadh píosaí de théadracha nó stialltracha de eascainn mhóra.

"Ó, a Dhia," adeir an cailín le mo thaobh, "nach mór an peaca é sin?" Ní balbhán a bhí inti.

"Céard é?" adeirimse.

"A bhfuil de airgead dhá chaitheamh go fánach sa tír seo, agus ní chaitear *dime* ar an nádúr," ar sise.

"Mar a chéile in gach uile thír, is dóigh," adeirimse.

"Breathnaigh na nathracha nimhe sin anois," ar sise, "na *rattlers* sin atá marbh ar an mbóthar. Is gearr a bheas aon cheann fágtha."

"Ní bheadh aon suim agamsa ina mbás," adeirimse, "mar tá an ghráin shaolach agam orthu. Tá faitíos agam rompu."

"Níl dochar ar bith iontu," ar sise, "ach oiread le haon ainmhí eile má fhanann tú glan orthu. Ní dhéanann siad ach iad féin a chosaint. Nach ndéanann an duine an rud céanna, agus nach é an duine an namhaid is measa atá aige féin?"

"Tá tú ceart sa méid sin," adeirim féin. "Tá an duine ina chionsiocair le go leor rudaí. Ní féidir leis fanacht socair oíche ná lá."

"Murach sin," ar sise, "bheadh m'fhear céile beo fós 's ní bheadh ormsa a bheith a' sclábhaíocht ag iarraidh mo dhá ghasúr a chur thrí scoil."

"Ní maith liom é sin a chloisteáil," adeirimse. "Céard a tharla?"

"Maraíodh go fealltach é in Chicago," ar sise. "Chuaigh sé i gcabhair ar bhean a bhí leagtha ag robálaí. Chas seisean thart agus sháigh sé sa mbolg é. Fuair sé bás ar a bhealach chuig an ospidéal. Níor mhiste liom, ach chuaigh sé thrí Vietnam 's níor theagmhaigh an mhíoltóg leis. An rud a dúirt mé ar ball – 's é an duine féin is measa."

"Mórán comhluadair agat?" adeirim féin.

"Mac 's iníon," ar sise, "sé déag 's ocht déag – an t-am is measa ar bith."

"An t-am is deise de do shaol, ceapaimse," adeirim féin.

"Dhuitse," ar sise, "a d'fhás suas i bhfad ón gcontúirt. An t-aon rud a chonaic tusa a ndearna tú iontas de ná cíoch do mháthar nó b'fhéidir leathshúil a chaitheamh go fiosrach ar cheann cailín óig. Ó shiúlann siad an t-urlár anseo tá a fhios acu nár thug Dia dhóibh é leis an tae a mheascadh."

"Ó, go sábhála Dia sinn!" adeirimse agus iontas orm mar bhain sí croitheadh asam.

"Áiméan leis sin," ar sise. "An rud nach bhfeiceann siad, agus sin ríbheagán, tá sé múinte dhóibh. Is comórtas gaisciúil é a bheith níos fiáine ná aon duine eile, le hól, gnéas agus drugaí. B'fhéidir gur uainín socair múinte an gasúr istigh sa mbaile, ach cá bhfios dhuitse céard atá ar bun aige taobh amuigh? Ní chloisfidh tú faoi go dtaga an póilín chuig an doras chugat. Tá sé deacair adhastar a bheith a't orthu i gcónaí sa tír seo, mar níl do dhroim iompaithe agat nuair atá siad a' diabhlaíocht."

"Níl aon dochar sa diabhlaíocht," adeirimse. "Rinne mé féin mo dhóthain de tráth."

"B'fhéidir," ar sise, "ach ní bhfuair do mháthair thusa in do chraiceann dearg istigh sa leaba le cailín beag níos óige ná thú, ná ní bhfuair tú a leithide i dtrioblóid páiste agus í a fhágáil ansin. Bhrisfeadh t'athair do dhroim, ach anseo tá sé in-aghaidh an dlí méirín fhliuch a leagan orthu. Is coir uafásach é, agus creidtear an duine óg i gcónaí sa gcúirt. Tabhair buíochas do Dhia nach bhfuil rudaí chomh dona in do thír féin fós."

"Fós?" adeirimse. "Go bhfóire Dia ort! Nach é an bosca sa gcúinne an Bíobla atá acu, 's nach dtagann olc ar an bpáiste sa gcliabhán mura bhfaighe sé cead breathnú ar a chlár féin? Tá an putach nach bhfuil in ann a shrón a ghlanadh ag imeacht 's pócaí coiscíní 's drugaí aige, 's tá an chliopóigín de chailín beag atá brocach smeartha gach uile orlach níos measa ná é. Tá siad ar nós na gcoiníní – an ceann nach bhfuil torrthach anocht ní chaithfidh sí an deireadh seachtaine go mbeidh blas den maide milis faighte aici. Tá tú a' caint ar Mheiriceá: feictear dhomsa nach bhfuil sí leath chomh dona – bhail, ina méid."

"Ní féidir leat thú féin a fhliuchadh," ar sise, "mura a dtéann tú san uisce. Go dtí seo is dóigh níl d'eolas agat ach an méid a chuala tú, agus cúpla ruidín a chonaic tú, mar tá tú cosnaithe, ach ní thabharfaidh tú an scéal sin a chodladh leat as seo go ceann míosa, san áit a mbeidh tú ag obair. Fiú amháin tá rudaí ag tarlú i ngan fhios ar an aistear seo."

"B'fhéidir é," adeirimse. "Bím chomh tuirseach 's nár mhiste liom dhá dtitfeadh an spéir ar an talamh."

"Níl sé ceart agam a rá, ach bhí mé ríméadach nuair a ghortaigh do chara a chos," ar sise, " 's gur iarradh orm teacht leatsa – agus fanfaidh mé leat freisin."

"Ní fearr liom duine eile," adeirimse ach bhí tochas an amhrais ag teacht orm – a' mbeadh baol ar bith go raibh sí ag cur a cártaí ar an mbord? Seanchíléar cosúil léi seo!

"Sin é Laramie ar do chlé," ar sise. "Baile beag bocht anois é seachas mar a bhíodh sé. Ansin a d'fheicfeá na buachaillí bó cearta, 's gan luach deoch acu."

"Iontas nach dtugann siad bóthar dhóibh féin in áit eicínt a bhfaighidís páí cheart?" adeirimse. B'fhéidir gur cheap sí go raibh dearmad déanta agam ar an gcaint a chaith sí roimhe seo – bhí bóthar fada romhainn 's chuir rúitín Dharach i bpioraíocha mé.

" 'S é a slí beatha é," ar sise, "agus is leis a tógadh iad. Caithfidh tú déanamh go réidh uaidh seo amach –

beidh tú a' gabháil thrí na cnoic. Tá cúpla casadh romhat chomh géar le snáithe srathrach, ach go bhfuil an bóthar breá leathan. Buailfidh tú sioc dubh suas níos airde – thart ar cheithre mhíle troigh nó mar sin. Fanfaidh tú ó na coscáin ansin."

"Is breá an rud duine a bhfuil eolas an bóthair aige," adeirimse. A' raibh an rud eile imithe as a cuimhne?

"A' teacht ar ais chuig an gcaint," ar sise, cosúil le duine a bhí a ghabháil ag piocadh neascóide, "chéas mé an saol leis an gceann sin a bhí linn le cúpla lá. Go dtí go bhfeice tú ní chreidfeadh tú, ach 's é 'n chaoi ar airigh mise rudaí."

"Cosúlacht bean dheas uirthi," adeirimse.

"B'fhéidir é," ar sise, "ach tá sí féin 's a cosúlacht in aghaidh a chéile má cheapann tusa go bhfuil sí go deas. Ní bhíonn an suanaí i gcónaí ina leibide. Níl meas muice aice ar fhir, a stór – mná atá sí a' cuartú."

" 'S ar ndóigh," adeirimse, a' ligean orm féin nach raibh a fhios agam tada, "ní raibh sí a' cuartú páirtí ar an mbealach?"

"*Ah, cop on!*" adeir an cailín. "Nach in mo dhiaidhse a bhí an rálach? B'éigean dhom babhtáil leis an tiománaí mór sin a bhí leat aréir. Ní raibh mé a' fáil néal codlata."

"Bhí sí a' cuartú brúitín?" adeirimse.

"An-ghar a chuaigh sé di sáil na bróige a fháil i gclár na baithise," ar sise. "Má theastaíonn sásamh coirp uaimse gheobhaidh mé fear – rud nach bhfuil mé a iarraidh. Tá cion mo dhóthain ar mo phláta mo dhá pháiste a thógáil, an raicleach de thoice de phróntach bréan – mura beag an náire atá uirthi! Bhí iontas agam an chéad lá fúithi, mar níor stop sí ach a' ceannach."

"Níor cheannaigh sí tada dhomsa!" adeirimse.

"Is gearr uait, a mhac," ar sise. "Bhí duine eicínt a' ceannach aréir daoibh 'a níor thug sibh tada faoi deara."

Bail an diabhail ort, a Dharach, nár bhreathnaigh romhat!

"Cheap mise gur fear gnaíúil a bhí ann," adeirimse.

"Agus ar ndóigh níl a leithidí," ar sise. "Mealltar an mada le cnámh. 'bhFuil tusa chomh simplí 's go gceapann tú go mbuailfinn ar dhoras fir i lár na hoíche dhá gceapfainn nach mbeadh sé sábháilte? Beag bídeach nach ar dhoras do chara a bhuail mé, ach tá sibhse ró-óg 's, ach an oiread le mo mhac féin, ní thuigfeadh sibh é."

Nach é an peaca nár dhúisigh sí Seán!

"Ach ná labhair ar na rudaí sin," ar sise.

"Céard faoi mo chairde?" adeirimse.

"Má tá siad in ann a mbéal a choinneáil dúnta," ar sise, "ní dhéanfadh sé aon dochar iad a chur ar an eolas."

"Ach céard atá siad seo a dhéanamh?" adeirimse.

"Ag athrú síos go huimhir a haon," ar sise. "Tá dhá mhíle troigh le gabháil agat, suas díreach. Ná bíodh imní ort – tá neart cumhachta agat. Ansin ar barr feicfidh tú baile mór Medicine Bow uait. Tig linn athrú ar bharr an chnoic. Tá áit ann le tarraingt isteach."

Bhí ar gach duine fanacht siar dhá chéad slat ón duine eile ar an mbealach suas agus arís ag gabháil síos le fána ar an taobh eile. Tugadh cead a gcinn do na carranna príobháideacha. Tháinig sé ar mo bhuille agus scaoil mé chun siúil í. Ar éigean a bhí sí ag corraí. Ó, a mhac, bhí an cnoc seo géar! Ar éigean a bhí mé in ann deich slata romham a fheiceáil. Bhí an t-inneall ag ceol le teann anró. Leath bealaigh suas ba bheag nár tháinig ré roithleagán in mo cheann nuair a thug mé amharc síos. Thug an cailín faoi deara é.

"Fair an bóthar," ar sise. "Beidh neart ama agat ar ball a bheith ag breathnú síos, 's má thagann meadhrán in do cheann féadfaidh tú breith i ngreim láimhe ar Mhama!"

Tháinig sé aníos in mo mhuineál rud eicínt eile a rá, ach bheadh sé náireach a bheith gáirsiúil nó mímhúinte.

Fiche nóiméad, a cheap mé, go barr. Bhí gach uile dhuine amuigh. Bhí ceapaire 's cupán tae le fáil. Fuair muid leathuair díreach le críochnú. Bhí scór leoraithe airm ar a mbealach agus theastódh spás uathu siúd. Mo léan, ní raibh an claibín bainte de mo chupán páipéir tae agam nuair a sháigh Seán a shrón isteach chugam.

"Abair léi," ar seisean, "ainm an bhuidéilín sin a thabhairt dhuit. Ní a' tiomáint a bhí tusa ar feadh an bhealaigh, 's cén cás é dhá mbeadh faideóigín bheag dheas chaoithiúil ann, ach cruach choirce!"

"Suigh síos, a ghrabaire," adeirimse. "Glaoigh anall ar Dharach go fóilleach."

Buíochas le Dia nach raibh aon mhíoltóg thart, mar bhí béal na beirte oscailte gur chríochnaigh mé. Ní ormsa a bhreathnaigh siad, ach anonn ar an bhfear mór agus Rebecca.

"An chráin mhuice!" adeir Seán. "Ar ndóigh, níl sé ceart an t-ainmhí lofa a ligean in aice Críostaí ar bith."

"Bíodh an diabhal aige," adeir Darach, "má cheannaíonn sé neart Lite!"

"Níl mise a' gabháil a chodladh liom féin anocht!" adeir Seán.

"Diabhal call dhuit leis," adeirimse. "Tá Mama fuar 's ní maith léi sin a bheith léi féin ach an oiread. Déarfaidh mise léi é."

"Ná habair tada anois leis an mbean sin," ar seisean. "Chuaigh sé an-ghar dhúinn éagóir a chuir uirthi. Ní thugadh mise sásamh ar bith di – an bhean bhocht. 'S é 'n chaoi a bhfuil sé: níl a fhios a'inn tada."

"Beidh béile againn," adeirimse, "i Medicine Bow. Bíodh an ceathrar againn le chéile."

"Mise i mbannaí nach ndéarfaidh tú é sin anocht!" adeir Darach.

"Seachain Conán Maol ort féin," adeirimse. "Ní mórán is fiú anois thú le do chois bhacach."

Síos linn le fána agus ise ag tiomáint. Anois a fuair mé ceacht tiomána. Dá mbeadh mise ar an roth bheadh na coscáin dóite agam leath bealaigh síos, rud a tharla do dhá charr.

"Bíodh smacht agat ar an inneall," ar sise, "in áit smacht a bheith aigesean ortsa."

Bhí amharc agam ar an tír mórthimpeall. Bhí athrú mór anois le tabhairt faoi deara. Anois bhí muid a' teacht isteach i réigiún clochach carraigeach, dóite ag teas na gréine agus feannta ag fuacht an gheimhridh. Ní hé gur cuma bhocht bhí ar an áit ach gur mhaith leat imeacht as chomh luath is a d'fhéadfá. Bhí sé tirim spalptha agus de réir mar a bhí muid ag teannadh siar bhí sé ag éirí níos measa. Na crainnte nó an sceach féin a bhí a' fás ann bhí cosúlacht orthu nach mórán fonn a bhí orthu féin a bheith ann! Istigh i ngleann idir dhá abhainn a bhí muid ag taisteal, gleann féarach, mar bhí uisciú déanta air. Bhuail muid Rock Springs agus chuaigh muid ag ithe. Tháinig Seán agus Darach linn.

"Seo é an áit cheart daoibhse, a bhuachaillí!" adeir Rebecca.

"An áit dheireanach a chruthaigh Dia," adeir Darach, "'s chaith sé uaidh an tsluasaid, mar bhí sé a' cinnt air é a chríochnú."

"Anseo agus siar as seo a chónaíonn na *Mormons*," ar sise.

"Shíl mé gur 'marbháin' a dúirt sí!" adeir Seán.

"Tá cúpla bean ag gach uile fhear," ar sise.

"Tá sé sách deacair ceart a bhaint as ceann," adeir Seán, "gan cúpla ceann eile a bheith a chúnamh di!"

"Dream dhóibh féin iad," ar sise. "Sin é a gcreideamh."

"Meas tú an dtógfaidís cúpla fánaí eile isteach?" adeirim féin.

"Baol orthu," ar sise. "Tá a gcuid rialacha an-ghéar ar gach uile bhealach. Nuair a tháinig siad anseo, suas le céad go leith bliain ó shin, ní raibh ann ach ceantar lom. Anois tá sé ina shampla don chuid eile den tír. D'oibrigh siad go crua agus thug siad an áit faoi smacht."

"Caithfidh tú a rá," adeir Seán, "gur fir iad a bhíodh tuirseach, ag obair oíche is lá, sin nó bhí mianach aisteach iontu!"

"Cosúil leat féin go díreach," ar sise. "Ní dhéanann tú muc dhíot féin le haon bhéile amháin!"

"A dhiabhail," adeir Seán, "tá stuaim ar ithe na mine

– plaic anois 's ceann eile arís. Dream smartáilte. Ní raibh siad a' cur a súile thar a gcuid."

"Sa mBíobla," ar sise, "nach raibh sé amhlaidh? Agus níl siadsan ach dhá leanacht sin!"

"Ach abair gur thosaigh duine de na mná ag cur a cosa uaithi?" adeir Seán.

"Colscaradh," ar sise.

"An té nach dtaitneodh a bhean sa mbaile leis, í a thiomáint chun aonaigh," adeir Darach. "Diabhal locht air!"

"Níor rugadh san am ceart muid!" adeirim féin.

"Oibrithe agus ceardaithe iontacha iad seo," ar sise. "Fan go bhfeice sibh na feilmeacha agus na tithe atá acu anois, in áit nach raibh fadó ach gaineamhlach dóite. A' dtuigeann sibh, bhí an áit tráth clúdaithe ag an bhfarraige. Nuair a d'imigh sí sin ní raibh tada fanta ach salann. Feicfidh sibh é faoi cheann cúpla uair eile."

Agus chonaic. Ardtráthnóna bhuail muid Salt Lake City, i stát Utah – domhan eile ar fad, bruite dóite liobhraithe feannta. Dhá mbeadh ciall ag an éan ní fhanfadh sé ann. An seanscríbhneoir a bhí ag cur síos ar an sneachta dúirt sé, "Sneachta, sneachta, sneachta ar gach taobh díot," ach anseo bhí salann agus tuilleadh salainn – cnoic, mealltracha agus gleannta de, agus bhí daoine ag maireachtáil ann. Stát mhór le mianraí é, ach sa taobh ó dheas de ní féidir a rá go bhfásann tada – an iomarca teasa agus salainn.

Bhí orainn cur fúinn an oíche seo píosa siar ón mbaile mór. B'éigean mionscrúdú a dhéanamh ar na coscáin – obair a thóg píosa maith. Thug Seán lámh dhomsa agus rinne Rebecca an scrúdú. Fuair sí gach uile shórt ceart ach nár thaitnigh ceann de na boinn ar an roth deiridh léi. Cuireadh ceann nua suas.

Isteach linn ansin go dtí an chathair – agus tabhair cathair uirthi, fada fairsing scaipthe amach. Áit an-chruógach é ó thaobh na heitleoireachta, mar go bhfuil sé ina ionad leath bealaigh agus ceangail leis an taobh ó thuaidh agus ó dheas. Tá aerfort fíormhór ann. Shiúil muid timpeall na cathrach, ach go raibh an-aiféala orainn nach raibh cúpla lá againn ann. Bheadh a fhios agat ó na siopaí gur áit le haghaidh fámairí é. Ní raibh aon bhlas dhá raibh ag an Indiach Dearg riamh nach raibh le ceannach ann. Bhí tionchar na Mormanach le feiceáil ins gach uile áit.

"Ceapfaidh siad," adeir Seán, "go bhfuil creideamh eicínt eile a'inne nuair a fheicfeas siad bean amháin in éineacht le triúr fear!"

"Fir," ar sise, "agus duine acu ar leathchois!"

"Ná habair níos mó," adeirimse. "Peaca nár thug muid an ghé linn freisin!"

"Bheadh sé an-éasca aici," adeir Rebecca, "a ghabháil ag seadachan thart anseo. Feicim go leor dhá cineál thart."

Bhí muid ar bóthar arís ag a sé. San Francisco a bhí romhainn – an stop deiridh. Bhí ceo trom talúna ann agus muid ag gabháil siar le taobh loch Salt Lake. Ba ghearr siar gur thosaigh muid ag strapadóireacht, suas taobhanna cnoc, áit nach raibh sábháilte ag gabhar, síos sna feiriglinnte arís go gleannta leathana. Anois bhí muid ag breith ar na Sierras, cuid de na Rockies, an sliabhraon mór géar snámhach sin a ritheann ó Alasca go Meicsiceo. Cladach clochach carraigeach ceart a bhí ann, beagnach ag rá leat "Fan uaim!" Ní áit ar bith é.

Ansin bhuail muid Nevada, agus athrú mór. Ar bhealach, d'airigh muid uainn na cnoic, mar b'éigean dhuit aire a thabhairt don bhóthar. Anois bhí sé ina ribín caol díreach romhat gan ard ná tulán. Níl a fhios agam fós céard ba cúis leis, ach bhuail fíbín gach uile thiománaí ag iarraidh coinneáil suas leis an gcarr a bhí romhainn – níor airigh mé go raibh an tsnáthaid thuas ag ochtó. Chuaigh muid thrí bhaile Wells de sciotán. Níor breathnaíodh air. Rása ceart a bhí ann, ach ní raibh a fhios agam cén fáth. Níor stopadh agus níor athraíodh tiománaí gur bhuail muid baile le hainm aisteach, Winnemucca. Stopadh anseo, ach an uair sin féin, cé go raibh sé éigeantach uair scíthe a thógáil, bhí fonn bóthair ar gach uile dhuine.

"Tá siad cosúil le beithígh a bheadh ag imeacht le teaspach," adeir Seán. "Péarsaláin atá orthu siúráilte!"

"Reno," adeir Rebecca. "Cearrbhachas, gnéas, ól, gadaíocht agus cneámhaireacht. Tá tú ceart faoin mbó – ritheann sí féin nuair a fhaigheann sí boladh an uisce. Beidh go leor acu sin amárach a mbeidh a léine caillte acu. Tá mé a' ceapadh go bhfuil draíocht eicínt ag soilse na háite ar dhaoine. Feicfidh sibh féin anocht é."

"Nach é áit an duine bhoicht é?" adeir Seán. "D'fhéadfadh an oíche a bheith a't ar scóirín punt."

" 'S an chuid eile de do shaol dhá chaoineadh," adeir Rebecca.

B'fhíor di. Bhuail an fíbín muid féin agus ar nós na gcaorach lean muid an chuid eile. Nuair a deirim go raibh gach uile shórt le fáil anseo, creid é. Bhí, agus cuid mhaith nach mbeadh tú a iarraidh. Níl aird siar ag an dlí ar leath dhá bhfuil ag gabháil ar aghaidh. Ceantar ropánta garbh a bhí anseo fadó ag taistealaithe a bhíodh ag déanamh a mbealach siar go dtí na mianaigh óir agus ag buachaillí bó a bhíodh ag tiomáint tréada. Fuair an áit ainm leathsciathánach, sa gcaoi, mura raibh tú in do dhiabhal ar fad, go scaoilfí leat, go mór mór má bhí cáil ort mar fhear gunna. Tá cead agat gunna a iompar go hoscailte beagnach in gach uile áit ann, mar ceaptar go mbaineann sé le do shlí bheatha ar nós dhiallait an chapaill. Sa mbialann ar ith muid an dinnéar bhí gunnaí láimhe leagtha ag na buachaillí bó ar na boird agus ar an gcuntar. Níorbh áit é le hachrann a tharraingt. Le sampla beag amháin a thabhairt dhuit, tharraing muid isteach go carrchlós san áit a raibh muid leis an oíche a chaitheamh. Bhí an sirriam ina sheasamh le taobh a chairr féin agus é armáilte le piostal mór. Ar an bpointe d'aithnigh sé gur strainséirí sinn nuair a chonaic sé pláta na veain. Ar Rebecca a chuir sé forrán.

" 'Taisteal siar?"

"Sea. Go San Francisco, le cúnamh a thabhairt."

"I bhfad ar bóthar?"

"Rófhada – cúig nó sé de laethanta."

"Foireann mheasctha. Aon duine ag iompar gunna?"

"Níl – tá muid sibhialta i mBoston."

"Tá, má tá, cosúil le gach uile áit!"

Chuir mé féin mo ladar isteach. D'imigh Rebecca isteach le hí féin a ghlanadh suas. Bhí mise a' fanacht le Seán agus Darach, a bhí ag tabhairt cunáimh rothaí a athrú ar cheann de na trucailí móra.

" 'bhFuil an áit seo chomh contúirteach 's tá ráite?"
"Chomh dona 's nach dtiocfaidh an *rattler* amach go mean oíche, mar tá gunna ag gach uile dhuine a bhfuil méar air!"
"Caithfidh sibh a bheith réitithe i gcomhair trioblóide?"
"I gcónaí. É seo le haghaidh raon gearr agus an péire taobh istigh le haghaidh gach uile ócáid – rothraidhfil agus gránghunna. Tá a fhios agat má chliseann ceann go mbeidh an péire eile ansin. Thú féin anseo, a mhac. Scaoil i dtosach 's cuir anuas é. Beidh neart ama ansin agat le haghaidh ceisteanna."
"Níl a leithidí sin ag ár bpóilíní."
"Tá seafóid orthu. Nach bhfuil cead ag an bpáiste ansin iad a chaitheamh? Tá gunnaí sa bpram anseo acu."
Níor thaitnigh ár gcuairt thríd an gcathair linn – sráideanna móra fada lán le parlúis chearrbhachais agus striapachais. Tá creidiúint ag gabháil don ainmhí, mar níl ciall ná réasún aige, ach is measa an duine nuair a chailleann sé a chiall agus a náire. Bhí barúil agam gur theastaigh uaidh Rebecca an ceacht seo a thabhairt dhúinn, cé go mb'fhéidir nár mhaith léi gurbh í féin a bhí dhá thabhairt. Tá mé beagnach cinnte go raibh sí ag déanamh cineál máthar di féin dhúinne. Ag an áras lóistín b'éigean dúinn teacht isteach léi agus cúpla deoch a bheith againn uirthise.
"Tá muid a' caint," ar sise, "ach céard faoin dream a tháinig anoir anseo de shiúl cos agus píosaí den bhealach ar chapall?"
"Shaothraigh siad an saol," adeirimse.
"Díreach ó dheas anseo tá Cathair Carson," ar sise.

"B'shin é an stop deiridh ag imircigh sul má thrasnaigh siad na sléibhte siar. Baile fiáin a bhí riamh ann, agus sea i gcónaí. Ó dheas de sin arís a fríothadh an t-ór fadó. A' síneadh ó dheas uaidh ar feadh céad míle nó níos mó tá Gleann an Bháis. Tá sé bruite dóite an chuid is mó den bhliain. Téann an teas suas anseo go 130, agus an rud a dhéanann níos measa é, tá an áit cúpla céad troigh faoi bhun leibhéal na farraige. Thart ann freisin tá Poll an Diabhail. Daoine a bhí ag lorg óir a bhaist na hainmneacha sin ar an áit. Fuair na céadta bás leis an teas agus an tart."

" 'S níl uisce ar bith ann?" adeir Seán.

"Tá," ar sise, "ach tá sé goirt – ní féidir é a ól i ngeall ar an méid salainn a thugann na srutháin síos ann. Díreach trasna – siar aneas –tá Loch Tahoe, áit mhór saoire gach uile am den bhliain. Tá an sneachta sa ngeimhreadh acu agus bíonn an áit pacáilte ag dream sciála. Ansin sa samhradh, i ngeall ar na rainsí bréige atá ann, bíonn na mílte ann. Áit dheas é, ach níl tada nádúrtha a' baint leis – réitithe le do chuid airgid a mhealladh uait."

"Cosúil leis an áit a bhfuil tú ann," adeir Darach. "Caith chugam a bhfuil a't 's ansin bíodh an diabhal a't!"

"Ná caith, a stór," ar sise. "Saor místuama a bhainfeadh an chos dhó féin leis an tál. Tá an cathú chomh mór anois don dream óg 's go bhfuil sé fíor dheacair acu fanacht ar an gcosán díreach. Tá gealladh agus mealladh dhóibh ann, agus ní thuigeann siad é – ní thuigeann siad go bhfuil duine eicínt eile, nó daoine eile, a' déanamh saibhris as a

ndíchéille. Titeann siad i ngaiste bladrach na hurchóide i ngan fhios dhóibh féin. Tosaíonn siad le rudaí fánacha, go minic le teann diabhlaíochta, nó amannta go dtugtar a ndúshlán. Scaoiltear leo go bhfuil siad i bhfostú agus ansin fáisctear an tsnaidhm. Bithiúnaigh oilte chliste gan trua ná trócaire atá leis an obair mharfach seo. Cuimhnigh nach bhfuil an oiread suim' in do bhás ach an oiread le coinín ar an mbóthar. Chonaic sibh beagán de anocht, ach ní raibh sibh ach ag breathnú isteach – ní raibh sibh páirteach sa gcluiche lofa seo."
"Níl aon fhear faoi hata nach mbeadh fonn air fanacht istigh ansin anocht," adeir Darach. "Mar a deir tú, bhí an cathú ann. Dhá mbeadh gan tada ann ach na cailíní deasa a bhí ann!"
" 'S gan liobar éadaigh ar aon duine," adeir Seán. "A mhac, an braon a bhí thíos i mbonn mo choise chuaigh sé go mullach mo chinn!"
"B'fhéidir nach mbeadh braon ar bith ionat ar maidin," ar sise, "ach thú in do chorp fhuar ar thaobh na sráide. Aithníonn siad sin gur gasúir sibhse fós. Má théann tusa isteach i siopa tá a fhios agat céard atá tú a chuartú, ach aréir bhí sibhse a' déanamh iontais. Má thug mise faoi deara oraibh é chomh héasca sin, céard faoi na sclaibéirí deasa sin a raibh a náire ite acu agus a bhí a' fanacht le sibh a phiocadh? Thug siad faoi deara sibh míle ó bhaile, mar tá oiliúint faighte acu – 's é a gceird é."
" 'S muide a' ceapadh nach raibh míoltog ar bith orainn!" adeirimse.
"Chonaic siad an síol féir a' fás taobh thiar de do chluasa," ar sise, "míle síos an tsráid. Ach fan go dté

sibh taobh thiar de na sléibhte, istigh i lár San Francisco – sin é an áit a bhfuil na feannadóirí. Phiocfaidís an bia as an bhfaocha!"

"Faraor nár fhan mé sa mbaile," adeir Darach, "a' tabhairt aire don dá chrupach! Dhá mbuailfeadh ceann acu dhá chloigeann féin thú bhí a fhios a't gur le teann cion ort é."

"Ó, tá sé in am codlata," ar sise. "Buíochas le Dia, níl ach ceathair nó cúig d'uaireanta orainn amárach. Cé agaibh a thabharfas malairt seomra dhom?"

"Mise," adeir Seán, "agus míle fáilte. Má thagann an tseanghé bhréan sin chuig mo dhoras-sa cuirfidh mé go Cheyenne le ruagán í. *Come on, sweetheart* – lán mo ghabháil 's mo dhóthain go ceann míosa! Tá a fhios ag Dia go bhfuil cuma mná ortsa!"

Bhreathnaigh cúpla duine faoina srón air. Is dóigh gur cheap siad go raibh sé súgach nó gur ag sciobadh na hóige a bhí Rebecca. Bhí sé cúpla nóiméad imithe gur tháinig sé ar ais.

"Níor thóg sé sin i bhfad," adeir bean leis i mBéarla.

"Mallacht Dé do sheanphriosla smugairleach, mura mór a bhaineann mé dhuit!" ar seisean i nGaeilge. "*Have to be* láichín *to Mamma*. Is fada a bheinn gan bhean sula mbreathnóinn ortsa. Tá tú cosúil le seanbhó Cholm a' Bhailís!"

"Céard faoin tseanbhó?" adeirimse.

"Bhí drár bán flainín ag Colm – ní bán a bhí sé ach buí leis an aois," ar seisean. "Tháinig seanbhó a raibh briosc brún nó salachar béil uirthi 's d'ith sí é. D'fhág sí mása Choilm fuar:

"A chailín a bhuail fúmsa 's d'ith mo dhrár,

Ba chóir go gcuirfeá cuntas chuig na comharsana go raibh tú gann;
Murach thú a bheith mímhúinte ní bheadh súil agat abhus is thall,
Ní shásódh féar an fhómhair thú, a shampla shalach, fuair tú call.
Inis dhom cér fríothadh thú nó cén taobh a mb'as do dhream,
Nó má théim chuig dlí leat cuirfead príosúnacht ort, bliain 's ráith'!"

"Is cosúil le ceann í sin thall," adeirimse "a fuair call – tá sí a' cangailt ansin ó tháinig sí isteach."
"Tá," adeir Seán, "a' cangailt a círe. B'fhéidir gur buicéad atá sí a' chuartú."
"Ar tharraing tú na pluideanna suas ar do chailín beag?" adeir Darach.
"Á, muise an bhean bhocht," ar seisean. "A' bhfuil a fhios a't go raibh sí a' síneadh deich *dollar* chugam le haghaidh deoch don triúr againn i ngeall air seo."
"Ar bhain tú fáscadh ar bith aisti?" adeirimse.
"Bíodh tusa dhá fáscadh amárach," ar seisean. "Tá mise a ghabháil a' síneadh."
Ní raibh smid as aon duine ar maidin. Ní raibh ach tart 's cloigne tinne agus pócaí folmha. Corrdhuine a d'ith greim. Bhí muid ar bóthar ag a seacht. Thóg mise sealaíocht na maidine, cé go mba le Rebecca é, ar an údar go mbeadh sinn ag déanamh isteach sa gcathair mhór, agus go mbeadh sé an-éasca a ghabháil amú sa trácht. Thuig sise an scéal. Bhí Seán oibrithe ag iarraidh teacht in éineacht linn, ach ní raibh aon áit againn dhó.

"Áit ar bith ach a bheith in aice leis an tufóg bhréan sin," ar seisean.

"Níor thuig mé," adeir Rebecca "go raibh tú chomh mór sin i ngrá liom. Ceapfaidh siad gur tú mo mhac."

"An crochadóir sin atá a' cur rudaí suas leat," ar seisean.

Uair ar bóthar agus bhí muid sna sléibhte – cnoic mhóra arda agus brat maith sneachta síos leath bealaigh orthu.

Do réir mar a bhí muid ag ardú bhí an teas ag ísliú. Ar gach aon taobh den bhóthar bhí mealltracha de chlocha fuarcánacha agus carracáin sciorrtha. Bhí an áit seo fuar sceirdeach binnséidiúil, ailltreacha marfacha agus stopaí gránna ins gach uile áit. I ngeall ar é a bheith ar chúl na gréine, go mór mór sa ngeimhreadh, ba chúis le cuid mhaith de seo. B'iontach an misneach a bhí ag an gcéad dream a rinne a mbealach thrí na sléibhte seo gan eolas gan treoraí, maoin an tsaoil ar a ndroim acu nó caite trasna ar dhroim asail nó miúile, na céadta a cailleadh leis an bhfuacht. Ba gnás laethúil dúnmharú má theastaigh beatha, éadach nó deis marcaíochta uait. Níl aon uaigh le feiceáil ann, mar d'ith na héanacha agus na hainmhithe allta na coirp. Cé go mba achrannach áiféiseach an bealach é, d'éirigh leis na mílte a mbealach a dhéanamh siar – ní mórán acu a thug a n-aghaidh soir ní ba mhó.

Siar linn le fána. Do réir a chéile bhí feabhas mór le feiceáil ar an talamh. Tar éis teacht timpeall gualainn cnoic bhí muid istigh i nGleann mór Sacramento. Seo é ceantar na dtorthaí agus an fhíona. Bhí gach uile gheadán a d'fhásfadh planda faoi chur. Sa sean-am bhí easpa uisce ar na feilméirí, mar ní mórán báistí a thiteann ann, ach le deiseanna nua-aimseartha agus innealra bhain siad úsáid as uisce abhainn an Sacramento féin lena gcuid torthaí agus glasraí a bheith ar an margadh cúpla mí roimh aon áit eile. Meicsicigh na hoibrithe is mó atá ann agus, cosúil linn féin go díreach, níl siad ach séasúrach agus sealadach, gan stádas, mar níl aon pháipéir ag an gcuid is mó acu. Tagann siad trasna na teorann i ngan fhios agus oibríonn siad faoi chonradh ar pháí atá an-suarach. Cosúil le Sasana, tá an *subie* anseo ag déanamh a shaibhris ar allas an duine bhoicht. Dhó seo agus dhá leithidí is tionscal mór buntáisteach smugláil oibrithe don fhíonghort.

Stop muid ag baile Roseville le haghaidh braon tae. Mar a dúirt an seanfhear fadó, is gearr ó inné go dtí inniu agus is gearr a bhíonn an t-éag ag teacht, ach inniu bhí muid i dtír eile ar fad. Bhí cuma an airgid an an áit. Gan aon duine a' rá tada leat, thuig tú in do chroí féin go raibh an áit seo difriúil agus nach raibh agat ach "Fág an tír nó bí sa bhfaisean". Má bhí fonn cainte ortsa, ní raibh orthusan. Bhíodar gnóthach, bíochta chun oibre. Bhí rud le déanamh ag gach uile dhuine 's níor dúradh leatsa ach *"Hi!"*

Uair go leith ina dhiaidh seo bhuail muid droichead mór an chuain agus fuair muid ár gcead amharc ar an dochar a rinne an crith talúna. Droichead mór fada é seo, ceann, is dóigh, atá ag iompar an oiread tráicht le haon droichead eile sa domhan, nó níos mó. Tá réise mhór leathan in íochtar agus ceann eile os a cionn – dhá dhroichead os cionn a chéile ó cheart. Leis an mbrú agus an fórsa uafásach a tháinig, do réir cosúlachta, crochadh suas an droichead agus thug an réise uachtarach uaidh. Tharraing na leacracha stroighne ón scair, thit cuid síos agus d'fhan go leor ar leathstua. I ngeall ar an meáchan mór a bhí iontu seo, is féidir leat a shamhlú an bhail a chuir sé ar charranna.

Isteach ar an réise íochtarach a chuaigh muide. Ní raibh ceadaithe thar chúig mhíle san uair. Bheadh sé siúlta soir agus anoir agat faoi dhó go raibh muid amuigh dhe. I ngeall go raibh muid ar cheann de na foirne cúnta, tugadh tionlacan dhúinn thríd an gcathair, ach ó bhí muide ar an dara carr deiridh ní fhaca muid é seo. Síos in aice leis na duganna a tugadh muid, áit a dtugann siad an Marina air. Anseo a bhí ceanncheathrú na héigeandála. Chuir ionadaí áitiúil ár gconraitheora féin fáilte romhainn. Bhí neart le n-ithe agus le n-ól ann. I ngeall ar an taisteal fada a bhí déanta againn tugadh dhá lá saoire dhúinn. Aon duine nach raibh airgead aige bhí sé le fáil aige – an *sub*.

Tar éis lóin tugadh le chéile muid uilig agus tugadh léacht dhúinn ar céard a bhí le déanamh. Bheadh an t-eolas seo ar fad le fáil ó t'innealtóir féin, agus seo é an áit a raibh an cíonán againne – Rebecca. Chuir sí an triúr againne síos mar shiúinéirí – fúithi féin. Phioc sí trí spailpín le cúnamh a thabhairt dhúinn. Bhí trí ghobán chearta anois aici, dhá mbeadh a fhios aici é – ní siúinéireacht a bheadh ann ach grábháil gan aon stuaim. Bhí lóistín faighte dhúinn in ionad, nó *unit* mar a thugann siad orthu, thiar ag trá mhór na farraige i Judah, díreach leathmhíle ó Dhroichead an Golden Gate. Insíodh dhúinn an bealach ann agus as. Ón léarscáil mhór a bhí acu bhí sé an-éasca do bhealach a dhéanamh. Bhí an chuid seo den chathair leagtha amach cosúil le cóipleabhar boiscíní. Bhí na sráideanna móra ag rith aniar díreach ón bhfarraige in ord na haibítre agus na sráideanna eile ag rith trasna orthu seo do réir uimhreacha.

Thug Rebecca amach muid ansin ina ceantar oibre féin – sráid mhór suas le trí mhíle ar fhaid, tithe trí urlár ar gach aon taobh. Bhí an tsráid scoilte, réisí móra crochta aníos, cuaillí leictreachais caite de leataobh, na tithe scoilte ar gach uile bhealach – cuid acu caite amach 's cuid eile caite isteach in aghaidh an chinn eile. Ná stórtha móra a bhí déanta as *cement* agus iarann a ba mheasa a thóg an fórsa. Bhí siad cosúil le tithe a raibh fathach mór le liathróid throm iarainn dhá ngleáradh le teann oilc. Bhíodar ina mbruscar, ach go raibh an t-iarann dhá gcoinneáil suas. Cúpla teach a raibh gloine shlán sna fuinneoga. Sráid sí cheart a bhí inti. Bhí muid díreach ina seasamh ar an scoilt mhór sin a dtugann siad an San Andreas uirthi, scáineadh nó scoilteadh mór atá sa gcuid seo den domhan, a' rith suas le sé chéad míle nó níos mó le cladach Chalifornia thrí cheartlár San Francisco. Tá an oscailt le feiceáil go soiléir in go leor áiteacha, go mór mór thíos in aice na farraige – áiteacha nach bhfuil ach orlach agus áiteacha eile atá suas le troigh. Is deacair a inseacht cén doimhneas atá inti, nó– an rud is measa – cén uair a thiocfas an crith mór. Tá súil léi uair eicínt agus táthar cinnte gur gránna an mant a bheas in iarthar California. Tá an faitíos sin ar go leor daoine. Ní chuireann cuid eile acu aon suim ann, ach an oiread le múr báistí – má tharlaíonn sé tarlóidh, 's mura dtarlóidh bíodh an fheamainn aige.

Ní dhearna muid mórán teanntáis amach an chéad lá, cé is moite de shiúl fada ar an trá, ceann atá suas le deich míle ar fhaid. Ní áit shábháilte le haghaidh snámha é, i ngeall go bhfuil an iomarca tarraingt ag an gcúlsruth. Marcaíocht toinne ar na cláracha an spórt is mó atá ann agus bíonn na céadta amuigh gach uile lá. Brachlainn mhór atá amach i bhfad ann agus i ngeall air sin tá maidhmeanna móra arda a' briseadh isteach ann. Ó thuaidh dhínn bhí Páirc mhór cháiliúil an Gheata Órga, a shíneann ón gcladach ar feadh sé nó seacht de mhílte go croí na cathrach. Páirc í is fiú a fheiceáil agus a shiúl. Tá bród iontach ag na daoine aisti agus tá sí coinnithe dhá réir. An dara lá chuimhnigh mé go raibh uimhir Shiobhán mhór agam, agus ghlaoigh mé uirthi.

"Tá meanmnaí agam le dhá lá!" ar sise. "Cén áit sa diabhal a bhfuil tú nó céard sa tubaiste a thug anseo thú?"

"Cumha i ndiaidh mo mhíle stóirín!" adeirimse.

"Más cú nó mada gearr é," ar sise, "déan deifir go beo amach anseo, ach cogar mé seo leat – tá súil agam gur thug tú an cúiplín leat."

"Tá an bheirt ar an mbuidéal anseo," adeirimse. "Tá mé ionann 's a bheith cinnte go bhfuil siad a' cur cúlfhiacla!"

"Cá bhfuil sibh?" ar sise.

"Judah," adeirimse.

"Tóg an carr sráide go dtí an Séú Sráid Déag," ar sise, "agus an bus go Oregon – tá mise ar 5365."

"Ceart go leor," adeirimse.

Dhá mba as Tír na nÓg a thiocfadh an triúr againn ní fhéadfadh an oiread fáilte a bheith romhainn! Bhí teach álainn aici – garáiste mór in íochtar, mar a raibh an córas teasa socraithe, leibhéal leis an mbóthar. Geata iarainn a bhí in áit dorais a d'oscail uaidh féin nuair a bhrúigh sise an cnaipe thuas staighre. Bhí an áit chomh glan is go mbeadh fonn ort do bhróga a fhágáil taobh amuigh den doras, rud a dúirt mé léi.

"Is nós an-choitianta é sin san iarthar," ar sise.

"Bheadh ar dhaoine é a chrágáil cosnochta thiar sa mbaile," adeir Seán. "Mura mbeadh an gadaí taobh istigh, chomh siúráilte is go ndearna Dia fataí beaga bheadh sé taobh amuigh."

"Nach bhfuil a fhios agam?" ar sise. "Anois, an fhaid 's a bheas an dinnéar thíos tosaígí ag inseacht."

Bhí muid cosúil le triúr a' coimhlint le chéile faoi scéalta agus nuacht.

"Ó, fuair mé ordú súil ghéar a choinneáil oraibh," ar sise – "gan na gasúir a ligean in aice na tine. Anois céard a déarfá?"

"Tá mé a' ceapadh," adeir Darach, "nach mbeidh duine amháin a' tabhairt a aghaidh soir ar chaoi ar bith. Tá sé geafáilte ag baintreach. Níl i gceist ach é!"

"Níl i gceist," adeirimse, "ach *Shaunee*, ó d'athraigh sé seomra léi. Níor chuala muid tada faoi sin."

"M'anam nach é Seán bocht atá i gceist 'chor ar bith," adeir Darach "ach an duine uasal anuas de lochta na gcearc."

"Agus tabhair meall uirthi!" adeir Seán.

"Ach cé hí seo?" adeir Siobhán.

D'inis Darach an scéal ar fad di agus líon mé féin

agus Seán isteach na bearnaí.

"Rebecca a thug sibh uirthi?" ar sise. "Bean mhór – beagáinín beag bosach, 's murar athraigh sí tá an ghruaig gearrtha go bun na rabóide aici?"

"Ceart!" adeirimse.

"Maraíodh a fear 's tá mac 's iníon aici," ar sise.

"Tá tú díreach ar do mharc," adeir Darach.

"Tá a fhios agam anois í," ar sise. "Níor mhaith liom a bheith i mbróg an té a chuirfeadh lámh faoina cóta siúd. Mharódh sí tarbh lena laidhricín. Tar éis bhás a fir d'fhoghlaim sí gach uile chleas sa leabhar le hí féin a chosaint agus le sásamh a bhaint den dúnmharfóir."

"Ní fhéadfadh muide tada a rá léi," adeirimse, "ach gur bean lách ghnaíúil í."

"Mar," ar sise, "chonaic sí cosúlacht a fir féin ionaibh agus bhí sí ag iarraidh sibh a chur ar bhealach a leasa. Dhá fheabhas dhá mbeadh sibhse, b'amhlaidh ab fhearr léi é."

"Cén sórt áite é seo?" adeir Darach.

"Tá sé go maith agus tá sé go dona," ar sise. "Tá mise anseo le fada an lá, agus buíochas le Dia nár tharla tada dhom. Ach ansin, ar an taobh eile, maraíodh mo dhá chomharsa trasna an bhóthair istigh ina leaba. Tá an siopa 24 uair robáilte deich n-uaire le bliain. Sáitheadh fear ag stad an bhus ansin thuas dhá oíche ó shin – ach níl sé chomh dona leis an áit a mbeidh sibhse ag obair. Ó, tá sé ceart go leor sa lá, ach fan as san oíche – páirc an áir cheart é ó thiteas oíche."

"Tá an áit a' breathnú an-socair," adeir Seán.

"Cinnte," ar sise, "ach is iomaí doras agus áirse ann go mb'fhéidir go bhfuil an bás ag fanacht leat. Tá sé an-éasca siúl thar mhada gan aon fhiacail má tá a

fhios agat sin. Ní haon dochar an claí titim nuair nach bhfuil tú faoi. Bhí ceathrar nó cúigear buachaillí óga as Éirinn ina gcónaí thoir ag an trá in aice libhse – tá a fhios agaibh, a' codladh amuigh. Ní raibh obair ná airgead acu. Tháinig duine de na striapacha fir síos chucu oíche a' tairiscint airgid do dhuine acu. Ar ndóigh, dhíbir siad é le clocha, ach an oíche dár gcionn fríothadh duine sáite sa chroí, díreach taobh thuas díbh ag an seanmhuileann gaoithe. Fuair sé luach builín agus ba suas chuig an siopa a bhí sé a' gabháil. Ní robáil a bhí ann."
"Ar tógadh aon duine faoi?" adeirimse.
"Is mór de do cheann atá folamh!" ar sise. "Ní raibh ann ach staitistic eile – fánaí gan aithne. Tá cúis mhór eile anseo anois: beirt a mharaigh – tá sé ráite ach níl siad cinnte – ar a laghad deich gcailín fichead – cailíní óga idir sé déag agus cúig bliana fichead. Mhealladar suas chuig an teach iad agus ní fhacthas ní ba mhó iad. Fuair siad drochíde sul má maraíodh iad – ansin gearradh suas iad agus bruitheadh cuid acu. Ceapadh gur ith siad iad."
"As ucht Dé ort, stop!" adeir Seán.
"Níl deireadh leis an gcuartú fós," ar sise, "ná ní bheidh a fhios go brách cé mhéad cailín a maraíodh ann. Go bhfóire Dia ar a muintir! Faoi láthair tá ós cionn trí chéad daortha chun báis sa stát seo leis féin."
"Tá an bás rómhaith dhóibh sin," adeir Darach. "Ba cheart iad a lasadh ina mbeatha le drochthine. Nach í obair an diabhail atá siad a dhéanamh?"
"Tá tú ceart," ar sise. " 'S í. Nach rugadh ar dhream eile anseo a bhí a' marú páistí agus dhá n-ofráil don

diabhal? Ó, cinnte, tá sé cruógach."

Bhí an tsaoire thart, agus chuaigh muid isteach ag obair. Thug Rebecca síos muid go dtí stór mór a bhí leath bealaigh síos an tsráid. Bhí an oiread gardaí armáilte slándála ann 's a bheadh de dhruideacha ar líne teileagraif tráthnóna fómhair. Áit ar bith a bhí contúirteach cuireadh marc dearg air, marc gorm ar an gceann a bhí le deasú agus marc buí ar an gceann a bhí deasaithe agus sábháilte. Bhrandáil mise an áit seo ó bhun go barr dearg. Bhí an t-úinéir ag cur in aghaidh go leor ballaí a leagan ach ba é freagra Rebecca ná *"Down, down!"*.
"Níl sé a' cosaint pingine orthu," ar sise. "Má ghortaítear aon duine is cuma leo ach a gcuid earraí a dhíol. Níl oraibhse anois ach an áit a réabadh síos. Tosaígí ag barr. Ná bacaigí le tada atá sa mbealach. Tabhair síos an veain agus cuirfidh muid cuid de na meaisíní nua ag obair."
Tháinig an veain. Tosaíodh suas an gineadóir gaoithe agus thug muid trí líne píopaí go barr. Gnáthchasúr a bhí ann, ach bhí na gearrthóirí aisteach. Mharcáil sise na ballaí agus thaispeáin sí dhúinn leis na gearrthóirí a úsáid. As diamant a bhí a mbarr déanta agus chuaigh siad thríd an mballa mar a ghabhfadh scian thrí im. B'shin é an áit a raibh an chontúirt. Sraith poll i líne a bhí le déanamh, agus nuair a bhí an ceann deiridh déanta ní raibh ann ach buille den ord agus thit an balla in aon mheall amháin. D'éirigh púir dusta 's deannaigh. Níor fágadh balla go ndeachaigh muid go híochtar. Amach a cuireadh balla na sráide. Faoi cheann dhá uair bhí an stór glanta suas ag

foireann eile.

Ansin bhí orainne ballaí cosanta adhmaid a chur suas ar éadan an stóir. Amuigh i lár na sráide a rinne muid an fráma – an ceathrar againn. Fuair mé amach an lá seo go raibh deireadh ag teacht leis an gcasúr láimhe is go raibh an casúr gunna ag lámhacán isteach. Thaispeáin Rebecca dhúinn le hé a lódáil agus é a úsáid éascaíocht uilig. Chroch an crann tógála isteach an fráma agus ba gearr a thóg sé é a thairneáil agus a bholtáil. Faitíos briseadh isteach a bhí ar an úinéir, mar anois ó bhí an chontúirt thart tógadh an fhoireann slándála uaidh. Bhí air anois foireann dhá chuid féin a fháil agus iad a íoc as a phóca féin, mar níor chlúdaigh a chuid árachais damáiste crith talúna. Ní raibh aige ach *"My goods! My goods!"*

"Goods ag an mbás ort!" adeir Seán. "Ba cheart dhuit buíochas a thabhairt do Dia thú féin a bheith slán."

Teach trí urlár an chéad phíosa eile oibre. Bhí leathmhaing air agus gleann isteach ina lár. Níor thug Rebecca ach amharc amháin air agus thug sí comhartha síos na hordóige do thiománaí an réabaire mhóir. Rinne sé cláiríní speile de leis an gcéad bhuille. Bhí orainne fanacht ansin go raibh sé glanta amach agus lódáilte ar na trucailí móra. Bhí orainne fráma cosanta a chur timpeall ar an suíomh – rialacha an bhardais. Bhí an buicéad deiridh dhá líonadh nuair a lig an tiománaí béic. Anuas leis agus isteach leis sna feiriglinnte. Ní raibh le cloisteáil ach *"Jesus Christ!"* Amach leis agus chuaigh sé ar an raidió a bhí aige sa gcábán. Ní cheadódh sé sinne isteach. Faoi cheann chúig nóiméid tháinig carr mór póilíní, isteach le beirt acu. Tháinig carr eile agus tháinig an

tiománaí anall go dtí muide a' fiafraí cén fáth a raibh muid ag leiciméireacht thart. Mhínigh Rebecca dhó go raibh an obair le críochnú. Tháinig an beirt eile amach.
"Caithfidh sé gur reilig a bhí ann," adeir duine acu "tá an áit lán le cnámha."
Caithfidh sé gur cuireadh fios ar thuilleadh údarás nó saineolaithe mar ba ghearr go raibh suas le scór acu ann. An fhaid is a bhí an scrúdú mór seo ar bun bhí muid ag déanamh comhlaí móra le cur ina thimpeall. An chéad rud eile tugadh isteach ualach málaí plastic 's tosaíodh dhá líonadh le cnámha, agus ag cur uimhreacha orthu do réir mar fríothadh iad istigh sa smúdar. Ar deireadh crochadh isteach na comhlaí agus tairneáladh le chéile iad. Ní ligfí duine againne isteach, sa gcaoi go raibh orainn líosaí móra láidre a bhualadh ar an adhmad taobh amuigh. Ordaíodh dhúinn bóthar a thabhairt orainn féin in áit eicínt eile. Phioc na páipéir nuachta suas an scéal agus chuir siadsan a gcuid samhlaíochta féin ag obair, gach uile cheann ag cur a phíosa féin leis: seanreilig ó aimsir na díleann; teampall págánach; seanuaigh sagart nó mná rialta – bhí neart acu seo timpeall ó aimsir na Spáinneach – muirín ar fad a cailleadh ann. Ní raibh tús ná deireadh leis na scéalta. Ach ag deireadh na seachtaine chuir ceannfort na bpóilíní ráiteas amach a chuir líonrith ar go leor – teach áir agus uafáis a bhí sa teach seo. Leis an scrúdú a rinneadh ar na cnámha ní rabhadar i dtalamh rófhada – an t-achar ba mhó deich mbliana. Ní raibh tásc na tuairisc ar na tionóntaí a bhí ann trí bliana ó shin. Ceistníodh úinéir an tí faoi láthair – dhá bhliain go leith a bhí seisean

ann. Bhí an teach coinnithe go maith nuair a cheannaigh seisean ón gceantálaí é – péinteáilte, i dtogha caoi ar gach uile bhealach, go dtí urlár nua sa siléar.

"Ach bhí rud amháin," ar seisean. "Bhí an córas teasa ag tabhairt go leor trioblóide i lár na hoíche i gcónaí. Scrúdaíodh agus glanadh é cúpla uair ach níor fríothadh tada na ngrást mícheart leis. Bhíodh an teach strompaithe. Bhí fuaraíocht aisteach eicínt ann i gcónaí san oíche, ba chuma cé chomh té 's bhí an lá. Bhí an chéad urlár thar a bheith go dona."

"Buachaill na n-adharc a bhí ann siúráilte!" adeir Darach. "Bhí teach ar an mbaile sin a'inne fadó 's bhíodh siad a' pleascadh fataí beaga leo anuas den áiléar an nóiméad a gcaithfeadh sé an dó dhéag. Níor fhan mada ná cat ann."

" 'S a' bhfuil an teach i gcónaí ann?" adeirimse. Bhí cineál barúl' agam cé faoi a raibh sé ag caint.

"Las an tintreach é," ar seisean, "'s rinneadh teach nua dhóibh."

Sin é a raibh faoi, nó má bhí níor chuala muide tada. Cosúil le gach uile shórt, bhí sé ina scéala mór ar feadh cúpla lá.

Ní raibh muid san áit chéanna aon dá lá. Athraíodh agus aistríodh muid do réir mar bhí práinn leis, ná ní raibh muid faoin máistir céanna i gcónaí. Rud amháin, bhíodh an ceathrar againn le chéile, cé go mbíodh cúigear nó seisear eile go minic a chúnamh linn. Níl a fhios agam cé mhéad uair a raibh orainn síniú – leis an mBardas, foireann na Croise Deirge, ceannaire uisce, aibhléise nó bóthair. Murach Rebecca ní bheadh ionainn ach asail.

"Tá airgead anseo," ar sise, "chomh fairsing le gaineamh. Ní bhfaighidh sibh an seans go deo arís sláimín a chur le chéile."

B'fhíor di. Fuair muid íoctha an dara seachtain. Isteach ina hoifigse a leagadh na seiceanna – ceithre cinn an duine. Bhí mise cúpla dollar gann as trí mhíle. Bhí an triúr againn ag breathnú ar a chéile agus ise ag scríobh.

"Tá rud eicínt mícheart leo seo," adeirimse.

"Tá fhios agam," ar sise. "Tá dhá sheic eile le theacht fós, ach ná bíodh imní oraibh. Beidh siad anseo amárach."

"Ach níl muide ach ag obair do dhream amháin," adeir Darach.

"Anois," ar sise, "mura bhfuil sibhse sásta leis an airgead, síneálaigí trí cinn acu sin agus tógfaidh mise iad agus fáilte. Tá cineál amhrais oraibh nach bhfuil sé seo ceart. Bhail, tá, mar shíneáil sibh leo agus rinne sibh an obair. Rinne mise an rud céanna. Ní mhairfidh sé seo ach cúpla seachtain. Ná ceapaigí go bhfuil libh. Tá mise dhá rá libh gur sleamhain an cosán idir an leac agus an lód. Bígí tíosach 's na caithigí go fánach é, mar an t-airgead a imíonn ina phúdar ní thagann sé ar ais."

"Murach – " adeir Seán, ach ní bhfuair sé cead níos mó a rá.

"Murach rud eicínt d'íosfadh an cat an tlú," adeir Darach. "Ach cá bhfaighidh muid sínseáil?"

"Socróidh mise é sin daoibh," ar sise, "má fhanann sibh nóiméad."

Rud a rinne sí, sa gcaoi nach raibh orainn ní ba mhó ach a gcuid seiceanna a leagan isteach. Baineadh beagán cainte as Seán nuair nach raibh aon chárta aitheantais d'aon sórt aige. Seo é an áit ar tháinig an ceadúnas tiomána isteach fóinteach – amharc amháin agus bhí leat.

Coicís a chaith muid sa tsráid seo, agus ansin athraíodh muid go sráid eile píosa aníos – Sráid a Ceathair. Ní raibh an damáiste chomh mór inti seo: is é an chaoi a raibh na tithe croite, cuid acu scoilte, cuid acu caite siar is aniar – cinéal bainte as a múnla. Bhí doirse nárbh fhéidir a oscailt mar bhí na frámaí curtha as leibhéal. le crochadh nó le n-ísliú a bhí na tithe seo agus ba é seo an chéad uair a chonaic mé na huirnisí nua-aimseartha ag obair. An ceann a chroch an teach bhí sé cosúil le tlú mór teileascópach, sa gcaoi nach raibh le déanamh againne ach geantrachaí adhmaid a chur isteach faoi. Bhí foireann eile ag teacht ina ndiaidh le hiarann agus coincréit a chur isteach.

"Ar thug sibh faoi deara nach bhfuil bean ar bith ar an tsráid seo?" adeir Rebecca.

"Ó labhair tú air, níor thug," adeir Seán.

"Ná habair liom," adeirimse, "go bhfuil muid i gcuasnóg gan aon bhanríon!"

"Ach mise," ar sise, "agus níl aon ghlacadh liomsa."

"Glacfaidh muide leat!" adeir Seán.

"Ghlaoigh duine acu isteach ar ball," ar sise, "a' rá nach mbeadh aon chead agam fiú siúl ar an tsráid, ní hamháin na tithe a scrúdú."

"Céard a dúirt an *lad* mogallach leo?"adeir Seán.

"Chuir sé lán rópa de na focla móra ina dhiaidh," ar sise. " 'Chruthaigh sise,' adúirt sé leis, 'gur bean í, ach ní chruthóidh tusa go deo an fear nó bean thú, a ghiolla na buinní!' "

"Ach inis seo dhom," adeir Seán, "cén sort céaparál' a bhíonn ar bun ag na muca brocacha seo. Níl mé féin a' fáil ciall ná réasún sa scéal. Tá a fhios ag Dia gur breá an rud fáscadh a bhaint as bean. Ba cheart na bastardaí a lasadh!"

Ní raibh a fhios aige go raibh Rebecca ag éisteacht leis. Bhí sí thuas os cionn díreach ag tógáil leibhéil.

"Ná bíodh aon locht agat orthu," ar sise. "Fuair siad an uirnis cheart ach an bosca mícheart. Croch an taobh seo orlach eile sin é má tá tú in ann do chuid uirnise a úsáid – tá mé féin a' ceapadh nach bhfuil. Togha fir – déanfaidh tú fós é."

B'éigean do Sheán ansin dul go barr tí leis an dorú luaidhe a scaoileadh anuas, go bhfaigheadh sí amach cé mhéad orlach a bhí an fráma as marc.

"Is measa an áit seo," ar seisean anuas linn, "ná siopa cumhráin. Tá púir ar fud an tí."

"Fan ansin nóiméad," ar sise. Chroch sí buidéal cumhráin mná léi as a mála agus níor fhág sí seomra go barr nár chuir sí séideog de isteach ann!

"Nach amhlaidh atá tú a' déanamh na háite níos deise?" adeirimse.

"Ní hea 'chor ar bith," ar sise. "Tá an oiread cion acu sin ar chumhrán mná 's tá ag an diabhal ar an uisce coiscreacan. Fan go trathnóna 's feicfidh tú na fuinneoga ar oscailt!"

"Ach," adeir Seán, "tá na seomraí ar fad marcáilte *He* agus *She*, go dtí na seomraí folctha, 's tá bábóga ar chuid de na piliúir 's éadaí ban in gach uile áit. Ba mhór an grá Dia buidéal ola mhór a chaitheamh ar an áit – nó cén sort collacha iad féin?"

"Collacha iad," adeir Rebecca. "Tá na cráinteacha ar an gcéad sráid eile."

Thart ar an ceathair a chlog a thosaigh an spraoi. Bhí daoine ar a mbealach abhaile ó obair. Fir uilig a tháinig anuas an tsráid ina gcuid carranna breátha. Bhíodar féin réitithe gléasta. Shílfeá gur amach ón tsnáthaid tháinig a gcuid cultacha éadaigh. An bheirt a bhí ag siúl bhíodar i ngreim láimhe ina chéile cosúil le buachaill agus cailín. Bhí muide athraithe trasna na sráide nuair a tháinig comhluadar an tí abhaile. Ní raibh ach an doras oscailte acu, nuair anall le bodach acu agus é le ceangal.

"Thusa!" adúirt sé le Rebecca agus cúr air. "Cé a thug cead dhuitse, a sheanchearc chleiteach, do sheanchorp brocach a thabhairt isteach in mo theach – murarb agat atá an muinéal!"

Bhí Seán thuas díreach ar an vearanda agus é ag cúinneáil slabhra. Níor lig sé tada air féin ach é a chaitheamh anuas faoi chosa mo dhuine. Bhuail an slabhra píopa a bhí ag teacht amach as gineadóir aeir agus bhain sé an fáisceán sábhála de. Thosaigh an píopa ag damhsa ar nós nathair nimhe ar fud na sráide. Tháinig cith puitigh agus ola amach as seo agus chuir sé ornáid ghalánta ar léine gheal an bhodaigh! Thug sé do na bonnacha é, ach dhá nóiméad díreach ina dhiaidh sin bhí dhá charr póilíní istigh sa mullach orainn. Anuas leis an mbodach ag fuarchaoineachán, ag déanamh a ghearáin. Ní raibh le cloisteáil ach *"Her"* agus *"Him"*. Anall le triúr acu chugainne. Thosaigh na ceisteanna.

"Bugger the ducks!" adeir Seán. *"Me explain."*

Is é a bhí in ann – faoin nglaoch gutháin, gur chaith

sise dul go mullach an tí le scrúdú iomlán a dhéanamh. Má d'fhág sí boladh deas ina diaidh, cén dochar? Ní íosfadh sé iad. Ach ansin – ag teacht anall ag ionsaí na mná seo agus dhá maslú! Cinnte, thit an slabhra anuas ar an ngineadóir. Tuige nár fhan sé as an mbealach? Níor cuireadh fios air, an cac mór! Tháinig póilín eile anall. Bheadh an fear thall sásta le luach na léine dhá ngeallfadh Rebecca nach dtaobhódh sí an teach ní ba mhó. Lom sí an scód agus anonn léi.

"A chimleacháin a' chaca," ar sise, "tá cead agamsa mar innealtóir gach uile theach sa tsráid a scrúdú agus níl cead agatsa mé a mhaslú. Focal amháin eile uait os comhair na bpóilíní seo agus cuirfidh mé marc dearg ar do theach!"

Stop sé sin é, ach níor lig sé Seán thairis: "*Sorry about that, love!*" adúirt sé leis. Bhí brionglán dearg an tlú leagtha ar dhrioball an chait, agus murach neart an dlí bheadh corp sa tsráid!

"Ach an t-ainm a thug sé ort!" adeirimse, ag teacht abhaile sa veain.

"An dathúlacht arís!" adeir Rebecca. "Dhá n-imreodh Seán a chuid cártaí ceart ní bheadh aon chall dhó aon lá oibre a dhéanamh go deo arís."

"Eistigí le *love* bocht," adeir Darach, " 's ná bígí a' cur smaointe aisteacha isteach ina cheann!"

"An smaoineamh a bhí ann," adeir Seán, "an casúr a thabhairt ar chlár na baithise dhó – an béal a bhí ar an muic sin le bean!"

"Bhí barúil agam," adeir Rebecca leis, "go raibh tú i ngrá liom, ach ní raibh mé cinnte de go dtí anois.

Teann anall anseo liom agus tabharfaidh mé póg dhuit!"

"Go dtuga an diabhal coirce dhaoibh!" ar seisean. "Scuab, a raibiléara, – is beag nár chroch tú mé."

Ní raibh aon trioblóid againn sa tsráid sin ní ba mhó, mar cuireadh póilín ar dualgas linn. Trí lá ar fad a bhí muid inti. Bhí na seacht ndiabhail ar an bpóilín a bhí linn, mar bhí an dearg-ghráin aige ar an dream seo, agus an rud nár smaoinigh muide air smaoinigh seisean air. Lárionad na ndrugaí 's an diabhail a thug sé ar an áit. Thug sé an diabhal le n-ithe do bheirt a fuair sé ag pógadh a chéile ag doras – bhí duine a ghabháil ag obair 's ní raibh an duine eile.

"Nár bhreá an rud liagán a scaoileadh orthu?" adeir Seán.

"D'íocfadh tú go daor é," adeir an póilín. "Tá an dlí an-ghéar ar thada a dhéanamh ar na rudaí bréana sin. Níl aon dochar iontu dháiríre. Seo í an tsráid is ciúine thart – cé is moite den méid trioblóide a bhíonn idir iad féin."

"Cé faoi a mbíonn siad a' glámhóid?" adeirimse.

"Bíonn muide ag troid faoi chailíní," ar seisean. "Bíonn siadsan ag troid faoi bhuachaillí! Ach fan go dté sibh ar an tsráid thuas, sráid na mban – sin má ligtear isteach ann sibh."

"Scaoilfidh muid an bhean mhór isteach romhainn," adeir Seán.

"Má cheapann siad gur ceann acu í," ar seisean, "ní ligfidh siad amach í, ach go deimhin beidh siúl agaibhse."

"Tá mise a' ceapadh gurb ea!" adeir Darach, ach ní raibh a fhios aige go raibh sise taobh thiar dhó.

"Ach a' gcloiseann sibh cé atá ag caint?" ar sise. "Fear ar bith a théann míle ó bhaile lena struipléidín a tharraingt amach ar fhaitíos go bhfeicfeadh aon duine é – sin nó tá faitíos roimh na cait air. Stop, a ghrabaire!"

Agus cuireadh ar shráid na mban muid. Bhí teach amháin ann nach ligfí fear ar bith ina aice, gan caint ar é a ligean isteach ann. Ní mba le Rebecca ab fhaillí é: thiomáin sí síos díreach go dtí an doras. Níor fágadh i bhfad amuigh í. Chaith sí deich nóiméad istigh.
"Obair anois," ar sise nuair a tháinig sí amach.
"Cén draíocht a d'oibrigh tú orthu," adeirimse "go bhfuil sé de phribléid againn dul isteach sa mbrocach?"
"Dúirt mé leo," ar sise, "go bhfuil sibh leath 's leath!"
"Ach cé atá trí ceathrúna?" adeir Darach.
"Ó, *Shaun-ee Baw-nee*!" ar sise. "Eisean an t-aon duine agaibh a bhfuil cead speisialta aige oibriú ar fud an tí."
"A chrochadóir na mása móra," adeir Seán, "nach beag a bhí le déanamh agat, a' náiriú daoine."
"Anois, *love*," ar sise, dhá oibriú tuilleadh, "sáigh an t-ardaitheoir isteach anseo ar chlé agus croch an taobh seo sé horlaí. Ó, cuir ort na miotóga oibre. Ní maith leo seo istigh lámha garbh ná creagánacha – tá craiceann rómhín orthu. Fag an obair bhrocach ag an dá sclábhaí."
"Go speire na seacht ndiabhail thú!" an freagra a fuair sí.
Chuaigh muid isteach sa siléar ansin le scrúdú a

dhéanamh ar an bhfráma íochtarach agus fuair muid amach go raibh ceann de na ballaí bréige sa lár tugtha uaidh agus mura neartófaí é go raibh an baol ann go scarfadh sé an teach. An frapa láir a bhí imithe ina bhruscar, mar tháinig an fórsa céadtach de leataobh air. Thóg an obair seo an chuid is mó den lá, sa gcaoi go raibh sé an ceathair a chlog nuair a bhí an áit glanta suas againn, tar éis scrúdú cruinn a bheith déanta ag cigire an Bhardais air. Dúirt Rebecca linn í a leanacht suas an staighre. Bhí bord réitithe thuas romhainn le gach uile chineál ceapairí agus aon chineál óil a theastaigh uainn. Bhí ar a laghad ochtar mná ann – gach uile bhean níos deise ná an ceann eile. Ghabh muid leithscéal faoi chomh draoibiúil smeartha is a bhí muid. Níor cheart dhúinn labhairt air – nach ag deasú an tí dhóibh a bhí muid?
Bhí an triúr againne cosúil le trí éanguisín, go deas socair béasach múinte, ach go deimhin ní raibh tada ag gabháil i ngan fhios don tseanchearc í féin. Ise a bhí ag déanamh na cainte uilig, agus m'anam gur fhág muide aici í. Bhí liosta mór fada aici den méid dochair a bhí déanta, ach sul má d'imigh muid bhí sé a dhá fhaid. Bheadh neart bia agus dí fágtha dhúinn i gcomhair an chéad lae eile. Ach bheadh muid ann an-luath. Ba chuma. Cén dochar?
"Amárach," adeir Rebecca, "taobh istigh a bheas muid – ar na doirse agus ar dhá urlár. Tá cúpla píosa atá contúirtech. Ní chaitheann na mná seo aon éadach codlata agus beidh sé an-spéisiúil cén chéad duine a dhéanfas puiteach dhá mhéar leis an gcasúr!"
"Seans go bhfuil tú ag ceapadh," adeir Seán, "gur amach faoi chearc a tháinig muid 's nach bhfaca muid

tada? Ó, *by dad*! Maraíonn sibhse mise lena gcuid cacamais. Gaisce uilig sibh. Tá a sheacht méid in gach uile shórt agaibh. Ar ndóigh, níl an teach ceart féin agaibh, ach púiríní adhmaid, 's má chuirtear séideog iontu tá siad ina gcipíní cosúil le cliabhán éanacha."

"*Yes, love!*" ar sise. "Nach maith gur aithnigh an bhean mhór bhán sin inniu go raibh rud eicínt speisialta ag baint leatsa seachas an bheirt eile – bunáiteach banúil a thug sí air. Gnéasúil!"

Níl sé inráite, an freagra a thug sé uirthi.

Trí lá ar fad a chaith muid ann agus deirimse leatsa go raibh an port athraithe ar fad againn faoin gcineál seo daoine. Fuair muid lách carthanach cairdiúil gnaíúil iad. Bhí a gcuid caoithiúlachta féin ag baint leo, ach cá bhfuil an té nach bhfuil? An te atá saor caitheadh sé cloch . . .

Shiúil muid suas chuig Aifreann a seacht tráthnóna Dé Sathairn. Seansagart a léigh é. Bhí an paidrín aige roimhe, agus an bheannacht ina dhiaidh. Bhí an séipéal lán ach, má bhí, ba daoine meánaosta ar fad a bhí ann.

"Seans," adeir Seán, "nach ligtear amach é ach corruair."

"Muise, an duine bocht," adeir Darach, "céard atá sé a dhéanamh ach ag réiteach an bhealaigh dhó féin? Níor chuala sé aon chaint ar *Vatican* a Dó nó, má chuala, níor thug sé aon aird air."

"B'fhéidir gur aige atá an ceart," adeirimse. "Meas sibh a' bhfuil beár ar bith thart anseo? Fiafraigh den fhear sin thall é."

Ní raibh aon chall dhúinn leis. D'airigh sé ag

Gaeilgeoireacht muid agus anall leis.

"Glacaim pardún agaibh," ar seisean, "ach is ola do mo chroí a bheith ag éisteacht libh. Cén áit i nGaillimh arb as sibh?"

D'inis Darach dhó, agus céard a bhí muid a' chuartú.

"Tá, muis," ar seisean, "díreach suas an tsráid. Tá teach ósta ag bean as Conamara ann. Má tá sibh ag iarraidh dul ann, téanam uaibh liomsa. Tá mo charr anseo thíos i gclós na scoile. Rachaidh muid suas chuig Máirín. Bhail, fan go bhfeice sí sibh!"

"Cé as í?" adeirimse.

"As áit eicínt in aice libh féin," ar seisean. "Níl aon eolas agamsa ar an gceantar. As Acaill mise."

"Ach tá togha na Gaeilge agat," adeirimse.

"Duine gan náire nach mbeadh," ar seisean. "Teanga Phádraic agus Bhríde Naofa. Ó, a dhiabhail go deo, beidh spraoi anocht againn!"

Taobh istigh de chúig nóiméad bhí muid istigh in Armas na Sionainne. Fuair fear Acla bord agus shuigh muid síos. Fós níor thug sé a ainm ná níor fhiafraigh sé cé dhar díobh sinne, ná níor fhiafraigh sé céard a d'ólfadh muid. Anuas leis agus ceithre ghloine beorach aige agus ceithre thaoscán fuisce.

"Sláinte!" ar seisean. "Beidh bean an tí isteach nóiméad ar bith feasta. Bíonn sí ag obair gach uile dheireadh seachtaine."

"Nach gcónaíonn sí anseo?" adeir Darach.

"Ara, ní chonaíonn," ar seisean. "Tá teach príobháideach acu síos píosa as seo. Conraitheoir é féin. Ara, nach cuma don bheirt sin cén chaoi a séidfidh an ghaoth? Tá sé déanta acu, agus a chonách sin orthu. Is maith an aghaidh ar an mbeirt sin é. Más as Éirinn thú agus thú a bheith leathcheart 'chor ar bith ní bheidh tart ná ocras ort, ná ní bheidh tú gan obair. Éireannach go smior é agus togha fear gnó, agus dhá fheabhas dhá bhfuil sé féin, tá sise chomh maith leis nó b'fhéidir níos fearr."

"A' mbíonn slua maith Éireannach isteach?" d'fhiafraíos féin.

"Éireannach gach uile mhac máthar a thagann isteach anseo," ar seisean. "Bíonn neart guaillí buidéil isteach ach ní thuigeann siad an teanga. An ceol a tharraingíonn go leor acu – an ceol 's an chuideachta. Tá sí féin landáilte. Ná habraigí tada."

I ngeall ar mo dhroim a bheith leis an doras ní fhaca mé cé a tháinig isteach gur sheas an bhean dheas seo ag an mbord.

"Nach deas na comharsana na trí leibide sibhse?" ar sise. "Níorbh fhiú libh teacht ar cuairt chuig duine. Seans ó fuair sibh blas *Yank* oraibh féin nárbh fhiú libh seasamh isteach agus labhairt leis na daoine!"

"Murach an fear seo," adeir Darach, "ní bheadh a fhios againn go raibh tú ann. Eisean a thug anseo muid."

"Murach 'murach' thitfeadh an spéir!" ar sise. "Jack Frost a thug ann sibh – an chuid eile den fhear a phós mé féin."

"Ara, stop!" adeirimse. "Tá a fhios againn anois cá bhfuil tú."

"Stop thusa!" ar sise. "A' bhfuil airgead agaibh? A' bhfuil sibh ag obair? A' bhfuil áit agaibh le fanacht, nó cé as ar tháinig sibh?"

D'inis Darach an scéal di.

"Ara, a dhiabhail," ar sise, "sibhse lucht an airgid

mhóir 's mise ag déanamh trua dhaoibh!"

"Tuige?" adeir Jack Frost.

"Ara, a stór," ar sise, "tugadh isteach an criú seo ar an E.E. 's níl a fhios céard atá siad a dhéanamh."

"Ach céard é an E.E.?" adeir Jack.

"*Earthquake Emergency*," ar sise. "Cé mhéad duine a bhfuil sibh ag obair dhóibh? Fan go bhfeice tú."

"Leis an bhfírinne a rá," adeirimse, "níl a fhios againn, mar nach é an *boss* a bhí inné orainn a bhí inniu orainn."

"Ceithre sheic nó cúig sheic gach uile sheachtain!" ar sise. "Ó, muise, buail an t-iarann an fhaid 's 'tá sé te. Faoi cheann seachtain' eile ní bheidh *frig-all* le fáil anseo. Sé seachtaine ó shin ní raibh lá oibre le fail anseo. Inniu níl fear le fáil ar ór ná ar airgead."

" 'S nach bhfuil fear a't?" adeir Jack.

"Stop do chuid gáirsiúlacht'!" ar sise. "Fan go mbeidh na billiúin caite agus an deasúchán déanta. Ansin beidh fear oibre le fáil ar chúpán tae. Chonaic tú féin é. 'S é Dia a chuir chugainn an obair seo. Ach an oiread le scéal, cá raibh tusa le seachtain nó coicís?"

"Thíos ag an Aifreann a casadh linne é," adeir Seán.

"Ó, mise i mbannaí, sea," ar sise. "An seanghabhar gioblach a' déanamh aithrí toirní 's tintrí, a' ceapadh go bhfuil grásta Dé idir an diallait 's an talamh. Sin iad na diabhail is measa!"

"Bhí mise san áit," ar seisean, "an Domhnach seo caite a bhfacthas Máthair Dé – áit nach raibh sibhse."

"Tá siad athraithe aniar," adeir Seán. "Bhídís a' corraí thiar ach seans nach raibh aon airgead ann!"

"Ara, ní hea 'chor ar bith," adeir Seán, "ach faitíos go

gcaillfeadh Cnoc Mhuire aon trácht."
"Nach sibh atá maslach!" ar seisean. "Thíos i Colfax a bhí mé, áit a bhfacthas an Mhaighdean Mhuire agus an Páiste ag an Aifreann."
"Ní raibh aon stoirm anseo le mo chuimhne," adeir Máirín, "ná aon deoir bháistí le trí bliana. Ar ndóigh, b'fhéidir gurbh shin atá ort – triomach an phíobáin agus seachmall na haoise!"
"Dar brí a bhfuil de leabhra in Éirinn," ar seisean, "sin é anois an áit a raibh mé féin agus an tsean*lady*."
"Seachmall, muis, cinnte!" adeir Darach.
"Ó, á mhac, ní tada mar sin é," ar seisean. "Bhí sí ann agus bhí daoine ag breathnú uirthi ar feadh uaire nó níos mó. Anois, ní fhaca mise í – nár lige Dia go gcuirfinn bréag ar Mháthair Dé. Tá an áit pacáilte ó shin. Ó, facthas í siúráilte. Nach raibh mé ag caint le fear a chonaic í?"
"Go bhfóire Dia ar amadáin an tsaoil!" adeir Máirín. "Tá tusa ansin a' slabáil 's gan a fhios cén uair a d'ith siad seo tada ceart, ach cosamar eicínt a caitheadh chucu sna háiteacha galánta sin istigh sa Marina – is mó méid soithí a bhíonn ann ná beatha."
"Tá a fhios ag Dia," adeirimse, "go raibh togha dinnéir againn."
"Tá a fhios agamsa," ar sise, "an rud a dhiúltaigh an banbh gur caitheadh chuig an amadáinín é. Caithfidh mise mé féin greim a fháil. Dúirt mé leis an gcoigealach sin istigh na fataí a bheith thíos aici. Bígí ag ól ansin go fóilleach."
Ní deoch a tháinig síos ach cuid mhaith – ar an teach. Faoi cheann leathuaire ghlaoigh sí orainn.
"Isteach sa gcistin anseo," ar sise. "Ní maith liomsa

aon duine a bheith a' speiceáil orm nuair atá mé ag ithe. Cuid acu sin, ní fhaca siad aon bhéile ceart riamh, ach beatha na spideoige. Suígí síos agus ithigí plaic."

Bhí feannach sleádóra ar an mbord aici, idir feoil agus fataí plúracha, chomh maith le soitheach mór fíona ar fhaitíos nach dtaitneodh an bheoir linn.

"Ní beoir é sin," ar sise, "ach múnlach. Céad slán don tús pota. An uair sin bhí deoch a't. A mhac, chuirfeadh sé cluimhreach ar chreatlach caite na caillí!

"Crois Chríost orainn!" adeir Jack.

"Óra, stop, a bhréagchráifeadóir bhradach!" ar sise. "Tusa an duine céanna a bhíonn a' cur snas ar a phaidrín, 's má fheiceann tú péacóigín a bhfuil cion stampa de sciorta uirthi ag teacht aníos ó Chomaoineach cuirfidh tú seacht gcor in do mhuineál! Ith suas neart fataí 's b'fhéidir go gcuirfidís *shape* eicínt ort. Rud eile freisin, gabhfaidh tú síos i gcoinne na mbuachaillí seo amárach agus bídís anseo a't ag a haon a chlog, nó aireoidh do chraiceann iontas."

"Nach bhfuil an sagart óg sin ag teacht amárach," ar seisean, "nó a' bhfuil do chuimhne caillte a't? H'anam ón diabhal, ní féidir leis an ngobadán an dá thrá a fhreastal!"

"Sin é an fáth a bhfuil mé," ar sise. "Tar éis Aifreann an mheán lae piocfaidh tusa suas é agus gabhfaidh tú síos i gcoinne na mbuachaillí. Mura bhfuil luach an pheitril a't tabharfaidh mise dhuit é, a sheanchráiteacháin. Nach as do chontae féin é 's céard a rinne sibh dhó?"

"Breathnaigh anois," ar seisean. "Ní fheicfidh mise ná aon duine a bhaineann liom tart ná ocras ar an sagart sin."

"Nach thú atá in ann é a chaitheamh!" ar sise. "Nár cailleadh an seanghadhar ort leis an ocras? Caithigí siar iad sin 's na bígí ansin ag líochán gloineacha. Tá obair le déanamh agamsa."

B'fhada cheana ó chaith muid oíche chomh suáilceach carthanach gnaíúil. Bhí muid sa mbaile. Aon duine a raibh focal Gaeilge aige bhí sé ar a mhine ghéire dhá labhairt. Ní raibh aon chaint ar ghramadach, caighdeán ná canúnachas. Den chéad uair riamh chonaic mé muintir a dtírín féin aontaithe i gceol agus i gcaint. B'iomaí béal a bhí oscailte go cluasa ag éisteacht linn, ach ba chuma linn. Ní oíche óil a bhí ann ach oíche airneáin, cainte, ceoil agus scéalta.

Ó bhí muid ag teacht gar don Nollaig, agus corrdhuine a' réiteach le cuairt a thabhairt abhaile, bhí deoir ghoirt an deoraí le feiceáil in corrshúil – rachainn abhaile ach ní féidir liom; níl a luach agam, faraor. Ach má bhí tú ag obair? Fágann tochas an phíobáin na pócaí folamh. Cuireann na soilse lonracha glinniúla seo fóidín mearaí ar an té a bhfuil fuil na hóige ag preabadh ina chuisleacha. Níl aon chlaí sách ard ná aon phortach sách leathan dhó. Má chaith mé aréir é saothróidh mé inniu é 's níor baineadh aon sceallóg as an lá amárach fós. Tá neart oibre ann agus beidh – ach faraor, ag deireadh na seachtaine thit an tua. Bhí an phráinn thart agus bhí an t-airgead caite. Cuireadh na mílte ar an mbóthar agus duine gan páipéir bhí sé idir an t-ord agus an inneoin. Ní raibh muide ródhona, mar thairg ár gconraitheoir féin trí mhí oibre dhúinn anseo. Chuirfeadh sé na caoirigh thar an abhainn dhúinn. Meán lae Dé Domhnaigh phioc muid suas an sagart óg – an tAthair Seán. Bhí mí caite aige anseo ag bailiú airgid i gcomhair a mhisin sa domhan thoir.

Níor fhan muid mórán achair tigh Mháirín, mar thug sise agus a fear síos muid go dtí Ionad Cultúir na nGael – áit a raibh dinnéar speisialta don sagart. Seo áit mhór caidrimh a thóg na hÉireannaigh iad féin. Chuir sé iontas orainn chomh mór agus a bhí sé agus chomh leagtha amach 's a bhí sé. Dhá mbeadh fhios againne go raibh a leithid d'áit ann, b'ann a bheadh muid i gcónaí.
Níor thóg sé mórán achair orainn aithne a chur ar go leor a bhí sa mbád céanna linn féin. Casadh deichniúr linn a bhí meidhreach go maith leo féin. Bheadh an cáirtín uaine acu go gairid. Bhí dlíodóir maith ag obair dhóibh. An raibh sé daor? Ní raibh. Ceithre mhíle dollar an duine, ach b'fhiú sin é. Bhreathnaigh muide ar a chéile. An mbeadh siad in ann tada a dhéanamh dhúinne? Ní bheadh stró ar bith ann. Ní raibh ann ach glaoch air san oíche – thart ar a naoi a chlog – an scéal a inseacht dhó agus an t-airgead a chur chuige. An-fhear a bhí ann. Ní bheadh aon phictiúir ag teastáil ná tada le líonadh go gcuirfeadh sé fios ort. Rud eile freisin, airgead díreach a bheadh ann, i gclúdach cláraithe.
"Tá tú in ann rud ar bith a cheannach i Meiriceá," adeir Seán.
"Tá," adeir Máirín, a bhí lena dtaobh, "mar tá sé

an-éasca ag an amadán scaradh lena chuid airgid. Tá an scéal sin anois cloiste agam chomh minic 's 'tá méar orm. Níl an cárta sin le fáil ar aon bhealach ach ar aon bhealach amháin."

"Ach beidh siad a' gabháil síos go San Diego," adeirimse, "i lár na míosa seo chugainn."

"Chuala mé iad," ar sise – "turas ghiolla an amadáin. Fan nóiméad. *John D., come here please for a second*."

Dlíodóir a bhí anseo agus d'inis sí an scéal dhó.

"Na hasail!" ar seisean. "Tá duine ar bith in ann na cártaí sin a dhéanamh nó a cheannach agus tá siad an-chosúil go deo leis an gceann ceart go dtí go gcuirfear isteach sa ríomhaire iad in áit ar bith ar fud na tíre seo. Ansin beidh a fhios agat cá ndeachaigh do chuid airgid – i bpóca an ghadaí! Níl aon chiall cosúil le ciall cheannaithe, ach ansin bíonn sé rómhall – ina dhiaidh sea a fheictear a leas don Éireannach."

"Ach," adeir Darach, "nach dlíodóir é cosúil leatsa?."

"Ceapann an t-éan gur duine é an maide préacháin!" ar seisean. "Níl fadhb ag aon duine anseo nach bhfuil leigheas ag an gcneámhaire dhó. Sín chugam do chuid airgid agus ansin bíodh an diabhal a't. Tá a fhios acu sin gur anoir agus aniar a thagann an mí-ádh ar an amadán. 'S é a bhaineann an sceach, ach is aige féin a fhágtar na deilgne. Ní thuigeann sé go bhfuil sé ag plé le slíomadóirí sleamhaine a ghoidfeadh an ubh ón ngadhar agus a chuirfeadh an milleán air faoi nár thug sé aire dhi. Tá driopás ort go bhfaighidh tú an cárta sin, ach ní hé sin an bealach ceart. Níl ann ach aicearra an chait thríd an ngríosach agus a chrúba dóite. Fanaigí uathu. Má tá airgead le spáráil agaibh, cuir abhaile nó coinnigh in do phóca é, ach ar son Dé ná tabhair don ghadaí é."

D'inis mé féin dhó céard a bhí déanta againn.

"An rud ceart," ar seisean. "Tógfaidh sé píosa, ach nach cuma? Má thagann sé beidh sé ceart. Beidh oraibh dul abhaile agus é a phiocadh suas ansin. Maidir le caitheamh do chuid airgid chuig cneámhaire, níl ann ach seafóid."

Bhí an ceart aige, mar achar gearr ina dhiaidh seo chuaigh ceathrar de na buachaillí a bhí i gceist síos go San Diego. Ní raibh le fáil acu ach bosca litreach. Ní raibh aithne ag aon duine air. Níorbh é an duine céanna a bhailíodh na litreacha aon seachtain. Ceacht an-daor a bhí ann. Ní bheadh ann ach seafóid doras an stábla a dhúnadh anois.

Cé go raibh Nollaig mhaith againn, bhí muid uaigneach i ndiaidh an bhaile. Rud a thug muid faoi deara: ní raibh ann ach Lá Nollag mar shaoire. Bhí gach uile dhuine ar ais ag obair Lá 'le Stiofáin. Bhí an dreoilín bocht ag gáirí leis féin. Obair, obair: sin é a raibh i gceist – sin má bhí sí agat. Níor thuig muid sin go deireadh Feabhra. Leagadh amach dhá scór san áit a raibh muid ag obair. Ansin bhuail an mí-ádh muid féin. Lá páí bhí foirm istigh leis an seic. Bhí sí le líonadh agus chaithfeadh sí a bheith ar ais san oifig roimh an gcéad lá páí eile. Simplí go leor, adúirt tusa, ach cosúil leis an duán bhí frídín inti – uimhir do chárta uaine agus an dáta a bhfuair tú é. Bhí sé ráite ar a chúl go mbeadh pionós an-trom ar aon fhostóir nach mbeadh na coinníollacha seo comhlíonta aige.

Bhí orainn togha na hoibre a fhágáil ina ndiaidh agus tosú ag cuartú arís. Ní raibh tada le fáil. Ní raibh muid ag teastáil gan an cáirtín bradach sin. Fuair

muid cúpla lá anseo agus ansiúd. Déirc a bhí ann. Ansin thosaigh muid ag cur aithne ar go leor a bhí cosúil linn. Thiar sa bhféar fada ar an trá a bhí lóistín ag go leor acu. Ar dtús ní raibh aon ghlacadh leo ann ag na lóistéirí eile a raibh cónaí orthu ann le fada. Ní abraítí tada leo go mbídís ina gcodladh agus ansin thosaíodh an réabadh le clocha agus maidí lena ndíbirt le neart. Tháinig sos cogaidh. Uaidh sin amach níor bacadh leat má d'fhan tú in d'áit féin ach gan a bheith leat féin ach oiread. Bhí cloch sa muinchille dhuit i gcónaí.
Ceann de na peacaí móra ná bean a thabhairt leat ann i gcomhair na hoíche. Cé go raibh acraí gainimh de leithris ann, agus an tAigeán Ciúin ar fad mar áit níochain, ní raibh sé ceart bean a bheith thart ar uaireanta áirithe. Easpa tuáillí ba chiontach leis seo, mar bhí sé céad slat ón seomra folctha go dtí do sheomra leapa, agus ort do chuid giobal a iompar faoi d'ascaill. Sin gnó príobháideach pearsanta. I ngeall ar bhean bheadh ort bailiú leat go dtí paiste measctha. Bhí contúirt eile ort freisin, mar bhí áit faoi leith ag na mná dhóibh féin agus má bhí sé de mhí-ádh ort lonnú ann bhí sliseáil le fáil a't. Bhí cód onóra ag baint leis an áit. Chaith tú an oíche ann ach ní raibh aon amharc ort ann sa lá. Thug tú ceann scríbe eicínt eile ort féin ag fiach – abair greim le n-ithe nó cúpla uair oibre, nó má fuair tú seans aon rud a ghoid. Bhí bealaí go leor ann le maireachtáil saor. Níor chall mórán éadaigh – agus bhí an dó gréine gan tada!
Le muid féin a choinneáil faoi dhíon bhí ar gach aon duine againn lá amháin oibre a fháil gach uile

sheachtain leis an gcíos á íoc, mar bhí sé naoi gcéad gach uile mhí. Ní raibh sé éasca, mar thit an pháí. An lá a fuair tú féin, insíodh dhuit gur déirc a bhí ann. Bhí fonn go minic orainn cuid acu a bhualadh siar ar na polláirí, ach ní bheadh aon mhaith ansin. D'airigh tú an fhuaraíocht agus an teannadh uait. Thug tú faoi deara an dream a bhí in do líochán mí ó shin nach n-aithníonn siad thú inniu. Sheas Máirín i gcónaí dhúinn. Níor tháinig seachtain nach raibh focal aici féin nó a fear ar phíosa oibre dhúinn, agus bhí an buíochas sin againn uirthi. Thug Siobhán eochair dhúinn le theacht agus imeacht dhá dtagadh an tairne ar an troigh. Ní raibh aon imní mhór orainn, mar ní raibh muid gann agus, an rud ba thábhachtaí, bhí luach an bhealaigh abhaile againn.

Gan obair sheasta ní raibh againn ach tionóntacht an ghiorria sa leaba dhearg. Bhí an faire ort agus ní raibh a fhios agat cén nóiméad a leagfaí lámh ar ghualainn agus a ndéarfaí leat suí isteach sa gcarr agus chuirfí in do leith go raibh tú sa tír go mídhleathach. B'éigean dhúinn gan mórán fánaíochta a dhéanamh in aon áit amháin. Bhí scéal le cloisteáil agat gach uile lá faoi bhuachaillí a tógadh agus a cuireadh abhaile go hÉirinn – beirt inné, triúr inniu. Spéir dhorcha a chuireann faitíos ar an tseanchailleach. Bhí an triúr againne mar sin anois, agus bhí a shliocht orainn. Bhí muid ag fáil an-chantalach le chéile. Oíche amháin bhuail Seán an bord de dhorn agus dúirt go feargach;

"Tá mise a' gabháil abhaile amárach! Beiridís ar dhuine eicínt eile, ach ní bhéarfaidh siad ormsa."

"Ná ormsa," adeir Darach.

"Ná ormsa ach oiread," adeirimse.

Bhí muide anois cosúil leis an bhfear fadó a chaill thurla 's nach bhfuair tharla. Isteach linn go lár na cathrach le ticéid a fháil – singil an uair seo. Tá sé an-éasca ag an ngliomach a ghabháil isteach sa bpota, ach ceist eile teacht amach arís. Bhí scuaine mhaith romhainn ag ceannach ticéad go dtí gach uile áit ar fud an domhain. Ceist amháin a bhí ag teacht aníos gach uile dhara huair – *passport*. Ó, a dhiabhail, bhí an bhó scaoilte ach d'fhan an ceanglachán faoina muineál! Bhí muid i bhfostú ceart: an dáta iontrála a chrochfadh muid agus an boiscín mí-ádhach sin, an ríomhaire – an bleachtaire caoch idirnáisiúnta, ciúinchainteach ach gan é le cloisteáil. Amach linn agus abhaile. Ní raibh focal as ceachtar againn. Thosaigh an fón ag cur a chosa uaidh. Siobhán a bhí ann.

"Ag obair?"

"Níl."

"Cén fáth?"

"Tada le fáil."

" 'Déanamh tada?"

"Níl."

"Abair léi a ghabháil agus í féin a *f* – !" adeir Seán.

Níor chuala sí é.

"Chuaigh muid isteach ag ceannach ticéad le gabháil abhaile ach bheadh orainn an *passport* a 'speáint – *so* tá muid frigeáilte."

"Cén sórt seafóid' atá ort? Ní theastaíonn *passport* go Boston! Bhí duine eicínt ag cáitheadh bréaga dhuit."

" 'bhFuil tú siúráilte?"

"*Bloody hell, man*, cé leis a bhfuil tú ag caint? Ní i *Russia* atá tú. Óra, nach furasta a aithne gur trí asal sibh – agus seans gur oscail sibh an clab mála 's gur thosaigh sibh ag grágaíl! Tarraingígí an doras ina ndiaidh agus aníos anseo libh – b'fhéidir go dteastódh plúr dóite a chur ar a gcuid bléintreacha. Céard atá sibh a iarraidh, *steak* nó purgóid *salts*? Tá an eochair agaibh."

Níl cúirt dhá ghéire an dlí.
Nach bhfuil fear nó dhó aige saor.

Fuair muid liobairt uaithi nuair a tháinig muid isteach. Níor tugadh cead cainte dhúinn. Bhí muid *thick* tútach. Bhí muid sásta a dtóin a iompú lena gcairde nuair a bhí muid réidh leo. Ní theastódh siad arís go deo uainn. Thriail muid cleas an ghadaí a dhéanamh – imeacht i ngan fhios. *Not as much as a good-bye,* gan caint ar phóg – *kiss my tail end*! Céard faoi Johnny agus Neansaí? Céard faoi chlann iníon Nanó, agus Nanó féin? A mhac, ní raibh stop uirthi. Bhí muid aici anois mar a bhí an dreancaid ag an gcailleach, ag fáil brú agus dingeadh.
"Isteachaigí libh chuig an mbord agus ithigí greim. Beidh píosa maith den lá amárach caite sul má íosfas sibh arís."
Bhí píosa feola leath bealaigh go dtí mo bhéal agam nuair a baineadh an anáil dhíom le hiarraidh sa droim.
"*So* bhí na scalltáin ag iarraidh éalú as an nead ach bhí an seabhac ag fanacht!"
" 'Scólacháin!" adeir Siobhán.
Rebecca a bhí ann, agus straois go dtí a dhá cluais uirthi.

"Á, a dhiabhail," adeir Seán, "*set-up ceart* – ag an dá chráin!"

"*You bet!*" adeir Siobhán. "Choinnigh mise súil oraibh ón lá ar *jack*áil sibh ach, mo léan, níor choinnigh sibhse leathshúil féin ormsa. Bhí sibh róghnóthach a' cuimhneamh oraibh féin."

"*Cripes*, ní raibh a fhios againne go raibh tú níos gaire ná Alasca," adeir Darach.

"Níor mhiste leat dhá mbeinn sé troithe sa talamh!" ar sise.

"Tuilleadh boiscín agaibh!" adeir Siobhán. "Ní bhfuair sibh tada fós."

Leis sin ghlaoigh an fón.

"Freagair é sin," adeir Siobhán le Rebecca.

"*Hello, hello! You want to speak to Mike – Mikee?*"

"*Mikey mouse!*" adeir Siobhán.

"*I know. He is gorgeous! So cuddly – simply beautiful! No, no, he is not going to Boston. I am keeping him here. Oh, yes – much nicer than a poodle –*"

"Pioc suas é sa seomra suite," adeir Siobhán.

Ansin a fuair mé an chuid eile den scéal. Bhí litir thoirtiúil dhom ón sagart. Oscail í. Nóiméad amháin. Léigh amach í. Ná bac leis. Sea. Abair é sin arís. Víosa. *Refused? No – granted!* Cé dhó? Seán. Darach freisin. Cathaoireacha ag gabháil in aer istigh! Scréachaíl. An *block* caillte acu? Mura bhfuil! Céard fúmsa? *Special?* Seafóid! *Ah, come on*. Cén uair a bheas mé ag teacht go Boston? *Straight* abhaile. Ach tá tú *what*? *Book*áilte go Baile Átha Cliath. Tuige? Á, muise, fan go bhfaighidh mise greim ort. Aireoidh do chraiceann iontas!

Isteach liom. Bhí straois ar an mbeirt le teann áthais.

"Ba é mian mo chroí a bheith libh," adeir Rebecca, ag leagan trí chlúdach ar an mbord – trí thicéad go Boston – "ach níl mé in acmhainn, faraor, agus cén cás é ach mí saoire agam faoi cheann seachtaine eile!"

Chaoch mé féin an tsúil ar Sheán agus Darach, ach chonaic an cailín mé.

"Tá na ticéid sin íoctha daoibh ón *Agent* i mBoston – ceann de na coinníollacha oibre, más cuimhin libh é," ar sise.

"*Thanks*," adeir an triúr againn le chéile, "ach fan anseo go dtige muid ar ais."

Lean an bheirt eile mé agus na súile cosúil leis na *bull's eyes* a bhíodh sna siopaí fadó acu.

"Céard atá tagtha anois ort?" adeir Seán.

"Cá raibh sibh bliain na gcluas," adeirimse "nó a' ndeachaigh focal ar bith de sheanmóir Shiobhán isteach sna sliobracha sin de chluasa atá oraibh?"

"Tá tioláram i gcónaí iontu," adeir Seán.

"*Oh, shit*," adeir Darach "scaoil amach é."

"Céard faoi thicéad a cheannach do Rebecca – *tour* ar an Eoraip?"

"Meas tú," adeir Seán, "ar chuir Siobhán aon *salts* sa *steak*?"

"Má chuir," adeir Darach, "tusa a fuair é, a mhíolacháin. Á, muise, *fair play* dhuit, a Mhaidhc. Thug sí féin *good time* dhúinne nuair a theastaigh sé uainn. *Hell*, a mhac, téanam uait isteach go Sráid Carey."

B'shin é an bronntanas a bá mhó a raibh fáilte roimhe riamh.

Ba suáilceach súgach an ceathrar a chuaigh ar bord Jumbo 747 Pan-Am in San Francisco an chéad lá eile.

I ngeall gur eitilt intíreach a bhí inti níor bacadh faoi aon *I.D.*, mar a thugann siad air. Suíocháin an tobac thiar a fuair muid. Sin mar a cheap muid, ach ní raibh na toitíní amuigh ceart againn nuair a fógraíodh nach raibh aon chead tobac de aon chineál a chaitheamh ar an eitilt seo. Bhí muid anois cosúil le bó nach raibh tada le n-ithe aici ach ag cangailt a círe. Cipíní a bhí againne, agus a mhéar ag corrdhuine! Ní raibh tada le cloisteáil timpeall orainn ach bolmántacht agus caint ardghlórach na Meiriceánach. Dhá mbeadh deatach againn féin choinneodh muid corrcharraig leo, ach ó bhí an buicéad folamh ní raibh aon phruislín ar aon lao. Choinnigh an t-éan mór seo léi ag ardú gur chaith sí Sierra Nevada. Ceantar é seo a mbaintear go leor tuairteála as eitleáin i ngeall ar chuaifeacha casta gaoithe. Cineál guairneáin de uaim ghaoithe a bhíonn ann a tharraingíonn eitleáin ó thaobh go taobh agus suas agus anuas. Má tá ceann éadrom ann bíonn trioblóid aici mura n-imíonn sí idir na cnoic. Níl tinneas na farraige leath chomh dona leis an mbail a chuireann sé ar dhaoine. Dhírigh sí amach ansin soir agus leag sé a chúrsa ar St. Louis. Eitilt chúig uaire go Boston. Nach é díol an diabhail é gan gal? Ach, sea, a mh'anam, dúradh go mbeadh uair againn in St. Louis.

Thit tionúr orainn ach, mo léan, níor thit sé ormsa. An t-aon áit amháin gur féidir liom néal faoi shásamh a bheith agam ná faoin bpluid. Thriail mé breathnú síos ar an talamh fúm ach ba ríbheag a bhí le feiceáil. Bhí muid ró-ard. Na cathracha agus na bailte, ní raibh aon amharc ceart le fáil orthu. Ribíní bána nó dubha a bhí sna bóithre. Chaith mé siar an blocán ansin agus thosaigh mé ag smaoineamh orm féin. Bhí an t-am agus an áit agam. Céard a dhéanfainn anois ó bhí mo chuid páipéar agam? Ansin tháinig focla mo mháthar chugam an lá fadó ó shin a rug an géigéara orm faoin *dole* – mallacht Dé don *dole* céanna!

"Tiocfaidh an samhradh agus fásfaidh an fear. Nuair a gheobhas tusa blas an choimhthígh ní bhainfidh cíor ná raca as é."

An raibh sé fíor nó an bhfaca sí na rudaí seo a bhí le tarlú? An raibh bua an fheasa aici nó asarlaíocht na gCeilteach, a bhí ceaptha a bheith ag go leor Gael? Ach bhí a cuid cainte ag teacht isteach fíor. Bhí blas an choimthígh faighte anois agam. Chuidigh an *dole* leis an mblas sin ina bhealach féin, ach seachain – bhí seachmall eile tagtha ort anois. Bhí tú i ngrá. Ó, a phleidhce mhóir – ach, a dhiabhail, dhá ní gan náire grá agus tart, ach gur measa an tochas ná ceachtar acu. Céard a déarfas Mama? Nó Denise i Londain? Ní raibh a fhios agam, ach ar chaoi ar bith chaithfinn mo bhealach féin a dhéanamh – má shiúlaim bosach nach liom féin na spága? Nó meas tú nach é an Fear thuas a leagann amach na rudaí seo ar fad dhuit? Leagaim mo lámh ort nó ná leagaim, más tú atá in ann dhom is tú a bheas agam – meas tú cé a dúirt é? Céard faoin dá chrágachán seo le mo thaobh? Leis sin dúisíodh as mo mharana bhrionglóideach mé nuair a fógraíodh "*Fasten you seat belts.*"

"Boston," adeir Seán.

"St. Louis," adeirimse.

"Tá mo theanga ramhar le tart," adeir Darach.

"*Frig* an tart," adeirimse, "dhá mbeadh gal againn!"

Ní uair a bhí againn anseo ach dhá uair. Bhí orainn

fanacht le heitilt eile, as Alasca.
"Ach céard atá dhá coinneáil?" adeir Seán.
"Táirne crú capaill a phioc sí suas os cionn Oregon!" adeirim féin.
"Feicimse fuil ar phpolláirí i Logan," adeir Seán. "Fan go bhfeice cuid acu an rópa féir atá ag *Mikee*!"
"Ní fhágfaidh tusa an áit seo gan *black eye*," adeirimse, "mura stopa tú! Cé a dúirt go stopfainn i Logan 'chor ar bith?"
"Mura ndéana tú seabhac Chnoc Meá díot féin caithfidh tú," adeir Darach . "Nach bhfuil sé chomh maith againn aon lá amháin a dhéanamh de 's gan a bheith ag méiseáil?"
" 'S é a chaithfeas muid a dhéanamh de," adeirimse. "Ó bhí muid an fhaid seo lena chéile, nach bhféadfaidh muid aon aistear amháin a dhéanamh agus teacht aniar arís? Aon chostas amháin a bheith ann – ansin siar go Ocean Beach arís."
"Dúirt mé leat cheana go raibh beoir Mheiriceá róláidir dhuit," ar seisean. "A chloigeann bosca, níl tuiscint na muice ionat!"
"Nár chuir tú an cheist fós?" adeir Seán.
"Cén cheist," adeirimse, "nó cé faoi a bhfuil sibh ag caint?"
"Ná habair linn go bhfuil asal déanta ag an bprochóg seo dhíot agus gur fhág tú cailín gnaíúil in do dhiaidh," adeir Darach.
Fágadh in mo staic mé, mar d'imigh an bheirt siar chuig an leithreas. Cé go raibh Rebecca ag éisteacht leis an gcaint níor thuig sí focal. Thug mé féin cineál míniú neamhurchóideach ar an scéal, gan ise a bheith – tá sé chomh maith dhom a rá – maslaithe.

"Fan," ar sise. "Tá ceathracha nóiméad eile againn."
Bhí sí ag déanamh glaoch gutháin nuair a tháinig an bheirt ar ais.
"Bhí sibh ag caint aisteach ansin ar ball," adeirimse. "Níor thuig mé ceart sibh."
"*You are wanted on the phone*," adeir Rebecca.
Bhí breallús ar an mbeirt, agus choinnigh sise tine fúthu. An fáth nár ghlaoigh siad ar Boston – b'fhearr leo beoir agus deatach. Ó, sin iad na fir i gcónaí – tá mná sách maith le haghaidh sibiléireachta agus slabáil ghaisciúil óil. Mo náire sibh – thóg sé buachaill amháin an rud ceart a dhéanamh! Ba gheall le deimheas í ag gearradh. Chaoch sí an tsúil orm féin nuair a tháinig mé ar ais.
"Cé a bhí ansin?" adeir Seán go pusach.
"Í féin," adeirimse sách crua. "Sách gar dhom a chuaigh sé dhom mé a bheith crochta ag an mbeirt agaibh."
"Tuige?" adeir Darach.
"Á rá go raibh mise ag caitheamh súil' ar an ngróigín seo," adeir mé féin. "Caithfidh sé go raibh duine eicínt ag éisteacht – murach sin ní bheadh an scéal i mBoston. Á, muise, gheobhaidh sibhse maide, agus níl mise ina dhiaidh oraibh. *Wan day*, adeir sibh!"
Thosaigh Rebecca arís. Bhí púir aisti. Leáigh sí agus liobair sí iad go deas mín. Chas sí gach uile shórt leo. Iontas a bhí agam nár scoilt duine eicínt acu í ach, mo léan géar, ní dhearna. Bhí sí ag scaoileadh focla móra Béarla amach chucu a bhí chomh tiubh le puint ime. Cheapfainn dhá mbeadh an bheirt ní b'óige go mbeadh streilleireacht chaoineacháin ann. Bhí ceithre mheantha ag gabháil go feirc ionamsa. Fiche nóiméad

roimh an am d'imigh sí.

"Imeacht ghéabha an oileáin a't!" adeir Seán.

Ghoill sé orm an bheirt a fheiceáil mar seo, ach d'fhág mé i bpian iad go ceann píosa eile. Ar a mbealach síos an pasáiste fada go dtí an t-eitleán stop mé iad.

"Dúirt sibhse," adeirimse "gur cineál leibide d'asal a bhí ionamsa. Anois tosaígí féin ag grágaíl. Nach ag deargmhagadh a bhí sí sin! Í féin a ghlaoigh ar Boston, agus shloig sibhse gach uile fhocal dár dhúirt sí. B'fhiú dhaoibh breathnú oraibh féin sa scáthán anois, ach na habraigí tada go ceann píosa."

"Tá tú féin in do chollach chomh dona léi," adeir Seán.

"Ó, is nach raibh sé ag líochán a tóin ó mhaidin?" adeir Darach.

"Sibh féin a thosaigh é," adeirimse.

"Cén fáth ar ghlaoigh sí ar Boston?" adeir Seán.

"Theastaigh áit luí uaithi," adeirimse – "sin mura raibh sibhse sásta í a scaoileadh isteach libh!"

"Luí chuige in aghaidh stoirm gaoithe aniar aduaidh ag Ceann Caillí aici!" adeir Seán. "Tá dhá asal chearta déanta aici dínn. Ní tada é sin fós go gcloise an chuid eile é."

"Bhí iontas an domhain agam cén fáth a raibh sí ag brú an dá chíoch mhóra siúd isteach ort," adeir Darach. "Cheap mé i dtosach gur cineál *jet lag* a bhí uirthi – sin nó ratamas teasa. Ní féidir a bheith suas leis na seanchráinteacha *Yanks* sin. Ara, muis, an raicleach de raibiléara. Bainfidh mise mo shásamh fós aisti."

"Beidh sí sa lár eadraibh go Logan," adeirimse.

"*Trick* eile!" adeir Seán. "Ní raibh sé sách dona muid

a náiriú, gan muid a loscadh an chuid eile den bhealach. Nach muid a rugadh le haghaidh an mhí-ádha?"

"Ara," adeirimse, "nach ndéanfaidh sí an bheirt agaibh? Ach má chaitheann sí ceann de na ceathrúna móra sin trasna oraibh ní fheicfidh sibh Logan go deo!"

"Stop anois!" adeir Darach. "Murach san áit a bhfuil tú chuirfinn poll do chluaise ag éisteacht le poll do thónach ag bramannaí."

"Is gearr go gcloise tú neart acu, tá mise a' rá leat!" adeirimse. "Seo, isteachaigí libh 's ná náirígí mé."

"Deacair muic a náiriú!" adeir Seán.

Nuair is fearr an greann is ea is fearr éirí as ach, mo léan, ní mar sin a bhí sé go Logan. Dá mba duine í a bheadh ag caint fíorard nó rachtáil ghlórach gáirí b'fhéidir go ndéarfá léi ceirt a sháitheadh ina clab, ach níorbh ea. Ar éigean a bhí sí le cloisteáil. Thug sí léacht mhór fada dhóibh "faoi chúrsaí an tsaoil" – agus is í a bhí ábalta. D'inis sí dhóibh go deas mall mín cén bealach ar ceart do fhear óg é féin a iompar faoin bpluid agus taobh amuigh. Níor leag sí fiacail ar thada. Scaoil sí amach te agus fuar chuig an mbeirt é – rudaí nár chuala ceachtar againn trácht orthu riamh. Bhí an léacht dhomsa chomh maith, ach níor thuig an bheirt é seo. Choinnigh mise mo bhéal dúnta, ach amannta go mbínn ag brú mó mhéar ar Dharach lena oibriú tuilleadh. Bhí nós aigesean a chluasa a mhaolú cosúil le hasal olc ag ithe coirce. Chuireadh sé síos a cheann ar bhealach áirithe agus bhaineadh sé cineál casadh beag as ar an mbealach aníos. B'shin comhartha go raibh sé bíogtha, agus fanacht uaidh. Ní raibh Seán bocht tada ní b'fhearr. An bhfuil a fhios agat, cineál náire a bhí orthu! Bheadh sé sách dona fear an léacht seo a thabhairt – ach rálach de bhean, agus an bheirt sáinnithe aici. Fógraíodh leathuair go Logan – ceangail suas – agus ba bheag nár dhúirt mé dún suas.

"Anois," adeir an cailín, "nuair a thiocfas muid amach ar ball déanfaidh sibh dearmad de seo ar fad – an dtuigeann sibh? Níl a fhios agamsa tada, ná níor dhúirt mé tada. Anois scaoil amach chuig teach an asail mé *like a good boy.*"

"Do bheo nár thaga ar ais!" adeir Seán.

"Ó, a Thiarna Dia," adeir Darach "'s a liachtaí bean bhreá a maraíodh go fealltach 's an coinicéar sin beo!"

"Tá a fhios ag Dia nach í is measa," adeirimse. "Cén diabhal a bhí sí, ach ag caitheamh an ama dhúinn?"

"Go gcaithe an diabhal le fána aille í!" adeir Darach. "A' bhfuil aon raca ag aon duine agaibh? Tá mé chomh cuileach le gráinneog."

"Mura dtaitneoidh tú léi mar atá tú, buail faoi Rebecca!" adeirim féin. "Facthas dhom go raibh sí sách sáite isteach ionat le cúpla uair, 's ní bhfuair tú aon locht uirthi."

"Níor thug mé mo leaba di *anyway,*" ar seisean. "Seo, scaoil amach mé."

Tugadh an soitheach mór le balla. Óir nuair nach raibh orainn dul trí chustaim ná lucht imirce ní raibh orainn ach siúl amach díreach go dtí an áit a raibh a gcuid bagáiste le theacht aníos. I ngeall go raibh riar mhaith málaí ag an gcailín, agus í chomh hotraithe sin, fuair mé féin ceann de na trucailí bagáiste agus thug mé a raibh againn amach. Scaoil an bheirt

againn Seán agus Darach amach romhainn le teann diabhlaíochta. A mhaicín, bhí siad cruinnithe – Johnny agus Neansaí, Nanó agus an chlann. Ní raibh ann ach pógadh agus barróga.
"Is measa an áit seo ná pota beag gliomach a mbeadh cual eascanna thíos ann," adeir Johnny. "An faitíos atá orm féin go mbainfidh coigealach eicínt bleaist de phóg díomsa freisin!"
"Faraor," adeir Neansaí, "tá tú ansin cosúil le gainéad mór ag faire ar ronnach. Shílfeá gur iontas atá agat ann, 's a liachtaí uair a raibh pruisle ort féin cosúil le lao diúil!"
"Tá Nanó sásta anois," adeir Johnny. "Tá nead faighte aici do na trí éan guisín."
"Beirt acu," adeirim féin.
"Óra, a mhaidrín lathaí," adeir Neansaí, "mura bhfeice mé fáinne ar a méar sin anocht agat cuirfidh mé an píce go cois ionat!"
"M'anam go mb'fhéidir nach é an píce a bheadh ag dul go cois . . ." adeir Johnny.
"Óra, a rud brocach!" adeir Neansaí. "Amach as seo go beo."
Síos tigh Nanó a chuaigh muid, áit a raibh "fíon agus puins ar bord" againn. Oíche go maidin a bhí ann, nó a bheadh ann murach go mb'éigean do Neansaí an páiste, Pádraicín, a chur a chodladh. Sméid sí amach orm féin.
"Breathnaigh," ar sise. "Tiocfaidh an bheirt agaibh suas linne, mar ní áit ar bith é sin daoibh. Tá an iomarca slabála ann agus ní bheidh sibh in ann tada a rá le chéile."
"D'iosfaí na cluasa díom!" adeirimse.

" 'bhFuil tú ag ceapadh gur óinseach mé?" ar sise. "Tá sé socraithe suas ag an mbeirt againn. Tá do *shuit-case* tugtha amach ag Johnny. '*Baby-sitt*eáil a bheas sibh *anyway* – tá muide iarrtha amach."

Ní bhuailfeadh an diabhal na mná – sin má tá siad leat. Cuireadh an páiste a chodladh agus fágadh an bheirt againn féin in ainm agus a bheith ag fosaíocht. Bhí Oisín tagtha ar ais go Tír na nÓg agus bhí Niamh Chinn Óir i bhflaithis Dé. B'éigean dhom cuntas cín lae a thabhairt ón lá a d'fhág mé. Ní raibh aon chall dom leis, mar bhí gach uile shórt cloiste aici ó Shiobhán – ach, buíochas le Dia, ní raibh aon drochrud.

Breathnaigh anois, ná bí ag magadh fúm, mar tá a fhios agam go maith céard atá in t'intinn, ach is é mo bhrón nach bhfaighidh tú fios air! Rudaí den sórt sin, ní labhraítear orthu, ná níl mise ag dul isteach sna dintiúirí, ach cuir do chuid samhlaíochta féin ag obair. Bhí orm den chéad uair riamh m'intinn a dhéanamh suas, agus thuig mé go mbeadh orm seasamh leis seo an chuid eile de mo shaol. Bhí mé ag smaoineamh air le píosa, ach bhí mé dhá chur i gcónaí ar an méar fhada. Anois chuir mé an cheist agus fuair mé freagra dearfach. An dtuigeann tú, ní duine rómánsúil mé cosúil le daoine eile. Níor chreid mé riamh i slabaireacht – buail an tairne nó caith uait an casúr. Chonaic mé fadhbanna eile anois nach bhfaca mé cheana, ach chaithfidís fanacht go dtéinn abhaile. D'aithnigh sise freisin go raibh meall in mo chroí nach éasca a ligean – níorbh ionann é agus neascóid.

"Céard faoi an puisín?"

"Mama. Sin í atá ag cur buairimh orm. Céard a tharlós di ar ball?"

"Ó, beidh sí ceart go leor. Nach mbeidh mo mhama féin sa mbád céanna?"

"Cén chaoi a mbeadh? Nach mbeidh sibhse thart uirthi i gcónaí?"

"Ach thuig mise go mbeadh an bheirt againne ag dul go hÉirinn le maireachtáil! Ní theastaíonn uaimse croí do mháthara a bhriseadh. Ní theastaíonn uaim ach a bheith leatsa."

"Tusa maireachtáil in Éirinn? Bíodh ciall agat, a stór! Níl an t-éan in ann maireachtáil ansin. Níl ann ach déirc nó *dole*. Tá do shaol anseo, do dhúchas agus do mhuintir. B'fhéidir go mbeadh Éire ceart go leor ar feadh píosa, an fhaid is a bheadh cúpla dollar againn, ach nuair a bheadh siad sin caite céard a tharlódh?"

"Obair a fháil, a chuid."

"Rud nach bhfuil ann agus nach mbeidh. Nuair a iompaíonn an drámh imíonn an t-ádh. Sin é a fhearacht ag grá é. Is crua í an chloch ach caitheann an aimsir í. Tá an bochtanas in ann é sin a dhéanamh freisin. Seo é do bhaile agus déanfaidh mise mo bhaile freisin de. Níl aon rogha againn ach fanacht anseo. Mar a dúirt an file fadó:

"Trí ní a chím tríd an ngrá:
An peaca, an bás, is an phian."

"Níor thigeas gur file a bhí ionat."

"Ní hea, muis, ach pleota. Seanphíosa a chuala mé nuair a bhí mé in mo phataire sa luaithe, cosúil le ''S, a mhaighdean, mhill tú i m' lár mé, 's go bhfaighe tú grásta ó Dhia'. Sin é anois a theastaíonn uainn – grásta."

"Ach tabharfaidh mise gach uile shórt dhuit!"

"Agus an maide freisin b'fhéidir! Tá m'intinn déanta suas agam: seo é mo bhailese freisin as seo amach."

"Bris mo chroíse ach ná bris croí do mháthar. Is furasta leis an óige cneasú ach téann an aois in ainseal."

"Tuigeann sí mé, ach tá a fhios agam in mo chroí nach ligfidh sí isteach ina hintinn go deo go bhfanfaidh mise anseo. Tá a fhios aici nach ndéanfaidh mé dearmad uirthi, ach tá a fhios aici freisin nach léi mé feasta – bhail, ó anocht amach."

" 'bhFuil tú i ndáiríre faoi sin ar fad?"

"Ó, cinnte. Níl aon mhaith a bheith ag plúchadh rudaí, ach ná bac leis sin anois. Caithfidh muid dul isteach go dtí an chathair amárach agus an fáinne a fháil – cineál luath – agus mo chuid ticéad a chinntiú."

"Ní cheannóidh tú aon fháinne Meiriceánach dhomsa ach ceann den seandéanamh Gaelach thiar in Éirinn!"

Éadrom deas éadrom deas a gabháil timpeall.

Nach iomaí rud a deireann fear le bean nach ceart don bhean a dhéanamh?

Bhí an gaineamh bainte ó mo chosa aici. Anois bhí seirín curtha aici orm. Céard faoi Sheán agus Darach? Chonaic mé an dá chlab mhóra ag magadh. Chonaic mé rud eile freisin: cailín a rugadh istigh i lár cathrach, cén chaoi sa diabhal a dtitfeadh sí isteach thiar sa mbaile? Nach mbeidís istigh ag an Aifreann ag baint na n-easnacha as a chéile le huilleacha? Ní bheadh muineál sa séipéal nach mbeadh cor ann. Peaca nach bhfuil an seál scothógach i bhfaisean i gcónaí. Closim sciotaíl mhagúil na *mboys* as seo, thiar ar an sconsa. Nach minic a rinne mé féin an rud céanna – magadh gan dochar le duine eicínt eile a chraiceáil? Ach an té a bhíonn ag magadh, bíonn a leath faoi féin go minic. Ara, bíodh an diabhal acu! Ná lig ort féin tada. Déan an rud a dhéanfaidís féin – gaisce.

"Ach níl ticeád agat?"

"Sa suíochán céanna leatsa!"

"Ach –"

"Guthán, a chuid. A' gceapann tú go ligfinnse siar thú asat féin chuig na *beauties* thiar ansin? *No way, man!* Liomsa anois thú, agus fanadh na cosa fuara amuigh."

"Ná bac leis na biodachaí sin. Ach níl socrú ná tada déanta agam, agus ní bheadh sé féaráilte don tsean*lady* thú a thabhairt isteach ar an urlár chuici. B'fhéidir go dtitfeadh sí as a seasamh."

"Ach níl me chomh gránna sin, a' bhfuil?"

"As ucht Dé ort agus stop! Nach thú an rud is deise a chruthaigh Dia? 'S éard atá i gceist agam ná: ní bheadh sí ag súil le rud mar sin a dhéanamh."

"Anois, ní tharlóidh tada mar sin. Bhí an séiplíneach ag caint léi agus tá a croí ina béal go bhfeice sí mé."

"Á, bhail, nach tú an slíomadóir ceart – agus mise ag cangailt fiacal le himní! Níl gach uile shórt nua-aoiseach againne mar atá agaibh anseo. Bhí am ann agus ní raibh againn ach na cnocáin."

"D'inis Mama agus Siobhán gach uile shórt dhomsa. Ní náire a bhí orthu faoi, mar atá ortsa, ach bród. Dúirt Siobhán gur mhinic a fuair sí níos mó ar ais in aghaidh na gaoithe ná a chuaigh le fána!"
"Faraor gan greim agamsa uirthi!"
"Gan trácht ar na neantóga. Ní fhaca mé an planda sin riamh."
"An planda is uaisle sa gcoill!"
"Tuige?"
"Fiafraigh de Shiobhán é sin. Ó d'inis sí an chuid eile dhuit, inseoidh sí an méid sin dhuit."
"Cén t-am é?"
"Deich a chlog. Tuige?"
"An cúig i San Francisco."
"Breathnaigh, stop – maith an cailín!"
Nuair a tháinig mé ar ais ón leithreas bhí straois ar an gceann ó chluais go cluais. Bhí sí féin agus Siobhán ag caint le chéile. Níl mé ag rá nach bhfuil an fón fóinteach, ach bíonn an iomarca le rá aige amannta. Do réir cosúlachta bhí breis eolas faighte aici ar phlandaí! Ba í mo chluais féin a d'airigh ar fad é. Ní bheadh an diabhal suas ná síos leis na mná!

Níl oíche dhá fhaideacht nach dtagann an lá agus sin é an chaoi a raibh sé againne. Bhí muid anois ina suí i suíocháin 43/44B in eitilt EI123 ar a mbealach go hAerfort na Sionainne. Ní ar an aistear a bhí intinn chuid againn ach ar na laethanta romhainn. Cuireann sé an seanscéal i gcuimhne dhom faoin mbeirt a bhí ag éalú le chéile i ngan fhios dhá muintir. Bhuail cineál aiféala an cailín.
"Meas tú," ar sise, "an bhfuil muid ag déanamh an

rud ceart?"

"Níl tú ródheireanach fós," ar seisean.

Bhí súil agam nach raibh. Níor airigh mé mo dhá chomrádaí chomh ciúin riamh, ná chomh múinte. Bhí barúil agam go raibh dealg sceiche sa drioball, ach ní ligfidís orthu féin é.

Bhí muid amuigh ó Chustaim ag leathuair tar éis a seacht ar maidin. Bhí carr curtha in áirithe aici féin, ach bhí leathuair fanachta orainn sul má tháinig sí sin. Bhí ocras orainn, ach chomh luath sin ar maidin ní raibh tada ceart le fáil. Dúirt muid go mb'fhéidir go mbeadh seans againn greim a fháil ar an mbealach. Bhí eolas ag Seán ar áit.

"Ach," ar seisean, "ní fhéadfaidh muid an cailín sin a thabhairt isteach ann. Níl sé sách deas di."

"Ó, 'dhiabhail," adeir Darach, "má fheiceann sí cailleach féasóige ag *fry*áil *steak* an t-am sin de mhaidin ar sheanphan dóite sé an chaoi a rithfidh sí!"

"Baol an diabhail uirthi," adeirimse. "D'inis sean-Nanó gach uile shórt di faoin áit thiar agus d'inis mise di faoi na neantóga! Níl tada le foghlaim aici, ná níl aon chall aon náire a bheith léi ná fúithi. Mar a dúirt sí féin, tá áiteacha i Meiriceá i bhfad níos measa. Ach tá brúisc eicínt oraibhse . . ."

"Rinne an bheirt againn dhá asal dínn féin," adeir Seán. "Ba cheart dhúinn an bheirt eile a thabhairt linn freisin. Breá nár dhúirt tú linn é?"

"Bhí gach uile shórt socraithe suas dhomsa," adeirim féin, "agus dúradh liom gan tada a rá. I ndáiríre, ní raibh aon rún agam í a iarraidh, ach b'shin é a theastaigh uaithi: pósadh thiar agus an bhainis a chaitheamh sa teach in éineacht le Mama – díreach

mar a rinne a máthair féin. *Sorry, lads,* anois faoi sin."
"Níl muid rómhall fós," adeir Darach. "Beidh trí bhainis ann!"
"Cá bhfuil tú ag gabháil?" adeir Seán.
"Puttin' a phone on Uncle Sam," adeir Darach. "Tabhair aire do mo *shuit-case,* a bhits."
Bhí sé ar ais i gceann deich nóiméad.
"Ní fhéadfadh glaoch a bheith déanta a't ó shin!" adeirimse.
"Collect call," ar seisean, "agus tabhair *collect call* air!"
"Ná habair!" adeir Seán. "Céard a déarfas an seanchúpla?"
"Píosta pósta, fataí rósta, agus beidh tú pósta le do shaol," adeir Darach – "sin é an abair é."
Bhí Nanóg tagtha ar ais le heochair an chairr.
"Fág anseo í, a chliamhain!" adeir Darach.
" 'bhFuil scláta imithe dhó seo?" ar sise.
"Tá," adeirimse. "Bhuail seachmall an ghrá é agus tá fios curtha aige ar a chéadsearc. Bainis trí sheol a bheas ann – ceol go rataí agus pórtar go cluasa. *Up* an baile s' ainne!"
"Any time!" adeir Darach. "Ní bheidh an áit thiar ceart go deo arís. Ach ní hea, ach fan go bhfeice na seanbhaitsiléirí an triúr. A Mhaighdean, nach ann a bheas an Béarla briotach – '*And how come your momma no come to see the outlaws. 'Pon my sowl, but* b'fhéidir go mbainfinn fáscadh aisti. *Long time no come hither. Blood 'n' thunder 'n' ounds!*' "
Aníos lasta go Gaillimh. Ní raibh aon áit oscailte ar feadh an bhealaigh. Bhí an chuid ba mhó acu ina gcodladh. Isteach linn gur bhain muid cáin an ocrais dhínn. Anois bhí cúpla glaoch gutháin le déanamh.

An chéad cheann acu sin chuig an sagart, mar ní raibh mórán triala againn: coicís díreach. Rug Nanóg ar lámh orm féin.

"Tá na rudaí sin socraithe suas," ar sise, chomh cúthail le gasúirín a mbeadh an ubh goidte ón gcearc aici.

"Nach thú a bhí cinnte díot féin?" adeirimse.

"Ón gcéad lá a bhfaca mé thú!" ar sise. "Bhí a fhios agam an uair sin gur tú a bhí i ndán dhom, agus shnámhfainn an fharraige mhór le bheith leat. Bhí cineál imní orm ar feadh píosa faoi na cailíní ar an gcladach thiar . . ."

"Ach bhí súil ghéar dhá coinnéail orm ag seanbhleachtaire mná," adeirimse. "Bhí píosa ann agus bhí mé ag ceapadh go raibh sí féin de mo *watch*áil!"

"Dhomsa," ar sise. "Anois, ná bí olc liom, ach chuir mé glaoch ar do chara, an séiplíneach, agus mhínigh mé an scéal dhó. 'S é a bhí tuisceanach lách. Dúirt sé gan aon imní a bheith orm. Mar adeir sé, 'Tabharfaidh mise na bróga dhó sin!' Tá gach rud réidh aige. Níl ann ach an lá a ainmniú. Ó, chuaigh sé go dtí do mháthair freisin – ní uair ach cúpla uair. Ceapann sé go leor di, agus ise dhó. Tá gach socrú déanta."

"Ach áit dhuitse le fanacht," adeirimse.

"Sin socraithe freisin," ar sise. "Fan go bhfeice tú."

Tháinig an bheirt ar ais.

"Ach cén áit sa diabhal a raibh sibh?" adeirimse.

"Ag cuartú páipéir bleaisteála!" adeir Seán.

"Ná bí chomh gáirsiúil sin os comhair cailín," adeir Darach. "Tá sé sách dona idir muid féin, go mór mór

nuair nach dtuigeann sí an *lingo.*"
"Má labhraíonn sibh go mall," adeirimse, "tuigfidh sí beagán."
"M'anam," adeir Seán, "go bhfuil múinteoirí maithe aici nó, mura bhfuil, gur gearr go mbeidh!"
"Céard é an chéad rud eile ar an gclár?" adeirim féin.
"Caithfidh muid carr an duine a fháil," adeir Darach. "Cá bhfeicfidh muid sibhse?"
"Téadh muid le chéile," adeirimse, "go dtí an áit a bhfaighidh sibh an carr. Ansin féadfaidh sibh a gcuid málaí a chrochadh libh."
"Tá an séiplíneach ag súil libh seasamh ar an mbealach siar," adeir Darach. "Caithfidh muide an rud céanna a dhéanamh."
Níl aon dabht faoi: tá tú sa mbaile nuair atá tú i nGaillimh. Imíonn an líonrith agus an faitíos dhíot. Tá am ag gach uile dhuine seasamh suas agus labhairt leat. Níl gunna ná scian le feiceáil, mura bhfeice tú ag an mbúistéir í. Tá suaimhneas intinne eicínt agat ag siúl, thart gan a bheith ag breathnú taobh díot i gcónaí.
Fuair siad na carranna agus scar muid ó chéile go tráthnóna. Siar linn beirt bóthar Cois Fharraige. Bhí an lá – an rud ab annamh leis– breá grianmhar agus an fharraige ag caochadh a súl isteach orainn.
"Cé a d'fhágfadh an áit seo?" ar sise. "Ar ndóigh, níl aon áit eile sa domhan cosúil leis. Tá sé fiáin nádúrtha. Áit é a cheapfainn a gheobhadh greim ort. Anois a thuigim an briseadh croí a bhíonn ar mo mháthair agus go leor eile a bheith i bhfad óna dtír."
"Buaileann sé sin muid uilig," adeirimse, "ach ní bheathaíonn na briathra na bráithre. Nuair nach

féidir leat maireachtáil ann ní mórán maitheasa áilleacht na háite. Cinnte, lá breá tá sé deacair é a bhualadh."

"Breathnaigh," ar sise, "coinnigh anonn ar an taobh ceart. Tá mé ag fáil neirbhíseach."

"Seo é an taobh ceart sa tír seo," adeirimse.

"Cén uair a thiocfas muid ar an *expressway*?" ar sise.

"Tá tú air," adeirimse. "Seo é bóthar an rí."

"Ach níl ann ach líne amháin tráchta!" ar sise.

"An fhaid is nach bhfuil aon *pot-hole* ann is cuma," adeirimse.

Ansin thosaigh na ceisteanna. Cé as ar tháinig na clocha go léir? Cé a rinne na claíocha? Cén fáth? Cá raibh na crainnte agus na coillte? Cén fáth an díon aisteach a bheith ar an teach sin? Teach ceann tuí. Nach bhfuil na hainmhithe an-bheag? Tá gach uile shórt mór i Meiriceá. Ansin bhuail muid bóthar Loch an Iolra agus baineadh an anáil di. B'éigean seasamh go bhfeicfeadh sí an radharc. An faitíos a bhí orm féin go dtiocfaidh an bheirt eile suas linn agus go mbeadh ceisteanna aisteacha ann. Ceart go leor b'fhiú seasamh ag breathnú ar an "radharc". Cé go bhfuil áiteacha áille mar seo le feiceáil sna Stáit, agus go mór mór i gCeanada, ar bhealach eicínt níl an tarraingt nadúrtha iontu mar atá le fáil sa tír seo. Méid mór na n-áiteacha sin a cheap mé féin a bhaineann an draíocht díobh. Sa tír seo tá an pictiúr cúngaithe isteach dhuit sa gcaoi go bhfuil na súile greanta ar phictiúr amháin. Tugann tú leat é in aon amharc amháin.

Sheas muid ag an séipéal ar an mbealach siar. Thuas ar ard atá sé déanta. Anois bhí "radharc" speisialta aici ar Chuan na Gaillimhe agus trí oileán Árann. D'inis mé di gurbh iomaí athair agus máthair a sheas sa spota céanna seo ag breathnú ar na báid seoil ar a mbealach le lucht imirce go Meiriceá, ag faire ar na seolta go ndeachadar as amharc ag bun na spéire siar ó thuaidh de Oileán an dá Bhrannóg. Thaispeáin mé triantán mharc an chompáis di: Carraig na Crapaí, Carraig Dun an Ghudail agus gob an Oileáin Iarthaigh. Sea, bhí muid anois ag breathnú ar Loch Lurgan – loch an chaointe, loch an bhróin agus an bhriseadh croí. Ní gan fáth a baisteadh an t-ainm uirthi agus nár choinnigh sí suas é. Inniu níl aon soitheach seoil ná gaile ann. Níl ann ach an torann agus an drioball bán deataigh os do chionn sa spéir. Ní chuireann aon duine aon suim ann anois – níl ann ach eitleán eile. Ní súil thar farraige atá ann níos mó ach súil ón spéir. Anois tá tú sa mbaile faoi cheann cúpla uair, ach fadó bhí tú ag caint ar sheachtain nó mí.

Shroich muid baile agus bhí Mama amuigh romhainn. Shílfeá nach mórán airde a thug sí orm gur tháinig Nanóg amach as an gcarr.

"Gabh i leith anseo, a leanbhín," ar sise, "go bhfeice mé thú. Ó, a Mhaighdean Bheannaithe, nach mór an ghlóir thú!"

Thug sí barróg di a shíl mé a bhain an anáil aisti. Shíl mé nach ligfeadh sí as greim í, agus mise in mo sheasamh ansin in mo staic agus fios maith agam go raibh súile géara ag faire thrí scailpreacha na gclaíocha go bhfeicidís an t-éinín strainséartha. Feicim as seo iad ag cogarnaíl agus ag brú a chéile as an mbealach le hamharc ceart a fháil.

"A muise, a mhaicín, ó fuair tú í is go bhfuair tú í, fuair tú aingilín! Ó, h'anam ón diabhal, tabhair isteach í sula mbeidh sí dallraithe ag an bhfuacht. Th' éis a bhfuil siúlta a't níl a fhios a't tada! Ná bac sa diabhal leis na sean-*suit-case*anna sin. Cé sa diabhal atá ag gabháil ag bacadh le ciomachaí duine eile?"

Cibé ar bith céard a deirtear faoi chéad amharc an chait ar an luch, bhí an teist pasáilte ag céad amharc na máthar ar bhean a mic. Isteach linn agus, an rud nach ndearna Mama riamh, dhún sí an doras.

"An iomarca speiciléatars atá thart anseo. An rud nach bhfeicfidh siad ní chuirfidh sé aon phian orthu. Tá an tae réitithe agam daoibh."

Agus ar ndóigh bhí – teara ceart – ach m'anam ón diabhal nach bhfaca mé an bord chomh réitithe riamh, le héadach geal agus soithí dá réir. Chaithfeadh sé nár tugadh cuid acu amach cheana ó lá a bainise féin.

"Breathnaigh, a Mhama," adeirimse, "níl aon chall fústair dhuit 'chor ar bith. Níl aon chleachtadh againn ar na rudaí seo."

"Stop thusa, a ghráiscín," ar sise. "Ar ndóigh, ní dhuitse é ach don chréatúirín bocht anall as lár Mheiriceá. Suigh síos thusa 's ná bí in do chaimireán ansin i mbealach gach uile dhuine. M'anam go mb'fhíor don sagart é.– *lady* cheart!"

B'éigean dhom suí síos de mo bhuíochas, ach b'éigean dhom teannadh suas in aice an dorais, mar bhí gróigín móna thíos sa tine – tornóg cheart. Bhí mise anois caite sna fataí lofa. Ní raibh focal mo bhéil le fáil agam. Bhí sé ag cinnt orm a thuiscint céard a bhí tagtha ar an tsean*lady*, nó an orm féin a bhí sé. Ó, muise, nár chuma ó bhí an bheirt ag teacht le chéile? Ní mórán a d'ith mé, rud nach ndeachaigh i ngan fhios don bheirt. Bhí ragairne orm, agus an rud aisteach sin a dtugtar an *jet-lag* air – cineál éadrom sa gceann.

"Breathnaigh anois," adeir Mama, "tá an créatúirín seo tuirseach agus ba cheart di síneadh siar agus néal a bheith aici."

"Ach," bhí mé féin ag gabháil a rá.

"Tá an seomra mór thiar réitithe," ar sise. "Tá an leaba cóirithe, agus tabhair thusa isteach do chuid bagáiste 's ná bí in do shuí ansin le do chlab oscailte a't. Tá áit le haghaidh codladh agus áit le fanacht aici an fhaid is a bheidh sí liomsa. Ní ligfidh mise go B. & B. í. Ní thabharfainn le rá é agus an chaoi ar caitheadh leatsa thall. Cuimhnigh ar an arán atá ite, a mhaicín, gan trácht ar go mbeidh sí ina hiníon agam faoi cheann cúpla lá eile. Chugamsa a tháinig sí agus is uaimse a imeos sí, le mo bheannacht. Anois tabhair isteach an cúpla *suit-case* sin sula ndéana mé féin é. Ná bí ansin in do phiteog!"

Thug mé féin isteach na málaí agus bhí mé díreach le cinn Nanóg a leagan siar ina seomra nuair a sheas mo mháthair romham.

"Óra, a ghrabaire, cá' il tusa ag gabháil? Siar i seomra cailín beag! Cén sórt bainbhín thú féin, nó a' bhfuil a fhios a't tada? Croch leat do chuid féin suas ar an áiléar. Ní bheidh aon chineál cliúsaíocht' sa teach seo, tá mise dhá rá leat!"

Suas liom féin ar an lota chomh cúthail le páiste! An bhfuil a fhios agat go raibh cineál oilc orm? Dia dhá réiteach, ní raibh mé ach ag iarraidh a bheith go deas oibleagáideach. Tharraing mé amach cúpla giobal agus ansin chuir mé glas ar an gcarr. Theastaigh néal uaim féin. Bhí doras an tseomra mhóir dúnta ag Mama, agus b'shin sin.

"Tá an dílleachtaín bocht ina codladh," ar sise. "Caithfidh sé go bhfuil sí tugtha."

" 'S ar ndóigh," adeirimse, "níor chodail muid tionúr aréir. Tá mise mé féin a ghabháil a' síneadh."

"Céard faoi má thagann aon duine isteach? ar sise. "Céard a cheapfas siad?"

"Abair leo a ghabháil i mullach coscartha an diabhail!" adeirimse. "Ní le grá dhuitse ná dhomsa atá siad sin ag teacht ach le fios a fháil, sa gcaoi go mbeidh rud eicínt le rá acu."

"Tabharfaidh mise rud eicínt le rá dhóibh, agus má osclaíonn aon duine acu a gclab dúnfaidh mise dhóibh é! Suas leat a chodladh. Glanfaidh mise suas an áit seo. Caithfidh muid a bheith cineál piocúil. Cheapfainn gur tógadh go maith an cailín sin – tá a chuma uilig uirthi, ní hionann 's na sciotarars a fheicimse timpeall!"

Bhí sé dorcha nuair a dhúisigh mé. Bhí an bheirt ina suí thíos ag an tine, agus deamhan aithne a bhí orthu nach raibh aithne acu ar a chéile ar feadh a saoil!

"Céard a bhí sibhse a dhéanamh ó shin?" adeirimse.

"Tá an baile siúlta againn," adeir Nanóg.

"Agus tusa ag srannadh cosúil le banbh!" adeir Mama.

"Bhí codladh orm," adeir mé féin, "agus anois tá tart orm'.

"A Thiarna, ní ón ngaoth a thug tú é!" adeir Mama. "Má tá, tuige nár thug tú do dheoch leat?"

"Fan," adeirimse, agus fuair mé cúpla buidéal de dheoch Mheiriceá.

Anois, níor ól Mama aon deoir riamh go bhfios dhomsa, ach anocht b'éigean di boslach breá vodca a chaitheamh siar – ní dhomsa, an dtuigeann tú, ach tá a fhios agat . . . Ní ólfadh sí thar phéire – faraor!

Ar maidin bhí orm a ghabháil go Gaillimh, agus nach raibh an bheirt réitithe gléasta! Chaithfeadh Mama *perm* a fháil. Bhí comhcheilg ar bun ag an mbeirt agus mise gearrtha amach. Tiomáin, a asail! Ar éigean a d'aithnigh mé í nuair a casadh dhom an bheirt sa tsráid cúpla uair ina dhiaidh sin. Thosaigh mé féin ag magadh fúithi – go mb'fhéidir go raibh seanghrúdarlach eicínt i bhfolach aici siar faoi na bólaí i ngan fhios de gach uile dhuine. Ara, a mhac, d'ionsaigh an bheirt mé.

"Ní tada é sin," adeir Nanóg, "ach fan go bhfeice tú an *rig-out* a cheannaigh sí. *Boy*, ní aithneoidh tú í!"

Ina dhiaidh sin a fuair mé amach cé a rinne an ceannach, ach ní raibh sé ar aon taobh amháin ach oiread.

Casadh Seán agus Darach orainn. Bhí siadsan ar a mbealach go Baile Átha Cliath chun an víosa a fháil. Trí lá ina dhiaidh seo bhí ormsa a bheith thuas.

"Nach aoibhinn Mac Dé dhuit?" adeir Seán. "Tá do phiorracha dhíot a'tsa, ach go bhfóire Dia orainne!"

"Sách gruamach a bhí an seanchúpla," adeir Darach. "Ní áit é seo do strainséirí. *Christ!* Nuair a bheas an dá fhocal ráite againne, slán leat, a Éire bhocht!"

"Ara, a dhiabhail, déan an rud a rinne mise," adeirimse – "déanaigí súgach an *lot*. Scaoiligí neart Old John orthu agus tá mise a' ra libh gur oraibh a bheas an meas ar ball. Bhí an tsean*lady* a' cur vodca siar aréir mar a bheadh Dia dhá rá léi, 's breathnaigh an bheirt inniu. Nach bhfuil siad chomh mór le chéile 's a bheadh seanbhó Mhárta le coca féir thirim?"

"Ó, muise, a mhac, tá," adeir Seán. "Más mar sin é, scaoilfidh muide orthu é!"

"Beidh sibh thart tráthnóna arú amárach," adeirimse, "'s tiocfaidh muid soir. Tabharfaidh mé Mama soir freisin. Caochfaidh muid iad!"

" 'S beidh na *birds* tagtha freisin," adeir Seán. "Beidh siad linn as Baile Átha Cliath. 'S é 'n diabhal é freisin: caithfidh siad fanacht in B. & B."

" 'Scáithe cúpla lá nach cuma?" adeirimse, ag baint an dochair as.

" '*Friggin*' seandream," adeir Darach. "Ní bhainfeadh Dia na glóire ceart díobh. Níl aon *cop-on* ar bith iontu."

Ní raibh agam ach cúpla lá timpeall an tí agus bhí corr-rud le déanamh. Bhíodh an bheirt imithe sa gcarr. Bhí corrchlaí le biorú agus bearnaí le tógáil, mar má théann bó i mbradaíl déarfar leat, "Cén fáth nár thóg tú na claíocha?" Bhí an tseanchurach grianoscailte agus thug mé cóta maith tarra di. Ghlan mé uaigh m'athar agus d'fhág mé socrú déanta leac a chur air. Ar éigean a fuair mé cead í sin féin a íoc. Ní raibh ann ansin ach an lá a réiteach leis an sagart. B'fhurasta socrú leis sin.

Ansin thug muid an bóthar go Baile Átha Cliath orainn féin. Óir go raibh orm a bheith ann go moch ar maidin, chuaigh muid chun bóthair an tráthnóna roimhe agus d'fhan muid sa gcathair. Áit páirceála an rud a bhí ag cur as dhom, mar sciobfaidís an tsúil as do cheann ansiúd. Tá mise ag rá leat nach raibh sé chomh héasca agus a cheap mé mar, cuid mhaith de na ceisteanna a cuireadh orm, bhíodar chomh luchtaithe le bád mór Pheadairín lá den saol. D'éirigh liom agus ní raibh orm anois ach lorg mo mhéaracha a fhágáil acu ag hAerfort na Sionainne ar mo bhealach amach as an tír. Chaith muid píosa ag siúl thart agus ag déanamh roinnt siopadóireachta – cúpla brontannas le tabhairt anonn, go mór mór línéadach agus lásaí, a n-íocfá lán laidhre orthu thall.

Thóg muid a n-am ag teacht abhaile. An rud ba mhó a chuir iontas orainn beirt ná a laghad tráicht a bhí ar na bóithre ó chaith muid an chathair amach. Bhí muid sa mbaile ardtrathnóna.

Bhí mé coinnithe chomh cruógach go raibh an saol ag imeacht i ngan fhios dhom. Tháinig deirfiúracha Nanóg – agus ní bheidh an baile ceart go deo arís ina ndiaidh. Bhí cár agus cúr ar shean*lads* ag breathnú orthu, agus níor chuidigh Seán ná Darach leis an scéal, ach an sócúl ba mhó a bhí acu go raibh neart leanna, idir buí agus dubh, dhá scaoileadh orthu.

Dé Máirt a phós muide. B'éigean dhom féin malairt lóistín a fháil an oíche roimhe. Ba chuma liom ar bhealach, mar bhí mo bheirt deirfiúr tagtha abhaile. Ach níorbh é ba cúis leis ach Mama – ní fhéadfainn mó bhrídeog a fheiceáil an mhaidin sin go bhfeicfinn sa séipéal í!

"Níor tharla sé riamh," ar sise, "ná ní tharlóidh sé anois ach oiread."

Chaith mé an oíche le Darach, mar ba é a bhí ag seasamh liom. Sa teach sin againn féin a bhí an bricfeasta. Arís, na mná! Seán a thiomáin siar muid, agus nár lige Dia go gcloisfeadh aon duine an chaint a bhí sa gcarr! Cinnte bheadh bearna bhaoil ann dhá gcloisfeadh Mama é.

Ar ndóigh, ní raibh ann ach pictiúir – *clickety click*. Ach fuair mise *click* taobh amuigh den séipéal – an chéad duine a bhain plábar mór de phóg díom ná Rebecca, agus sean-Nanó í féin ag teacht de rite reait ina diaidh. Bhí a fhios ag gach uile dhuine go raibh siad ag teacht ach an t-amadán seo!

Ní raibh mé riamh ag bainis tí, 's nárbh aisteach an rud é gurbh shin í mo cheann féin? Ó bhí an baile iarrtha, bhí an baile istigh. Maidir le ceoltóirí, bhíodar ar an orlach. Rinne gach uile dhuine teanntás ar an duine eile, sa gcaoi nach raibh cur i gcéill ar bith ann. Thug muid buíochas do Dhia go raibh an lá tirim.

Bhí socraithe againne imeacht luath sa tráthnóna, ach ní mar a shíltear a bhítear. Coinníodh gach uile mhoill orainn. An fhadhb ba mhó a bhí agam féin: fáil réidh leis an gculaith moncaí a bhí orm, ach d'éirigh liom sa deireadh. Bháigh Mama muid le huisce coisreacain ag gabháil amach an doras. Buíochas le Dia, bhí an carr coinnithe i bhfolach ag Darach ar fhaitíos go mbeadh sí brandáilte ag na buachaillí báire.

Ní raibh againn ach cúig lá ar mhí na meala, mar bhí orainn a bheith ar ais i gcomhair bhainis an dá chúpla eile agus, rud eile, bhí ormsa seasamh le Darach. San óstán a caitheadh an lá, agus tabhair lá air! D'éirigh Mama tuirseach tráthnóna agus thug muid abhaile í. Ag an tine a chaith muid an chuid eile den oíche, ag caint is ag comhrá. Bhí an bheirt liom – is dóigh, le fáil réidh liom – dul amach agus cúpla pionta a bheith agam. In aghaidh mo thola a d'ól mé péire. Thíos ag an taoille a bhí an bheirt nuair a tháinig mé ar ais. Tá aill mhór leathan anseo a mbíodh mná ag sliseáil éadaigh uirthi fadó, agus ba anseo a bhíodar ina suí. Bhí sé ina lán rabharta agus ina lán mara. Bhreathnaigh mo mháthair orm, agus bhreathnaigh mise uirthise. Thuig gach aon duine againn an duine eile. Cé go raibh aoibh an gháire orthu beirt, bhíodar an-chiúin. Shuigh mé isteach eatarthu, agus ba gearr go raibh lámh gach aon duine acu i ngreim uilleann ionam.

"Chonaic mise an cuan seo tráth," adeir mo mháthair, "agus bhí sé faoi choill crainnte agus seolta. Anois níl ann ach racálach a' gabháil isteach agus amach go gcríochnóidh sé suas ina bhruth fá thír. Nach uafásach an fál báite í an fharraige? Is measa í ná claí an phríosúin.

"Brón ar an bhfarraige, 's í 'tá mór,
Tá sí a' gabháil idir mé agus mo mhíle stór;
Fágadh sa mbaile mé ag déanamh bróin,
Gan súil thar farraige leat choíche ná go deo."

"Anois," adeir Nanóg, "gheall tú dhom . . ."
"Gheall," ar sise, "agus seasfaidh mé leis idir mo bheo agus mo mharbh."
Níor dhúirt mé féin tada, mar chonaic mé an deoir.

Bhí muid dhá scór míle troigh os cionn an Atlantaigh nuair a d'inis Nanóg dhom céard a gheall Mama an tráthnóna sin.
"Iompróidh mé do leanbh lá a bhaiste!"